Katrine Engberg

Aschezeichen

KATRINE ENGBERG

ASCHEZEICHEN

Die Wunden der Schuld

Ein neuer Fall für Liv Jensen

Aus dem Dänischen
von Hanne Hammer

PIPER

Mehr über unsere Autorinnen, Autoren und Bücher:
www.piper.de

Wenn Ihnen dieser Kriminalroman gefallen hat, schreiben Sie uns unter Nennung des Titels »Aschezeichen« an *empfehlungen@piper.de*, und wir empfehlen Ihnen gerne vergleichbare Bücher.

Von Katrine Engberg liegen im Piper Verlag vor:
Die Liv-Jensen-Reihe:
Band 1: Glutspur
Band 2: Aschezeichen

Diese Übersetzung wurde gefördert von der Danish Arts Foundation. Wir bedanken uns herzlich!

Danish Arts Foundation

Unser Versprechen für mehr Nachhaltigkeit
- Klimaneutrales Produkt
- FSC®-zertifiziertes Papier
- Hergestellt in Europa

FSC www.fsc.org MIX Papier | Fördert gute Waldnutzung FSC® C083411

ISBN 978-3-492-06512-2

Titel der dänischen Originalausgabe:
»De Hvide Nætter«, Alpha Forlag, Kopenhagen 2023

Published in agreement with Salomonsson Agency
Redaktion: Regine Weisbrod
Satz: Satz für Satz, Wangen im Allgäu
Gesetzt aus der Sabon Next LT Pro
Druck und Bindung: CPI Books GmbH, Leck
Printed in the EU

Für Sara,
Lebenszeugin und unentbehrliche Freundin

PROLOG

Vorsø, Sonntag, 7. Mai

Die Zeltplane flattert im Wind, das Geräusch zerrt Shirin langsam und unerbittlich aus dem Schlaf, obwohl sie sich auf die andere Seite dreht und die Augen zukneift. Die Morgensonne färbt die Zeltwand hellblau, und die Luft ist so feucht, dass Kondenswasserperlen an der Innenseite hängen. Hin und wieder tropft es ihr auf die Wange. Der Schlafsack neben ihr ist leer, Cyrus muss schon aufgestanden sein. Die ganze Nacht hat sie sein Schnarchen gehört, langsam sind sie zu alt, um so eng unter einem Dach zu schlafen.

Sie stützt sich auf den Ellenbogen. Es muss noch früh sein, wenn ihr Vater sie noch nicht geweckt hat. Angeln muss man im Morgengrauen, hat er gestern Abend mehrfach gesagt und noch ein Stück Holz ins Feuer gelegt. Vielleicht ist er weg, denkt Shirin und zieht ihren Schlafsack auf. Hat sich im Lauf der Nacht aufgelöst, ist schließlich verdampft und zu Partikeln geworden. Weg.

Die Gummistiefel haben die Nacht über vor dem Zelt gestanden und sind feucht vom Tau. Sie schlüpft hinein, und die klamme Innenseite widert sie genauso an, wie es sie anwidert, hier zu sein. Allein mit ihrem Bruder und ihrem Vater auf einer einsamen Insel in einem jütländischen Fjord, mit keiner anderen Ablenkung als den Mücken und dem Wind in den Baumkronen. Das Handy im Rucksack hat fast keinen Strom mehr, aber das ist auch egal, denn hier gibt es weder ein Netz noch Internet. Nur nassen Sand, Steine und blauschwarze Bäume.

Shirin streckt sich und denkt an ein lauwarmes Brötchen mit Butter, an eine warme Dusche und was ihre Freundinnen wohl so machen. Sie geht zum Ufer, kauert sich hin, vorsichtig, um nicht auf den runden Steinen auszurutschen. Taucht die Arme in das eiskalte Wasser und spült die Nacht von der Haut, formt mit den Händen eine Schale und hebt sie zum Gesicht. Sie schaudert und schüttelt sich, wiederholt das Manöver aber immer wieder, bis sie ganz sauber ist. So sauber, wie sie hier werden kann.

Das an Land gezogene Kanu liegt neben ihr auf der Seite. Es ist schwer und ramponiert. Shirin spürt ihr Herz in der Brust schlagen. Warum ist sie allein, wo ist Cyrus?

Der Wind trocknet sie langsam, die Wangen werden kalt, und es kribbelt in den Fingern. Sie steht auf und sieht zu dem anderen Zelt hin. Es ist zu, und die Stiefel stehen davor, fein säuberlich auf der einen Seite, sodass die Schuhspitzen auf das Wasser und zu den Fischen hin zeigen, die sich darin verstecken.

Shirin nähert sich langsam und ruft vorsichtig: »Vater, bist du wach?«

Keine Antwort.

Sie geht zum Ufer zurück und sammelt eine Handvoll Steine, wirft einen nach dem anderen planlos ins Wasser und horcht, welcher am lautesten aufschlägt. Es kommt nicht so sehr auf die Größe an wie auf den Bogen, den man wirft. Auf die Absicht. Sie wirft noch einmal, fester diesmal, und über Kopf, und wird mit ein paar lauten Aufschlägen belohnt. Sie trocknet sich die Hände an ihrem Pullover ab und geht zurück zum Zelt ihres Vaters.

»Vater! Wollten wir nicht angeln gehen?«

Sie beugt sich hinunter und zieht den Reißverschluss auf. Eine Wolke feuchter Wärme schlägt ihr entgegen, gemischt mit dem Geruch nach Whisky und stinkigen Socken. Sie weicht zurück und holt tief Luft, bevor sie den Kopf hineinsteckt.

Er liegt im Schlafsack, halb auf der Seite, den einen Arm wie ein Kissen unter dem Ohr gefaltet. So schläft er immer. Still und auf der Hut, den Mund leicht geöffnet, jederzeit bereit zu schimpfen.

Shirin beugt sich in das blaue Licht im Zelt und sieht ihren Vater an. Ein dunkler Fleck unter seinem Gesicht färbt die Isomatte braun. Der Hals ist eine klaffende Wunde, die Haut rot. Wie ein Tier in einer Falle, denkt sie.

Und sie weiß es. Der Traum ist Wirklichkeit geworden. Er ist weg.

MONTAG, 8. MAI

KAPITEL 1

Das Stethoskop brannte kühl auf der Haut. Liv Jensen folgte den Anweisungen der Ärztin und atmete tief ein, etwas zu schnell hintereinander. Ihr wurde leicht schwindelig. Die Ärztin gab etwas in den PC ein, holte ein Blutdruckmessgerät heraus und legte es um Livs Oberarm. Die Manschette blies sich auf und kniff in die zarte Haut auf der Arminnenseite. Liv lehnte sich zurück und versuchte zu entspannen. Das Arztzimmer war altmodisch mit einer hohen Decke und einem abgenutzten Linoleumboden. Ein Geruch nach Staub und Feuchtigkeit hing im Raum, den die strengen Putzmittel, die in der Ecke hinter der Tür standen, nicht hatten vertreiben können.

»Keine anderen Symptome? Kurzatmigkeit, Kopfschmerzen, ein empfindlicher Magen?« Die Ärztin senkte das Kinn, bis sich waagerechte Falten auf ihrer Stirn bildeten, die bis zu der grau gesprenkelten Haargrenze reichten.

Liv schüttelte den Kopf. »Nur Fieber, zwei- bis viermal die Woche über ein paar Stunden und nur um die achtunddreißig Grad. Aber genug, dass ich mich unwohl fühle.«

»Wie lange geht das schon so?«

Liv versuchte sich zu erinnern. In den Weihnachtsferien war noch alles okay gewesen, oder? Aber Moment mal, in den Tagen vor Neujahr hatte sie sich unpässlich gefühlt. Da hatte sie nur noch nicht gewusst, dass das keine einmalige Sache war, und hatte es als Erkältung abgetan.

»Ein paar Monate, vielleicht ein halbes Jahr.«

»Nehmen Sie Medikamente? Nahrungsergänzungsmittel?«

»Nein.«

Die Ärztin gab etwas in den PC ein und sprach über das Klappern der Tastatur hinweg. »Legen Sie sich mal auf die Liege und machen Sie die Hose auf, dann sehe ich mir Ihren Bauch an.«

Liv stand auf und wartete, bis die Ärztin Papier auf die Liege gelegt hatte, dann setzte sie sich auf die Kante und legte sich hin. An der Decke über ihr hatte jemand eine Lampe angebracht und wieder entfernt. Ein Metallhaken steckte noch im grauen Putz. Sie richtete den Blick darauf, knöpfte die Hose auf und ließ die Ärztin ihre Arbeit tun. Während ihre kühlen Finger Livs Bauch abtasteten, starrte sie den Haken an und fragte sich, was für eine Lampe dort wohl gehangen und warum man sie entfernt hatte. Erst als das Gesicht der Ärztin in ihrem Blickfeld auftauchte und sie sich räusperte, wurde Liv klar, dass sie auf irgendetwas antworten sollte.

»Entschuldigung, ich habe die Frage nicht gehört.«

»Wie verhüten Sie?«

»Gar nicht.« Liv widerstand dem Impuls, das weiter auszuführen.

»Okay. Es sieht alles gut aus. Sie können sich wieder anziehen.«

Liv knöpfte schnell ihre Hose zu und setzte sich auf. Die Ärztin legte ein Formular vor sie hin, auf das sie diverse Zahlencodes in Rot eingetragen und eine Reihe Aufkleber mit Strichcodes geklebt hatte.

»Fieber ist in der Regel harmlos und verschwindet von selbst wieder, aber es kann auch ein Marker sein.« Sie machte eine kleine Pause und ließ die für sich selbst sprechen. »Deshalb denke ich, dass ich Ihnen heute Blut abnehmen werde, um eine Reihe von Krankheiten ausschließen und hoffentlich einkreisen zu können, was Ihnen fehlt. Leber- und Nierenwerte, Entzündungswerte, HIV-Test und so weiter. Meine Mitarbeiterin macht das gleich im Nebenzimmer. Ich schicke Ihnen die Ergebnisse am Donnerstag nach zwölf auf dem Gesundheitsportal, da werden wir die meisten Werte haben.«

Die Ärztin gab ihr die Hand. Liv nahm das Formular mit zu der Mitarbeiterin und ließ sich acht Reagenzgläser Blut abnehmen, bevor sie mit einem Pflaster über einem Wattepad am Arm die Treppe hinunter auf die Vesterbrogade flüchten konnte. Der Verkehrslärm schnitt ihr in die Ohren. Ein Marker. Sie wusste genau, was die Ärztin meinte. Krebs. Es hilft nicht wirklich, viel Sport zu treiben und sich gesund zu ernähren, der Krebs schlägt willkürlich zu, und niemand kann sich vor ihm schützen. Nur hoffen und beten. Ihr Großvater war der gesündeste Mensch gewesen, den sie gekannt hatte, bis er Bauchspeicheldrüsenkrebs bekam. Danach ging es sehr schnell.

Sie steuerte die *JuiceBar* an, die neben der Praxis der Ärztin lag. Einer der Nebeneffekte des Fiebers war, dass sie keinen Appetit hatte, und wenn sie wie heute früh ihr Müsli nicht hinunterbekam, war nicht viel mit ihr anzufangen. In einer Stunde musste sie nach Hellerup zu einer Kundin, die ihren Ehemann der Untreue verdächtigte, um den entscheidenden Beweis abzuliefern. Es war das erste Mal, dass ihr kleines Büro so einen Auftrag erhalten hatte. Anders, als viele glaubten, verbrachten Privatdetektive ihre Zeit nur selten damit, in den privaten Angelegenheiten ihrer Kunden herumzuschnüffeln. In den allermeisten Fällen hatte Liv mit Versicherungsschwindel und dem Bruch von Konkurrenzklauseln zu tun, sie konnte es sich nicht leisten, sich für etwas zu fein zu sein. Nicht angesichts ihrer aktuellen Finanzlage. Außerdem war es die eigene Entscheidung der Kunden, Geld für Beweise auszugeben, statt dass sie einfach miteinander redeten. Nichts ist hässlicher als eine Liebe, die sich selbst überlebt hat und zu Verachtung wird.

Sie war an der Reihe. Sie bestellte einen Proteinshake und einen Muffin, ohne auf den Preis zu achten, und trat beiseite, um auf ihre Bestellung zu warten. Meistens betrachtete sie sich als recht zufrieden mit ihrem Dasein. Sie war allein, na wenn schon, aber auch jung – oder zumindest noch keine dreißig. Und obwohl sie zur Miete wohnte und ihre Arbeitssituation ein Provisorium war, hatte sie ein klares Ziel: eine Wiederanstellung als Ermittlerin bei der Abteilung für Gewaltkriminalität, diesmal in Kopenhagen. Sie wusste, was sie wollte, und die Zeit war auf ihrer Seite.

Aber wenn sie die Zeit doch nicht auf ihrer Seite hatte? Wenn der Traum von einer Karriere eine kürzere Startbahn hatte als erwartet und sie ganz allein krank wurde? Geldsorgen haben etwas fundamental Zermürbendes, und jetzt, da sie selbstständig war, hatte sie kein nennenswertes Sicherheitsnetz mehr, sollte sich herausstellen, dass sie nicht gesund war.

Ihre Bestellung wurde aufgerufen, und sie nahm sie mit nach draußen und setzte sich auf eine Treppenstufe in die Sonne. Mitten in einem Bissen schellte ihr Handy in der Jackentasche.

»LJ Privatdetektive, Sie sprechen mit Liv.«

»Hallo, und guten Appetit. Ich bin's. Ich rufe von der Arbeit an, deshalb die unterdrückte Nummer.«

»Hey, Petter.« Sie zog das Papier weiter von ihrem Muffin und biss hinein.

»Was isst du da?«

»Einen Blaubeermuffin.«

»Ich hoffe, er bleibt dir im Hals stecken. Ich hatte Haferbrei zum Frühstück, wir sind wieder auf Diät. Moment ...« Sie hörte, wie er das Telefon auf eine harte Oberfläche legte und vor sich hin fluchte. »Verdammt, die Leitung, Teufel auch.«

Liv aß weiter und ließ ihm Zeit, sich aus der Leitung des Festnetztelefons zu befreien. Petter Bohm war keine Elfe, und seine tiefe Abneigung gegen das Büro auf Teglholmen machte ihn noch ungeschickter. Als beharrte er in einem kindlichen Protest gegen den Auszug aus Kampmanns altem Polizeipräsidium darauf, mit den neuen Annehmlichkeiten auf Kriegsfuß zu stehen.

Der Hörer wurde wieder aufgenommen, und seine Stimme schnitt ihr ins Ohr. »Das ist doch unglaublich, dass man Millionen von Steuergeldern in ein sogenanntes Superpräsidium investiert, die Festnetztelefone aber nicht schnurlos machen kann.«

»Hast du angerufen, um dich darüber auszulassen? Nicht, dass ich etwas anderes zu tun hätte, aber trotzdem ...«

Liv wartete, dass er auf ihre Neckerei einging, aber es kam keine Antwort.

»Petter, bist du noch dran?«

»Ja, ja.« Er klang noch immer gereizt. »Können wir uns treffen?«

»Jetzt?« Liv spürte, wie sich ein Kribbeln in Nacken und Schultern ausbreitete. »Ist etwas passiert?«

Er atmete durch die Nase aus, sodass es im Hörer zischte.

»Ich möchte nur etwas mit dir besprechen. Im *Franske Café* in einer Stunde?«

Liv sah auf die Uhr an ihrem Handgelenk. Die alte ihres Großvaters, die ihr etwas zu groß und nicht sehr schön war. Was konnte so wichtig sein?

»Okay, Petter. Ich habe einen Termin mit einem Kunden, aber den kann ich wohl um ein oder zwei Stunden verschieben. Um was geht es?«

Es rauschte in der Leitung. Er hatte bereits aufgelegt.

*

Die Sonne schien auf den blanken Lack des Schreibtischs und spiegelte sich in Cornelias blauen Augen wider. Hannah Leon erhob sich und ging zu dem großen Fenster, von dem aus man auf das Hauptgebäude des Rigshospitals sah, und ließ die Jalousien herunter. »Ist es jetzt besser?«

Cornelia nickte mehrmals und lächelte, sodass ihre Klammer glitzerte. Immer so höflich. Die Haut im Gesicht war weich und glatt, wie nur die eines Kindes sein kann, doch die dunklen Ränder unter den Augen erzählten eine andere Geschichte.

Mit heruntergelassenen Jalousien war es einfacher, die Betonwelt des Krankenhauses zu vergessen und in dem kleinen Behandlungszimmer des Centers für sexuelle Übergriffe zu entspannen. Sie hatte versucht, es gemütlich zu machen, hatte ein paar alte Lampen von zu Hause mitgebracht – die schönen aus Messing mit dem grünen Glasschirm – und ein paar Plakate in hellen und warmen Farben aufgehängt. Das half den Patienten zu entspannen, doch in Wirklichkeit war es vor allem wichtig für sie, den formellen

Rahmen etwas aufzulockern. Nach einer Krankschreibung aufgrund einer Stressreaktion infolge des Suizids ihres Zwillingsbruders war sie erst seit dem 1. Februar wieder in dem Team für Kinder und fühlte sich noch immer verletzlich.

Den meisten Patienten, die hier behandelt wurden, ging es sehr schlecht, und obwohl sie und die anderen Psychologen ihre professionellen Filter hatten, war es schwer, ihre Geschichten nicht zu nah an sich heranzulassen. Und mit Kindern, denen es schlecht geht, ist es ohnehin etwas Besonderes. Hier entwickelt man keinen Panzer, der alles fernhält. Hannah hatte selbst die Erfahrung gemacht, geräuschempfindlich und menschenscheu zu werden, hatte davon geträumt, einfach abzuhauen. Und nun brachte sie ihre eigene Trauer in die Arbeit mit. Die Zeit würde weisen, ob diese Einfluss auf ihren Filter hatte oder nicht.

Sie warf einen verstohlenen Blick auf ihr Handy, das zum Aufladen auf der Fensterbank lag, und sah, dass ihr Vater wieder angerufen hatte. Zum dritten Mal in einer Stunde. Sie drehte dem Handy den Rücken zu und setzte sich. Sie hatten noch ein paar Minuten, und sie musste sich konzentrieren.

Cornelia hatte sie von ihrem Kollegen Kasper übernommen, der zum Stationsarzt befördert worden war. Das Mädchen war lieb und kooperationsbereit, ließ Hannah aber nicht einen Millimeter unter seinen Panzer. Noch nicht jedenfalls.

»Was ist mit der Theater-AG, probt ihr im Moment für eine Aufführung?«

»Nein, erst wieder nach den Sommerferien.«

Da war er wieder, der kleine Tick. Cornelias Augen blickten grundlos nach links. Sie kannte das von anderen Kindern, die über eine Frage nachdachten, doch Cornelia machte das zu oft, um es als etwas anderes als einen Tick anzusehen. Eine Methode des Körpers, das Ungleichgewicht der Seele zu enthüllen.

»Gehst du nicht mehr gerne dorthin? Du warst doch so begeistert.«

Ein Schatten legte sich über die Augen des Mädchens. Der Mund lächelte weiter. »Mama hat gesagt, dass das zu viel wird. Ich muss mich ja auch um die Schule kümmern und alles.«

»Natürlich ist es wichtig, dass du einen guten Start in der Schule hast. Magst du deine neue Schule? Deine Mutter sagt, dass die Rückmeldungen von deinen Lehrern sehr positiv sind. Gehst du immer noch gerne hin?«

Cornelia nickte eifrig.

»Gibt es jemanden in der Klasse, mit dem du dir vorstellen könntest, befreundet zu sein?«

»Sie sind alle sehr nett, aber ich weiß nicht, ob sie mit mir befreundet sein wollen.«

»Warum sollten sie das nicht wollen?«

Cornelia zuckte die Schultern und lächelte. »Ist die Zeit nicht schon um?«

Hannah sah auf die Uhr. »Ja, du hast recht. Aber ich glaube, das nächste Mal sollten wir noch mal über deine Mitschüler sprechen. Warum du glaubst, dass sie nicht mit dir befreundet sein wollen … Du kannst gerne noch mit deinem Handy hier sitzen bleiben, während ich mir etwas aufschreibe. Dann bringe ich dich hinaus.«

Die Patientin zeigt Anzeichen einer ängstlich-vermeidenden Persönlichkeitsstörung mit einer unausgesprochenen Sehnsucht nach emotionaler Wärme und einer gleichzeitigen Furcht, sich an andere Menschen zu binden, notierte Hannah in dem Krankenblatt.

Cornelia wich allen Versuchen aus, eine gewisse Vertrautheit aufzubauen, und Hannah war nahezu überzeugt, dass dieses Verhalten auf einen Übergriff hindeutete. Doch das Mädchen erzählte nichts. Vielleicht sollte sie sie ein paar Somatic-Experience-Übungen machen lassen, um in Kontakt zu den Bereichen zu bekommen, wo das Trauma sich im Körper festgesetzt hatte. Ihr dabei helfen, sich sicherer zu fühlen, indem sie sich wieder spürte.

Sie schloss das Krankenblatt und brachte Cornelia zu der braun gefliesten Rezeption, wo die Mutter wartete. Ein paar schnelle Worte wurden gewechselt, dann gingen die beiden zum Ausgang. Der Anblick von Cornelias schmalem Rücken schnitt Hannah ins Herz.

Erst als sie außer Sichtweite waren, ging sie zurück in ihr Büro. An der Rezeption kam eine der Stationssekretärinnen auf sie zu und sprach sie an. »Dein Vater ist am Telefon. Es klingt, als sei es wichtig.«

Hannahs Magen zog sich zusammen wie die Fühlhörner einer Schnecke, die auf Laub treffen. Die Krankheit ihres Vaters verlief in Schüben, und obwohl er krebsfrei erklärt worden war und eine gute, stabile Phase hatte, wusste man nie, wann die Krankheit wieder ihr hässliches Haupt reckte.

Sie folgte der Sekretärin ins Büro, wo das Telefon auf dem Schreibtisch bereitlag. Die Sekretärin ging zu einem offenen Aktenschrank in der Ecke, sodass sie in Ruhe reden konnte.

»Vater, ist etwas passiert?«

»Das heult und piept, als würde sie explodieren. Ich habe keine Ahnung, was ich tun soll, und du gehst nicht ans Telefon!« Seine Stimme klang schwach und müde, enthielt aber immer noch ein Echo der früheren Autorität. Jedenfalls für Hannah.

»Ich kann das Handy nicht eingeschaltet lassen, wenn ich Patienten habe, das weißt du. Was ist los? Was piept?«

»Die Waschmaschine.«

Er schaffte es, die zwei Worte so vorwurfsvoll klingen zu lassen, dass sie einen Ansatz von schlechtem Gewissen spürte. Bis zum Tod ihrer Mutter im letzten Jahr hatte ihr Vater sich nie um häusliche Dinge gekümmert. Jetzt versuchte Hannah, ihm die Grundkenntnisse beizubringen, doch alle Haushaltsgeräte stellten potenzielle Gefahren dar. Sie hätte keine Maschine anstellen sollen, bevor sie zur Arbeit gegangen war.

»Siehst du den Knopf, der grün leuchtet? Oder blinkt?«

Sie konnte seine Pantoffeln über die Fliesen des Badezimmers zu der piependen Waschmaschine schlurfen hören.

»Soll ich auf den Knopf drücken? Kommt dann nicht das ganze Wasser raus?«

»Drück einfach, Vater.«

Sie hörte ihn herumhantieren. Dann war es still.

»Ach. Jetzt kann ich mich wieder denken hören.«

»Vater, das geht so nicht, dass du mich auf der Arbeit anrufst. Nur im Notfall. Wenn ich nicht ans Handy gehe, ist das, weil ich Patienten habe.«

»Ja, ja.« Er klang nicht sonderlich schuldbewusst.

»Lass die Wäsche einfach in der Maschine, ich hänge sie auf, wenn ich nach Hause komme. Ich habe heute schon um drei frei.«

Er seufzte.

»Kommst du so lange klar, Vater?«

»Ja, ja«, wiederholte er und legte auf.

Hannah blieb einen Moment mit dem Hörer in der Hand stehen, bevor sie auflegte und zurück in ihr Büro ging. Es deutete nicht viel darauf hin, dass ihr Vater ahnte, dass sie bald ausziehen und ihn allein zurücklassen würde.

*

»Ich drehe mal eine Runde und sehe mich selbst etwas um, wenn das okay ist?«

»Natürlich, dann mache ich uns in der Zwischenzeit einen Kaffee.«

Nima sah den Immobilienmakler mit seinem Clipboard unter dem Arm auf die Brücke verschwinden und ging in die Kombüse des Schleppboots hinunter, um kochendes Wasser über die frisch gemahlenen Kaffeebohnen in dem Filter zu gießen. Er öffnete den Kühlschrank, doch bis auf zwei Dosen Bier, ein paar Eier und eine Tube Remoulade war er gähnend leer. Er musste einkaufen, bevor er in die Werkstatt fuhr. Der Platz im Boot war begrenzt und in mehrere kleine Ebenen unterteilt, unprätentiös und funktionell, wie er in der E-Mail an den Immobilienmakler geschrieben hatte. Jetzt mussten sie sehen, ob sie sich einig wurden.

Während das Wasser durch den Filter lief, schaltete er das Radio an und sah nach seinem kleinen Projekt. Die Glocke auf der Fensterbank ließ durch die matte Plastik das Tageslicht nur träge herein. Vielleicht hätte er sie wegstellen sollen, bevor der Makler kam? Jetzt war es zu spät. Nima kniete sich auf das braune Sofa, sodass er den Inhalt besser in Augenschein nehmen konnte. Auf dem Boden lag ein kleiner Berg Leca-Kugeln, aus denen ein paar zarte Pilze mit kleinen, runden Köpfchen herausguckten. Der Psilocybe cubensis, der Kubanische Kahlkopf, stand in dem Ruf, der am leichtesten selbst zu züchtende Psilocybin-Pilz zu sein, was wohl auch stimmte. Der erste Versuch, sogenannte Kuchen aus braunem Reis und Vermiculite herzustellen und sie mit Sporenpulver zu infizieren, war zwar fehlgeschlagen, weil er nicht ordentlich desinfiziert hatte, doch der zweite Versuch schien geglückt. Es war ein umständlicher Prozess, die Pilze mussten regelmäßig gegossen und in den Kühlschrank gestellt und gelüftet werden, doch jetzt hatte er Pilze für den Eigenbedarf. Vielleicht konnte ein gelegentlicher Pilz mit der Zeit seinen inzwischen täglichen Jointkonsum ersetzen, der nicht nur ins Geld ging, sondern auch schlechte Zähne und eine graue Haut verursachte.

Die kleine Autowerkstatt in Vesterbro, die ihm gehörte und in der er alleine arbeitete, warf genug ab, dass er sich keine Sorgen machen musste, zumindest nicht so lange, wie er auf einem alten Boot im Südhafen wohnte. Eine Wohnung kostete leicht über zehntausend Kronen im Monat, und der Gedanke, sich in dieses Hamsterrad zu begeben, verursachte ihm Gänsehaut. Doch die Entscheidung war gefallen. Vielleicht wartete eine Frau, mit der er sich ein gemeinsames Zuhause schaffen konnte, ja gleich um die Ecke. Nicht, dass er davon träumte, aber man wusste schließlich nie. Dann war es wohl vorbei mit den Pilzen.

Nima goss zwei Tassen Kaffee ein und ging damit an Deck, reichte eine dem Makler, der telefonierte, dann stellte er sich an die Reling, um seinen Kaffee mit der Meeresluft in der Nase zu genießen. Er winkte Planken-Jørn zu, der mit seinem Hund und einem Dosenbier in der Hand auf dem Kai vorbeiging. Er trank in großen Schlucken.

»Guten Morgen! Sollen wir heute angeln?«, fragte Planken-Jørn und leerte die Dose.

»Ich muss gleich in die Werkstatt. Es ist doch Montag. Kannst du dich an damals erinnern, wo du wie alle anderen montags gearbeitet hast?«

»Glücklicherweise nicht! Dann muss ich eben für uns beide genug fangen, *fel meshmesh*.« Planken-Jørn verdrehte die Augen und ging weiter den Kai entlang.

Nima grinste über die arabische Redewendung, die er dem Nachbarn beigebracht hatte, und versuchte sich zu erinnern, was für ein Auto er heute hereinbekam. Es stand im Kalender, aber der lag in der Werkstatt, voll mit Bleistiftgekritzel, Wörtern und Telefonnummern. Analog, so zog er es vor. Sollte heute der silbergraue Opel Manta von 1971 kommen? Oder der Volvo P1800? Er reparierte nur alte Autos, am liebsten Amerikaner, weil er sich für die interessierte und es sich gerade so leisten konnte, wählerisch zu sein. Ein Vorteil davon, billig auf einem Boot zu wohnen, sagte er sich und zündete sich noch eine Zigarette an. Die ersten drei des Tages waren die besten.

»Das stimmt so nicht, Thomas, wir haben achtzig ausgemacht. Das habe ich per Mail, das weißt du!« Der Makler brummte mürrisch etwas ins Telefon, und Nima lehnte sich an die Reling und betrachtete ihn, während seine Gedanken auf Wanderschaft gingen. *Fel meshmesh.* Direkt übersetzt bedeutete das: *wenn der Aprikosenbaum blüht.* In Nahost gebrauchte man die Wendung, um zu unterstreichen, dass es bei den höheren Mächten lag, ob etwas passierte oder nicht. *Das Blühen des Aprikosenbaums ist ebenso notorisch unberechenbar und flüchtig, wie es schön ist.* Das hatte sein Vater immer gesagt, wenn das Frühjahr kam und er mit Harke und Baumschere in den Garten ging. Nima versuchte, sich an eine Zeile aus einem Gedicht zu erinnern, etwas mit einer Wasserstoffbombe und Milch und zermahlenen Knochen, *die Aprikosenbäume waren da, aber das Dunkel war weiß*, wie war das noch?

»Können wir reingehen?« Der Makler hatte sein Gespräch beendet, behielt das Handy jedoch in der Hand. Die Kaffeetasse hatte er irgendwo auf Deck abgestellt.

»Yes.« Nima warf die Zigarette ins Wasser und ging mit dem Makler nach drinnen. Der sah sich kritisch um und stieg die kleine Treppe in den Schlafbereich hinunter. Nima blieb in der Kombüse stehen, lehnte sich mit seinem Kaffee an den Küchentisch und hörte den Nachrichten zu, die mit einer Sondermeldung begannen.

Die Polizei von Südostjütland gab auf einer Pressekonferenz am Vormittag bekannt, dass die Leiche eines achtundvierzigjährigen Mannes von einem Naturpfleger auf Vorsø im Horsens Fjord gefunden wurde. Der Tote lag in einem Zelt am Strand, und die Polizei bestätigt, dass er ermordet wurde. Die Identität des Toten ist der Polizei bekannt. Er ist etwa ein Meter achtzig groß und iranischer Herkunft und hat als besonderes Merkmal einen Namen auf das rechte Handgelenk tätowiert.

Der Tote war mit seinen zwei Kindern, die beide im Teenageralter sind, auf Campingtour. Die Polizei bittet eventuelle Zeugen, die sich am Samstag oder Sonntag auf oder in der Nähe von Vorsø aufgehalten und den Mann alleine oder zusammen mit anderen gesehen haben, Kontakt zur Polizei aufzunehmen …

»Haben Sie die Leitungen selbst verlegt? Das sieht nicht ganz legal aus.«

Nima stellte das Radio aus und folgte dem Makler zum Verteilerkasten. Das Echo eines Gedankens schlich sich in seinen Hinterkopf. Vielleicht war es nur die Situation. Ermordet in einem Zelt auf einer Campingtour, pfui Teufel! Er ging zum Schlafbereich, doch ein Kälteschauer hielt ihn zurück. Es war der Name auf dem Handgelenk, die Tätowierung. Er kannte jemanden, der so eine hatte.

ERSTAUFNAHMELAGER SANDHOLM, SEPTEMBER 1990

Die Wäsche flattert an der Schnur, die zwischen dem Fenster der Baracke und dem Stacheldrahtzaun gespannt ist. Unterhosen, Strümpfe und Babykleidung haben einen verwaschenen gräulichen Fleischwurstton angenommen, der darauf schließen lässt, dass sich ein rosa Teil in die weiße Wäsche verirrt hat. Tami Ansari duckt sich unter der Leine hindurch und geht weiter in Richtung des gelb gestrichenen Verwaltungsbaus. Er ist von Rosenbeeten und kurz gehaltenem Rasen umgeben, und Tami mag es, an den Blumen vorbeizuschlendern und so zu tun, als ginge er spazieren.

Heute wird er fünfzehn, doch er weiß nicht, ob er das jemandem sagen soll. Prinzipiell ist es am klügsten, den Mund zu halten, das hat er in den letzten Monaten im Iran gelernt. Außerdem ist er erst seit vier Tagen in dem Erstaufnahmelager und kennt eigentlich noch niemanden. Es sind viele andere Iraner hier, zweiundvierzig insgesamt, doch die meisten sind erwachsen, und bis jetzt war er zu schüchtern, einen von ihnen anzusprechen. Der Mitarbeiter, der ihm die neunstellige Nummer zugewiesen hat, die er in Zukunft bei Ladungen zu einem Gespräch benutzen soll, hat gesagt, dass er bald mit der Schule beginnen kann, aber er weiß nicht, was »bald« bedeutet. Er weiß, dass auf Dänisch unterrichtet wird, und der Gedanke an die Sprache, bei der er die Zunge verknoten muss, macht ihn nervös. Eigentlich ist er ziemlich sprachbegabt und gut in der Schule, doch Dänisch zu lernen fühlt sich an, als würde er die Brücke abbrennen, die nach Hause führt. Der Mitarbeiter hat auch gesagt, dass Tami in ein Erstaufnahmelager für Kinder überführt werden soll. Wenn er denn minderjährig ist, wie er behauptet. Das würden sie erst überprüfen, und so etwas könne dauern. Tami fragt sich, wie so ein Test aussehen soll. Sie können ihm schließlich nicht den Arm durchschneiden und die Jahresringe zählen?

Es ist erst drei Wochen her, dass er mit Saied in einem Café in Qaem-Schahr Eistee getrunken hat, wie so oft auf dem Heimweg von der Schule. Sie haben draußen an einem der Tische gesessen und die Tauben, die sich zu nah herangewagt haben, mit den Schuhspitzen angestupst, während sie über alles Mögliche geredet haben. Einer Eingebung folgend erzählte Tami, dass sein Vater verhaftet worden war. Die Gefahr hatte schon lange bestanden. Ihr Telefon wurde abgehört, und der Vater war von der Revolutionsgarde oder anderen Abteilungen des Sicherheitsdienstes regelmäßig zum Verhör einbestellt worden. Trotzdem hatte es nicht den Eindruck erweckt, als wäre es tatsächlich ernst, vielleicht, weil seine Mutter versucht hatte, es so darzustellen. Sein Vater war nicht kriminell, er war nur Journalist, er würde also bald wieder nach Hause kommen.

Zu dem Zeitpunkt war Tami der Begriff der Kollektivschuld nicht bekannt gewesen, aber er wurde schnell klüger. Wenige Tage später wurde er selbst bedroht. Als er die Treppe zu ihrer Wohnung hochstieg, wurde er von schnellen Schritten eingeholt und von Armen hochgehoben, die die Luft aus ihm herauspressten. Er versuchte, um Hilfe zu rufen, konnte es aber nicht. Der Mann hielt ihm die Hand vor den Mund und drückte ihn gegen die Mauer.

»Glaubst du, wir wissen nicht, was du treibst? Spiel bloß nicht den Unschuldigen, wir wissen, dass du deinem Vater hilfst, Propaganda zu verbreiten.«

Die Stimme schnitt ihm in die Ohren. Tamis Herz hämmerte, sein Brustkasten schien zu explodieren. Es dauerte nur einen Moment, dann lockerte der Mann seinen Griff und ließ ihn auf den Boden sinken, während er die Treppe hinunter verschwand. Tami blieb liegen, wo er zusammengesunken war, ihm war übel vor Angst, aber sonst fehlte ihm nichts. An dem Abend erhielten sie die Nachricht vom Tod des Vaters, und seine Mutter begann, von Flucht zu reden.

Ein Vogelzug fliegt tief über das Erstaufnahmelager, schwarze Vögel, nur ein kleiner Schwarm. Tami legt den Kopf in den Nacken und sieht sie über den Bäumen außerhalb des Zauns kreisen. Sie flattern von Ast zu Ast, unruhig, in Bahnen, die fast einem Muster gleichen. Eine Differenzialgleichung erster Ordnung, mit unsichtbaren Linien in der Luft. Er geht zurück zu den Baracken und verläuft sich auf den gewundenen Wegen und Pfaden. Die grau gestreiften Gardinen erinnern ihn an Kriegsfilme und Arbeitslager, ihr Anblick macht sein Herz schwer. Es hat geregnet, er rutscht im Matsch aus. Die Schuhe werden schmutzig, und er hat keine anderen. Er hat nichts, er ist niemand mehr. Der Besitzer eines Paars matschiger Sportschuhe und einer neunstelligen Nummer.

Tami fasst sich an den Hals. Etwas besitzt er, und zwar die Halskette, die seine Mutter ihm um den Hals gelegt hat, als die Tasche mit Geld, Adresslisten, einem Satz Kleider zum Wechseln und einem Essenspaket gepackt war. Eine zarte Goldkette mit einem kleinen Anhänger, der eine weiße Aprikosenblüte darstellt. Seine Mutter hat sie getragen, solange er zurückdenken kann, aber jetzt gehört sie ihm. Er spürt immer noch die Wärme ihres Körpers in dem Gold und hört ihre Abschiedsworte. »Wir sehen uns bald wieder, mein Schatz. Fel meshmesh.«

Tami streichelt den Anhänger und denkt an den Tag, an dem er seine Mutter wiedersehen wird. Der Gedanke erfüllt ihn mit einer Sehnsucht, die so stark ist, dass er sich kaum auf den Beinen halten kann. Ein Weinen drängt sich vor, aber er will ihm nicht nachgeben. Was nützt es zu weinen, wenn niemand da ist, der einen tröstet?

»Du bist der Neue, nicht wahr? Der Ansari-Junge?«

Tami dreht sich zu der Stimme um und sieht einen großen Mann mit einem grau melierten Schnurrbart und einem belustigten Funkeln in den braunen Augen. Er spricht Farsi mit nordiranischem Akzent, hat eine etwas zu große Windjacke an und macht den Eindruck eines Menschen, der sich über das meiste, was das Leben zu bieten hat, amüsiert.

»Stimmt etwas nicht, mein Freund?«

Tami schüttelt den Kopf.

Der Mann legt ihm eine Hand auf die Schulter. »Am Anfang ist es nicht leicht. Du bist alleine hier?«

»Meine Mutter kommt bald nach. Sie muss nur noch das Geld beschaffen.«

Der Mann lächelt und zeigt unter dem Bart eine Reihe schöner weißer Zähne.

»Sie nennen mich den Oberst.« Er reicht Tami eine Packung Zigaretten und blinzelt. Das Weiße in seinen Augen ist von kleinen roten Blutadern durchzogen. »Du siehst wie ein kluger Junge aus. Kannst du gut schreiben? Dann habe ich vielleicht eine kleine Aufgabe für dich.«

Tami nimmt eine Zigarette und hält sie unbeholfen am Filter fest. Er hat noch nie geraucht, obwohl er vor seinen Kameraden damit geprahlt hat. Der Oberst knipst ein Feuerzeug an und gibt ihm Feuer. Tami klemmt die Zigarette zwischen den Lippen fest und saugt vorsichtig. Es gelingt ihm, den Rauch wieder auszustoßen, ohne zu husten, doch der Schwindel kommt sofort.

Der Oberst lacht und zündet sich selbst eine an. »Rauch nur, mein Freund. Deine Mutter ist ja noch nicht hier.«

KAPITEL 2

Liv näherte sich dem *Franske Café* am Sortedamssø, sie zählte die Schritte rückwärts. Wozu, wusste sie nicht, doch Treffen mit Petter sah sie immer erwartungsvoll entgegen. Die Metalltische, die auf der gekiesten Seepromenade standen, waren leer, aber unter der Markise vor dem Café saßen mehrere Zeitungsleser und tranken Kaffee. Sie ergatterte einen Tisch in der Ecke, sodass sie ihn sehen konnte, wenn er kam. Im Frühjahr war es um die Beine noch kalt, doch über ihr brachte eine Wärmelampe die Haut um Ohren und Nacken zum Brennen. Am Nachbartisch saß ein älterer Herr mit einem Taschentuch in der Jacketttasche und einer leeren Espressotasse vor sich und sah sie neugierig an. Liv drehte sich auf ihrem Stuhl herum, um einen Augenkontakt zu vermeiden. Vielleicht sah sie Petter deshalb nicht, bevor er direkt vor dem Tisch stand.

»Wartest du schon lange?«

»Fünf Minuten. Ich habe noch nicht bestellt.«

»Ich hole uns was.« Er streifte sich den Schulterriemen der Ledertasche über den Kopf und ließ sie auf den Stuhl sinken. Die Jacke saß schief über den breiten Schultern, und der Bauch schien langsam über den Hosenbund hinauszuwachsen. »Eine Cola, nehme ich an?«

Liv nickte und sah ihn nach drinnen zu Theke und Registrierkasse verschwinden. Sie hätte ihnen auch etwas zu trinken holen können, dachte sie. Vielleicht war es an der Zeit, dass sie die tief verwurzelte Rollenverteilung zwischen ihnen abschüttelte. Nur weil er an der Polizeischule ihr Lehrer gewesen war und sie anschließend unter seine Fittiche genommen hatte, hieß das nicht, dass er auf ewig bezahlte.

Petter kam mit Kaffee für sich und einer bauchigen Flasche Cola für sie zurück. Er stellte die Tasche auf den Boden und setzte sich mit einem angestrengten Stöhnen. Erst jetzt nahm sie wahr, wie müde er aussah. Die Haut unter den Augen war durchsichtig, die Wangen waren unrasiert. An einem Zeigefinger war ein Tropfen Blut durch ein Pflaster gesuppt, was nicht sehr hygienisch aussah.

»Was ist da passiert?«

Er senkte den Blick und schüttelte den Kopf. »Nichts, ich war einfach ungeschickt.« Er trank einen Schluck Kaffee und sah sie über den Rand der Tasse hinweg scheel an, als wäre sie für den Geschmack verantwortlich. »Sonst alles okay? Grüße von Susanne.«

Sie nickte und blickte über den See.

Petter trank noch einen Schluck und hustete in das Pflaster. Es war nicht mehr lange hin zu seinem zweiundsechzigsten Geburtstag, und in der letzten Zeit sah man ihm sein Alter auf eine neue Weise an: die Tränensäcke, die Falten, die sich von der Nase zu dem weichen Kinn hinunterzogen, und der Blick, der zu flackern begonnen hatte, wenn es ihm nicht bewusst war. Er fluchte und trocknete sich den Mund mit einem Taschentuch ab, bevor er sich wieder zu ihr umdrehte. »Kann ich auf deine Verschwiegenheit zählen?«

»Diese Frage brauchst du mir nicht zu stellen, Petter, das weißt du.«

»Ja, das weiß ich. Aber das, was ich mit dir besprechen muss, ist von einer Brisanz, die ein Disziplinarverfahren oder eine direkte Entlassung nach sich zieht, wenn herauskommt …«

Sie nickte ernst.

»Gut. Am Sonntagnachmittag wurde die Leiche eines dänisch-iranischen Mannes auf einer einsamen Insel im Horsens Fjord gefunden. Er lag mit durchgeschnittener Kehle in einem Zelt.« Petter demonstrierte unnötigerweise, was das hieß.

»Scheiße!« Liv hielt mit dem Glas an den Lippen in der Bewegung inne. Zu Messermorden kommt es in der Regel bei kopflosen Wirtshausschlägereien, die aus dem Ruder laufen, und nicht bei regelrechten Hinrichtungen, wie es hier der Fall zu sein schien.

»Die Polizei von Südostjütland ist mit dem Fall betraut. Da das Opfer aber aus Kopenhagen stammt, sind wir auch involviert. Am Rande.«

»Wann haltet ihr eine Pressekonferenz ab?«

»Die Story ist bereits raus. Die Polizei von Südost konnte sie nicht zurückhalten, nachdem die Kriminaltechniker am Sonntagnachmittag im großen Stil am Ufer des Horsens Fjord angerückt sind.«

Sie nickte. »Jetzt, wo du es sagst … ich habe im Radio von dem Todesfall gehört. Aber nichts über die Mordmethode oder wer das Opfer ist.«

»Das geben wir erst in einer Stunde bekannt. Wir mussten erst versuchen, die Angehörigen zu erreichen.« Er verdrehte die Augen. »Aber die Story wird wohl die ganze Woche die Titelseiten beherrschen. Ein gewöhnlicher Familienvater, der mit seinen beiden Kindern auf Angeltour ist.«

»Kindern?!« Sie riss die Augen auf. »Wie alt?«

»Vierzehn und siebzehn. Sie haben im Nachbarzelt geschlafen.«

»Sind sie okay?«

Petter spielte an seinem Pflaster. Es war nicht klar, ob er versuchte, es abzuziehen oder fester zu drücken.

»Das weiß niemand. Sie sind weg.«

»Wie weg?«

»Weg eben. Es gibt keine Brücke zu der Insel. Sie ist so etwas wie ein Vogelreservat. Die Familie ist am Samstag mit einem Kanu rübergefahren, das sie bei einem Verleih am Husodde-Strand ausgeliehen hatten. Am späten Sonntagabend hat die Polizei das Kanu zweihundert Meter von dem Verleih entfernt am Ufer gefunden. Jemand hat es an Land gepaddelt, und die Kinder sind weg. Niemand hat seit Samstagvormittag von ihnen gehört, und ihre Handys sind ausgeschaltet. Wir haben von allen Masten in der Nähe Daten herangezogen, aber es wurde keine Aktivität verzeichnet.«

»Das klingt nicht gut.«

»Nein. Das Opfer ist mit den Kindern im eigenen Citroën gefahren und hat ihn neben dem Bootsverleih geparkt, als sie zu der Insel hinübergepaddelt sind. Dort haben wir den Wagen am Sonntag gefunden, wie es scheint unberührt.«

»Scheiße!«

»Das kannst du laut sagen.« Petter atmete tief aus.

Liv goss sich den letzten Rest Cola ins Glas. Sie hatte so viele Fragen, dass sie nicht wusste, wo sie anfangen sollte. Die primäre war, warum er ihr das überhaupt erzählte.

»Was ist deine Rolle?«

»Ich assistiere, wie gesagt, bei dem Kopenhagener Teil der Ermittlung. Das Opfer wohnte mit beiden Kindern in einer Wohnung in Albertslund. Wir untersuchen sie gerade auf

Spuren und sind dabei, uns einen Überblick über das familiäre Netzwerk zu verschaffen, befragen Kollegen, Schulkameraden und Nachbarn.«

»Hatte er eine Frau?«

Petter schüttelte den Kopf. »Sie sind geschieden, sie ist vor drei Jahren zurück in den Iran gegangen. Wir versuchen natürlich, sie zu finden.«

Liv zermalmte einen Eiswürfel mit den Zähnen. Nichts deutete darauf hin, dass er vorhatte, irgendetwas zu erklären.

»Petter, wofür brauchst du mich? Du weihst mich doch gewöhnlich nicht in einen schwebenden Fall ein, sodass ich annehme, da ist noch was.«

Er riss das Pflaster von seinem Finger ab und warf es mit einem wütenden Grunzen auf den Boden, als wäre das kleine Stückchen Stoff der Quell aller Schlechtigkeit in seinem Dasein.

»Das ist aber eine ziemliche Schramme!«

»Habe ich nicht gesagt, dass es nichts ist?« Er griff nach einer Serviette und betupfte die Wunde, die zu bluten begonnen hatte.

Sie senkte den Blick, das Herz schlug ihr gegen die Rippen.

»Entschuldige, Liv. Ich bin zurzeit nicht ich selbst. Deshalb brauche ich auch deine Hilfe.« Er holte tief Luft. »Nur, um mich mit dir auszutauschen, du musst nichts tun. Einfach zuhören und deinen Input einbringen, ganz diskret. Ich bezahle dich natürlich für die Zeit, nennen wir es ein Beratungshonorar.«

Sie hob den Kopf und sah ihn an. Der Blick war fern.

»Was meinst du damit, dass du nicht du selbst bist?«

»Vielleicht bin ich mehr Elvis …« Er zog die Oberlippe

nach oben, sah jedoch schnell ein, dass der Witz keine Wirkung zeigte, und zuckte die Schultern. »Das war ein ereignisreicher Frühling mit der Neubesetzung von zwei Führungspositionen und der Umorganisation und leck mich irgendwo. Ich bin einfach etwas … konfus.«

»Konfus?« Liv spürte einen kalten Zug im Nacken. Ihr alter Freund und Mentor war die Definition von messerscharf.

»Sieh mich nicht so an, ich muss mich nur bald mal etwas ausruhen.«

»Okay.«

»Ich meine das so, Liv. Ich brauche deine Besorgnis nicht, nur den Austausch mit dir.«

Sie nickte und riss sich zusammen. »Habt ihr schon eine Theorie?«

»Das ist ein bisschen tricky. Es ist eine unbewohnte Insel, bis auf den Naturpfleger. Nach den beiden Kindern wird natürlich landesweit gefahndet. Wir haben alles mobilisiert, um sie zu finden, aber wir wissen nicht, ob wir nach zwei Opfern oder zwei Tätern suchen.«

»Auf der Flucht oder schlimmer?«

»Genau. Sind sie geflohen und verstecken sich, oder haben die Täter sie mitgenommen?«

»Warum hätten sie das tun sollen? Wenn die Kinder den Mord mitbekommen hätten und wenn man sie hätte eliminieren wollen, hätte man das doch auch gleich vor Ort tun können.«

Er nickte. »Das kann leider auch der Fall sein. Vielleicht sind sie bereits tot, und wir haben die Leichen nur noch nicht gefunden, aber bis auf Weiteres glauben wir das Beste und fürchten das Schlimmste. Vorerst konzentrieren wir uns darauf, sie zu finden, technische Spuren sicherzustellen und den Naturpfleger zu befragen, der zweihundert Meter von den Zelten entfernt wohnt. Er hat die Leiche gefunden und am Sonntagmittag die Polizei alarmiert.«

Liv riss die Augen auf. »Wohnt er alleine da draußen?«

»Jepp. Mein Psychopathen-Alarm klingelt auch.«

»Habt ihr die Mordwaffe gefunden?«

Petter schüttelte den Kopf, kramte in der Innentasche seines Wollblazers und zog sein Handy heraus, klickte etwas auf dem Bildschirm an und legte es zwischen sie auf den Tisch. »Dafür wurde dieser Film auf dem Handy des Opfers gefunden. Er war als Letztes bei den Videos gespeichert und wurde wahrscheinlich gestern um sechs Uhr morgens aufgenommen.«

»Also zur Zeit des Mordes?«

Petter nickte. »Das macht ihn potenziell interessant. Die Obduktion erfolgt erst heute, doch derzeit sieht es so aus, als wäre der Mord in der Nacht von Samstag auf Sonntag oder früh am Sonntagmorgen passiert. Ich habe die Aufgabe übernommen herauszufinden, ob die Aufnahme für den Mord von Bedeutung sein kann oder nicht.«

Liv beugte sich vor und guckte.

Zuerst war es dunkel, dann bewegte die Kamera sich schnell durch die Luft, bis sie ein Stück Papier auf einem unebenen hellbraunen Hintergrund fokussierte, bevor die Aufnahme endete. Sie dauerte insgesamt sieben Sekunden.

»Sind wir uns einig, dass die Kamera in einer Tasche eingeschaltet und herausgeholt wurde, um den Zettel zu filmen?«

Petter nickte erneut. »Jemand hat verbergen wollen, dass er das aufnimmt. Aber hör mal. Ich drehe mal lauter, damit du es besser verstehst. Mein Gott, reden die Leute laut.« Er sah wütend zu den anderen Gästen hin, drehte die Lautstärke hoch und spielte das Video noch einmal ab. Ein Wortwechsel in einer Sprache, die Liv nicht verstand. Zwei Stimmen, ein Mann und eine Frau, es ließ sich nicht sagen, ob sie erregt waren oder ob es nur die Intonation war, die sie wütend klingen ließ.

»Ist das Arabisch?« Er drückte wieder auf Play, und sie lauschten schweigend.

»Im Iran spricht man Farsi. Aber die Stimmen gehören jedenfalls Erwachsenen. Sie waren auf der Insel.«

»Es sei denn, die Aufnahme ist von einem anderen Tag und hat nichts mit dem Mord zu tun. Wir müssen herausfinden, wo und wann sie aufgenommen wurde.«

»Auf allen Bildern und Filmen, die man mit einem Handy aufnimmt, ist ein Datum. Zeit, Ort, Auflösung und so weiter.«

»Ja, aber das lässt sich manipulieren, die Techniker müssen die Datei untersuchen.«

Liv griff nach dem Handy und hielt die Aufnahme an, sodass sie bei dem Schlussbild stehen blieb. Ein handgeschriebener Zettel mit zwei Worten. »Was steht da?« Sie zoomte es mit zwei Fingern heran und las.

Milad Kharazmi

»Ein Name, das könnte Persisch sein. Was hat das zu bedeuten, Petter?«

»Das weiß ich nicht. Im Moment habe ich keine Ahnung.«

»Hast du eine Übersetzung der Aufnahme in Auftrag gegeben?«

Er zog die Brauen dicht zusammen, sodass sie zu einem langen Strich wurden. »Ich kümmere mich heute darum.«

»Kann ich das Video haben? Dann kann ich es mir nachher noch einmal genauer ansehen. Ich muss nur erst einen Job erledigen.«

Er zögerte.

»Ich zeige es niemandem, Petter. Aber wenn ich dir helfen soll …«

»Ja, ja.« Er tastete auf dem Bildschirm herum und steckte das Handy in die Tasche. »Noch etwas: Der Name des Opfers ist Tami Ansari.«

Liv zog die Brauen hoch. »Ansari? Wie Nima, der Automechaniker in meinem Hinterhof. Ist das ein gebräuchlicher Name, oder könnten sie verwandt sein?«

Petter zog eine Schulter hoch und ließ sie als Antwort wieder sinken.

»Ah, das ist es, ich soll dir helfen, das herauszufinden?«

»Verstehst du dich nicht ganz gut mit ihm?«

Sie verschränkte die Arme vor der Brust. Petter riskierte seinen Job, indem er die Schweigepflicht verletzte und eine Zivilistin in eine laufende Mordermittlung involvierte, selbst wenn die Zivilistin eine Polizeiausbildung hatte. »Warum befragst du ihn nicht selbst, ganz offiziell?«

»Wenn es sich nicht als absolut notwendig erweist, würde ich das gerne vermeiden. Wir haben schließlich eine Vorgeschichte, dein Mechanikerfreund und ich.«

Liv senkte den Kopf, um ein Lächeln zu verbergen, das sie nicht unterdrücken konnte. Petter musste selbst entscheiden, in welchem Ausmaß und mit wem er seine Arbeit teilte. Das Vertrauen, das sie über die Jahre aufgebaut hatten, seit sie sich auf der Polizeischule begegnet waren, war für sie einmalig. Warum sollte es das nicht auch für ihn sein? Der Gedanke, dass er sie brauchte, ließ Schmetterlinge in ihrem Bauch flattern.

»Ich bin auf dem Weg zu einem Kunden, um einen Auftrag abzuschließen, aber ich werde ihn nachher schon noch erwischen.«

»Versicherungsschwindel?«

»Untreue.« Sie senkte den Blick. »Von etwas muss man ja leben. Glaubst du, Nima weiß, wer Milad Kharazmi ist?«

Er hob mahnend den Finger. »Langsam, ich will nur wissen, ob er mit dem Opfer verwandt ist. Den Rest überlässt du der Polizei.«

*

Toastbrot, Schokoladenflocken, Scheuerschwämme und Dosentomaten, verdammt, warum gab es so viele verschiedene Sorten? Mit einem schalen Geschmack im Mund, der sowohl von den drei Tassen Pulverkaffee und den zwei Zigaretten zum Frühstück als auch von einer lauernden Nervosität im Magen herrührte, rollte Nima den Korb durch die schmalen Gänge des Supermarkts.

Der Makler hatte sich mit einem schlaffen Händedruck verabschiedet und versprochen, sich bald mit einem Angebot für einen Verkaufspreis zu melden. Etwas sagte Nima, dass er niedrig sein würde. Er passierte einen Zeitungsständer. *Die Leiche auf der einsamen Insel* stand auf der Titelseite, und darunter: *Wo sind die Kinder?* Er ging weiter. Ein Schauer lief ihm langsam vom Kopf aus die Wirbelsäule hinunter, kleine eiskalte Tropfen in einem warmen Nacken. Es war die Tätowierung, die ihm im Kopf herumspukte. Die und die beiden Kinder und das Angeln. Er setzte sich auf den Rand einer Kühltheke mit Joghurt und Skyr und schob den Korb unter die Beine, damit er nicht im Weg stand. Er musste sich kurz sammeln.

Nima erinnerte sich an ein Gartenfest, auf dem sein Vetter Tami ihm einen Hotdog gereicht hatte, erinnerte sich an den tätowierten Namen auf seinem Handgelenk. Tamis schmutzige Finger, die den Hotdog hielten, hatten ihm eine Gänsehaut verursacht, und er hatte ihn weggeworfen, ohne ihn zu probieren, sobald der Vetter nicht hinsah. Es war der Geburtstag eines der Kinder gewesen, er wusste nicht mehr, von welchem, aber es war vor Yasmins Abreise. Sie hatten ihn in der Schrebergartenkolonie gefeiert, und alles hatte dänisch sein sollen, niemand sollte etwas daran auszusetzen haben. Es gab Milchbrötchen und Marmelade, Torte mit einer Flagge darauf und Würstchen vom Grill – halal, das ja, aber trotzdem. Welcher Iraner mit Selbstachtung grillt Würstchen?

Sein Vetter hatte eindeutig getrunken, bevor sie gekommen waren. Er trug ein Clownskostüm mit einer gestreiften Schlaghose, hatte einen nackten Oberkörper und eine Lockenperücke. Die Kinder hatten ihn peinlich gefunden.

Nima holte sein Handy heraus und öffnete eine Internetzeitung. Die Meldung kam als erste in aufblitzenden Großbuchstaben, und Artikel mit klickfreundlichen Überschriften füllten die gesamte Seite. Er wurde auf eine Frau aufmerksam, die direkt vor ihm stand und lächelte, aber er hörte nicht, was sie sagte. Schließlich griff sie mit einer Entschuldigung hinter ihn und nahm sich einen Liter Milch. Er ignorierte sie und öffnete einen Artikel über den Mord.

Die Polizei nannte jetzt den Namen des Opfers und bat um Hilfe bei der Suche nach den Kindern. Tami Ansari, las er. Langzeitarbeitslos, wohnhaft in Albertslund und Vater von Cyrus, siebzehn, und Shirin, vierzehn.

Nimas Handy fiel auf den Boden, und er musste sich danach bücken. Der Kaffee schoss in die Speiseröhre und wurde zu Säure im Gaumen, ihm war schwindelig, und er hielt sich an der Kante der Kühltheke fest.

Als Kind hatte er zu dem acht Jahre älteren Tami aufgeblickt, er war so etwas wie ein Vorbild gewesen. Klug und belesen, der Beste in seiner Klasse. Der tüchtige, vielversprechende Tami, der mindestens Hirnforscher oder Physiker werden würde und der so lieb war, seine Vettern und Cousinen mit zum Angeln zu nehmen und ihnen zu erklären, was Blinker und Leinen, Wurf und Spiel waren. Er war der Erste in der Großfamilie, der flüchtete, nachdem das Regime seinen Vater verhaftet hatte. Alleine über die Berge Richtung Norden, nach Dänemark, wo der Vater in Journalistenkreisen Bekannte hatte. Eine beängstigende Reise für jeden und fast nicht zu bewältigen für ein Kind. Durch Europa, um Asyl zu beantragen und den Weg für den Rest der Familie zu ebnen. Die Flucht machte ihn noch großartiger und verlieh ihm in Nimas Erinnerung fast Heldenstatus.

Tami hatte es geschafft. Er hatte in Dänemark Fuß gefasst, einen Job gefunden und mit einer schönen iranischen Frau eine Familie gegründet. Jetzt war er tot, und seine beiden Kinder waren verschwunden.

Cyrus, der stille, altkluge Junge mit den dunkelbraunen Augen, und die kleine, widerspenstige Shirin mit dem verwuschelten Haar und den aufgeschlagenen Knien, die ihre Mutter anmeckerte, weil sie versuchte, das Mädchen dazu zu bewegen, Schuhe anzuziehen.

Als sie klein waren, hatte Nima sie hin und wieder gesehen.

Sie konnten mehr erwachsene Aufmerksamkeit brauchen, als sie bekamen, und die Rolle des coolen Onkels mit den amerikanischen Autos hatte ihm gefallen. Doch mit der Zeit war ihm Tami zu anstrengend geworden, und sie sahen sich nur noch äußerst selten.

Er fand in seinen Kontakten eine Telefonnummer von Cyrus, aber die Mailbox sprang sofort an, sodass er sich dumm vorkam. Noch ein Kunde wollte an die Milchprodukte. Nima stand auf und ging zum Ausgang, ohne den Korb mitzunehmen. Er konnte später einkaufen, die Werkstatt musste heute ohne ihn auskommen. Die Kinder konnten nicht einfach verschwunden sein, er musste versuchen, sie zu finden. Er setzte sich in den Mustang und ließ den Motor mit einem Aufbrüllen anspringen. Bevor er losfuhr, öffnete er noch einmal die Tür und spuckte den schlechten Geschmack in seinem Mund auf den Asphalt.

Ein Bild tauchte vor seinem inneren Auge auf und brannte sich fest. Vetter Tami, die Kehle von einem Ohr bis zum anderen durchschnitten, wie ein blutiges Clownsgrinsen.

*

Die weiß verputzte Villa lag in der Rygårds Allé in Hellerup. Eine schwarz lackierte Haustür, die von Kübeln mit in Form geschnittenen Buchsbäumen flankiert wurde, erzählte der Welt etwas über die Bewohner. Liv parkte ihren alten Fiat vor dem Haus und holte die Mappe mit den Bildern heraus. Die Kundin hatte darum gebeten, sie persönlich und analog ausgehändigt zu bekommen, und Liv hatte nicht nachgefragt, warum, sondern die zusätzliche Arbeitszeit und die Ausgaben für den Fotoladen mit auf die Rechnung gesetzt.

Sie war etwas zu früh und rief Petters Film auf dem Handy auf, sah ihn sich noch einmal an, öffnete den Browser und gab den Namen auf dem Zettel in das Suchfeld ein.

Sieben Seiten mit Bildern und Links zu unterschiedlichen Männern erschienen. Profile auf den sozialen Medien, Nennungen auf akademischen Seiten und in Berufsportalen, einiges in Englisch, anderes in einer fremden Sprache, von der sie annahm, dass es Farsi war. Unmittelbar fanden sich keine Links in Dänisch, weder in dem Nachschlageportal Krak noch auf LinkedIn oder in den sozialen Medien, nichts, das relevant schien.

Wenn Menschen sich in einem fremden Land ansiedeln, sammeln sie sich in Enklaven. Liv gab *iranische Vereinigung* ein und wurde mit einem Link zu etwas belohnt, das sich Dänisch-Iranische Gesellschaft nannte und eine Art Freundschaftsverein zu sein schien. Die Website der Gesellschaft war selbst entworfen und zeigte Bilder von persischen Festen und Listen von Veranstaltungen, zu denen die Mitglieder sich auf Dänisch oder Farsi anmelden konnten. Der Vorsitzende war ein Bahram Moradi. Auf der Seite gab es ein Kontaktformular, doch es dürfte dauern, bis eine Antwort kam. Stattdessen suchte sie auf Krak nach seiner Telefonnummer und rief an. Niemand meldete sich.

Sie griff nach der Mappe mit den Bildern und ging den Gartenweg zu der schwarz lackierten Haustür hoch, die einen Türklopfer in Form eines goldenen Pfaus hatte. *Johansen* stand auf dem Namensschild. Die Frau, die ihr öffnete, hatte eine goldene Haut und dunkle Haare, die Ohren schmückten Ohrringe mit farbigen Steinen und ließen sie wie eine reife lateinamerikanische Disneyprinzessin aussehen. Sie roch nach einem teuren Parfüm und Alkohol.

»Constanza.« Sie streckte ihr die Hand hin. »Sie sehen anders aus, als ich Sie mir vorgestellt habe. Kleiner. Treten Sie ein, die Luft ist rein.«

Liv folgte ihr durch eine kühl eingerichtete Diele mit einer handgemalten Tapete und dänischen Möbelklassikern in eine ebenso teure und unpersönliche Küche. An der Wand über dem Esstisch hing das große Foto einer glücklich lächelnden Familie, Vater, Mutter und zwei reizende Kinder.

»Mein Mann arbeitet heute in der Filiale in Aarhus. Aber das wissen Sie wohl? Setzen Sie sich. Kaffee?«

Sie stieß die Worte in einem Stakkato hervor, und Liv dachte, dass ein spanischer Akzent jede Sprache charmant klingen ließ, selbst die dänische.

»Nein, danke.« Sie legte die Mappe auf den Esstisch und setzte sich auf einen Esszimmerstuhl mit geschwungenen Armlehnen. »Was für ein schönes Haus!«

»Ich hasse es.« Constanza lachte bitter. »Ist es Ihnen gelungen, ihn zu erwischen?«

Liv nickte. »Ich habe die Bilder hier.«

»Schön, danke. Ich muss sie mir nicht ansehen. Ich weiß bereits, was darauf zu sehen ist. Es ist jedes Mal das gleiche Motiv, ich sammle sie.« Sie füllte ein Glas mit Wasser aus einer blauen Flasche und trank. »Sind Sie verheiratet?«

»Nein, das hat sich noch nicht ergeben.«

»Lassen Sie es. Es ist eine Falle.« Sie lachte wieder. »Aber jemand wie Sie weiß das wohl alles. Was schulde ich Ihnen?«

Jemand wie Sie. Liv musste sich auf die Zunge beißen, um der Kundin nicht zu erklären, dass sie in Wirklichkeit eine richtige Ermittlerin war, mit aufgeklärten Mord- und Gewaltverbrechen in ihrer Vita.

»Wir schicken eine Rechnung.« Sie stand auf. »Nun, wenn das alles war …«

Ein säuerliches Lächeln. »Ich bringe Sie hinaus.«

In der Tür griff die Kundin nach Livs Schultern und zwang ihr einen Abschied mit Wangenküssen auf. Aus der Nähe war der Geruch nach Weißwein eindeutig. Nach Weißwein und Verzweiflung.

»Es kann sein, dass ich noch einmal auf Sie zukomme.«

Liv brummte eine Antwort und eilte den Gartenweg hinunter. Ihr war schmerzlich bewusst, dass Constanza ihr mit den Augen folgte und das alte Klappergestell von einem Auto sah, das sie fuhr. Sie stieg ein und sah im Rückspiegel, dass ihre Wangen feuerrot waren. Das ist nur eine Kundin, sagte sie sich, ihre Meinung interessiert mich einen Scheiß! Sie zwang sich, vor dem Haus im Auto sitzen zu bleiben und noch einmal den Freundschaftsverein anzurufen. Diesmal meldete sich sofort jemand.

»Dänisch-Iranische Gesellschaft, Sie sprechen mit Bahram.«

Er sprach so Dänisch, wie man nur Dänisch sprechen konnte. Liv grinste innerlich über ihre allein durch den Namen von Vorurteilen geprägte Erwartung eines Akzents und exotischer Musik im Hintergrund. Als Liv sieben war, war eine pakistanische Familie in das Haus direkt gegenüber ihrem Elternhaus in Rødovre gezogen, und Livs Eltern hatten fast zwei Jahre gebraucht, bis sie endlich eine Einladung zum Kaffee annahmen. In der Woche davor hatten sie lautstark darüber nachgedacht, was ihnen wohl angeboten würde. An dem fraglichen Tag war eine blaue Dose mit Royal-Danish-Keksen herumgereicht worden, wie sie ihre Eltern ebenfalls ihren Gästen anboten.

»Guten Tag, mein Name ist Liv, und ich arbeite für LJ Privatdetektive. Haben Sie eine Minute für eine Frage, bei der Sie mir vielleicht helfen können?«

»Hm.«

Es war schwer zu sagen, ob das ein Ja oder ein Nein war, deshalb fuhr sie unverfroren fort. »Ich suche nach einem Mann namens Milad Kharazmi, kennen Sie ihn?«

»Entschuldigung, wie sagten Sie, heißen Sie?«

»Liv Jensen. Es tut mir leid, wenn ich störe, aber es geht um eine Mordermittlung.«

Es klang, als würde er aufstehen und irgendwo hingehen, dann hörte sie ein leises Klicken wie von einem Schrank, der geschlossen wurde. »Ich bin mir nicht sicher …«

»Ob Sie ihn kennen?«

Er bewegte sich wieder, sie konnte leise Schritte auf einem Teppich hören, gefolgt von dem Klang eines knarrenden Möbelstücks.

»Ich weiß es nicht. Aber so viele Perser sind wir nun auch wieder nicht in Dänemark. Sagten Sie etwas von Mord?«

Liv beschloss, die Frage zu ignorieren. »Ja, ich denke, dass Sie durch den Verein die meisten iranischen Familien im Land kennen. Haben Sie Zeit, sich mit mir zu treffen? Es muss nicht länger als zehn Minuten dauern.«

»Ich weiß gar nicht, ob ich Ihnen helfen kann …«

»Das ist in Ordnung«, warf sie schnell ein. »In diesem Stadium der Ermittlung kann alles wichtig sein. Ich könnte in einer halben Stunde bei Ihnen sein?«

»Hm.«

Sie ließ ihn nachdenken, aber nur wenige Sekunden. »Wie ich gesehen habe, liegen die Räumlichkeiten der Vereinigung in Fredriksberg, die Adresse steht auf der Website.«

»Ich kann Ihnen wohl eine Tasse Tee anbieten …«

»Abgemacht!«

Sie beeilte sich, das Gespräch zu beenden und aufzulegen, bevor er es sich anders überlegte. Petter hatte sie streng genommen nicht damit beauftragt, nach dem Namen in dem Video zu forschen, nur, sich Gedanken zu machen, was er bedeuten könnte. Dass sie Kontakt zu einem Fremden aufnahm und ihn um Hilfe bat, gehörte nicht zu ihren Aufgaben. Doch sie spürte, dass da etwas war, dem nachzugehen sich lohnte, und das wog schwerer als die Diskretion. Wenn sie etwas durch ihre Selbstständigkeit gelernt hatte, war es das, dass Zurückhaltung nichts brachte.

Sie gab die Adresse in ihr Navi ein und fuhr los. Bevor sie auf die Straße bog, überprüfte sie ihr Gesicht im Rückspiegel. Die Farbe war wieder normal. Endlich eine *richtige* Aufgabe.

*

Die Fahrradfahrt vom Rigshospital an den Seen entlang nach Hause war eine Quelle täglicher Freude, und Hannah betrachtete sie fast als Privileg. Der Weg unter den alten Kastanien war zu jeder Jahreszeit etwas ganz Besonderes, doch jetzt, im goldenen Licht des Monats Mai und mit dem zartgrünen Laub, war er fast magisch. Sie trat in die Pedale ihres alten Damenfahrrads und spürte die Unsicherheiten des Tages durch ihre Finger am Lenker wegzittern und entschwinden. Sie war so weit, natürlich war sie das, und sie war gut in ihrer Arbeit. Gut im Leben.

In der Kaalundsgade stieg sie ab und zog das Fahrrad durch das Tor unter das Vordach, bevor sie die Steintreppe zu der schweren Holztür des Hinterhauses hinaufstieg. Dem Eingang ihrer Kindheit. Jedes Mal, wenn sie sich Einlass verschaffte, erinnerte sie sich an den Duft nach Frischgebackenem ihrer Mutter, wenn sie von der Schule nach

Hause kam. Weiche Milchbrötchen, Zimtschnecken und Himbeerschnitten, der Dampf aus dem Ofen mischte sich mit dem Geruch nach Leim aus der Rahmenwerkstatt ihres Vaters und wurde zu einer Kulisse ihrer Kindheit.

Jetzt roch es nach nichts in der Diele bis auf den Abfalleimer in der Küche, den sie am Morgen vergessen hatte hinauszubringen.

Sie stellte ihre Arbeitstasche und eine Einkaufstüte auf den Boden, hängte die Jacke an einen Haken und spitzte die Ohren. Gewöhnlich hörte ihr Vater im Wohnzimmer Radio, aber jetzt war es still.

»Vater?«

Sie ging durch das Erdgeschoss und rief, bekam aber keine Antwort. Der Ohrensessel im Wohnzimmer war leer, und in der Küche oder der alten Rahmenwerkstatt war er auch nicht. Vor der Badezimmertür zögerte sie, klopfte und öffnete sie. Niemand im Bad. Mit zunehmend schneller schlagendem Herzen stieg sie die Treppe nach oben, nahm zwei Stufen auf einmal und schob vorsichtig die Tür zu seinem Schlafzimmer auf. Jan Leon lag vollständig angezogen mit leicht geöffnetem Mund und geschlossenen Augen auf dem Bett.

»Vater?«

Hannah setzte sich auf die Bettkante und legte ihm vorsichtig zwei Finger an den Hals. Er hatte Puls. Sie seufzte erleichtert und sah, wie er langsam zu sich kam und blinzelte.

»Kleiner Schatz, da bist du ja.« Er stieß einen klagenden Laut aus.

»Hast du Schmerzen?«

»Nicht mehr als üblich.« Er gab ihr zu verstehen, dass sie ihm helfen sollte, sich aufzusetzen, schwang die Beine langsam über die Bettkante und setzte die Füße auf den Boden.

»Hast du bis jetzt Mittagsschlaf gehalten?«

Er schlug mürrisch mit der Hand in die Luft und stand mühsam auf. Schlüpfte in seine Pantoffeln und schlurfte zur Tür. Dort drehte er sich noch mal um. »Der Tag ist lang. Was soll ich mit mir anfangen, wenn ich nicht hin und wieder ein Nickerchen mache?« Er ging zur Treppe und wurde zum Wohnzimmer hinunter unerwartet schneller.

Hannah machte sein Bett, öffnete ein Fenster auf Kipp und folgte ihm. Jetzt lief das Radio im Wohnzimmer. Sie holte die Einkaufstüte aus der Diele und räumte die Lebensmittel ein, nahm eine Lasagne aus dem Gefrierschrank und stellte sie in den Kühlschrank. Kochte Wasser im Kessel und goss Tee in der gelben Keramikkanne auf, die innen durch die Gerbsäure längst dunkelbraun war.

Sie brachte ihrem Vater eine Tasse und stellte sie auf den Beistelltisch neben dem Sessel. Er brummte ein Danke über den Rand der Zeitung. Hannah setzte sich auf den Puff. Versuchte, locker zu klingen, sodass er die Notlüge nicht merkte. »Ich esse heute Abend auswärts, kannst du dir das Abendessen aufwärmen, wie ich es dir gezeigt habe?«

»Hmm.«

»Im Kühlschrank steht eine Lasagne, du musst nur oben die Folie entfernen und sie bei hundert Grad vierzig Minuten in den Ofen schieben.«

Sie schob die Zeitung nach unten, sodass sie einander ansehen konnten. Hatte er doch einen Verdacht, dass sie nicht die Wahrheit sagte?

»Vater, was ist los? Warum bist du so schlecht gelaunt?«

Er sah sie über seine Lesebrille hinweg an. Solange sie zurückdenken konnte, hatte er sie so angesehen, wenn sie schlechte Noten gehabt oder die Küche nicht aufgeräumt hatte.

»Ich? Mir geht es gut.« Er seufzte. »Hast du von dem Vater gehört, der auf einer Angeltour mit seinen Kindern ermordet wurde?«

»Das lässt sich wohl kaum vermeiden. Was für eine schreckliche Geschichte.« Ihre Kollegen hatten in der Kaffeepause davon gesprochen, und Hannah hatte mit ebenso viel Abscheu wie Faszination zugehört.

»Die armen Kinder. Selbst wenn man sie lebend findet, sind sie für ihr Leben geschädigt.«

Sie sah ihm an, dass er das vor allem sagte, um sich von ihr korrigieren zu lassen, und sie lächelte. »Glücklicherweise ist das nicht so. Alle Traumata können behandelt und besser werden, vor allem, wenn die Patienten noch jung und formbar sind. Schlimmer ist das bei so alten Knackern wie dir, bei euch kann man nicht mehr viel machen.«

Er versetzte ihr mit der Zeitung einen Klaps. »Ungezogenes Mädchen!«

»Gut, ich lasse mir mal ein Bad ein.« Sie stand auf, schaffte aber nur ein paar Schritte, bevor er sie aufhielt.

»Mit wem gehst du aus?«

»Nur mit Stefan und Stine vom Studium«, log sie und drehte sich um. Es war mindestens ein halbes Jahr her, seit sie zuletzt zu Stefan und Stine Kontakt gehabt hatte.

»Ha!« Jans Lachen endete in einem Husten. »Ich habe noch nie einen Stefan kennengelernt, der kein Arschloch war.«

»Vater! Stefan ist ein alter Freund.«

»Ja, entschuldige, ich bin nur ehrlich.«

Hannah nahm Augenkontakt zu ihrem Vater auf, diesmal durch die Brillengläser, und sein Blick sagte ihr, dass seine Verdrossenheit nicht daher rührte, dass er sie durchschaut hatte. Er hatte keinen Röntgenblick und konnte nicht sehen, wo sie in Wirklichkeit hinwollte. Es gefiel ihm lediglich nicht, dass sie ausging und ihn alleine zu Hause ließ. Sie hatte Lust, ihn daran zu erinnern, wie isoliert sie das letzte Jahr verbracht hatte. Verdiente sie nicht ein bisschen Freude?

Er schlug den Blick nieder und griff wieder nach der Zeitung. Hannah blieb stehen, doch der Moment war vorbei. Der Ärger verging und wurde zu Schmerz. Schmerz im Magen, Schmerz in der Seele, Schmerz angesichts ihres alten, einsamen Vaters. Ohne etwas zu sagen, ging sie ins Badezimmer und schloss die Tür.

KAPITEL 3

Die Dänisch-Iranische Gesellschaft residierte im Erdgeschoss einer älteren Villa in einer Seitenstraße des Gammel Kongevejs in Frederiksberg. Eine junge Frau mit einer gebogenen Nase und mandelförmigen Augen öffnete ihr die Tür.

Sie lächelte, als sie Liv sah. »Hey, du bist das, die einen Termin mit Bahram hat? Komm herein, er ist gleich da.« Sie sprach Dänisch wie eine gebürtige Dänin, schnell und hart, doch in der Stimme lag ein Lächeln. »Ich heiße Nasrin, ich bin neben meinem Studium zwei Tage in der Woche so etwas wie eine Sekretärin für die Vereinigung.«

»Okay, das klingt spannend.«

»Überweisungen auszufüllen und eine zwanzig Jahre alte WordPress-Website zu aktualisieren?« Nasrin lachte herzlich und legte ihr eine Hand auf den Oberarm. »Willst du den Job?«

Liv lächelte. »Wird er gut bezahlt?«

»Nur wenn es für dich in Ordnung ist, dass die Bezahlung zum Teil in Selbstgebackenem besteht.«

»Ich liebe Kuchen.«

Nasrin lachte erneut. »Bahram kommt sofort, ich hole den Tee.« Sie überließ Liv der Ansicht ihres Selbst in dem imponierenden, mit Intarsien verzierten Spiegel im Eingangsbereich. Kurz darauf tauchte ein Mann auf der Treppe zur ersten Etage auf, und Liv wurde klar, dass der Vorsitzende der Gesellschaft im Obergeschoss wohnte. Bahram Moradi trug Hausschuhe und eine Strickweste und wirkte älter als seine Stimme, vielleicht um die sechzig, war aber auffallend gut in Form. Selbst die locker sitzende Strickweste vermochte die breiten Schultern und den Körperbau nicht zu verbergen, der auch einem Achtzehnjährigen hätte gehören können.

Er begrüßte sie und führte sie zu einem ellipsenförmigen Mahagonitisch, wo eine Teekanne einladend neben einem Aktendeckel mit iranischen Flaggen auf der Vorderseite dampfte. Die Räume der Gesellschaft waren in neutralen Farben gehalten und mit schönen alten Möbeln eingerichtet, die aussahen, als wären sie handverlesen und direkt aus Antiquitätenläden aus dem Nahen Osten importiert.

»Zucker?«

Liv nickte, obwohl sie normalerweise keinen Tee trank, weder mit noch ohne Zucker, und sah sich nach Nasrin um. Die junge Frau war verschwunden.

»Wie lautet der Name noch mal, nach dem Sie gefragt haben?«

»Milad Kharazmi.«

»Ja, stimmt. Leider sagt er mir nichts.« Seine Bewegungen hatten etwas Beruhigendes, sie waren ausgewogen und elegant, wenn er eingoss und umrührte.

Sie nahm ein Glas und verbrannte sich die Finger.

Er sah sie mit runden Augen an. »Seien Sie so nett und benutzen Sie den Untersetzer. Der Tisch ist etwas empfindlich.«

Liv zog einen gehäkelten Kreis zu sich und stellte das Teeglas darauf. »Haben Sie von Tami Ansari gehört, der am Wochenende ermordet wurde?«

Er senkte den Blick. Sammelte sich und nickte. »Ich habe ihn gekannt. Es ist tragisch.« Die Stimme brach leicht bei dem letzten Wort, und er räusperte sich.

»Ist er hier in die Vereinigung gekommen?«

»Nein, ich bin ihm vor vielen Jahren begegnet.« Er strich sich mit der Hand über den Hals, als wollte er den Adamsapfel glatt streichen. Es wirkte ulkig. Nervös.

»Darf ich fragen, wo?«

»Im Auffanglager Sandholm.« Er richtete den Blick auf einen Punkt hinter ihr, trank einen Schluck Tee und räusperte sich erneut. »Entschuldigung, was ist Ihre Rolle in der Ermittlung?«

»Ich helfe der Familie.« Die Lüge kam so schnell über ihre Lippen, dass sie sich fast wahr anfühlte. »Wann sind Sie Tami Ansari begegnet?«

»Im Winter 1990.« Er zeigte auf ihr Glas. »Sie haben fast nichts von Ihrem Tee getrunken.«

Liv befeuchtete die Lippen und gab ein *hmm* von sich, von dem sie hoffte, dass es wertschätzend klang.

»Mögen Sie mir etwas von ihm erzählen?«

»Das ist ein halbes Leben her.« Er lächelte, sodass der graue Schnurrbart einen Halbmond bildete, aber das Lächeln wirkte forciert. »Zu dem Zeitpunkt waren wir viele im Lager, und jeder war mit seinen eigenen Angelegenheiten beschäftigt. Es ist schwer, das jemandem zu erklären, der es nicht selbst erlebt hat, doch als Asylantragsteller ist man ziemlich ichbezogen. Auf seinen eigenen Weg in die Zukunft fokussiert. Man schließt sich nur ganz wenigen an, und für mich war Tami keiner davon.«

»Aber Sie erinnern sich an ihn?«

Bahram trank einen Schluck Tee und wischte sich diskret einen Tropfen aus dem Bart. »Er war jung, ein großes Kind, stammte aus dem nördlichen Iran. Ein stiller Junge, klug – er hatte große Vorderzähne, oder verwechsle ich ihn mit jemandem? Nun ja, er ist meist für sich geblieben. Es ging das Gerücht um, dass sein Vater Mitglied der Tudeh-Partei war und dass er deshalb hatte flüchten müssen.«

»Was für einer Partei?«

»Der Kommunisten.« Er sah sie forschend an. »Wissen Sie ein wenig über die Iranische Revolution?«

Liv konnte nur das Bild eines religiösen Anführers mit einem weißen Bart und einem schwarzen Turban heraufbeschwören. »Nicht wirklich, nein.«

Er machte eine elegante Handbewegung, als putzte er eine imaginäre Tafel. »Man kann nicht in allem gut Bescheid wissen. Jedenfalls fand 1979 im Iran die sogenannte Islamische Revolution statt, in deren Verlauf der Schah abgesetzt wurde.«

»Und die machte es schwierig, Kommunist zu sein?«

Er strich sich erneut über den Hals. Etwas an der Bewegung erinnerte Liv an den Eisbären im Zoo aus ihrer Kindheit. In der Enge seines Gefängnisses verrückt geworden, drehte er sich in einem Muster um sich selbst, dessen Bedeutung nur er verstand.

Bahram legte die Hand in den Schoß und klemmte sie zwischen den Knien fest. »Sie machte es unmöglich, etwas anderes als ein rechtgläubiger Shia-Muslim zu sein. Kritische Stimmen hielt die Revolutionsgarde mit Gefängnis und Drohungen in Schach. Und dann brach der Krieg gegen den Irak aus, mit Kindersoldaten an der Front.«

»Und Tami Ansari ist nach Dänemark geflüchtet?« Liv sah, dass ihm ihr Versuch nicht entging, das Gespräch zurück auf das Thema zu bringen. Er schien es ihr nicht übel zu nehmen.

»Das sind viele von uns, und ein Teil ist sich im Sandholmlejren begegnet. Genau wie Tami hatten wir alle politische Gründe, den Iran zu verlassen.« Er ließ die Hand frei und griff nach dem Tee.

»Aber der Name Milad Kharazmi sagt Ihnen nichts? Er ist nämlich in der Ermittlung aufgetaucht.«

»In welchem Kontext?« Er legte die Hände um das warme Glas.

Liv lächelte schwach. So weit würde sie nicht gehen, Informationen in einem Fall weiterzugeben, der nicht ihr eigener war.

»Das kann ich Ihnen leider nicht beantworten. Erinnern Sie sich an andere, die gleichzeitig mit Ihnen im Lager waren? An jemanden, der sich vielleicht an Tami erinnern könnte?«

»Nein.«

»Okay.« Liv sah ihr volles Teeglas an. Sie würde das nicht trinken, sie konnte es auch gleich aufgeben. »Und Sie hatten später keinerlei Kontakt zu Tami? Oder zu seinen Kindern?«

»Darauf habe ich Ihnen bereits geantwortet. Ich habe ihn seit Sandholm nicht mehr gesehen. Es tut mir leid für ihn und seine Familie, aber ich kann leider nicht weiterhelfen.«

Kroch da ein Ansatz von Ärger in seine sonst so freundliche Stimme?

Liv lächelte den Vorsitzenden der Vereinigung entgegenkommend an. »Übrigens, wenn man etwas aus dem Farsi übersetzt haben will, eine Tonaufnahme, an wen kann man sich da wenden?«

»An mich. Ich fungiere oft als Dolmetscher oder Übersetzer.«

»Gut zu wissen.« Sie erhob sich. »Dann bedanke ich mich für den Tee.«

Er stellte das Glas ab und stand ebenfalls auf. Der Blick blieb fern, und in einem vermeintlich unbeobachteten Moment strich er sich wieder mit der Hand über den Hals, der Eisbär war zurück im Käfig. Er fing ihren Blick ein und hielt mit einer gereizten Grimasse in der Bewegung inne, die schnell von einem Lächeln abgelöst wurde.

»Ich begleite Sie hinaus.«

*

Das schleichende Gefühl, sich auf Kollisionskurs zu befinden, wollte Nima nicht verlassen. Seine Gedanken kreisten um seinen Vetter Tami. Um die Kinder. Wo mochten sie sein? Er trat auf die Reling hinaus, zündete sich eine Zigarette an und drückte noch einen Anruf von seiner kleinen Schwester Daria weg. Sie und ihre Mutter hatten beide schon mehrere Male angerufen, und er wusste, dass sie außer sich waren, doch im Moment schaffte er es nicht, sich auch noch um ihre Sorgen zu kümmern.

Als er Ende der Neunziger mit seiner Mutter und seiner Schwester aus dem Iran geflüchtet war, hatten sie sich für Dänemark entschieden, weil Tami ihnen den Weg geebnet hatte. Und als ihr Asylantrag abgelehnt wurde und sie in den Untergrund gehen mussten, hatten sie bei Tami in einem Schrebergartenhaus in Slagelse gewohnt, das er sich mit einem Kollegen von dem Supermarkt teilte, in dem er eine Lehre machte. Nima waren die vielen endlosen Tage, die er auf einer Schaumgummimatratze liegend auf dem gestrichenen Holzboden verbracht hatte, noch schlimmer in Erinnerung als die im Lager. Es hatte fast sechs Monate gedauert, bis sie erfuhren, dass Nimas Vater in Teheran im Gefängnis verstorben war. Die Nachricht legte ihre Welt in Trümmer. Aber sie verschaffte ihnen Asyl.

Nima warf die halb aufgerauchte Zigarette ins Wasser, griff nach seiner Jacke an dem Haken hinter der Tür und ging zu seinem Mustang. Startete den Motor und nahm Kurs nach Südwest, die Autobahn war fast leer. Er fand eine Sonnenbrille im Handschuhfach und trat das Gaspedal durch. Schwenkte auf die Überholspur und ließ den Gedanken freien Lauf. Bei der Geschwindigkeit konnte er in einer Stunde da sein.

In dem halben Jahr im Untergrund hatte Tami sie nie spüren lassen, dass sie ihm zur Last fielen, obwohl sie das natürlich taten. Alleine vier Menschen von einem Lehrlingslohn und den wenigen Zuschüssen von zu Hause durchzufüttern, ging weit über das Gewöhnliche hinaus. Reis und Dosenbohnen, Pasta mit Tomatensoße und einen Tag altes Brot mit Thunfisch in Wasser. Er konnte sich den Geruch der Mahlzeiten, die sie von angeschlagenen blauen Tellern gegessen hatten, noch immer in Erinnerung rufen, genau wie das Geräusch der Gabeln, die statt eines Gesprächs über das Geschirr kratzten. Worüber sollten sie reden? Menschen, die sich verstecken, haben nicht viel zu erzählen.

Damals hatte Nima seinen Vetter als erwachsenen Mann wahrgenommen, wenn er am Küchentisch stand und mit hochgezogenen Schultern Zwiebeln hackte, doch Tami war erst vierundzwanzig gewesen, ein großer Junge mit Unterhaltspflichten sowohl für seine Verlobte als auch für die Familie seines Vetters.

Nima hatte ihn bewundert, aber er hatte auch ein wenig Angst vor ihm gehabt, erinnerte er sich. Vor seiner Ernsthaftigkeit. Wenn er mit Kopfschmerzen aus dem Supermarkt nach Hause kam, kam man ihm besser nicht in die Quere.

Die Narben von der Flucht lagen direkt unter der Haut und machten ihn empfindlich.

Im Lauf der Jahre hatten sie allmählich den Kontakt zueinander verloren. Nima, seine Mutter und seine Schwester landeten in Kopenhagen, und Tami heiratete und zog nach Albertslund. Die Zusammenkünfte wurden seltener, was allen auch ganz gut passte. Eine Familie mit verletzten Seelen ist nicht so einfach zusammenzuhalten.

An der Ausfahrt 39 fuhr Nima von der Autobahn ab und tuckerte durch Slagelse zu der Schrebergartensiedlung Søndervang. Er war seit Jahren nicht mehr hier gewesen, zuletzt zu einem Kindergeburtstag, auf dem Tami sich als Clown verkleidet hatte, doch der Weg war in seinem Körper gespeichert. Er parkte das Auto und ging auf den schmalen Wegen bis zu dem schwarz gestrichenen Schrebergartenhäuschen am Ende der Kolonie, ohne sich zu verlaufen. Die Hecke war höher, die Dachpappe musste ausgewechselt werden, und an der Tür hing ein Schild mit einem anderen Namen. Tami hatte es für äußerst clever gehalten, den Schrebergarten unter einem anderen Namen registrieren zu lassen.

Der Schlüssel lag nicht an seinem Platz unter dem Topf neben der Haustür, aber es war nicht abgeschlossen. Nima trat ein. Im Haus war es kühl und roch frisch nach nichts, der Boden knackte vertraut unter seinen Schritten, doch die Decke war sehr viel niedriger, als er sie in Erinnerung hatte, und die Fenster waren schmaler. Die Möbel ähnelten denen, an die er sich erinnerte, schwer und abgenutzt, und die Farbe blätterte von Tischbeinen und Armlehnen ab.

Er ging in die kleine Küche und blieb stehen.

»Hallo. Ist hier jemand? Ich bin's, Nima …«

Stille, gefolgt von einem leisen Rascheln wie von einem

Federbett, das hochgehoben wird. Er blieb stehen und wartete, bis ein Mädchen im Teenageralter aus dem Schlafzimmer auftauchte. Sie war langgliedrig und hatte dunkle Haare und große, grüne Augen, eine Schramme verunstaltete ihre Wange, und sie schien in ihrem Kapuzenpullover zu frieren.

Er erkannte sie zuerst nicht, doch er wusste, dass das Tamis Tochter war. Das letzte Mal, dass er sie gesehen hatte, war sie nicht älter als sieben, acht Jahre. Damals hatte sie runde Wangen, in die er sie gekniffen hatte, und einen Vater, der lebte. Damals wurde sie nicht von der Polizei gesucht.

»Shirin! Was machst du hier?«

Sie sah ihn an, ohne zu antworten. Er ging zu ihr und wollte sie auf die Wangen küssen, doch sie zog sich zurück. Erst als er direkt vor ihr stand, sah er, wie schmutzig sie war. Sie sah aus, als hätte sie an einem Überlebenstraining teilgenommen. Die Schramme auf der Wange hatte geblutet, und das Blut war getrocknet wie ein kleiner Fluss, der an verschlammten Böschungen entlangfließt.

*

Die Fahrradwege und Bürgersteige von Vesterbro wimmelten von Menschen, die für das Abendessen einkauften. Liv bewegte sich mit steigender Temperatur im Zickzack zwischen ihnen und ihren Einkaufstüten hindurch, das Fieber setzte sich immer zuerst hinter der Stirn fest und breitete sich von dort bis hinter die Ohren und hinunter in die Brust aus. Jeder Schritt sandte ein Echo von Unbehagen durch ihren Körper, und als sie das Tor in der Kaalundsgade erreichte, verschaffte sie sich erleichtert Einlass. In der Regel half es, in einer ruhigen Umgebung zu sein.

Nimas Werkstatt war geschlossen und dunkel. Eine Lokalzeitung steckte hinter der Klinke, und es sah nicht so aus, als wäre heute jemand hier gewesen. Sonst bastelte er an den meisten Wochentagen an seinen alten Autos herum, selbst an den Wochenenden.

Sie ging um das Haus zum Hinterhof und die Treppe zu ihrer Kellerwohnung hinunter. Schloss auf, warf die Jacke aufs Bett und marschierte ins Badezimmer, um ihre Temperatur zu messen. Sie lag nur einen Grad über dem Normalwert, nicht der Rede wert. Die Wärme sickerte tatsächlich bereits aus dem Körper, jetzt, wo sie in Sicherheit vor dem Gewimmel war. Wenn es ihr weiter so schwerfiel, in der Nähe von Menschen zu sein, würde sie sich irgendwann weit draußen auf dem Land niederlassen müssen. Am liebsten im Leuchtturm einer einsamen Insel oder in einem Forsthaus in großer Entfernung zum nächsten Nachbarn. Die Frage war nur, ob man dort davon leben konnte, Privatdetektivin zu sein.

Sie ging in die Küche, gab eine Dose Tomatensuppe in einen Topf und steckte Toast in den Toaster, ging weiter zum Schreibtisch, auf dem der Computer neben einer halben Dose Cola bereitstand. Liv hatte nicht geplant, mit dem Privatdetektivbüro in ihr Zuhause zu ziehen, doch der Arbeitsplatz hatte sich langsam in ihr Wohnzimmer geschlichen. In Wirklichkeit war sie wohl davon ausgegangen, inzwischen wieder bei der Polizei angestellt zu sein, doch die Monate waren verstrichen ohne eine Möglichkeit, sich zu bewerben. Also hatte sie den alten Holztisch ihres Vermieters in eine Art Homeoffice verwandelt. Vorübergehend natürlich.

Der Goldrahmen an der Wand über dem Schreibtisch hing wieder schief. Sie schob ihn gerade und merkte, wie der Nagel in dem weichen Putz nachgab. Er hätte wohl mit einem Dübel und einer Bohrmaschine angebracht werden müssen, aber sie hatte noch keine Bohrmaschine gekauft und wollte sich nicht die ihrer Eltern leihen. Mit einem Gefallen waren Ermahnungen und Verpflichtungen verbunden, und im Moment schaffte sie es einfach nicht, zu einem Frühstück mit eingebautem Kreuzverhör in Rødovre im Wintergarten zu sitzen. Irgendwann ist man definitiv zu alt, um seine Lebensentscheidungen zu rechtfertigen. Leider sah ihre Mutter das anders.

Das Bild war die letzte Aufnahme von ihr und ihrem Großvater, aufgenommen, als beide eine Bürstenfrisur hatten. Sie als mürrischer Teenagergruß an die Bürgerschaft, er durch die Chemo. Er hatte den Arm locker um ihre Schultern gelegt und blickte unbefangen in die Kamera, eine alltägliche Geste. Trotzdem war deutlich, dass er sie liebte.

Liv zog ihr mobiles Whiteboard von der Wand weg und wischte mit einem Lappen darüber. Es hatte Überwindung gekostet, in das Monstrum zu investieren, das ihren Status als Privatdetektivin noch weiter zementierte. Doch die Tafel war ein wichtiges Arbeitsgerät, also hatte es sein müssen. Sie nahm die Kappe ihres Edding ab und schrieb. Schrieb, ohne sich zu korrigieren, all das auf, dem sie nachgehen würde, wäre das ihr Fall.

INSEL

Ein abgelegenes Naturreservat, zu dem die Öffentlichkeit normalerweise keinen Zugang hat und schon gar nicht die Möglichkeit zu zelten. Wie hatte Tami die Erlaubnis bekommen? Und was war mit dem dort wohnenden Naturpfleger? Die Polizei befragte ihn natürlich und sammelte technische Spuren vom Fundort der Leiche, deshalb musste sie sich auf die kleine Spur konzentrieren, zu der Petter ihr Zugang gewährt hatte.

VIDEO

Die kleine Sequenz auf Tamis Handy war eindrucksvoll. Wer waren die beiden Personen, die miteinander sprachen, und was sagten sie? Gar nicht zu reden von dem Zettel, der vielleicht der Grund für die Videoaufnahme war.

MILAD KHARAZMI

Wer war er, und welche Verbindung hatte er zu dem Opfer? Kannten sie sich aus dem Iran, da Milad auf keiner dänischen Seite auftauchte, und wie fand sie ihn gegebenenfalls? Das Opfer hatte in der Regel selbst den Schlüssel zum Mordmotiv und kannte den Täter. Vielleicht hatte Tami Kontakte zur kriminellen Szene, oder die Antwort lag in der Familie, vielleicht musste man nicht weiter als bis zu seinen Kindern gucken.

AUFFANGLAGER SANDHOLM

Bis jetzt war es nur ein Gefühl. Das Erstaufnahmelager als Knotenpunkt und Sammelplatz für Exiliraner in Dänemark. Ein spannungsgeladener Ort, stellte sie sich vor, an dem man riskierte, lebenslange Schulden zu machen, genau wie in einem Gefängnis. Menschen, für die alles auf dem Spiel steht, sind willig, alles zu versprechen, um in der Schlange für den richtigen Sachbearbeiter voranzukommen – oder manchmal auch nur für eine Mahlzeit und eine Nacht Schlaf.

Der Toaster gab ein Pling von sich, und Liv goss die Suppe in eine Schale und setzte sich an den Tisch, die Augen auf das Handy gerichtet. Während sie aß, googelte sie Sandholm und las, was sie im Internet fand. Dänemarks größtes Erstaufnahmelager, eröffnet 1986, betrieben vom Roten Kreuz in einer alten Kaserne in Allerød. Als offizielles Auffanglager mussten alle Asylsuchenden es durchlaufen und sich registrieren lassen. Tami war dort gewesen und Bahram von dem Freundschaftsverband auch.

Sie fand den Namen eines Presse- und Kommunikationsmitarbeiters, Morten Krogh, und schickte ihm eine E-Mail mit einer Besuchsanfrage, erhielt jedoch umgehend eine automatisierte Antwort, dass er auf einer Fortbildung und erst am Mittwoch wieder auf der Arbeit sei. Liv wischte die Suppenschale mit einem Stück Toast aus und suchte Sandholm auf der Karte. Eine halbe Stunde Fahrt Richtung Norden. Morgen hatte sie keine Aufträge, vielleicht sollte sie einfach hinfahren?

ERSTAUFNAHMELAGER SANDHOLM, OKTOBER 1990

Die Schlange windet sich durch die Cafeteria. Tami wartet geduldig mit seinem Teller in der Hand wie alle anderen. Er kann den Blumenkohl riechen, sie bekommen oft etwas mit Kohl, und er sehnt sich nach Tikkeh und Khorak von seiner Mutter, nach Essen mit frischen Kräutern und Safran, das knackig ist und duftet und schmeckt.

Das letzte Mal hat er ihr Essen auf der Flucht gegessen. Sie hatte ihm hart gekochte Eier und Köfte eingepackt, ordentlich in Butterbrotpapier eingeschlagen und mit Servietten, und er hatte gegessen, während der Lieferwagen auf seiner geheimen Route zur Grenze einen nicht ausgeschilderten Weg entlangfuhr. Er und sechs andere, er hatte ihnen nichts angeboten, auch wenn er das unhöflich fand. Das Dunkel um sie herum war schwarz und ohne Sterne, Wölfe heulten von den Bergkämmen. Er hatte die Köfte rationiert, solange es ging, sich mit einer am Morgen, einer am Mittag und einer am Abend begnügt. Als der Fahrer ihnen zurief, dass sie sich der Grenze näherten, aß er die letzte. Schloss die Augen und versuchte, sich an den Geschmack von zu Hause zu erinnern, sodass er ihn mit in die Fremde nehmen konnte.

Einen Moment später riss der Grenzschützer die Autotür auf und zerrte einen nach dem anderen zu einem Kreuzverhör auf den Weg hinaus. Wo kamen sie her und wo wollten sie hin? Zwei uniformierte Männer traten hinzu und richteten die Gewehre auf sie. Der Grenzschützer schrie sie an, drohte ihnen und zwang sie im Sand auf die Knie. In Wirklichkeit waren ihm ihre Erklärungen egal, es ging nur darum, sie einzuschüchtern, um sie gefügig zu machen. Zum Schluss sammelte er Geld ein. Gebühren, nannte er das. Ein junges Mädchen hatte nicht genug, sie mussten sie bei den Wachen zurücklassen. Ihr Weinen verfolgte ihn die ganze Nacht. Manchmal hört er es immer noch.

Die Schlange rückt weiter vor. Er ist an der Reihe, und ihm wird aufgetan, etwas Weißes, etwas Braunes und etwas Gelbes. Er geht mit dem Teller zu einem freien Platz an einem der Esstische und setzt sich. Beginnt sofort zu essen. Um ihn herum sitzen zusammengepfercht hundert Personen und schaufeln das Essen in sich hinein, um schnell fertig zu werden. Verschiedene Nationalitäten, Geschlechter, Alter und Trachten, Seite an Seite, ohne miteinander zu reden. Die nächste Gruppe steht an der Wand, sie warten mit Tellern in der Hand, bis sie an der Reihe sind.

Als Flüchtling wird das Warten zur eigenen Identität, Hoffnung und Strafe zugleich, denkt Tami und probiert das Gelbe. Das Einzige, das mehr Raum einnimmt als die Sehnsucht nach zu Hause, ist die Angst, nach Hause geschickt zu werden. Die Frau neben ihm leert ihren Teller und steht auf, ein anderer nimmt sofort ihren Platz ein. Er sieht aus dem Augenwinkel, dass es der junge Iraner ist, der tags zuvor im Lager angekommen und nicht viel älter als Tami ist. Sein Haar ist im Nacken lang, und seine Augen liegen tief in ihren Höhlen wie bei jemandem, der lange nicht geschlafen hat. Er isst schnell und gebeugt, sieht niemanden an und sagt nichts. Die Flucht hat ihm etwas genommen, das er nie mehr zurückbekommen wird.

»Hey«, sagt Tami auf Farsi und lächelt ihn kurz an. »Wie heißt du?«

Der Junge sieht erschrocken von der Polenta auf. Die erste Zeit nach der Ankunft ist genauso beängstigend wie die Flucht selbst.

Wem kann man vertrauen, was darf man sagen? Tami kennt das Gefühl.

»Ich heiße Tami Ansari.«

Der Junge antwortet nicht. Sie essen schweigend, dann legt Tami die Gabel weg und versucht es noch einmal.

»Okay, ich erzähle dir jetzt ein bisschen von mir. Du kannst antworten, wenn du so weit bist. Ich bin fünfzehn Jahre alt, komme aus Qaem-Schahr, um genau zu sein aus dem Chechmezar-Viertel, und bin seit letztem September hier. Mein Vater ist tot, meine Mutter kommt bald nach, und ich habe keine Geschwister, dafür aber acht Vettern und Cousinen, von denen meine Lieblinge Sanaz und mein kleiner Vetter Nima sind. Sanaz ist schon erwachsen. Die Angestellten hier im Lager reden dauernd davon, dass ich weiter in ein Center für Kinder soll, aber es passiert nicht wirklich was. Vielleicht, weil die Polizei meinen gefälschten Pass gefunden hat, in dem steht, dass ich achtzehn sei, und mir jetzt nicht glaubt. Aber hier ist es eigentlich okay, du brauchst keine Angst zu haben.«

Der Junge nickt und isst weiter.

»Sorg dafür, dass du pünktlich bist, wenn du zu einem Gespräch einbestellt wirst, versteck dein Geld irgendwo am Körper, auch wenn du schläfst, und halt dich von denen da drüben fern.« Tami nickt in Richtung der somalischen Clique, vor denen er selbst Angst hat, ohne zu wissen, ob Grund dafür besteht. »Dann kommst du ganz gut zurecht. Und wenn nicht, kommst du zu mir, okay?«

Der Junge nickt wieder. Tami nimmt den Kampf mit dem Gelben wieder auf, muss sich jedoch geschlagen geben. Er lässt sonst nichts übrig. Der Stuhl schrammt über den Betonboden, als er aufsteht.

»Milad«, flüstert der Junge, »ich heiße Milad.« Er isst weiter, ohne den Kopf zu heben.

Tami stellt das Geschirr in den Spülwagen und kämpft sich an der Schlange vorbei nach draußen. Es wird jetzt früh dunkel, und die Dunkelheit liegt schwer und kalt auf den Baracken, er schauert und fragt sich, wann endlich der Mantel kommt, den das Personal ihm versprochen hat. Er wagt nicht zu fragen, er will nicht undankbar wirken.

Vor der Kantine stehen Gruppen von Männern und rauchen. Tami geht zu ihnen. Den Männern ist kalt, aber die Stimmung ist gut. Der Oberst steht in der Mitte, erzählt Witze und bringt sie zum Lachen. Tami lacht mit. Der Oberst legt ihm eine Hand auf die Schulter und reicht ihm die Packung Zigaretten, sodass er sich eine nehmen kann. Sie wärmt ein bisschen. Obwohl seine Familie weit weg ist, ist er nicht ganz allein. Die Zigarette leuchtet vor seinem Gesicht wie ein Pfeil, der zum Erwachsenenleben hin zeigt, und das Lachen um ihn herum verstärkt das Gefühl. Bald ist er kein Kind mehr, bald ist er selbst ein Mann. Er wird das schon schaffen.

KAPITEL 4

Der Dampf strömte aus dem kleinen Bad des Schleppboots. Nima hatte die Tür nie abgedichtet bekommen, und in der Regel war das kein Problem, doch jetzt machte es ihn verlegen.

Er konnte Shirin unter der Dusche weinen hören. Sie hatte die ganze Strecke bis in die Stadt geschlafen, und er hatte sie in Ruhe gelassen. Jetzt stand er vor der Badezimmertür und kam sich doppelt unzulänglich vor, da er sie weder trösten noch in Ruhe trauern lassen konnte.

Er ging hinauf in die Kombüse und öffnete die Küchenschränke, bis er eine Tüte mit Kakaopulver fand. Er hatte keine Milch, aber man konnte ihn wohl auch mit Wasser und Zucker trinken. Er setzte Wasser auf. Da war auch noch eine Rolle ungeöffneter Schokoladenkekse. Das Handy auf dem Küchentisch schellte. Diesmal war es seine Mutter. Schon bald würde er sie beruhigen, dass Shirin in Sicherheit war, doch zuerst musste er erfahren, was los war. Er ließ es klingeln und konzentrierte sich auf den Kakao.

Als er gerade Tassen und Kekse auf den Tisch stellte, kam Shirin aus dem Bad. Ihre dunklen Locken hingen ihr nass ums Gesicht, das jetzt, wo es sauber war, kindlicher aussah. Nima hatte ihr einen sauberen Kapuzenpullover hingelegt, er hing um die schmalen Teenagerschultern, und sie hatte darin Ähnlichkeit mit einer Vogelscheuche.

»Bist du okay?« Die Frage war töricht, das wusste er, doch was sollte er sagen?

Sie blickte über ihre Schulter.

Nima atmete etwas von der Anspannung aus. Wo sollte er anfangen?

»Wo ist Cyrus?«

Sie schüttelte den Kopf.

»Shirin, die Polizei sucht nach euch!«

Sie hielt ihn mit ihrem Blick fest, und nun erkannte er sie wieder – trotz der Jahre, die vergangen waren. Shirin mit der starken Seele, das Mädchen mit dem eisernen Willen. Sie, die die Familie zusammengehalten hatte, als ihre Mutter zurück in den Iran gegangen war, ohne einen von ihnen zu fragen, ob er mitwollte. Jetzt war sie groß geworden.

Sie näherte sich dem Tisch mit einem Seitenblick auf seine Pilzkultur auf der Fensterbank und rutschte auf die Klappbank, nahm einen Schokoladenkeks und aß ihn in zwei Bissen.

»Hast du nichts Richtiges zu essen?«

»Ich kann Spaghetti machen. Mit Ketchup.«

Sie rümpfte die Nase und nahm noch einen Keks. »Warum wohnst du so?«

»Auf einem Boot? Ich wohne gerne klein und praktisch und brauche mein Geld für anderes als für die Miete.« Nima setzte sich ans andere Ende der Bank und zog die Tasse zu sich heran.

Sie sah zu den Angelruten in der Ecke und dem Kleiderhaufen auf der Bank, zu den Büchern, die offen dalagen, und dem Müllbeutel auf dem Küchenboden, der noch darauf wartete, nach draußen gebracht zu werden.

»Es sieht gar nicht aus, als würde ein Erwachsener hier wohnen.«

»Ich bin ganz zufrieden.« Er trank von dem warmen Kakao und schnitt eine Grimasse. Er hätte mit Sicherheit mehr Zucker gebraucht. »Hat die Dusche etwas geholfen?«

Sie zuckte mit den Schultern. Verdrossen oder vielleicht auch desinteressiert, feindlich geradezu? Teenager wissen nicht, wie einschüchternd sie sein können. Er nahm seinen ganzen Mut zusammen.

»Wo ist Cyrus?«

»Ich weiß es nicht, das habe ich doch gesagt.«

Nima richtete sich auf und bediente sich seiner Erwachsenenstimme. »Nach euch läuft eine groß angelegte Polizeifahndung, wir reden hier von Hundepatrouillen und Tauchern und Polizisten, die durch die Gegend laufen und Klinken putzen. Das Land ist verrückt vor Sorge. Und wir rufen jetzt die Polizei an, hast du das verstanden?«

»Warte, Onkel …« Sie flüsterte, doch etwas an ihrem gesenkten Kopf ließ ihn das Handy weglegen. »Du darfst sie nicht anrufen. Ich erkläre dir …«

Sie tupfte Kekskrümel mit dem Zeigefinger auf, und er musste sich auf die Zunge beißen, um sie nicht zu drängen.

»Er hat mir gesagt, dass ich nicht mit der Polizei sprechen darf.«

»Wer?«

Shirin bebte. Die Hände auf der Tischplatte zitterten, und die Unterlippe zuckte. Sie war starr vor Schrecken.

»Als ich aufgewacht und in das Zelt meines Vaters gekrochen bin und er dalag … ich habe geschrien, glaube ich, und dann war da jemand, der mich von hinten gepackt und aus dem Zelt gezerrt hat. Er hat mir den Mund zugehalten, ich konnte mich nicht befreien.«

Es lief Nima kalt den Rücken hinunter. »Was ist dann passiert?«

»Er hat Farsi mit mir gesprochen. Hat irgendwas gesagt wie *Verschwinde von hier und sieh dich nicht um. Solange du nicht mit der Polizei sprichst, ist dein Bruder okay*. Er hat schnell gesprochen, und mein Farsi ist eingerostet.« Shirin holte tief Luft, die den ganzen Körper ausfüllte, sodass er anschließend noch kleiner wirkte. »Dann hat er mich losgelassen, und ich bin gerannt, so schnell ich konnte, zu dem Kanu, ich habe es ins Wasser gelassen. Das ging alles so schnell, dass ich mich fast nur noch daran erinnere, wie hart mein Herz geschlagen hat und dass ich das Gefühl hatte, mich übergeben zu müssen.«

»Wer war er, Shirin?«

»Ich weiß es nicht, ich habe ihn nicht gesehen. Habe nicht gewagt, mich umzudrehen.« Sie sah ihn ängstlich an. »Als ich an Land war, bin ich zum Bahnhof gegangen und mit dem Zug zu der Schrebergartensiedlung gefahren. Das schien mir der beste Ort, mich zu verstecken.«

»Scheiße!« Nima war kalt bis auf die Knochen. »Das ist nicht gut, das hier. Shirin, wir müssen der Polizei sagen, was passiert ist.«

»Und wenn sie ihn umbringen? Du darfst das niemandem erzählen, Onkel! Er hat gesagt, dass Cyrus okay ist. Vielleicht taucht er morgen oder übermorgen auf. Dann gehen wir zusammen zur Polizei. Wenn er in Sicherheit ist.«

Jetzt weinte sie.

Nima merkte, wie seine Brust sich zu einer kleinen Kugel zusammenschnürte. Angesichts seiner Nichte, aber ein bisschen auch angesichts seiner selbst. Es würde damit enden, dass *er* vor der Polizei rechtfertigen und erklären musste, warum sie sich nicht sofort gemeldet hatten.

»Sag mal … was habt ihr überhaupt auf der Insel gemacht?«

»Vater wollte eine Angeltour machen. Er hat gesagt, dass es wichtig für uns wäre, gemeinsam als Familie etwas Schönes zu unternehmen.«

»So weit weg? Das ist eine lange Fahrt bis nach Horsens – nur zum Angeln?«

Sie sah ihn mit einem Blick an, der sagte, *was weiß ich über die lächerlichen Entscheidungen der Erwachsenen*.

»Es gab nichts auf der Insel, nicht mal eine Toilette. Wir konnten unsere Handys nicht aufladen.«

»Sollen wir es jetzt aufladen?« Er streckte die Hand nach dem Handy aus, doch Shirin schüttelte den Kopf.

»Ich habe es auf der Insel vergessen, als ich geflüchtet bin.«

Nima rieb sich die Wangen vor allem, um Zeit zu gewinnen. Das hier war richtig scheiße. Konnte er irgendwie da herauskommen, ohne weiter hinein verwickelt zu werden? Tami hatte Nima und seiner Familie zwar damals geholfen, als sie Hilfe gebraucht hatten, aber das war so lange her. Gab es einen kosmischen Blankoscheck, den seine Nachkommen jederzeit einlösen konnten?

»Soll ich dich zu meiner Mutter bringen? An sie kannst du dich doch erinnern, oder?«

Sie sah ihn an, als hätte er etwas total Unangebrachtes gesagt. Das schmale Gesicht wurde hart und ausdruckslos.

»Was soll ich bei ihr?«

Nima zuckte mit den Schultern. Eine Möwe setzte sich auf die Reling vor dem Fenster und stieß heisere Schreie aus. Shirin lehnte sich auf dem Sitz zurück, sodass sie ihn mit dem größtmöglichen Abstand ansehen konnte. Dann starrte sie in den bitteren Kakao. Sie hatte ja recht. Natürlich konnte sie nicht einfach nach Hause zu seiner alten Mutter, die sie jahrelang nicht gesehen hatte.

»Ich kann hier auf der Bank schlafen. Ein wenig zu essen wäre schön, sonst brauche ich nichts.«

Er studierte das verschlossene Gesicht seiner Nichte und rief sich in Erinnerung, dass sie vor Trauer und Angst außer sich sein musste. Wie tröstete man einen Teenager, der nicht so aussah, als wollte er getröstet werden?

»Okay. Dann kümmere ich mich um dich.«

Die Worte klangen unzureichend über den vergilbten Lack des Tisches hinüber. Sie nickte. »Danke.«

Nima stand auf und nahm eine Packung Spaghetti aus dem Küchenschrank. Das Leben rüstete einen für so vieles nicht, jedenfalls nicht so, dass man zurechtkam, wenn es darauf ankam. Der erste Liebeskummer wäre zum Beispiel gut zu verkraften, wäre man nur ein bisschen vorbereitet, sodass er einen nicht völlig zu Boden warf. Steuererklärungen, Ärger im Straßenverkehr und Nachbarschaftsstreitigkeiten waren andere Dinge, die gut in der Schule unterrichtet werden könnten. Nima fügte *Gespräche mit von Krisen geprüften Kindern* seiner Liste hinzu und erinnerte sich im selben Moment, dass er de facto jemanden kannte, der genau darin gut war. Es sprach wohl nichts dagegen, Hannah um Rat zu fragen? Er hatte zwar lange nicht mit ihr gesprochen, aber er wusste, dass er auf ihre Verschwiegenheit zählen konnte. Im letzten Herbst hatten sie ein einziges Mal zusammen gegessen, und eigentlich war er davon ausgegangen, dass sie sich wiedersehen würden, doch aus dem einen oder anderen Grund war es im Sande verlaufen. Er setzte Wasser auf und ging zurück zum Tisch.

»Wir essen in zehn Minuten. Aber, Shirin …« Er holte tief Luft. Es fühlte sich grenzüberschreitend an, es laut auszusprechen, fast schon verrückt. »Wenn der Mörder Cyrus in seiner Gewalt hat, kann nur die Polizei helfen.«

Sie schüttelte langsam den Kopf von einer Seite zur anderen, resigniert wie eine alte Frau, die viel zu viel gesehen und noch mehr verloren hat.

»Du hast mir nicht zugehört, Onkel. Wenn ich mit der Polizei rede, verliere ich auch meinen Bruder.«

*

Das Handy lag auf dem Waschbecken in dem kleinen Badezimmer und spielte Albinoni, die Violinen klangen dumpf durch die Fliesen. Hannah beugte sich zum Spiegel hin und trug mit den Fingerspitzen vorsichtig eine Gesichtsmaske auf. Die dunklen Ränder unter den Augen waren nicht wieder verschwunden, als wollten sie ihren Blick auf Dauer einrahmen, obwohl sie wieder arbeitete, nachts schlief und Appetit hatte. Die Trauer über den Tod ihres Bruders im letzten Jahr war wie ein Begleiter, den sie mit einem gewissen Grad an Akzeptanz und Liebe durchs Leben trug. Die Augen hatten Besseres verdient, als von chronischen Schatten umrahmt zu werden, doch das wussten sie offenbar nicht.

Einer der vielen Begleitumstände des Älterwerdens, erinnerte sie sich. Dass die Schläge des Lebens permanente Narben im Körper hinterließen, statt von selbst zu heilen und zu verschwinden wie in jungen Jahren. Ein anderer Umstand war der, dass die Männer, denen sie begegnete, alle geschieden waren und Kinder und mehr oder weniger funktionierende Sorgerechtsvereinbarungen hatten. Gar nicht zu reden von den ungelösten Traumata und den toten Winkeln im Überfluss.

War man erst in den Vierzigern, hatte ein Date etwas von russischem Roulette, hatte Trine gestern Abend gesagt und gelacht, sodass der Weißwein im Glas übergeschwappt war.

Sie hatten in ihrer gemütlichen Küche im dritten Stock des Hauses in Frederiksberg gesessen, in dem eine Genossenschaftswohnung frei geworden war. Fünfundsiebzig Quadratmeter unter dem Dach, hell und mit frei liegenden Deckenbalken und zu einem bezahlbaren Preis. Fünf Minuten Fußweg von der Kaalundsgade entfernt – und mit einer alten Freundin im selben Haus zu wohnen, besser ging es fast nicht. Hannah lächelte ihr von der Creme weißes Gesicht im Spiegel an.

Sie zuckte zusammen, als Albinoni vom Klingeln des Handys unterbrochen wurde. Hannah sah auf das Display und spürte, wie das Zucken zu einem Ziehen im Bauch wurde. Nima. Jetzt, wo sie wieder arbeitete, traf sie ihn nur noch selten im Hof. Sie nahm das Handy und schaltete es auf Lautsprecher.

»Nima, lange nichts voneinander gehört.«

»Hey, Hannah, wie geht es dir?«

»Ich habe wieder angefangen zu arbeiten. Es ist … ein bisschen heftig, aber auch herrlich.« Sie beugte sich zum Spiegel hin und zog das Haarband zurecht. Beim Klang seiner Stimme stellte sie fest, dass sie ihn ein wenig vermisste. »Wie geht es dir?«

»Gut, gut.« Er klang zerstreut. »Deinem Vater scheint es zurzeit auch recht gut zu gehen?«

»Ja, er macht Fortschritte. Nimmt zu und ist gesünder als seit Langem.«

»Gut«, sagte er wieder. Es rauschte in der Leitung, als stände er draußen auf Deck. »Du, ich rufe eigentlich an, um dich um einen Gefallen zu bitten. Entschuldige, dass ich direkt zur Sache komme, aber …«

Hannah drehte den Deckel des Topfes mit der Gesichtsmaske zu.

»Was ist es?«

»Meine vierzehnjährige Nichte erlebt gerade etwas sehr Schlimmes, und ich weiß nicht, wie ich für sie da sein kann.«

»Etwas Schlimmes?« Sie drehte das Wasser auf und drückte sich Seife in die Hand. »Du musst schon etwas konkreter werden, wenn ich dir helfen soll.«

Er atmete in den Hörer. »Ich muss dich bitten, das, was ich dir jetzt erzähle, für dich zu behalten. Kann ich das?«

»Ja.« Sie verrieb die Seife in den Händen und sah, wie sie aufschäumte.

»Hast du von dem Mord auf Vorsø am Wochenende gehört? Das Opfer war ihr Vater, mein Vetter. Shirin ist von der Insel abgehauen und jetzt hier bei mir.«

Hannah hielt inne, während ihr das Wasser über die Hände lief. »Sucht die Polizei nicht nach den Kindern?«

»Sie will sich nur bei mir verstecken, bis ihr Bruder auftaucht. Aber ich ... ich weiß nicht, was das Richtige ist.«

»Moment.« Hannah trocknete sich die Hände an einem Handtuch ab, stellte den Lautsprecher aus und nahm das Handy ans Ohr. »Okay. Wie geht es deiner Nichte im Moment?«

»Sie ist einigermaßen ruhig.«

Hannah biss sich auf die Lippe. Eins der häufigsten Missverständnisse in Krisensituationen ist, das Ausbleiben von Schreien und Weinen als Zeichen innerer Ruhe zu deuten.

»Sieh zu, dass sie etwas isst, ruhig mit reichlich Fett und Salz, und mach irgendetwas Schönes mit ihr. Spielt ein Tischspiel, wenn du sie dazu überreden kannst. Sie muss nicht über ihre traumatischen Erlebnisse reden, im Moment soll sie nur entspannen, wenn sie kann.«

»Und dann?«

»Dann überzeugst du sie, dass ihr die Behörden anrufen müsst. Da führt kein Weg dran vorbei.«

*

Liv ging ins Badezimmer und gab Zahnpasta auf die Zahnbürste. Sie hatte einmal ein Interview mit einem Schriftsteller gelesen, der beschrieb, wie er die Zahnpasta immer sowohl auf seine Zahnbürste wie auch auf die seiner Frau drückte. Damit seine Frau merkte, dass sie nicht allein auf der Welt war. Ihr stand die Erfahrung noch bevor, dass jemand Zahnpasta auf ihre Zahnbürste drückte, doch sie hatte das sichere Gefühl, dass ihr das nicht gefallen würde. Allein der Gedanke, sich neben einem anderen Menschen die Zähne zu putzen, missfiel ihr. Die Geräusche. Die schäumende Spucke im Waschbecken. Vielleicht war es gut, dass sie alleine war.

Fünf Minuten, nachdem sie das Licht ausgemacht hatte, rief Petter sie an.

»Guten Abend, es ist spät.«

»Hab ich dich geweckt?«

»Nein, nein, ich schlafe noch nicht.« Sie konnte hören, dass er im Auto saß. »Ein langer Tag?«

»Wir sind gerade erst fertig geworden. Die Obduktion wurde hier in Kopenhagen vorgenommen, und ich war zusammen mit dem Ermittlungsleiter von Südost dabei.«

Liv setzte sich auf, ohne das Licht anzumachen. Es verlieh ihr ein Gefühl von Sicherheit, mit Petters Stimme im Ohr hier im Dunkeln zu sitzen.

»Ist etwas Interessantes dabei rausgekommen?«

»Wir haben die Bestätigung, dass er an der durchgeschnittenen Kehle gestorben ist. Und dass der Schnitt mit einem spitzen Messer mit einer dicken Schneide, vielleicht einem Fischmesser, von links nach rechts ausgeführt wurde. Die Mordwaffe wurde nicht gefunden.«

»Dann hat der Täter hinter ihm gestanden und den Kopf mit dem linken Arm fixiert?«

»Gesessen, ja. Während er ihm mit der rechten Hand die Kehle durchgeschnitten hat. Tami hat vermutlich gelegen und geschlafen. Er hatte Alkohol im Blut, und nichts deutet darauf hin, dass er vor seinem Tod aufgewacht ist.«

»Was ist mit Fingerabdrücken?« Sie massierte sich den Nacken mit der freien Hand. Ein beginnender Schmerz drohte sich festzusetzen.

»Die des Opfers und zwei Sätze unbekannte. Vielleicht von den Kindern, sie hätten gute Gründe gehabt, das Messer anzufassen. Doch das Interessante sind die Zeiten. Da die Halsschlagader durchtrennt wurde, ist das Opfer innerhalb weniger Minuten verblutet, und der Rechtsmediziner kann den Todeszeitpunkt mit einer Stunde plus/minus genau festlegen. Zwischen fünf und sieben am Sonntagmorgen. Und hier wird es spannend in Bezug auf das Video. Den Technikern zufolge wurde es entweder um Viertel nach sechs auf das Handy des Opfers überspielt oder mit dessen Handy aufgenommen.«

»Wo er mit aller Wahrscheinlichkeit schon tot war?«

Petter brummte. »Oder ganz kurz davor.«

»Kann man jemandem einen Film schicken oder airdroppen, ohne dass der Absender zu sehen ist?«

»Davon habe ich keine Ahnung, aber die Techniker sagen, dass das gut möglich ist, wenn man weiß, wie. Hast du schon mit Nima geredet?«

»Noch nicht. Morgen klappt es bestimmt.« Liv zog die Bettdecke um sich. »Hast du das Gespräch auf dem Video übersetzen lassen, sodass wir mit der Identifikation weiterkommen?«

»Hört, hört, wer stellt hier die Fragen?«, brummte er, antwortete dann aber widerwillig: »Iranische Dolmetscher gibt es nicht wie Sand am Meer.«

»Und immer noch nichts Neues von den Kindern?«

»Wenn es so wäre, hättest du es mit Sicherheit erfahren! Du und der Rest des Landes.« Er seufzte tief. »Entschuldige, Liv, ich bin müde.«

»Das ist okay. Was ist mit Zeugen?«

»Was für eine Frage!«

Liv versuchte es mit einem vorsichtigen Lachen. Das besänftigte ihn offenbar.

»Wir haben eine Klasse mit Internatsschülern aus Horsens, die am Samstag auf einer Exkursion auf Vorsø waren. Etwas mit …« Er suchte nach dem Wort. »Du weißt schon, Projektwoche in Biologie, ist auch egal. Sie haben gehört, wie Tami die Kinder angemeckert hat, als sie das Kanu auf den Strand ziehen sollten.«

»Was bestimmt noch schlimmer geworden ist, als sie die Zelte aufschlagen sollten.«

Das brachte Petter zum Lachen.

Der Laut wärmte Liv, und ihr ging auf, dass sie mit angehaltenem Atem dagesessen hatte.

»Leider hat die Schulklasse so viele Spuren im Sand hinterlassen, dass wir nur schwer sagen können, ob der Täter auch ein Boot auf den Strand gezogen hat. Der Regen am Sonntagvormittag tat ein Übriges, wir können um die Zelte herum keine verlässlichen Fußabdrücke nehmen.«

»Scheiße! Was ist mit DNA?«

»Bei den meisten Proben warten wir noch auf die Ergebnisse, doch es sieht so aus, als gäbe es Haare und so etwas von drei verschiedenen Personen, wobei wir davon ausgehen müssen, dass die eine davon Tami ist und die Kinder die beiden anderen sind. Auf einer Whiskyflasche und ein paar Gläsern gibt es jedoch noch Abdrücke von drei weiteren Personen. Jetzt müssen wir sehen, ob es im System ein Match gibt.«

Er gähnte, und Liv musste sich auf die Zunge beißen, um nicht zu fragen, ob er okay sei. Er hasste diese Art von Small-Talk-Fürsorge.

»Was ist mit dem Naturpfleger?«

»Die Ermittler von Südost befragen ihn, wir müssen sehen, was er zu sagen hat. Konzentrier du dich auf Nima und das Video, wie ich dich gebeten habe, Kleine.«

Liv lächelte. Der Kosename hatte sich still und heimlich in ihre Beziehung geschlichen, er und ihr früherer Kollege Johan waren die Einzigen, die ihn benutzten.

»Ich rufe dich morgen an, wenn ich mit Nima gesprochen habe.«

»Danke. Schlaf gut.« Er legte auf.

Liv blieb mit dem Handy in der Hand im Dunkeln sitzen, sie wusste, dass sie nicht einschlafen würde. Sie rief die Aufnahme von der Insel auf und spielte sie ab, während ihr Blick die unscharfen Bilder zu fokussieren versuchte. Das Telefon war vermutlich aus einer Tasche gezogen und in einer schnellen Bewegung auf den Zettel gerichtet worden. Das Video war relativ dunkel, und es war nicht auszumachen, wo es aufgenommen worden sein könnte. Die beiden Stimmen waren ganz nah, sprachen aber nicht in Richtung des Mikrofons, viele Worte verschwanden in einem Knistern. Trotzdem musste jemand, der Farsi verstand, den Rest dechiffrieren können. Wenn es überhaupt Farsi war, das da gesprochen wurde.

Sie schaltete das Licht an. Ein schlafender Mann in einem Zelt auf einer einsamen Insel, auf der es sonst nur Zugvögel und einen Naturpfleger gab, die Kinder im Zelt gleich nebenan. Ein mysteriöses Video mit einem Namen in einer fremden Sprache. Es erforderte sowohl Kraft als auch Kaltblütigkeit, einem erwachsenen Mann die Kehle durchzuschneiden, diese Mordmethode wurde in der Regel von Profis angewandt, die ein Exempel statuieren wollten. Von Banden oder Auftragskillern.

Vorsø. Eine kleine Insel ohne Brücke. Wie weit von der Küste mochte sie entfernt liegen, und wie kam man dorthin? Liv holte sich eine Cola und eine Tüte Salzlakritze aus der Süßigkeitenschublade und setzte sich mit ihrem Computer auf dem Schoß zurück aufs Bett.

Die Insel stand unter Denkmalschutz, las sie, und das seit 1929. Ein Naturreservat, das vor allem Seeadlern, Fischreihern und Kormoranen als Brutplatz diente. Sie lag achthundert Meter vom Festland entfernt im niedrigen Wasser des Fjords. Soweit sie das verstand, gab es keine Übernachtungsmöglichkeit auf der Insel, aber Tami Ansari konnte natürlich trotzdem sein Zelt aufgeschlagen haben. Wer sollte sich um die Durchsetzung eines Campingverbots auf einer einsamen Insel kümmern?

Der Naturpfleger natürlich. Per Google fand sie heraus, dass er Lars Rørdam hieß und als Einziger eine Adresse auf Vorsø hatte. Man konnte sich gut vorstellen, dass er versucht hatte, die campierenden Gäste zu vertreiben, und wütend geworden war, als sie trotzdem blieben. Er wirkte auf sie wie ein Zeuge, den zu verhören spannend sein könnte. Die Ermittler von Südost dürften viele Fragen an ihn haben.

Wäre man doch eine Fliege an der Wand, dachte Liv, schloss den Computer und machte das Licht aus.

DIENSTAG, 9. MAI

KAPITEL 5

Die Linden entlang der Frederiksberg Allé leuchteten im frühen Morgenlicht in einem sanften Hellgrün. Liv lief die gut anderthalb Kilometer zum Frederiksberg Have und rund um die Seen mit energischen Schritten und klarem Kopf und schaffte es zurück in die Kaalundsgade, ohne sich über die vielen anderen Läufer im Park geärgert zu haben. Vielleicht, weil sie wie immer entgegen dem Uhrzeigersinn und gegen den Strom gelaufen war. Jedenfalls war sie sehr zufrieden, als sie einen Fuß auf das Geländer der Hintertreppe stellte und sich über das Bein beugte, bis es hinten im Oberschenkel spannte. Der wild wuchernde Garten um sie herum summte vor Frühling, und von ihrer Nase tropfte der Schweiß auf ihren Oberschenkel und verlieh ihr ein gutes Morgengewissen. Eine rot-braun gestreifte Katze schmiegte sich an ihren Knöchel. Sie hatte sie schon früher besucht und schien bereit, in die Kellerwohnung einzuziehen. Obwohl sie gut genährt aussah und ein schönes Fell hatte, hegte Liv den Verdacht, dass sie niemandem gehörte.

»Hey, Katze, wie heißt du denn?« Liv ging in die Hocke und streichelte sie, was die Katze damit quittierte, dass sie sich auf den Rücken drehte und zu schnurren begann. Als Kind hatte Liv jahrelang um eine Katze gebettelt, aber ihre Mutter war allergisch, sodass nichts daraus geworden war.

»Du siehst wie ein Allan aus. Mein Onkel Allan hat auch

rote Haare, oder, richtiger, er hatte rote Haare, jetzt ist er fast kahl.« Sie traf eine Stelle an der Brust der Katze, die sich offenbar ganz besonders gut anfühlte, denn Allan schloss die Augen und schnurrte noch lauter.

»Guten Morgen, du siehst aber sportlich aus.«

Liv hob den Kopf und sah ihren Vermieter oben auf der kleinen Steinterrasse vor dem Wohnzimmer von ihm und seiner Tochter stehen. Er machte einen gesunden Eindruck. Heute ohne Stock und mit den Händen in den Taschen. Sie hatte die Miete für diesen Monat noch nicht bezahlt – und auch nicht die für April. Das Konto war nicht gedeckt, doch vielleicht hatte er es noch nicht bemerkt.

»Hey, Jan, du siehst aber auch fit aus. Lange nicht gesehen.«

Er lächelte, sodass die Augen in dem Netz aus Falten verschwanden. »Schau doch einfach mal herein. Du bist immer willkommen. Magst du eine Tasse Kaffee? Ach ja, den trinkst du ja nicht, aber vielleicht etwas anderes.«

Sie zögerte. Er sah nicht wie jemand aus, der meckern würde.

»Das würde ich gerne, aber ich muss arbeiten.«

»Natürlich.« Er tat den Vorschlag mit einer Handbewegung ab. »Ein andermal.«

»Abgemacht!«

Liv sah ihn nach drinnen verschwinden, gab Allan zum Abschied einen Klaps und stieg die Treppe zu ihrer Wohnung hinunter. Die Beine schmerzten angenehm auf dem Weg ins Bad, und sie blieb lange unter dem warmen Wasser der Dusche stehen und ließ es die Muskeln lockern, bevor sie sich abtrocknete, anzog und Müsli in eine Schale gab. Sie sollte wohl in den nächsten Tagen einmal bei Jan vorbeigehen und es ihm erklären. Er war so nett, und es fühlte sich falsch an, ihm die Miete zu schulden. Doch die Alternative war, sich von ihren Eltern Geld zu leihen, und das kam ihr noch komplizierter vor.

Während sie ihr Müsli aß, dachte sie an ihre Eltern, und ihr Magen krampfte. Sie hatte auf die letzten drei SMS ihrer Mutter nicht geantwortet und konnte sich kaum erinnern, wann sie das letzte Mal in Rødovre gewesen war.

Sie spülte die Schale ab und nahm ihr Handy, um ihre E-Mails zu checken. Der Pressemitarbeiter Morten Krogh hatte geantwortet, *man könne leider nicht erlauben, dass Gäste sich in dem Erstaufnahmelager frei bewegen, da Sandholm eine Wohnstatt für Menschen auf der Flucht sei. Er könne ihr jedoch Zugang zum Archiv gewähren. »Ich bin in den kommenden Tagen auf einer Fortbildung, was ist mit Freitag?«*

Liv verdrehte die Augen ob seines patronisierenden Tons. Als wüsste sie nicht, was ein Asylcenter ist und mit welchem Respekt man es besuchen sollte! Sie antwortete nicht, sie konnte ohnehin nicht bis Freitag warten.

Sie hatte außerdem eine SMS von ihrem ehemaligen Kollegen Johan erhalten, er komme nach Kopenhagen und würde sich gerne am Donnerstagabend auf ein Bier treffen. Die Anfrage begleitete eine ellenlange Reihe völlig unsinniger Emojis wie früher, als sie noch in Aalborg gewohnt hatte. Ein Donut, ein Cowboyhut, ein Punker und ein Tyrannosaurus Rex. Sie lachte und antwortete mit einer Krabbe, einem Meteoriten und einer Avocado. Was konnte es schaden, ein Bier mit ihm zu trinken? Johan war ein feiner Kerl und einer der wenigen Menschen aus ihrer Zeit bei der Polizei von Nordjütland, der ihr keine Magenschmerzen verursachte.

Das Gartentörchen knallte, und Liv ging zu dem hohen Kellerfenster und guckte hinaus. Nima war auf dem Weg in die Werkstatt. Er hatte eine Sonnenbrille auf und den Blick gesenkt, als hätte er getrunken. Was er, seinem schwimmenden Blick nach zu urteilen, wohl des Öfteren tat. Sie zog Schuhe an und eilte in den Hof hinaus.

*

Nima schloss die Werkstatt auf und knallte die Tür zu. Ohne das Licht anzuzünden oder die Jacke auszuziehen, ging er direkt zum Auftragsbuch, in dem er die Aufträge für die Woche zusammen mit den Telefonnummern der Kunden notiert hatte. Er würde den Cadillac Brougham bis zum Wochenende nicht repariert bekommen, was er eigentlich zugesagt hatte, und auch den ulkigen kleinen Fiat 128 nicht, dessen neuer Zündverteiler gerade eingetroffen war. Es dauerte bestimmt nur ein paar Tage, versicherte er sich, dann würde das Leben wieder normal verlaufen. So normal, wie es das nach einem brutalen Mord in der Familie sein konnte. Doch Cyrus würde unversehrt wieder auftauchen, der Täter verhaftet werden, und ein paar Erwachsene würden übernehmen. Er fand unter dem Waschbecken ein Glas mit Paracetamol und schluckte zwei, ohne richtig zu wissen, warum. Er brauchte einfach alle Hilfe, die er bekommen konnte.

Das Klopfen an der Tür schickte einen Stromstoß durch seinen Körper. Er war offenbar mehr in Alarmbereitschaft, als ihm bewusst war. Ihm fiel auf, dass er noch immer die Sonnenbrille aufhatte, und nahm sie auf dem Weg zur Tür ab. Draußen stand Liv, die Privatdetektivin, die mit der Polizei zusammenarbeitete.

Nima trat einen Schritt vor, sodass er die Tür blockierte.

»He, Nima.« Sie blinzelte und musterte ihn, bevor sie fortfuhr. »Haben Sie fünf Minuten?«

Er konnte kaum etwas anderes tun, als sie hereinzulassen. Er trat einen Schritt zurück, sodass sie an ihm vorbei in die dunkle Werkstatt gehen konnte. Wieder einmal war er überrascht, wie klein sie war, nicht viel größer als Shirin. Zart und mit kindlichen Zügen wie ein Teenager.

»Ich habe heute geschlossen, ich wollte nur eben etwas holen und gleich wieder gehen.«

»Ich mache es kurz.« Sie lächelte und steckte die Hände in die Hosentaschen, als könnte sie nicht entspannter sein. »Haben Sie von dem Todesfall am Wochenende auf Vorsø gehört?«

Er nickte.

»Das Opfer heißt mit Nachnamen Ansari. Wie Sie. Sind Sie verwandt?«

Nima drückte das Auftragsbuch mit dem rechten Arm an den Körper. Die scharfen Ecken schnitten ihm ins Fleisch.

»Tami war mein Vetter.«

Sie blickte einen Moment zu Boden und sah wieder auf. Eine Geste der Höflichkeit.

»Das tut mir leid.«

»Es ist viele Jahre her, dass wir uns das letzte Mal gesehen haben, deshalb …«

Sie betrachtete ihn, ohne dass sich ihr Gesichtsausdruck veränderte. Trotzdem hatte er das Gefühl, dass sie ihm nicht ganz glaubte.

»Haben Sie von den Kindern gehört?«

»Nein.« Die Lüge fiel ihm leicht. Sie hatte kein Anrecht auf die Wahrheit von ihm, die würde die Polizei noch früh genug erfahren. »Was haben Sie mit dem Fall zu tun?«

»Ich assistiere der Polizei bei der Ermittlung.«

Sie sah ihn mit ihren runden blauen Augen freundlich, aber insistierend an. Er schlug den Blick nieder.

»Ich weiß nicht, wo sie sind. Leider. Die Familie macht sich natürlich große Sorgen.« Das Letzte war nicht gelogen.

»Sie müssen damit rechnen, bald von der Polizei kontaktiert zu werden. Als Angehöriger des Opfers ...«

Nima rutschte das Herz in die Hose, doch er versuchte, sie anzulächeln, um ihr zu verstehen zu geben, dass er ihre Vorwarnung als Ausdruck von Anteilnahme betrachtete.

»Also, ich sollte jetzt besser ...«

»Nur noch eins, dann lasse ich Sie in Ruhe. Ihr Vetter hat im Sandholmlejren gewohnt, als er in Dänemark angekommen ist. Wissen Sie, wann das war und wie lange er dort war?«

Die Frage überraschte ihn. Was wollte sie mit dieser Information? Er schloss die Augen und dachte nach. Die Flucht und Sandholm waren Themen, die er und seine Familie, so gut es ging, mieden.

»Das muss 1990 gewesen sein. Er hätte eigentlich in ein Auffanglager für Jugendliche weitergeschickt werden sollen, aber aus irgendeinem Grund hat es sich hingezogen, sodass er ein Dreivierteljahr in dem Lager gewohnt hat.«

»Okay.«

»Ich habe selbst mit meiner Mutter und meiner Schwester dort gewohnt, als wir vor knapp zehn Jahren in Dänemark angekommen sind.«

Sie nickte. »Entschuldigen Sie die naive Frage, aber wie war es, dort zu wohnen?«

Nima sah sein Kojenbett vor sich. Den Blick von der unteren Koje hinauf zu dem oberen Bett, in dem ein türkischer Junge die fünf Monate, die sie zusammen dort gewesen waren, abwechselnd geschlafen, geweint und onaniert hatte. Erinnerte sich an den Geruch in der Baracke, die Mücken an der Wand des gemeinsamen Bades und vor allem an den Zustand der Apathie, der langsam, aber sicher in einen hineinkroch. Und er war nicht einmal allein dort gewesen wie sein Vetter.

»Nicht sonderlich lustig, aber man überlebt es.«

»Wissen Sie, ob Ihr Vetter sich noch mit jemandem aus dem Auffanglager getroffen hat?«

Er zuckte mit den Schultern. »Er hat dort seine Frau, Yasmin, kennengelernt.«

»Was ist mit Milad Kharazmi? Ich weiß nicht, ob ich den Namen richtig ausspreche.«

»Von dem habe ich noch nie gehört.«

Liv nickte langsam. »Okay, danke. Ich fahre selbst da hoch, vielleicht erfahre ich dort mehr.«

»Aha.« Er sah zur Tür. »Also, ich muss. Ich habe noch etwas zu erledigen …«

»Das mit Ihrem Vetter tut mir leid.« Sie klopfte ihm auf die Schulter und ging an ihm vorbei in den Hof. Nima blieb stehen, bis sie um das Hinterhaus herum verschwunden war, bevor er die Tür hinter sich schloss und zu seinem Mustang eilte, der in der Kaalundsgade parkte.

Er hatte nicht daran gedacht, aber natürlich würde die Polizei ihn als einen der wenigen lebenden Angehörigen kontaktieren. Die Frage war, wie um alles in der Welt er mit ihnen reden konnte, ohne Shirin an sie auszuliefern, bevor sie dazu bereit war. Er fuhr sich mit der Hand durchs Gesicht, spürte die Tränensäcke unter den Augen und die kalte Nase. Das Kinn war von Bartstoppeln bedeckt.

Nima zog das Handy heraus und rief Hannah an. Er brauchte Hilfe.

*

Breite Straßen führten durch Buchenwald und weitläufige Wohngebiete mit Holzhandlungen und Gartencentern, bevor rechts ein gelb gestrichenes stattliches Gebäude auftauchte. Das Erstaufnahmelager Sandholm.

Liv fuhr zu dem Gittertor und ließ sich von einem unfreundlichen Wachmann in seinem Wachhäuschen auf den Gästeparkplatz weiterwinken. Leider musste ihr derselbe Wachmann Einlass auf das Gelände gewähren, nachdem sie ihren alten Fiat geparkt hatte und mit Mütze und Führerschein in der Hand vor seiner von Glas beschützten Domäne stand. Die Machtbalance war ebenso deutlich wie im Kaufhaus *Magasin* am 23. Dezember. Es war der Markt der Verkäufer, hier war sie unerwünscht und nur eine Last.

»Ich habe einen Termin mit Morten Krogh von der Presseabteilung. Er hat gesagt, dass ich selbst zum Büro kommen soll«, log sie und hoffte, dass die Fortbildung nicht im Kalender des Wachmanns vermerkt war.

Der Mann griff nach dem Telefon und sah sie böse an, während er anrief. »Er meldet sich nicht.«

»Morten hat mich, wie gesagt, gebeten, selbst zu seinem Büro zu kommen. Ich weiß, wo es ist.«

Der Wachmann musterte sie und beugte sich dann über den Computer. Sie biss die Zähne zusammen und wartete geduldig, bis er ihren Ausweis überprüft hatte und ihr einen Gästeausweis ausstellte.

»Bitte schön!« Er knallte die kleine Pappkarte mit der Sicherheitsnadel in die Vertiefung vor sich und schob sie ihr durch die Glaswand zu. »Sie melden sich wieder hier, bevor Sie das Gelände verlassen.«

Liv befestigte das Schild an ihrer Brust und kehrte dem Wachhäuschen den Rücken zu, ohne sich zu bedanken, aber auch ohne ihm den Finger zu zeigen, was sie unter dem

Strich als eine angemessene Reaktion betrachtete. Eine Tafel neben dem Tor zeigte die verschiedenen Bereiche der Einrichtung, die sich über ein überraschend großes Gelände verteilten: Ausländeramt, Polizei, Kindergarten, Klinik, Wohnungen. Sie beschloss, mit einem Gang an den Baracken vorbei zu beginnen, in denen die Asylanwärter wohnten. Dort hatte Tami vor dreiunddreißig Jahren gewohnt.

Ein löchriger Asphaltweg führte sie zu einer Reihe niedriger, schwarz gestrichener Holzhäuser, die an einer anderen Adresse auch Ferienhäuser für Touristen hätten sein können, die gerne unter Menschen waren und denen Abnutzungserscheinungen nicht viel ausmachten. Vor jedem Haus stand ein Picknicktisch und schien so etwas wie eine Gemütlichkeit vermitteln zu wollen, die es nicht gab. Hier hätten Menschen zusammensitzen und in der Frühlingssonne essen können, doch die Bänke waren ebenso leer wie die Wege und die Häuser. Vielleicht frühstückten die Bewohner irgendwo in einer Kantine. Eine grau gestreifte Katze saß vor einem Haus auf einer der schmalen Holzterrassen und beobachtete sie aus kleinen, zufriedenen Augen, während sie vorbeiging.

Das Gras war gelb, die Planken waren morsch, und die Farbe war verblichen. Verbraucht von Menschen, die nicht darum gebeten hatten, hier zu sein. An dem Ort, von dem alle wegwollten, das spürte man in den Mauern, das sickerte aus den Holzbalken und setzte sich zwischen Livs Schulterblätter wie ein etwas zu schwerer Rucksack. An einer Baracke war die Türklinke lose und hing wie ein Sinnbild dessen herunter, dass diese Tür Zugang zum Missmut bot. Am Horizont erinnerte ein hoher Stacheldrahtzaun daran, dass der Aufenthalt hier nicht freiwillig war.

Liv ging im Kreis zurück zu den Verwaltungsgebäuden und entdeckte in einem der hellgelben Bauten ein Büro des Roten Kreuzes, wo eine etwas weniger unfreundliche Mitarbeiterin am Eingang saß. Ein Namensschild auf dem Tisch verriet, dass sie Linda hieß. Ihre hellen Locken umrahmten ein müdes Gesicht und vermittelten den Eindruck, dass sie mit ihrer aufgesetzten Fröhlichkeit auch sich selbst etwas aufmuntern wollte.

Liv lächelte sie an. »Hey Linda. Ich suche nach dem Archiv, aber ich glaube, ich habe mich verlaufen ...«

Die Mitarbeiterin sah verwirrt aus.

»Ich schreibe eine Arbeit über das Auffanglager Sandholm in den Neunzigern und habe die Erlaubnis erhalten, einen Blick ins Archiv zu werfen. Fotos, Krankenberichte und Protokolle, ich kann alles gebrauchen, was mich über das Lager in dieser Periode klüger macht.«

Linda zog an ihrer roten Weste, sodass das Kreuz auf der Brust wieder auf einer Linie mit ihrem Busen war.

»Sie könnten ja damit beginnen zu lernen, dass es Center Sandholm und nicht Auffanglager Sandholm heißt. Das Wort Lager stigmatisiert.«

»Okay.« Liv lächelte bemüht.

»Also, wir haben eine Bibliothek in Gebäude 4. Meinen Sie vielleicht die? Sie liegt zwei Häuser weiter den Weg hinunter.« Sie zeigte in die Richtung. »Dort stehen Aktenschränke, von denen ich weiß, dass sie einiges an Fotos enthalten.«

»Wissen Sie, wie weit das Archiv zurückreicht?«

»Nein. Aber eine unserer studentischen Hilfskräfte hat die ganzen alten Bilder im letzten Jahr sortiert, sodass sie chronologisch geordnet sind. Vielleicht haben Sie Glück und finden etwas aus den Neunzigern.«

Diesmal bedankte sich Liv, bevor sie nach draußen ging und nach links zu Gebäude 4 abbog. Eine mit Linoleum ausgelegte Treppe führte hinauf in einen großen Raum mit Bücherregalen an den Wänden und vier Doppeltischen mit je einem alten PC, die mitten im Raum standen. An der hinteren Wand waren vier Aktenschränke. Sie ging zu dem ersten und öffnete die oberste Schublade. Sie enthielt nur Papiere, ebenso wie die nächste. Doch die Mappen im Schrank daneben waren voll mit Bildern.

Die studentische Hilfskraft hatte die Mappen im Fotoarchiv tatsächlich nach Jahreszahlen geordnet. Liv schickte ihr einen stillen Dank, während sie die für 1990 öffnete und zu blättern begann. Es gab Bilder von Etagenbetten und Mahlzeiten auf Einwegtabletts, von Fahrrädern und Vogelschwärmen und Menschen aller Altersstufen, von Säuglingen bis zu weißhaarigen Frauen mit faltigen Gesichtern. Gemeinsam war den meisten das künstliche Lächeln, das Menschen gern aufsetzen, wenn sie fotografiert werden. Besonders damals, als man noch Fotos knipste und auf einem Film nur vierundzwanzig Versuche hatte.

Auf vielen Bildern stand hinten eine Zeile Text, oft eine Kombination aus einem Datum und den Namen der Menschen, die auf dem Bild zu sehen waren. Manchmal auch ein Anlass oder eine Erklärung. Liv blätterte, drehte Fotos um und las. *Muhammeds vierter Geburtstag, Frühjahrsputz in Baracke 26, Lulu Abbas und Zainab Delara spielen Karten.* Keine Namen, die sie wiedererkannte.

Sie schloss die Mappe *1990*, öffnete *1991* und guckte. Mitten in dem Bilderstapel sprang ihr ein Name ins Auge. *Tami Ansari und Samir Vahman feiern Nowruz.* Das Foto zeigte einen erwachsenen Mann mit Schnurrbart und breiten Schultern neben einem schlaksigen Teenager, der eine Schale mit bunten Eiern Richtung Kamera hielt. Hinter ihnen war die Tür zu einer Baracke halb geöffnet, *»Baracke 64«*, wie aus dem Schild an der Fassade hervorging. Ein nicht mit Namen genannter Mann stand in der Tür, die Arme wie zum Tanz erhoben, neben ihm eine blonde Frau in einer Uniform des Roten Kreuzes. Es sah anheimelnd aus, wie ein Familienfoto.

Sie blätterte weiter und blickte in fremde Gesichter, sah Ballspiele und Mahlzeiten, die von Menschen im Lauf des Jahres 1991 im Lager eingenommen worden waren. Ganz hinten in der Mappe steckte ein Stapel Fotos in einer Falttasche, als wären sie es nicht wert, gezeigt zu werden, sollten aber auch nicht weggeworfen werden. Liv blätterte sie durch. Eins zeigte ein Zimmer, aus dem die Etagenbetten entfernt worden waren. Von der Decke hing eine nackte Hundert-Watt-Birne, sechs Stühle waren in einen Kreis gestellt. Einer war nach hinten gekippt, und auf dem Boden war ein dunkler Fleck, der wie Blut aussah.

Sie drehte das Bild um, aber es stand nichts auf der Rückseite. Dafür verriet eine gedruckte Zeile den Namen der Entwicklungsfirma und das Datum: 25. April 1991.

Liv steckte das Bild zusammen mit dem von Tami in ihren Rucksack, holte ihr Handy heraus und öffnete Facebook.

Samir Vahman. Er hatte ein offenes Konto, und nach seinem Profil zu urteilen, war er über sechzig, obwohl er auf dem Facebook-Profilfoto jünger aussah. Links zu Wettbewerben, niedliche Blumen- und Teddybilder mit Wünschen für einen guten Tag und gemäßigt zornige Kommentare zu Christiansborg-Politikern, die formuliert waren, als erwartete er tatsächlich, dass sie sein Profil aufriefen und sie lasen. Er hatte ein paar Veranstaltungen initiiert, die auf Farsi beschrieben waren, in den letzten Jahren ungefähr eine pro Quartal.

Sie kopierte den Text in eine Übersetzungs-App und wurde mit einem wilden Durcheinander aus Freundschaftstreffen, irgendeiner Patrouille und etwas mit Kuchen belohnt. Auf der Teilnehmerliste waren sowohl dänische als auch persische Namen zu sehen, keiner kam ihr bekannt vor. Er wohnte in Tvingstrup, wie sie auf den Einladungen sehen konnte.

Sie schloss die Seite und suchte in ihrer Karten-App nach Tvingstrup. Die Ortschaft lag nördlich von Horsens, eine kleine ehemalige Bezirksstadt mit Bahnanschluss. Sie zoomte sie heran und rief die Wegbeschreibung auf. Aha. Von Tvingstrup fuhr man mit dem Auto nur zwanzig Minuten bis Vorsø, sieh mal einer an. Sie schickte Samir eine kurze Nachricht über Messenger und fragte, ob er zu einem Gespräch über Tami Ansari zur Verfügung stehe. Dann griff sie nach ihrem Rucksack und erhob sich.

Sie brauchte nur wenige Minuten, um die Baracke 64 zu finden, vielleicht hatte Tami damals hier gewohnt. So sah es zumindest auf dem Bild aus. Liv griff nach der Klinke und stellte zu ihrer Überraschung fest, dass die Tür nicht verschlossen war. Sie trat ein und blickte sich vorsichtig um. Die Baracke war menschenleer, und die Zimmer wirkten unbewohnt. Die Etagenbetten hatten keine Matratzen, und die Stühle standen auf den Tischen, als sollte sauber gemacht oder renoviert werden. Es erinnerte an die Landschulheime, in denen sie in ihrer Kindheit so geweint hatte, dass man sie nach Hause holen musste.

Sie trat in ein Zimmer und musterte die Wand hinter den Etagenbetten. Dort würde ein Kind einen Gruß hineinritzen oder schreiben, das hatte sie zumindest als Kind getan. Es galt, Fußspuren in der Geschichte zu hinterlassen. Und tatsächlich, die Wand war mit kleinen Grüßen aus der Vergangenheit verziert. Namen, Zeichnungen und Sätze in fremden Buchstaben. Sie studierte sie und ging zum nächsten Zimmer weiter. Im dritten Zimmer fand sie die Initialen T + Y im Kopfende des obersten Etagenbetts. Die Buchstaben waren tief eingeritzt und eindeutig seit vielen Jahren dort. Konnte das Tami gewesen sein, der seine und Yasmins Liebe hier verewigt hatte? Liv machte ein Bild von der Wand, kletterte wieder hinunter und ging zum Ausgang.

Eine Frau in ihrem Alter ging an ihr vorbei. Sie trug einen langen Mantel und ein Kopftuch. Liv grüßte sie, doch die Frau blickte nicht auf und grüßte nicht zurück.

Ihre nervöse Energie saß den ganzen Weg bis nach draußen zu ihrem geparkten Auto in Liv.

Als sie in südlicher Richtung wieder auf der Autobahn war, rief sie Petter an. Er meldete sich sofort. »Yes!«

»Hey, Petter, bist du sehr beschäftigt?«

»Ziemlich. Ich habe gesehen, dass du heute schon einmal angerufen hast. Etwas Wichtiges?«

Sie kannte diesen Tonfall, jetzt galt es, sich kurz zu fassen.

»Zunächst einmal habe ich mit Nima gesprochen. Er ist Tami Ansaris Vetter und wohl der nächste Blutsverwandte in Dänemark.«

Petter atmete in das Mundstück des Telefons, sodass es im Auto rauschte. »Okay, danke, Liv.«

»Habt ihr die Übersetzung der Aufnahme? Ansonsten hätte ich einen Vorschlag, wer helfen kann. Ein Mann mit Namen Bahram …«

»Hmm, yes. Das muss warten.« Er machte mit der Zunge einen Klicklaut, als wollte er basta sagen.

»Ich würde auch gern etwas bezüglich des Sandholmlejren mit dir besprechen …«

»Liv, ich muss los.«

»Ist etwas passiert?«

Eine Wolke schob sich vor die Sonne. Liv fiel auf, dass sie die Augen zusammengekniffen hatte.

»Ein Zeuge hat Cyrus Ansari auf einem Rastplatz auf Fünen gesehen, zusammen mit zwei Männern. Wir wissen nicht, ob das Mädchen auch dabei war, aber wir haben eine Beschreibung des Autos und des halben Nummernschilds. Wir sind auf dem Weg dorthin. Endlich tut sich was.«

KAPITEL 6

Südlich von Farum, mitten auf der Landzunge zwischen Farum Sø und Furesøen, begannen Livs Wangen zu glühen und die Schläfen unheilverkündend zu pochen. Das Fieber rollte so schnell und heftig heran, dass sie fast nicht mehr aus den Augen gucken konnte. Ein Marker. Sie zerrte an ihrem Ausschnitt, brauchte Luft. Das Auto schlingerte, die Reifen berührten den Randstreifen und beschwerten sich lautstark.

An der nächsten Ausfahrt fuhr sie von der Autobahn ab und stieß auf einen kleinen Weg, der zum Wasser hinunterführte. Sie parkte neben einem geschlossenen Eisbüdchen und stellte den Motor aus. Ein Pfad verlief zwischen den Bäumen entlang zum Ufer. Sie steckte die Hände in die Taschen und atmete durch die Nase ein und durch den Mund wieder aus, durch die Nase ein, durch den Mund aus.

Ihr Großvater hatte ihr erzählt, dass das das Nervensystem beruhige, und obwohl sie nie die Bestätigung dafür bekommen hatte, hielt sie daran fest. Das Handy brummte in der Tasche, und sie warf einen Blick darauf, ob es Petter war, lehnte den Anruf jedoch ab, da sie die Nummer nicht kannte.

Dafür hatte sie eine Nachricht von Nasrin, der jungen Sekretärin der Dänisch-Iranischen Gesellschaft. Sie schrieb, dass Liv ihre Mütze bei ihnen vergessen habe, und fragte, ob sie damit vorbeikommen solle. *Ich könnte heute Abend*, schrieb sie, und Liv fragte sich, ob das ein Flirtversuch war.

Sie kam zu einer Lichtung, wo eine grasbewachsene Böschung zu Schilf und Ufer hinunterführte, und setzte sich auf den Boden. Das Wasser gluckste friedlich gegen das Ufer, und eine leichte Brise ließ die Baumkronen rauschen. Das Fieber hatte wohl nichts zu bedeuten, vielleicht war es nur etwas Hormonelles wie damals, als sie für den Halbmarathon trainiert hatte und ihre Menstruation ausgeblieben war. Die Ärztin hatte auf einem HIV-Test bestanden. Vielleicht hätte sie ihr erklären sollen, wie überflüssig der war. Es sei denn, er war es doch nicht. Der Gedanke war absurd, aber er ließ sich auch nicht ignorieren.

Vor einem Jahr hatte sie Sex mit einem Mann gehabt, der sie prinzipiell mit allem hätte anstecken können. Keinen Sex, berichtigte sie sich, sie war vergewaltigt worden. Ihr drehte sich der Magen um bei der Erinnerung an Malle Johnsson von der nordjütländischen Polizei, der seiner nichts ahnenden Frau einen Gutenachtkuss gab und sich mit den Kollegen vergnügte, wenn sie dienstlich unterwegs waren.

Liv legte sich zurück ins hohe Gras und schloss die Augen. Die Stirn brannte. Wie schon so oft, stellte sie sich die Konfrontation mit Malle vor, zu der sie irgendwann den Mut aufbringen würde. Wie sie ihn auf dem Parkplatz mit einem Elektroschocker überraschen, in den Kofferraum werfen und mit ihm zu einem verlassenen Sommerhaus fahren würde. Wenn er erwachte, würde er geknebelt und gefesselt alleine im Dunkeln liegen. Oder, korrekter, alleine mit ihr. Sie würde sich mit einem Messer in der Hand auf einen Stuhl setzen und ihn nur anstarren, ihm richtig Angst machen. Oder mit einem Hammer, vielleicht war ein Hammer besser?

Das Handy schellte erneut, diesmal meldete sie sich, ohne vorher aufs Display zu gucken.

»LJ Detektive.«

»Guten Tag, spreche ich mit Liv Jensen?« Der Akzent war schwer und die Stimme tief. Aber freundlich. »Samir Vahman. Sie haben mir auf Facebook geschrieben.«

Sie setzte sich auf. »Hey, Samir, Sie sind aber schnell.«

»Na ja, es passiert schließlich nicht jeden Tag, dass man von einer Detektivin kontaktiert wird.« Er sprach das Wort Detektivin langsam und deutlich aus, als wollte er das Ungewöhnliche daran unterstreichen. »Was kann ich für Sie tun?«

Liv hielt das Handy ein Stück vom Ohr weg und schüttelte den Kopf, um ihr Gehirn auf Kurs zu bringen. »Ich arbeite an einem Fall, der bis ins Sandholmlejren zurückführt. Stimmt es, dass Sie in dem Lager gewohnt haben … in dem Center … 1990?«

»Nennen Sie es ruhig Lager. Wir, die wir dort gewohnt haben, sind da nicht so empfindlich. Und ja, ich habe von 1989 bis 1992 im Sandholmlejren gewohnt.«

»Ist das lange?«

Er schwieg einen Augenblick. »So ist das, wenn man Asyl beantragt, das ist nichts für Ungeduldige. Aber ich hatte Glück.«

Der Satz klang ebenso aufrichtig wie einstudiert. Der dankbare Flüchtling war vielleicht eine Rolle, die man annehmen musste, wenn man dazugehören wollte. »Ich bin über ein Bild von Ihnen zusammen mit einem anderen Asylantragsteller gestolpert. Er ist derjenige, für den ich mich interessiere. Tami Ansari, erinnern Sie sich an ihn?«

»Wer? Da ist gerade ein Lkw am Garten vorbeigefahren.«

»Tami. Ansari.« Sie machte sich die Mühe, deutlich zu sprechen.

»Ah, jetzt verstehe ich.« Der Ton schlug in Moll um. »Ich habe in den Zeitungen von ihm gelesen. Natürlich erinnere ich mich an Tami.«

»Hatten Sie noch Kontakt?«

»Nicht seit damals, nein. Soweit ich weiß, hat Tami zu niemandem von uns, die wir damals in Sandholm waren, Kontakt gehalten. So kann es gehen.« Es folgte ein Zischen wie von einer Dose, die geöffnet wurde.

»Im derzeitigen Stadium der Ermittlung ist es entscheidend, so viel wie möglich über das Opfer zu erfahren. Ich würde Ihnen gerne ein paar Fotos zeigen, auf die wir in Sandholm gestoßen sind.« Liv fand den Punkt, wo der blaue Himmel auf die Wasseroberfläche traf. Sie hatte ihm nicht vorgemacht, dass sie von der Polizei war, nur gesagt, dass sie an dem Fall arbeitete, und das war nicht gelogen. »Darf ich bei Ihnen vorbeikommen? Vielleicht am späten Nachmittag? Ich komme von Kopenhagen rüber.«

»Das ist eine ziemliche Strecke! Und ich bin mir nicht sicher, an wie viel ich mich erinnern kann …«

»Wir nehmen, was wir kriegen. Ich schreibe Ihnen, wenn ich weiß, um wie viel Uhr. Bis dahin!«

Sie legte auf. Die Fahrt nach Tvingstrup dauerte drei Stunden, und Petter hatte sie nicht direkt gebeten, nach Jütland zu fahren und auf eigene Faust Zeugen zu verhören. Aber wer sollte das sonst übernehmen, wo der Rest des Ermittlerteams damit beschäftigt war, Tamis Kinder zu finden?

Er hatte noch nicht einmal das Gespräch in dem Video übersetzen lassen, obwohl das nicht besonders schwierig sein konnte. Bahrum hatte seine Hilfe angeboten, sie könnte es sofort erledigen. Vielleicht sollte sie einfach in Frederiksberg bei ihm vorbeischauen, bevor sie nach Jütland fuhr. Sie schickte ihm eine Nachricht und fragte, ob er Zeit hatte. Das konnte doch wohl nicht schaden?

Liv stand auf und klopfte sich Gras und Erde vom Hosenboden. Das Fieber ließ langsam nach, und ihr Gehirn wurde wieder klar. Wie eine Flutwelle, die sich zurückzog und eine Muschelschale freilegte, ließ das Fieber sie mit einem messerscharfen Verstand zurück. Mit einem messerscharfen Verstand und Hunger.

*

Die Mittagsluft im Südhafen war angenehm und duftete nach dem sprießenden Frühjahr. Das Taxi setzte Hannah am Kai ab, und sie musste ein paarmal auf und ab gehen, bis sie Nimas Anlegeplatz fand. Glasscherben und verwitterter Asphalt knirschten unter ihren Füßen. Sie hatte ein Kleid angezogen und kam sich zwischen den heruntergekommenen Häusern und Booten herausgeputzt vor.

Er kam ihr auf dem Bootssteg entgegen.

»Du hast es gefunden. Ich hätte dich am Taxi abgeholt, aber ich habe es nicht kommen hören.«

Nima war barfuß und trug Jeans und einen dünnen dunkelblauen Pullover. Sie lächelte ihn an und dachte, dass er nie etwas anderes anziehen würde, wenn er wüsste, wie gut er darin aussah.

»Danke, dass du gekommen bist. Ich wusste nicht, wen ich sonst hätte fragen sollen.« Er griff nach ihren Schultern und küsste sie auf die Wangen, seine Lippen waren warm, und er roch nach Rauch und Seife.

»Kein Problem, ich habe heute frei. Ich arbeite nur fünfundzwanzig Stunden die Woche. Wie geht es ihr?«

Er schnitt eine Grimasse. »Sie weigert sich immer noch, zur Polizei zu gehen.«

»Okay. Ich werde sehen, ob ich sie überzeugen kann.« Hannah blickte über den Hafen. »Hier wohnst du also?«

Sie bereute die Frage sofort, ihren missbilligenden Klang. »Ist das ein alter Eisbrecher?«

»Ein Schleppboot. Es war im Zweiten Weltkrieg vor der Küste der Normandie im Einsatz. Ich weiß natürlich, dass es wie ein Haufen Schrott aussieht, aber in Wirklichkeit ist das eine feine alte Dame.«

Er lächelte und sah müde aus.

»Komm rein, Shirin wartet in der Kombüse.«

Sie folgte ihm durch die Schiffstür vier kleine Stufen nach oben in eine Kombüse mit einer eingebauten Klappbank und einem Esstisch. Am Tisch saß ein Teenager mit langen, dünnen Gliedern, die den Kopf etwas zu groß aussehen ließen. Die hellen Augen blickten skeptisch unter den braunen Locken hervor. Sie wich Hannahs Blick aus und sah absolut nicht wie jemand aus, der sich freute, einen fremden Erwachsenen zu treffen.

»Hey, Shirin, ich heiße Hannah. Darf ich mich setzen?«

Das Mädchen lächelte ganz leicht, als wäre die Frage dumm, rückte jedoch ein wenig beiseite, sodass Hannah sich neben sie auf die Bank setzen konnte.

»Möchtet ihr Wasser? Oder etwas anderes zu trinken?« Nima trat an den Tisch und sah sie an. Er hatte die Hände linkisch vor dem Körper verschränkt, die Finger zitterten.

»Nein danke, aber vielleicht willst du was erledigen, während Shirin und ich reden.«

Nima blieb stehen und sah unsicher seine Nichte an. Doch dann nahm er eine Jacke vom Haken hinter der Tür. »Ich fahre einkaufen. Bis gleich.«

Hannah ließ seine Schritte verklingen, bevor sie sich zu dem Mädchen neben ihr umdrehte.

»Hat dein Onkel dir erzählt, wer ich bin und was ich mache?«

Sie nickte, ohne aufzublicken. »Ich habe schon einmal mit einem Psychologen gesprochen. Aber das war ein Mann.«

»Um was ging es da?«

Shirin biss sich in die Lippen. Sie waren trocken und aufgesprungen, und das Haar konnte eine Bürste vertragen. Sie hatte etwas von einem vernachlässigten Kätzchen.

»Es ist okay, wenn du keine Lust hast, mir das zu erzählen. Dein Onkel hat mich gebeten vorbeizukommen, aber das ist nur ein privates Gespräch, weil er und ich uns kennen. Ich sage niemandem, was du mir erzählst. Ich habe Schweigepflicht.« Streng genommen war sie zu überhaupt nichts verpflichtet, wenn sie mit einer Minderjährigen sprach, doch sie wollte, dass Shirin sich entspannte. Sie zog einen Notizblock aus der Tasche, einen von denen, die sie im Krankenhaus benutzte. »Ich mache mir vielleicht ein paar Notizen, aber die sind nur für uns. Um uns an das Gespräch zu erinnern, falls du das brauchst. Okay?«

Sie antwortete nicht. Hannah legte die Hand auf den Notizblock. »Shirin, ich bin hier, um dir zu helfen. Ich habe das Gefühl, dass du ein kluges Mädchen bist und weißt, dass du bald mit der Polizei reden musst. Ich weiß, wie solche Befragungen vor sich gehen, und kann dir helfen, dich so gut wie möglich darauf vorzubereiten. Aber du musst mit mir reden, wenn ich das tun soll. Okay?«

Zum ersten Mal hob Shirin das Gesicht und begegnete ihrem Blick. »Okay.«

»Gut.« Hannah lächelte sie an. »Wo ist deine Mutter?«

»Im Iran, ich habe seit drei Jahren nichts von ihr gehört.«

Hannah taten die Worte im Herzen weh. »Weißt du, wie wir sie erreichen können?«

»Ich weiß nicht einmal, wo sie inzwischen wohnt. Sie ist hingefahren, um Großmutter zu besuchen, und nie wieder nach Hause gekommen. Sie hat den Iran vermisst und es hier nicht mehr ausgehalten. Am Anfang hat mein Vater versucht, sie zum Zurückkommen zu überreden, aber sie wollte nicht. Dann haben sie sich scheiden lassen.«

»Wie oft sprichst du mit ihr?«

»Nie. Sie hat eine neue Familie und mag uns nicht mehr. Anfangs hat sie uns noch geschrieben, aber jetzt antwortet sie nicht mal mehr.«

»Dann waren du und dein Bruder mit eurem Vater allein?«

Das Mädchen senkte den Blick und begann, an dem Armloch ihres viel zu großen Sweatshirts herumzunesteln. »Cyrus und ich halten zusammen.«

Hannah setzte zum Schreiben an. »Ist er ein guter großer Bruder?«

»Ja!«

»Dann machst du dir bestimmt Sorgen um ihn ...«

Hannah wartete, doch das Mädchen antwortete nicht. »Wir müssen alles tun, was wir können, um der Polizei zu helfen, ihn zu finden.«

Shirin nestelte wieder an dem Armloch herum. Die Locken waren ihr ins Gesicht gefallen und verdeckten es.

»Hast du Freundinnen, mit denen du reden kannst?«

Shirin hob leicht den Kopf und nickte.

»In der Schule?«

»Nein, mit denen habe ich nicht so viel zu tun. Aber ich

bin in der Theater-AG, seit ich acht war, und da habe ich zwei Freundinnen.«

»Das klingt nach Spaß?«

Sie zuckte mit den Schultern. »Eine von ihnen hat aufgehört, und ich weiß jetzt nicht, ob ich weitermachen soll oder nicht.«

»Das ist doof.«

Hannah wartete, doch Shirin hatte offenbar nicht mehr zu erzählen.

»Lass mich dir erklären, was passieren wird, wenn ihr die Polizei anruft. Da du minderjährig bist, wird dir ein Vertreter der Gemeinde zugeteilt, der dir während des gesamten Verlaufs zur Seite steht. Die sind in der Regel sowohl nett als auch tüchtig. Der Gemeindevertreter hilft dir auch, einen Ort zu finden, an dem du in der kommenden Zeit wohnen kannst …«

Das Weinen kam wie aus dem Nichts. Hannah rückte näher an Shirin heran und legte ihr eine Hand auf die Schulter, doch sie schüttelte sie ab.

»Was sollte denn jetzt passieren, wenn du das selbst entscheiden könntest?« Hannah sprach so behutsam, wie sie nur konnte. »Du kannst dich schließlich nicht ewig hier auf dem Boot deines Onkels verstecken.«

Das Mädchen wischte sich mit dem Ärmel das Gesicht ab. »Wenn die, die meinen Bruder haben, hören, dass ich mit der Polizei rede, töten sie ihn.«

Hannah wagte es, Shirin die Hand auf den Arm zu legen. Diesmal wurde es ihr erlaubt.

»Ich verstehe gut, dass du Angst hast, aber die Polizei kann helfen und dich und deinen Bruder auf eine Weise beschützen, wie dein Onkel das nicht kann. Ihr braucht Hilfe, davon bin ich überzeugt, und das weißt du selbst.«

Shirin drehte sich zu ihr um. Ihre Augen waren rot umrandet. »Ja, das weiß ich. Wir brauchen Hilfe.«

*

»Verstehen Sie, was sie sagen?«

Liv hielt das Telefon neben Bahrams Gesicht und sah seine braunen Augen im Takt mit den beiden diskutierenden Stimmen auf dem Video flackern. Sieben Sekunden, dann war es vorbei. Sie saßen nebeneinander an dem ellipsenförmigen Besprechungstisch der Vereinigung, diesmal ohne Tee und Zucker. Nasrin arbeitete heute offenbar nicht, dann bekam sie die Mütze eben ein anderes Mal zurück.

Sie versicherte sich, dass er das Display nicht sah, sondern nur die Stimmen hörte.

»Soll ich es noch einmal abspielen?«

»Ich hole etwas zu schreiben.« Der stattliche ältere Mann öffnete eine Schublade an einem Mahagonischreibtisch und kam mit Block und Stift zurück. »Sie sprechen auf jeden Fall Farsi, so weit, so gut. Kann ich das Telefon selbst halten?«

»Das halte ich.«

»Sie können mir die Aufnahme auch schicken, dann kann ich morgen daran arbeiten …«

Liv lächelte den Vorsitzenden der Dänisch-Iranischen Gesellschaft an. Er hatte freundlicherweise zugesagt, ihr zu helfen, doch nichts würde sie dazu bringen, ihm das Video zu überlassen. Es reichte, dass sie ihn lauschen ließ. Petter würde sie bei lebendigem Leib häuten, wenn er das wüsste.

»Wir spielen es einfach so lange ab, wie Sie das brauchen.«

Sie drückte auf Play und stellte die Stimmen lauter. Bahram runzelte konzentriert die Stirn und notierte sich hier und da ein Wort.

»Noch einmal! Es ist fast unmöglich, etwas zu hören, warum ist die Aufnahme so schlecht?«

»Es klingt, als wäre Wind im Mikrofon.« Liv ließ das Video noch einmal laufen. Die Stimmen sprachen schnell und klangen angespannt. Bahram schrieb und murrte.

»Noch einmal!«

Nach zwölf Durchläufen hatte er sechs Zeilen Farsi auf den Block geschrieben, inklusive einiger Durchstreichungen und Pfeile. Die fremden Buchstaben sahen wie Regen aus, der über eine Autoscheibe lief.

»Können Sie das ins Dänische übersetzen?«

»Einen Moment.« Er saß lange da und blickte auf den Text, als wollte er ihn sich einprägen. Dann schlug er eine neue Seite in dem Block auf, schrieb langsam und deutlich und schob ihr den Zettel über den Tisch zu.

»Zwei Personen, ein Mann und eine Frau. Ich habe sie A und B genannt, B ist der Mann.«

Sie nickte und las laut.

A: Wer ist der Nächste auf der Liste?
B: Der Liste? Du meinst …
A: Ja.
B: Das liegt bei ihnen, nicht bei uns … das weißt du genau.
A: Was machen wir in der Zwischenzeit?
B: Wir halten uns bereit.

»Verstehen Sie, wovon sie reden?«

Er sah sie ausdruckslos an. »Nicht unmittelbar. Ich verstehe die Worte, aber ohne Kontext ergibt das keinen Sinn.«

Sie faltete den Zettel zusammen und steckte ihn in die

Tasche. Die Implikationen waren deutlich genug. Zeitnah zu Tamis Tod hatten zwei Personen womöglich darüber gesprochen, wer das nächste Opfer war, und festgestellt, dass das andere zu entscheiden hatten und nicht sie. Die Frage war, ob sie auf den rätselhaften Milad Kharazmi anspielten, dessen Name in demselben Video auf einem Zettel stand, oder ob sie eine ganz andere Liste meinten.

»Ich würde Sie gerne noch etwas anderes fragen …« Sie holte die beiden Fotos aus Sandholm heraus und legte sie vor ihn hin. »Erkennen Sie jemanden oder etwas auf diesen Fotos?«

Er beugte sich vor und kniff die Augen zusammen, schüttelte jedoch resigniert den Kopf. »Das ist so lange her. Ist das da Tami? Und eine der Baracken, aber ohne Etagenbetten?«

»Sie können sich nicht an Samir Vahman erinnern?« Sie zeigte auf das Bild.

Bahram legte einen Finger ans Kinn und dachte nach.

»Samir, haben Sie gesagt? Nein, an ihn erinnere ich mich nicht.«

»Was ist mit den beiden anderen?«

»Leider nein.« Er zog die Schultern hoch. »Es tut mir leid, dass meine Erinnerung nicht mehr hergibt … vielleicht habe ich es verdrängt.«

Sie zeigte auf die im Kreis stehenden Stühle. »Wissen Sie, was das hier ist?«

»Vielleicht irgendein Treffen? Das sagt mir jetzt nichts.«

Liv stand auf. »Sie waren mir eine große Hilfe.«

Er lächelte und machte eine ausladende Handbewegung, als wäre es das Mindeste, was er tun konnte.

»Die Aufklärung des Mordes an Tami liegt mir sehr am Herzen, er ist ja sowohl ein Landsmann als auch ein alter Bekannter. Ich begleite Sie hinaus.«

Sie gingen durch die Räumlichkeiten der Vereinigung zur Haustür. Liv versicherte sich, dass sie den Zettel mit seiner Übersetzung mitgenommen hatte, und reichte ihm die Hand.

»Nochmals vielen Dank. Falls sich noch Fragen ergeben, hören Sie vielleicht noch einmal von mir.«

»Das würde mich freuen.«

Er schloss die Tür hinter ihr. Während Liv den Gartenweg hinunterging, rumorte ein neuer Gedanke in ihrem Hinterkopf. Wenn es eine Liste von Menschen gab, die liquidiert werden sollten, die von einigen erstellt und von anderen abgearbeitet wurde, musste es sich um eine größere Organisation oder so etwas handeln. Eine Bande.

ERSTAUFNAHMELAGER SANDHOLM, NOVEMBER 1990

Es ist ein nebliger Morgen, die Dunkelheit liegt schwer und unversöhnlich über den Baracken. Tami lässt das Frühstück aus, obwohl die Mahlzeiten die Lichtblicke des Tages sind, da sie die Monotonie durchbrechen. Er hält den Geruch in der Kantine nicht aus, nicht heute. Stattdessen geht er zu dem Abschnitt des Zauns, der an ein Waldstück grenzt. Er setzt sich auf die Erde und zündet sich eine Zigarette an, längst hat er sich an den Geschmack gewöhnt und mag das Gefühl, jemand zu sein, der raucht. Die Art, wie es ihn aussehen lässt. Hart im Nehmen, stellt er sich vor, widerstandsfähig und ein bisschen gleichgültig.

Ohne darüber nachzudenken, zeichnet er mit der Hand ein Muster in die Erde, eine liegende Acht als Symbol für die Ewigkeit, die er hier im Niemandsland verbringen wird. Das letzte Mal, dass er auf diese Weise in der Erde gestochert hat, war zu Hause im Iran. Der Fahrer hatte im Leerlauf vor ihrem Haus gewartet, Tami hatte die Tasche hinten hineingeworfen und die Klappe zugeschlagen. Bevor er seine Mutter ein letztes Mal umarmte, bückte er sich, sammelte eine Handvoll Erde auf und steckte sie sich in die Jackentasche. Da liegt sie noch immer, zusammen mit einem schönen Stein, den er gefunden hat. Eine Erinnerung daran, dass er weit weg von zu Hause ist, staatenlos und ohne Eltern.

Das gestrige Gespräch mit der Ausländerbehörde ist nicht gut gelaufen, soweit er das beurteilen kann. Zuerst hat er in der alten Turnhalle mit Hunderten anderer Menschen gewartet, hat ihren Zigarettenrauch und ihre zittrige Unruhe eingeatmet. Die Stimmung hat ihn daran erinnert, wie er vor fünf Wochen auf dem Flughafen Kastrup angekommen war. Das Pendeln der hektischen Reisenden zwischen Läden und Fremdheit. Die Erleichterung, die sich zeitgleich mit dem Verlust von allem, was er kannte, einstellte, während er nach einem Polizisten Ausschau hielt, um die Worte auszusprechen. Die Worte, die er geübt hatte: I am refugee. Ihre harten Blicke im Vernehmungsraum, das Misstrauen, die Drohungen.

Er ist rechtzeitig zu dem Gespräch erschienen, denn die Konsequenzen, die folgen, wenn man zu spät kommt, sind potenziell katastrophal. Sie haben ihn zwei Stunden warten lassen.

Während die Minuten dahinschlichen, hat er die Dolmetscher beobachtet, die zwischen den anderen Asylanten herumliefen wie Könige unter armen Bauern und auf die alle Augen gerichtet waren. Sie waren das Bindeglied zwischen Flüchtling und Staat und sollten die Geschichten der Asylanten so vermitteln, dass das gewünschte Resultat herauskam. Ein falsches Wort, eine falsche Wendung, und alles konnte verloren sein. Die Dolmetscher waren die unumstrittenen Herrscher der Turnhalle. Die Dolmetscherin, die ihn zu seinem Treffen begleitete, war eine kleine Frau mit erkälteten Augen, die vor sich hin murmelte und ständig auf ihre Uhr sah. Er hätte sie am liebsten angeschrien, damit sie verstand, dass es für ihn um Leben und Tod ging, auch wenn das für sie nichts weiter als ein Termin unter vielen war.

»Meine Mutter«, erklärte er, und die Tränen stiegen ihm in die Augen, während die Dolmetscherin sich räusperte und in einer Broschüre blätterte.

Sie machten nicht den Eindruck, als würden sie seiner Geschichte zuhören. Stattdessen schienen sie alles daranzusetzen,

Löcher darin zu finden. Schweren Herzens ist er gegangen. Jetzt kann er nur auf die Entscheidung warten.

»Die kommen nicht, wenn du rauchst. Sie mögen den Geruch nicht.« Milad stellt sich neben ihn. Er hat noch einen Essensrest im Mundwinkel hängen.

»Wer kommt nicht?« Tami wünscht, er würde verschwinden und ihn in Ruhe lassen.

Milad sieht ihn an, als wäre er vom Mond gefallen, scheint gleichzeitig aber froh, endlich einmal der zu sein, der Tami etwas Neues zeigt, und nicht umgekehrt.

»Mach die Zigarette aus, dann siehst du es.« Milad kramt in seiner Jackentasche und holt ein paar Stücke Obst heraus. Sie sehen aus wie die bräunlichen Apfelscheiben, die gewöhnlich in Schalen auf dem Frühstückstisch in der Kantine stehen. Milad wirft eine durch die Hecke und starrt demonstrativ auf die Zigarette, bis Tami sie mit einem ebenso demonstrativen Seufzer ausmacht.

»Warum bist du so schlecht gelaunt?«

Tami dreht den Kopf weg, er mag nicht antworten. Eines Tages, gelobt er sich, habe ich wieder mein eigenes Zimmer. Ein Zimmer mit einem Doppelbett, einem Fenster mit Aussicht und einer Tür, die ich abschließen kann.

»Hast du die neue Angestellte mit den hellen Haaren gesehen? Lone. Die ist sexy. Ihre Brüste, eijeijei ...« Milad verdreht die Augen und gestikuliert mit der freien Hand, was Tami zum Lachen bringt.

»Du bist so dumm!«

»Hallo, du hast sie doch genauso angestarrt wie ich!«

Tami schüttelt den Kopf. Er versucht, an der schlechten Stimmung festzuhalten, er mag heute nicht nett sein, aber das ist schwer, wenn Milad in der Nähe ist.

»Kennst du den Trick mit der Antenne? Im Fernsehzimmer?

Einer der Palästinenserjungen hat ihn mir gezeigt.« Milad zieht die Augenbrauen hoch. »Wenn du die beiden Antennenteile schräg in entgegengesetzte Richtungen drehst, kannst du RTL sehen. Die zeigen nachts deutsche Pornofilme.«

»Das erfindest du!«

»Hast du das nie versucht?« Milad klingt wie ein Mann von Welt, der mit einem kleinen Kind spricht.

»Du hast das garantiert auch noch nicht versucht …« Tami sieht sofort, dass er ins Schwarze getroffen hat. Trotz seines ganzen Geredes von Frauen ist Milad letztendlich relativ unschuldig. »Hast du überhaupt schon mal eine Freundin gehabt?«

Milad zuckt mit den Schultern. »Du?«

Tami lächelt. Er hat tausend Freundinnen gehabt. Das Kindermädchen, die Freundin seiner Mutter mit dem roten Lippenstift, die Musiklehrerin, die Tochter des Bäckers, seine Cousine Roxana, so weit er zurückdenken kann, hat er sich täglich in Apfelbäckchen und braune Augen verliebt. Aber seinen ersten Kuss hat er immer noch gut.

»Nein.«

Milad nimmt das Apfelstück in die andere Hand, damit sich die erste ausruhen kann, und streckt es durch die Hecke.

»Wenn wir hier rauskommen, haben wir dänische Freundinnen. Die machen die schlimmsten Sachen mit, sagen die Pali-Jungen. Nicht nur küssen, sondern alles.«

Tami lacht zustimmend, ist sich aber nicht sicher, ob es das ist, wozu er Lust hat, wenn er hier rauskommt. Es fällt ihm immer noch sehr schwer, sich das Leben auf der anderen Seite des Zauns vorzustellen. Dass man tatsächlich hier leben kann.

»Scht, sie kommen.« Milad zeigt zu den Bäumen hin. Tami sieht im Nebel erst nichts, doch als seine Augen genau hinsehen, treten sie aus den Schatten und kommen näher. Kleine graubraune Hirsche. Er weiß nicht, was das für Hirsche sind, aber sie

sehen wie Bambi aus mit ihren großen, spitzen Ohren und den weißen Spiegeln. Lautlos treten sie durch das Gebüsch, heben den Kopf und nehmen Witterung auf, kommen näher. Es sind insgesamt vier, und je näher sie kommen, desto besser erkennt man die kleinen Unterschiede. Einer hat kleine zottige Beulen auf der Stirn, wie Hörner, die noch wachsen, ein anderer weißes Fell unter dem schwarzen Maul.

»Kann ich ein Stück Apfel haben?«

Milad reicht ihm eins, und Tami schiebt es durch den Zaun. Der mit dem Clownsmund streckt vorsichtig das Maul bis zu seiner Hand vor und zwickt es ihm ab. Es kitzelt und lässt ihm Schauer den Rücken hinunterlaufen, er lacht spontan.

»Hey, Bobo«, flüstert er.

»Hey, Diabolo.« Milad füttert den mit den Beulen auf der Stirn und reicht Tami noch eine Handvoll Apfelscheiben. Der Nebel über dem Lager lichtet sich, und der Tag graut.

KAPITEL 7

Der Fiat klapperte verdächtig, als Liv auf ihrem Weg durch Seeland und Fünen zu Samir Vahman in Tvingstrup den Gang wechselte. Noch eine Rechnung, die in die Zukunft verschoben werden musste und die jedes Mal, wenn sie sich hinters Steuer setzte, proportional wuchs. Sie war nie jemand gewesen, der Unangenehmes aufschob, jedenfalls keine Alltagsdinge, doch im Moment waren fünfstellige Werkstattrechnungen einfach nicht drin. Sie könnte natürlich Nima fragen, aber sie war auch nie jemand gewesen, der um Hilfe bat, wenn es nicht unumgänglich war. Dann klapperte das Auto eben noch eine Weile.

Ihr Bankberater rief unterwegs an, sie lehnte den Anruf ab. Er wollte mit Sicherheit mit ihr über die Überziehung ihres Kontos reden, und dieses Thema konnte ihrer Meinung nach gut warten. Nachdem sie Horsens passiert hatte, nahm sie die Abfahrt 55 zum Østbirkvej, der sie die letzten Kilometer gen Osten nach Tvingstrup führte. Die Landschaft war offen und eben, die Landstraße gerade und der Himmel hoch mit kleinen Kumuluswolken. Es hätte sich idyllisch anfühlen sollen, doch die Szenerie hatte etwas Abwartendes, das sie unruhig werden ließ. Als würde sie jemand von oben betrachten. Ihr Gewissen vielleicht.

Sie schob es beiseite. Petter würde nur in das involviert werden, was ihm konkret bei dem Fall half, alles andere konnte sie für sich behalten. Auf dem Beifahrersitz stand ein Rucksack mit Kleidung zum Wechseln und Toilettensachen, sodass sie in Jütland übernachten konnte, sollte es nötig sein.

Der Bakkevænget 9 erwies sich als Einfamilienhaus auf einem kleinen Grundstück, das jeweils zur Hälfte aus Rasen und gepflasterter Einfahrt bestand. Ein niedriger Zaun bildete die einzige Grenze zu den Nachbarn, im Garten gab es keinen Busch und keinen Baum, nur eine Schaukel, eine Rutsche und eine Menge seltsamer Gartenmöbel, die auf dem kurz gehaltenen Rasen standen.

Liv stellte den Motor aus und sah einen großen Mann den Gartenweg entlangkommen. Er lächelte und hatte die Arme zur Seite ausgebreitet, als wolle er Liv hochheben und durch die Luft schwingen, doch das Lächeln war nicht besonders freundlich.

»Willkommen!« Er ging um das Auto herum und reichte ihr die Hand, bevor sie ausgestiegen war. »War es schwer zu finden?«

»Das ging gut, danke.«

»Schön zu hören.« Er schüttelte ihre Hand drei-, viermal, bevor er sie wieder losließ. Der Griff war überraschend fest für einen Mann seines Alters. Er musste mindestens sechzig sein, sah aber aus wie jemand, der von Spinat, Fahrradtouren und leutseligen Witzen lebte. Es war bemerkenswert, wie gut die älteren Männer, denen sie in letzter Zeit begegnete, sich hielten.

»Vorsicht mit dem herumliegenden Spielzeug! Am Wochenende waren die Kleinen zu Besuch, und ich bin noch nicht dazu gekommen aufzuräumen.«

Er führte sie einen langen, von Bällen und Springseilen gesäumten Gartenweg entlang zu einer braunen Haustür mit einem großen Mattglaseinsatz. Drinnen lagen überall Comics, Puppen und Lego-Bauwerke, Stillleben zurückgelassener Spiele. Auf einem hellgrauen Sofa saßen so viele Teddybären, dass es schwierig war, einen Sitzplatz zu finden.

Samir zog einen Stuhl an dem Kiefernholztisch vor und goss Tee ein. Neben der Teekanne war eine Platte mit Kuchen und Gebäck angerichtet, die sich auch gut auf einem Hotelbüfett gemacht hätte.

»Erwarten Sie Gäste?«

Er sah sie verständnislos an, und Liv wurde klar, dass *sie* der Gast war und dass von ihr erwartet wurde, reichlich zuzugreifen. Sie gab ein anerkennendes Hm von sich und legte ein Stück Schokoladenkuchen auf den Möwenservice-Teller, der an ihrem Platz stand. Auf der Papierserviette war ein Kätzchen, das einen Welpen umarmte.

Sie merkte, dass er sie mit hochgezogenen Brauen ansah, und biss in den Kuchen, sodass sie nicken und ihm den erhobenen Daumen zeigen konnte.

Er nickte zufrieden, nahm aber selbst nichts.

»Der ist von der Nachbarin, sie backt gut. Seien Sie unbesorgt, sie verwendet pasteurisierte Eier, Sie müssen also keine Angst vor Salmonellen haben.«

»Dann danken Sie der Nachbarin von mir für den Kuchen.« Liv schluckte einen pappigen Bissen Schokolade hinunter und wischte sich die Mundwinkel mit der Kätzchenserviette ab. »Ich hoffe, wie gesagt, mir ein besseres Bild von Tami Ansari machen zu können. In Verbindung mit der Untersuchung seines Todes.«

Samir nickte ernst und schlug die Beine übereinander.

»Sie haben am Telefon gesagt, dass Sie keinen Kontakt mehr hatten?«

Er nickte. »Seit Sandholm nicht mehr.«

»Ich dachte nur ... Vorsø liegt nur einen Steinwurf entfernt. Hatte Tami noch einen anderen Grund hierherzukommen, als mit seinen Kindern angeln zu gehen?«

»Das kann ich Ihnen aus den genannten Gründen nicht sagen.«

»Nun, es ist schon ein Zufall ...«

Er zuckte mit den Schultern. »Ich angele selbst nicht, doch ich kann verstehen, dass passionierte Angler weit fahren, um an die besten Stellen zu kommen.«

»Dann war er also nicht hier, um sich mit Ihnen zu treffen?«

Samir lachte und schwenkte den Zeigefinger. »Sie sind hartnäckig. Das mag ich.«

Wenn Liv etwas durch die von ihr durchgeführten Verhöre gelernt hatte, dann das, dass Menschen selten ein Lob aussprechen, ohne etwas damit erreichen zu wollen. In der Regel Sympathie – und manchmal tun sie das auch, um etwas zu vernebeln.

»Was fällt Ihnen zu Tami aus der Zeit damals ein?«

»Er war so jung, ein großes Kind, weit weg von zu Hause und allein. Aber ein guter Junge, das war von der ersten Sekunde an klar. Wir Erwachsenen haben uns etwas um ihn gekümmert und auf ihn aufgepasst, bis ihm Asyl gewährt wurde und er in ein anderes Heim gekommen ist. Das hat acht bis neun Monate gedauert, wenn ich mich recht erinnere.«

»Wir Erwachsenen, sagen Sie. Wer außer Ihnen?« Sie aß noch einen Bissen von dem Kuchen und bereute es auf der Stelle. Die Masse klebte am Gaumen.

»Ein paar Frauen aus derselben Baracke wie Tami, aber ich erinnere mich nicht mehr an ihre Namen. Es tut mir leid. Noch ein Stück Kuchen?«

»Nein, vielen Dank.«

Liv schluckte mühsam und holte das Gruppenfoto heraus.

Er nahm es und sah es sich genau an. Ein Lächeln breitete sich auf seinem Gesicht aus. »Das Nowruz-Fest, stimmt. Wir hatten durchaus Spaß, auch wenn die Umstände schwierig waren.«

»Wer sind die beiden im Hintergrund?«

»Hmm, der in der Tür hieß wohl Shafaei … das ist so lange her. Die Mitarbeiterin vom Roten Kreuz hieß Lone, daran erinnere ich mich genau. Sie gehörte zu den Mitarbeitern, die immer ein bisschen mehr taten und zusahen, dass wir es nett hatten. Wie mit dem Fest hier.«

Liv machte sich Notizen. »Erinnern Sie sich an ihren Nachnamen?«

»Kühnau. Lone Kühnau.«

Samir lächelte bei der Erinnerung, und Liv vermutete, dass er sie sehr gemocht hatte.

»Haben Sie noch Kontakt zu irgendjemandem von ihnen?«

»Nein.«

Sie legte das Bild der leeren Baracke auf den Tisch. »Wissen Sie, was das hier ist?«

Er betrachtete es lange, runzelte die Stirn und schüttelte den Kopf.

»Und Sie haben in der Zeit nicht zufällig Tagebuch geschrieben oder Briefe, die die Erinnerung auffrischen könnten? Andere Fotos? Oder Bekannte, die Sie fragen könnten?«

Er schüttelte bedauernd den Kopf.

»Wissen Sie, ob es jemanden im Lager gab, zu dem Tami Kontakt gehalten hat?«

»Das kann gut sein, aber ich habe keine Ahnung. Der

Altersunterschied zwischen uns war ja recht groß.« Samir trank von seinem Tee und strich sich den Schnurrbart mit einer eleganten kleinen Bewegung glatt. »Warum ist das Sandholmlejren in den Neunzigern wichtig für den Mord an Tami?«

Liv sah auf das Foto mit den im Kreis aufgestellten Stühlen und dem dunklen Fleck auf dem Boden. »Vielleicht ist es das gar nicht. Doch in einem Mordfall sind Leben und Werdegang des Opfers ein Schlüssel, um den Täter zu finden.«

»Aha. Wollen Sie nicht die Himbeerschnitten probieren?«

»Nein, danke. Aber bedienen Sie sich doch ...«

Er schüttelte beklagend den Kopf und klopfte sich auf den flachen Bauch. »Ich esse so etwas nicht.«

Liv schob ihren Teller ein wenig zur Seite und legte die Serviette auf die Kuchenreste. »Gibt es noch mehr, an das Sie sich von Tami aus dieser Zeit erinnern? Andere Lagerinsassen haben ihn als still beschrieben ...?«

»Tja, er mag still gewesen sein, aber er hatte Temperament. Ich kann mich erinnern, dass er sich einmal mit einem Gleichaltrigen geprügelt hat. Er hat ihn grün und blau geschlagen. Ich habe nie herausgefunden, worüber sie sich entzweit hatten, aber es war damals ein Schock, eben weil Tami an sich so ein ruhiger Junge war.«

»Wer war der Gleichaltrige?«

Er machte eine ausladende Handbewegung, um zu zeigen, dass er es nicht wusste.

»Okay ...« Liv studierte den älteren Mann vor sich. Sein Gesicht war freundlich, und er antwortete bereitwillig auf ihre Fragen. Vielleicht war es gerade sein offener Blick, der ein wenig einstudiert wirkte wie bei jemandem, der geübt hat, vertrauenerweckend auszusehen.

»Sagt Ihnen der Name Milad Kharazmi etwas?«

War da ein Aufblitzen in den Augen, bevor er noch einmal den Kopf schüttelte, oder bildete sie sich das nur ein?

»Darf ich fragen, warum Sie selbst aus dem Iran geflüchtet sind?«

Er lächelte freundlich. »Ist das für Ihre Ermittlung von Bedeutung?«

Liv zuckte die Schultern. Das war es wohl nicht.

»Wenn es Ihnen nichts ausmacht, würde ich das gerne für mich behalten. Das ist eine Privatsache.«

»Hat das wirklich etwas zu bedeuten? Nach all den Jahren?«

»Gewisse Dinge hören nie auf, eine Bedeutung zu haben. Vielleicht sind Sie zu jung, um das selbst erlebt zu haben.« Das Lächeln verblasste ein wenig, und er strich einen Krümel vom Tisch und legte ihn auf seinen Teller.

*

Der Rumpf des alten Schleppboots knarrte. Nima sah auf sein Handy. Shirin schlief jetzt fast schon zwei Stunden, seit Hannah gegangen war, und er versuchte währenddessen, Belege zu sortieren. Er hinkte mit der Buchführung hinterher, kam aber immer wieder ins Stocken, saß da und lauschte. Dachte an Shirin. An Hannah. Wellenschläge und Möwenschreie, Hunde, die auf dem Kai bellten, und irgendwo eine alte Uhr, die jede volle und halbe Stunde piepte.

Das Klingeln mischte sich so nahtlos in die Lautkulisse, dass er es erst nicht hörte. Die Nummer war unterdrückt, aber er wusste genau, wer das war.

»Hallo.«

»Guten Tag, Nima? Hier spricht Petter Bohm von der Polizei Kopenhagen.«

»Lange her ...« Nima konnte sich die Spitze nicht verkneifen. Sie waren sich im letzten Herbst in einem Verhörraum begegnet, wo er selbst auf der Seite des Verdächtigen gesessen hatte. So etwas ist kein Nährboden für eine Freundschaft. »Ich habe darauf gewartet, von Ihnen zu hören.«

»Ja, verstehe. Tami Ansari war Ihr Vetter. Mein Beileid.«

»Danke. Wir hatten keinen Kontakt mehr, aber natürlich ist es trotzdem ein Schock ...« Er stand auf und nahm das Handy mit in die Küche, füllte den Wasserkocher und schaltete ihn an. Sprach leise, um Shirin nicht zu wecken. »Gibt es etwas Neues?«

»Leider nein. Sie haben nichts von den Kindern gehört?«

Nimas Magen schnürte sich langsam zu einer harten kleinen Kugel zusammen. Er hatte sich auf das Gespräch vorbereitet, so gut er konnte, doch die Lüge brannte trotzdem im Mund.

»Nein.«

»Okay. Im Moment halten wir alle Möglichkeiten offen und gehen jeder Spur nach. Wenn Sie etwas über den Umgangskreis Ihres Vetters und die Freunde der Kinder wissen, hätten wir gerne die Kontaktdaten von allen.«

»Ich gucke, ob ich etwas finde. Es ist, wie gesagt, lange her, seit wir uns das letzte Mal gesehen haben.« Nima gab Pulverkaffee in eine Tasse und goss kochendes Wasser darüber. Er hatte die Grenze zur Lüge längst überschritten, es fühlte sich überraschend okay an.

»Wie lange genau?«

»Fünf Jahre, vielleicht sechs.« Nima erinnerte sich an das Tauffest bei seiner Schwester Daria, wo Tami schon betrunken angekommen war. Er gab unzusammenhängendes

Zeug von sich, kommentierte laut die Reden und spielte mit den größeren Kindern auf dem Rasen so aggressiv Fußball, dass zwei in Tränen ausbrachen. Schließlich hatte Nima ihn zu einem Taxi begleitet. Doch der Konflikt hatte seinen Ursprung früher, viel früher.

Der Bleistift des Polizisten kratzte im Hintergrund übers Papier.

»Darf ich fragen, wieso Sie den Kontakt verloren haben?«

»Es sind einfach ... ein paar Dinge zwischen uns vorgefallen. So ist das wohl in Familien, man lebt sich auseinander.«

Petter brummte. »Wissen Sie, warum Tami am Wochenende ausgerechnet nach Vorsø gefahren ist?«

»Um zu angeln? Er hat das geliebt ... Aber nein, ich weiß nicht, warum es gerade dort sein musste. Ich habe insgesamt keine Ahnung, was er gemacht, wo er sich aufgehalten und wie er gelebt hat. Leider, ich würde gerne helfen.«

»Zunächst einmal könnten Sie mir die Telefonnummern derjenigen schicken, von denen Sie wissen, dass Ihr Vetter sie gekannt hat. Von Ihrer Mutter und ... Ihrer Schwester. Ja?«

»Klar, das mache ich.«

Der Polizist bedankte sich und legte auf. Nima nahm den Kaffee mit zum Tisch und setzte sich wieder an seine Belege. Die Zahlen verschwammen ihm vor den Augen.

»Haben wir etwas zu essen?« Shirin stand verschlafen auf der kleinen Treppe, die vom Schlafzimmer heraufführte. Die Haare fielen ihr über die Augen, sodass er sie ihr am liebsten hinter die Ohren gestrichen hätte.

»Magst du Omelette?«

Shirin schüttelte den Kopf und ging zum Küchenschrank, fand ein Paket Cornflakes und füllte eine Schale damit, gab Milch und einen ordentlichen Löffel Zucker hinzu, bevor sie sich setzte und mit den Ellenbogen auf dem Tisch und dem Kopf in die Hand gestützt aß. Frühstück zum Mittagessen, die sichere Wahl für ein Kind in der Krise.

Nima machte mit den Belegen weiter, bis Shirin fertig war und ihre Schale ins Spülbecken gestellt hatte. Sie blieb kurz am Becken stehen, unentschlossen, und setzte sich dann auf die Klappbank neben ihn.

»Was machst du da?«

»Die Buchführung für die Werkstatt. Langweiliger Erwachsenenkram. Hat das Schlafen gutgetan?«

Sie nickte und gähnte.

»Es ist unglaublich, wie du schlafen kannst.« Er lächelte sie an, und sie erwiderte das Lächeln. Sparsam und vorsichtig, aber es fühlte sich trotzdem wie ein Landgewinn an. Vielleicht machte er doch nicht alles verkehrt?

»War das okay, mit Hannah zu reden?«

Shirin nickte apathisch und lehnte sich zurück, sodass sie den Kopf an der Rückenlehne der Klappbank abstützen konnte. »Ich könnte mir gut vorstellen, Psychologin zu werden. Ich bin gut darin, Menschen zu lesen.«

»Wie das?«

Sie zuckte mit den Schultern. »Das weiß ich nicht, ich kann einfach durchschauen, wenn Leute etwas sagen, was sie nicht meinen. Wenn sie lügen und so.«

»Echt?« Er lachte. »Wie kann man sehen, ob jemand lügt?«

»Okay, im Film, ja? Da flackern die Leute immer mit den Augen, wenn sie schwindeln. Aber in Wirklichkeit sehen dir Menschen, die dich anlügen, direkt in die Augen. Sie glotzen, so.« Shirin demonstrierte es mit aufgerissenen Augen. »Und dann lehnen sie sich zurück und tun so, als wären sie ganz ruhig. Man sieht es sofort.«

Er musste wieder lachen. »Das ist nicht ganz verkehrt. Hast du das in deiner Theater-AG gelernt?«

»Das habe ich von meinem Vater gelernt.«

Nima senkte den Blick. Er wäre am liebsten zu einem unverfänglichen Thema übergegangen, aber vielleicht war das die Öffnung, auf die er gewartet hatte.

»Denkst du viel an ihn?«

»Ich weiß nicht.« Shirin führte den Daumen zum Mund und kaute am Nagel. »Ich denke an meinen Bruder und an meine Freunde. Ich vermisse mein Handy. Ist das oberflächlich von mir?«

Nima lächelte sie an. »Das ist ganz natürlich. Ob die Polizei es wohl gefunden hat ... Fühlst du dich bereit, dich bei ihnen zu melden?«

Shirin stand auf und ging in die kleine Küche, nahm die Schale aus dem Spülbecken und füllte sie erneut mit Cornflakes. Gab Milch und Zucker dazu und begann, am Küchentisch stehend zu essen.

»Ich habe nichts anzuziehen. Können wir zu unserer Wohnung fahren und etwas holen?«

Er konnte einen Seufzer nicht unterdrücken. Sie schien den Ernst der Lage nicht ganz zu verstehen.

»Ich weiß, Onkel. Du musst es mir nicht noch einmal erklären.«

»Das Bild von Cyrus und dir ist auf der Titelseite jeder Zeitung im Land. Die Leute reden von nichts anderem als davon, wo ihr seid und ob ihr tot seid. Möchtest du nicht auch gerne wissen, wer deinen Vater umgebracht hat?«

Sie kaute zu Ende und stellte die Schale weg. Verschränkte die Arme vor dem Körper. »Mir ist egal, wer meinen Vater umgebracht hat. Er hatte immer allen möglichen Scheiß am Laufen und ist diesmal wohl einfach zu weit gegangen.«

Nima schauderte. Wie konnte es ihr egal sein? »Was meinst du mit *allem möglichen Scheiß*, was soll das heißen?«

Sie zuckte mit den Schultern, um zu unterstreichen, wie egal ihr das war. »Vater hatte keine Probleme damit, Leute zu verarschen, wenn ihm das etwas gebracht hat.«

»Shirin, verdammt ...« Nima rieb sich das Gesicht mit beiden Händen. Das schlechte Gewissen machte sich lautstark bemerkbar. »Was war bei euch zu Hause los?«

Sie hob die Schale zum Mund und trank von der zuckrigen Milch am Boden. Stellte sie weg und trocknete sich die Lippen mit dem Handrücken ab.

»Du weißt gut, wie Vater sein konnte, vor allem, wenn er getrunken hatte. Wenn du wirklich an uns interessiert gewesen wärst, hättest du vorher mal gefragt.«

*

Der Schokoladenkuchen klebte ihr noch immer am Gaumen, als Liv sich in den Fiat setzte. Sie war für ziemlich wenig ziemlich weit gefahren und konnte nicht umhin, sich von dem an der Oberfläche so entgegenkommenden Samir getäuscht zu fühlen, der sich dann doch an nicht viel hatte erinnern können. Zwei Namen hatte sie von ihm bekommen, das war alles, aber vielleicht brachten sie die wenigstens ein Stück weiter. Sie suchte nach Shafaei und bekam als Adresse das Restaurant *Mazeh* in Vanløse. Es ging niemand ans Telefon, und es lief kein Anrufbeantworter.

Die Suche nach Lone Kühnau führte zu einer Privatadresse in Østerbro und einer Handynummer. Sie schickte ihr eine Nachricht und bat sie zurückzurufen, warf das Handy auf den Sitz und schaltete mutlos den Motor an.

Tami Ansari war nur wenige Kilometer von hier ermordet worden, seine Kinder waren verschwunden, und hier saß sie und stocherte in über dreißig Jahre alten Beziehungen herum. Vielleicht sollte sie einfach akzeptieren, dass der Aufenthalt im Sandholmlejren keine Bedeutung für seinen Tod hatte, ungeachtet, was ihr Bauchgefühl sagte.

Sie schaltete das Navi an und zoomte die Karte heran. Vorsø lag direkt vor der Küste, ungefähr eine Viertelstunde Fahrt entfernt. Jetzt, da sie ohnehin in der Gegend war, konnte sie genauso gut dort vorbeifahren und sehen, wie unwegsam die Insel wirklich war.

Nach einer Stadt mit Namen Søvind kam sie zu einer Grasfläche mit einem niedrigen Unterstand aus groben Balken, einem Feuerplatz und einem Picknicktisch. *Brigsted* stand auf einem Schild, und der gekieste Parkplatz war bis auf einen staubigen Geländewagen leer. Sie parkte und ging durchs Gras zum Ufer.

Der Fjord war auf allen Seiten von Land umgeben und die Meeresoberfläche trotz des Windes glatt und ruhig, vielleicht, weil der Wasserstand so niedrig war, dass man mit bloßem Auge den Grund sehen konnte. Ein deutlich sichtbarer Weg führte direkt unter der Wasseroberfläche den halben Kilometer nach Vorsø hinüber, das hieß, man konnte hinüberwaten und brauchte nicht unbedingt ein Boot! Das erweiterte die Möglichkeiten.

Die Küstenlinie war grün und unbewohnt, Laubbäume, Steine und Sand, mehr nicht. Es erinnerte an die Kulisse für einen Abenteuerfilm, und Liv fiel nicht zum ersten Mal auf, wie wenig unberührte Natur es in Dänemark gibt. Alles ist bebaut und urbar gemacht worden, unerschlossene Flächen gibt es so gut wie keine mehr.

Sie hockte sich hin und streckte die Hand ins Wasser. Kalt, sicher, aber nicht zu kalt. Sie lief zum Auto zurück und holte ihren Rucksack, packte zwei Dosen Cola und einen Proteinriegel hinein und warf ihn sich über die Schulter.

Ging zurück zum Ufer, zog Schuhe und Strümpfe aus und krempelte die Hose bis zu den Knien hoch. Eine Wolke schob sich vor die Sonne, und es sah ganz so aus, als wären noch weitere auf dem Weg. Einer Eingebung folgend zog sie das Handy heraus und schrieb Nasrin, dass sie am Abend leider nicht vorbeikommen könne, aber vielleicht morgen? Sie überlegte, einen Smiley mitzuschicken, ließ es jedoch und drückte auf Senden. Dann steckte sie das Handy in die Tasche und watete ins Meer hinaus.

Die ersten Schritte waren okay, doch die Kälte biss ihr schnell in die Knöchel, und die Gefühllosigkeit breitete sich bis in die Füße aus. Zumindest tat es dadurch nicht so weh, wenn sie auf einen scharfen Stein trat, tröstete sie sich und watete weiter. Der Gedanke, dass sie auf die gleiche Weise zurückmusste, hielt ihre Begeisterung in Grenzen. Doch als sie sich umdrehte und sah, dass sie bereits die Hälfte der Strecke hinter sich gebracht hatte, kam sie zu dem Schluss, genauso gut weitergehen zu können.

Zehn Minuten später saß sie an einem Steinstrand und trocknete die Füße mit den Socken. Der Himmel war mittlerweile wolkenverhangen, Regen zog auf. Sie zog ihre Schuhe an, öffnete eine Cola und trank die Hälfte in einem langen Schluck, bevor sie aufstand, in beide Richtungen den Strand entlangblickte und beschloss, im Uhrzeigersinn nach Osten um die Insel zu gehen. Die Polizei hatte den Tatort bestimmt abgesperrt, und selbst wenn sie ihre Untersuchungen inzwischen abgeschlossen hatten, dürften noch immer Spuren zu sehen sein.

Der Sand war weich und gab unter ihren Schritten so nach, dass sie es in den Oberschenkeln spürte. Es begann zu regnen, und sie vermisste die Mütze, die Nasrin mit nach Hause genommen hatte. Um eine kleine Landzunge, gut versteckt hinter einer Baumgruppe, standen zwei Zelte, die mit dem gestreiften Absperrband der Polizei eingezäunt waren. *Betreten unter Strafe verboten*, las sie, während sie sich unter dem Band hindurchduckte und zu den Zelten ging. Wenn die Polizei nicht mehr hier war, waren die eigentlichen Untersuchungen abgeschlossen. Mit anderen Worten, der Schaden, den sie anrichten konnte, hielt sich in Grenzen.

Das eine Zelt war sehr klein, die Zeltwände waren von einem verblichenen Blau, und in den Schnüren zu den Pflöcken waren mehrere Knoten. Sie kniete sich in den Sand und blickte hinein. Es war nichts Persönliches mehr darin und stand vermutlich nur noch hier, weil die Polizei es für Zeugenbefragungen oder eine Nachbildung des Mordes nutzen wollte, wenn sie genug Informationen gesammelt hatte. Der Zeltboden war an einem Ende von einem dunklen Blutfleck verfärbt, und auch auf der Zeltwand waren braune Flecken.

Der Täter musste an dem schlafenden Tami vorbei zum Kopfende gekrochen sein, sich hinter ihn gesetzt und das Messer herausgeholt haben. Eine durchtrennte Halsschlagader blutet stark, sodass der Täter buchstäblich von Blut durchtränkt gewesen sein musste.

Sie kroch rückwärts hinaus und zu dem zweiten Zelt, in dem die Kinder geschlafen hatten. Es war nur fünf Meter entfernt, sie mussten die Täter fast kommen gehört haben. Man konnte nur hoffen, dass sie abgehauen waren. Das Zelt der Kinder war größer, ebenfalls blau, allerdings neueren Datums, und leer. Liv kroch auf allen vieren hinein und sah sich um. Sie hatten eng nebeneinandergelegen, die beiden jungen Menschen, ihr hätte es widerstrebt, so nah neben einer anderen Person zu schlafen, die nicht ihre Lebensgefährtin war. Aber sie war ein Einzelkind, was wusste sie schon, wie es war, einen Bruder oder eine Schwester zu haben.

Hinter den Zelten standen die Bäume dicht und spendeten Schutz zum Strand hin. Die meisten waren niedrig mit schmächtigen Stämmen, doch zehn Meter weiter ins Gebüsch hinein fiel ihr Blick auf einen sehr viel größeren Baum, dessen Krone lange Schatten warf. Liv sah schwarze Vögel in den Zweigen herumflattern. Sie drehte sich um und schaute über den Fjord. Hier hatte Tami eine Angelschnur ins Wasser geworfen, und die Kinder hatten Steine hüpfen lassen. Hier war jemand in einem Boot gekommen – mit der Absicht, Tami zu töten, oder war es spontan geschehen?

Die Vögel schnatterten in dem großen Baum hinter ihr, sie schaute zu ihnen hin, trat in das Gebüsch, stieg über Grasbüschel und Zweige und legte die Hand an den Baumstamm. Die Oberfläche war rissig und rau, sie blieb mit der Hand an der Rinde stehen. Eine Erinnerung stieg in ihr auf.

Sie zog ihr Handy hervor und rief das Video auf, drückte auf Play und auf Pause, als sie bei dem Zettel mit Milads Namen angelangt war. Sah sich den unebenen Hintergrund an, an dem der Zettel hing, sah zu dem Baumstamm und wieder auf das Display. Es war identisch. Das Video war hier aufgenommen worden, der Baum hatte als Pinnwand gedient. Zwei erwachsene, Farsi sprechende Personen waren außer Tami auf der Insel gewesen.

Sie hörte ein Rascheln hinter sich, schnelle Schritte und dann eine Stimme.

»Was zum Teufel machen Sie hier?«

KAPITEL 8

Der Regen fiel sanft, aber dicht auf Livs Gesicht. Die Brise vom Meer her ließ die nasse Haut kalt werden, und der Sand unter den Füßen gab nach, sodass sie das Gewicht verlagern musste, um nicht einzusinken. All das registrierte sie, während sie sich langsam zu der wütenden Stimme umdrehte, die hinter ihr erklungen war.

Ein Mann in Watstiefeln und einem Strickpullover, aber ohne Mantel stand am Ufer. Seine roten Haare klebten am Kopf, und in den Augenbrauen hingen Regentropfen.

»Was an den Absperrbändern verstehen Sie nicht?«

Liv kam nicht dazu zu antworten.

»Das ist eine unter Naturschutz stehende Insel, man kann nicht einfach hier herüberkommen und herumlaufen, wie es einem gefällt.« Er sah tadelnd zu der leeren Coladose hin, die sie in den Sand gestellt hatte.

»Die hätte ich selbstverständlich wieder mitgenommen! Ich habe sie nur abgestellt, während ich mir die Zelte angesehen habe.«

Er starrte sie an, als wäre ihr gerade Hundescheiße aus dem Mund gefallen. »Nennen Sie mir einen guten Grund, nicht die Polizei anzurufen!«

Liv steckte die Hände in die Taschen. Sie bewegte sich bewusst ruhig, um zu verbergen, wie ihr Hirn im Rekordtempo die Möglichkeiten sondierte. Das musste der Naturpfleger sein, dem sie gegenüberstand.

Sie konnte lügen oder sich dumm stellen, doch damit verscherzte sie sich die Möglichkeit, ihn nach etwas zu fragen. Sie konnte sagen, dass sie mit der Polizei zusammenarbeitete, doch damit riskierte sie, Petter in die Bredouille zu bringen. Sie konnte sich eine Geschichte ausdenken, dass sie das Opfer gekannt habe, doch wohin würde das führen? Schließlich beschloss sie, etwas zu riskieren. Wenn sie als Kind mit ihrem Großvater Schach gespielt hatte, hatte er sie oft gemahnt, sie spiele zu offensiv und achte zu wenig auf ihre Figuren. Aber in der Regel hatte sie gewonnen.

Sie wischte sich den Regen aus dem Gesicht und steckte die Hand zurück in die Tasche.

»Haben Sie der Polizei erzählt, dass Sie dem Opfer und seinen Kindern erlaubt haben, am Strand zu campen?«

Es war eine Eingebung, ein unbegründeter Verdacht und ein Schuss ins Blaue, doch sie sah sofort, dass sie ins Schwarze getroffen hatte. Sein Gesicht fiel in sich zusammen wie ein Kartenhaus beim ersten Windhauch. Der Mund öffnete und schloss sich, und er vergaß zu blinzeln.

»Was wollen Sie?«

»Ihnen nur ein paar Fragen zu Samstag stellen. Aber wahrscheinlich wollen Sie lieber der Polizei Ihr Zusammentreffen mit der Familie erklären?«

Er verschränkte die Finger und sah darauf hinunter. Dann drehte er sich abrupt um und ging. »Nehmen Sie Ihren scheiß Abfall mit.«

Liv sammelte die Dose ein und folgte dem Naturpfleger, während sie sich zu erinnern versuchte, wie er hieß. Dan? Mads? Er hatte einen breiten, muskulösen Nacken unter der roten Haargrenze. Die Spitze einer Tätowierung schaute aus dem Halsausschnitt des Pullovers heraus. Ein Naturpfleger mit einer Halstätowierung. War sie voreingenommen?

»Wir gehen hier durch, aber seien Sie vorsichtig«, wies er sie mit zusammengebissenen Zähnen an. Er ging mit gesenktem Kopf durch den Regen, setzte die Füße in dem hohen Gras jedoch mit großer Umsicht. »Die Adler brüten im Mai.«

Die Stämme um sie herum wurden höher, Liv sah in die Baumkronen hoch. Einige sprossen maigrün, andere waren ganz nackt.

»Sind die krank?«

»Nein. Vorsø ist eine Kormorankolonie, ihre Exkremente vernichten die Vegetation. Das ist der Grund, dass man Vorsø *Das Paradies der Unerwünschten* nennt.«

Sie kamen zu einer Lichtung, auf der ein schwarz gestrichenes Holzhaus mit weißen Fenstern stand. Es hätte ein klassisches Sommerhaus sein können, wäre da nicht das rote Ziegeldach gewesen. Um das Haus herum lagen Treibholzstapel, eine Schubkarre war voller Blätter und Wasser, vor dem Schuppen war das Brennholz bis zum Giebel gestapelt.

Lars Rørdam, Wald- und Naturschutzverwaltung, las sie auf dem Türschild, als er sie durch den Windfang ins Haus ließ. Er stieg schnell aus seinen Gummistiefeln und schlüpfte in ein Paar Filzhausschuhe, die bis über die Knöchel zu seiner hellen Jeans reichten. Sie folgte seinem Beispiel und zog die Schuhe aus, bevor sie ihm auf dem vergilbten Holzboden ins Haus folgte. An mehreren Stellen lagen Flickenteppiche, die aussahen, als sollten sie die Stellen verbergen, wo der Lack abgenutzt war. Auf der Fensterbank stand ein Kofferradio.

Das Haus schien primär aus einem großen Raum mit einer blau gestrichenen Küche in der einen Ecke und einem abgenutzten Ecksofa in der anderen zu bestehen. Ein billiger Laminattisch diente sowohl als Arbeits- wie auch als Esstisch mit benutzten Kaffeetassen und Haufen von Steinen mit Zahlen darauf. Lars Rørdam nickte zu ihm hin, blieb aber selbst vor einem Küchenschrank stehen. Er streckte die Hand aus und schaltete das Radio aus.

Sie setzte sich an den Tisch und schob vorsichtig ein paar Steine zur Seite, sodass sie die Ellenbogen aufstützen konnte.

»Wohnen Sie alleine hier?«

Er nickte. »Im Sommer werden es drei Jahre.«

»Nicht gerade ein Ort, wo Freunde hereinschneien?«

»Ich komme ursprünglich aus Horsens, meine Schwester wohnt immer noch dort. Aber nein, hier heraus kommen die Leute nur, wenn man sich verabredet hat. Das passt mir ganz gut.« Er holte eine Maiskolbenpfeife hinter ein paar Pastatüten hervor, überprüfte den Inhalt und zündete sie mit einem Plastikfeuerzeug aus seiner Tasche an. Saugte intensiv und inhalierte.

»Was machen Sie hier?«

Der Trick, wenn man lügt, ist der, immer wieder zurück zur Wahrheit zu kommen, damit man sich nicht zu weit in einer fiktiven Wildnis verirrt. Liv wusste, dass sie einen Weg zurück finden musste.

»Liv Jensen, ich ermittle bezüglich des Tods von Tami Ansari.«

Er sah sie misstrauisch an. »Dann sind Sie kein Polizist?«

Damit hatte er eigentlich recht. Sie war weder von der Polizei noch ein Mann. Aber das tat nichts zur Sache.

»Zeugen zufolge haben Sie bei den Zelten mit Tami gesprochen, ohne ihn und die Kinder zu verjagen. In einem Naturschutzgebiet. Wie kann das sein?«

Er zog ein weiteres Mal an der Pfeife, ohne etwas zu sagen.

»Hat er Sie bestochen, oder was?«

»Ich bitte Sie!« Er kniff die Augen zusammen. »Ich kenne Tami von früher, deshalb habe ich es ihm erlaubt.«

Livs Ohren nahmen ein fernes Sausen wahr, eine Glocke, einen leisen Alarm. »Sie kannten das Opfer? Das haben Sie wohl vergessen, der Polizei zu erzählen.«

Er schlug verärgert mit der Hand aus, als würde sie eine große Sache aus einem kleinen Haar in der Suppe machen.

»Offiziell darf ich meine Angelfreunde nicht auf der Insel übernachten lassen. Außerdem war ich der einzige andere Erwachsene, der sich in der Nähe des Tatorts aufgehalten hat. Ich hatte keine Lust, der Polizei Anlass für weitere Verdächtigungen zu liefern.«

»Wieso nicht?« Wenn er der Polizei wichtige Hintergrundinformationen vorenthalten hatte, war es leicht vorstellbar, dass er auch über anderes geschwiegen hatte.

»Weil ich auf der Insel war, als er ermordet wurde, weil ich es nicht ertrage, dass in meinem Privatleben herumgestochert wird.«

Sie sah ihn forschend an. Würde jemand, der unschuldig ist, sich so verhalten? »Dann war Tami ein Angelfreund?«

»Ursprünglich kennen wir uns aus Albertslund, wo wir im selben Block gewohnt haben, die Angelei war ein gemeinsames Hobby.«

»Es war mit anderen Worten kein Zufall, dass er mit seinen Kindern hierhergekommen ist. Er ist nach Vorsø gekommen, um Sie zu besuchen?«

»Nee! Wir haben uns nur begrüßt, und das war's. Er war

hier, um mit den Kindern zu angeln. Entschuldigen Sie, ich will nur …«

Lars stieß sich vom Küchentisch ab und verschwand aus dem Raum. Liv konnte seine Schritte und eine Tür hören, die sich schloss. Sie lehnte sich auf dem Stuhl zurück und sah sich um. An den Holzwänden hingen Netze, und auf der Fensterbank stand ein aufwendiges Modell von einem Dreimaster. Auf einem Beistelltisch lagen Angelrollen, Blinker und Haken neben einem Krug mit Fischmessern, und an der Wand lehnte eine imponierende Sammlung von Angelruten. Die Minuten verstrichen, sie spitzte die Ohren, aber im Haus blieb es still.

Ein Schatten glitt am Fenster vorbei. Machte er ein Bild von ihr? Er war zu schnell weg, als dass sie sich sicher sein konnte. Vielleicht war er nur vorbeigegangen. Sie überprüfte ihr Handy und sah, dass sie keinen Empfang hatte. Allein auf einer einsamen Insel mit einem Mann mit einem Halstattoo, der die Polizei in einer Mordermittlung angelogen hatte. Petter würde ihr das nie verzeihen, wenn er es wüsste.

»Das Telefonnetz reicht nicht bis hier heraus.«

Er stand direkt hinter ihr. Sie unterdrückte ein Keuchen und musste schlucken, während er zurück zum Küchentisch ging und wieder nach der Maiskolbenpfeife griff.

»Erzählen Sie mir, wie gut Sie Tami Ansari kannten. Sie haben im selben Viertel gewohnt, waren Sie befreundet?«

»Nicht direkt.« Lars biss in die Maiskolbenpfeife. Begannen seine Augen zu glänzen, oder bildete sie sich das ein? »Ich war Vorsitzender des Mieterbeirats und kannte die Familie von Straßenfesten und Arbeitseinsätzen. Eigentlich habe ich genauso oft mit Yasmin gesprochen wie mit ihm.«

»Tamis Frau?«

Lars sah sie scharf an, als hätte sie ihm irgendetwas unterstellt.

»Yasmin war ein warmherziger und lieber Mensch, sie hat sich leider nie in Dänemark eingelebt. Sie stand außerhalb der Gemeinschaft.«

»Warum?«

»Vor allem wegen der Sprache, sie ist mit Dänisch nie wirklich warm geworden. Außerdem war sie der stille Typ.« Er lächelte.

Liv kam ein Gedanke, und sie hielt einen Moment die Luft an. »Haben Sie noch Kontakt zu ihr?«

»Nein. Sie ist zurück in den Iran gegangen, und ich habe seit vielen Jahren nicht mehr mit ihr gesprochen. Nur hin und wieder mit Tami. Und das auch nur über Angelthemen und so was.«

Er kam zum Tisch, wo sie saß, beugte sich über sie und nahm ein kleines weißes Etui mit zurück in die Küche. Steckte es in die Gesäßtasche seiner Hose.

Er bemerkte ihren neugierigen Blick.

»Das sind nur meine AirPods. Ich höre Hörbücher, wenn ich draußen herumlaufe und nach den Vogelnestern sehe.«

Liv nickte.

»Und Sie haben niemanden sonst hier herüberwaten sehen? Oder segeln? Lichtkegel abends am Strand?«

»Nein. Aber ich bin auch früh ins Bett gegangen, sodass ich nicht ausschließen kann, dass …«

Sie stand auf.

»Ich sollte besser an Land waten, bevor es dunkel wird.«

Er legte die Maiskolbenpfeife auf den Tisch und ließ sie ausgehen.

»Ich bringe Sie zum Ufer, um sicherzugehen, dass Sie mit heiler Haut nach Hause kommen. Direkt vor der Küste sind ein paar Löcher. Sie wollen ja nicht stolpern und sich die Beine brechen.«

Er ging und öffnete die Tür. Etwas an der Art, wie er sich in der Türöffnung umdrehte, langsam und kontrolliert, ließ es ihr kalt den Rücken hinunterlaufen.

*

Im Wohnzimmer spielte Mendelssohn auf der alten Stereoanlage. Jan saß mit einem Kreuzworträtsel und einer Wolldecke über den Knien im Sessel. Es fehlten nur noch ein brennender Kamin und ein Enkelkind auf dem Schoß, und er hätte aus einer Karamellbonbonreklame sein können, dachte Hannah, schloss vorsichtig die Tür und nahm ihr Glas Weißwein mit in die alte Rahmenwerkstatt. Hierhin hatte sie ihre wenigen Möbel gestellt, als sie vor einem Jahr bei Rune ausgezogen war, und mit der Zeit war sie zu ihrem Rückzugsort in ihrem Elternhaus geworden. Ihr Schreibtisch und der gute Aeron-Stuhl, den Rune ihr zu ihrem vierzigsten Geburtstag geschenkt hatte, standen am Fenster, den moosgrünen Sessel, den sie von ihrer Großmutter geerbt hatte, hatte sie zusammen mit der Le-Klint-Leuchte an den alten Arbeitstisch gestellt. In der neuen Wohnung würde er in dem kleinen Erker stehen können, in den so schön das Morgenlicht fiel. Sie konnte einige Möbel von hier mitnehmen, aber ihr fehlte noch ein Esstisch, vielleicht sollte sie sich einen runden kaufen. Aus Holz, das sorgte für eine schöne Akustik.

Sie stellte ihr Weinglas auf den Beistelltisch und setzte sich mit dem Laptop auf dem Schoß in den Sessel. Sie sah sich diverse Möbelwebsites an, legte Sachen, die sie sich nicht leisten konnte, in den Warenkorb und richtete ihr neues Heim aus der Ferne ein. Das Klingeln des Telefons ließ sie zusammenzucken. Die Nummer war unterdrückt.

Widerstrebend meldete sie sich.

»Hannah.«

»Guten Abend, ich bin's, Kasper. Entschuldige, dass ich so spät anrufe. Störe ich?«

Kasper war der Stationsarzt und ihr Chef. Sie spürte ein Ziehen im Magen.

»Ist etwas nicht in Ordnung?«

»Nein, nein, ich rufe im Grunde nur an, um zu hören, wie es dir auf der Arbeit geht. Das ist Standard, wenn ein Mitarbeiter zurückkommt, nachdem er lange krankgeschrieben war. Wenn es nicht passt, kann ich auch an einem anderen Tag anrufen.«

Sie schloss die Möbelwebsites und stellte den Laptop auf den Schreibtisch. »Nein, das passt gut. Ich wollte ohnehin noch ein paar Unterlagen durchgehen.«

»Du bist fast schon zu fleißig, aber das sollte ich dir natürlich nicht sagen.« Er lachte und räusperte sich. »Wie läuft es denn deiner Meinung nach? Jetzt arbeitest du seit ein paar Monaten wieder und lernst die Patienten langsam kennen.«

»Gut. Ich muss natürlich erst wieder in den Rhythmus kommen, doch ich habe den Eindruck, dass ich langsam einen guten Kontakt zu ihnen aufbaue.«

»Okay.« Er zögerte, als suchte er nach Worten.

»Ist jemand unzufrieden mit mir?« Hannah hörte, wie ihre Stimme sich leicht überschlug.

»Nein, nein«, wiederholte er. »Aber wir haben schließlich einen verantwortungsvollen Job. Wie heißt es so schön: Für Piloten und Krisenpsychologen gibt es keine freien Tage. Ich wollte mich nur versichern, dass du dich fit und der Aufgabe gewachsen fühlst.«

»Das tue ich!« Klang sie defensiv? Sie holte tief Luft. »Ich verspreche dir, dass ich mich melde, wenn ich auch nur das Geringste merke.«

»Gut. Mit Stress ist nicht zu spaßen.« Er klang, als würde er in den Hörer lächeln. »Dann will ich deine Zeit nicht länger in Anspruch nehmen, Hannah. Hab einen guten und ruhigen Abend.«

»Danke. Gleichfalls.«

Hannah trank einen anständigen Schluck Wein und setzte sich an den Schreibtisch, öffnete den Computer und loggte sich mit vor Adrenalin zitternden Fingern ein. Sie atmete tief in den Bauch und versuchte sich zu konzentrieren. Das war nur eine fürsorgliche Nachfrage, kein Grund zur Sorge. Aber sie sollte wohl besser ihre Notizen von der gestrigen Sitzung mit Cornelia eingeben, sodass alles auf dem neuesten Stand war.

Sie gab den Namen des Mädchens in das Suchfeld ein, *Andersen*, und hatte die Liste der Patienten in alphabetischer Reihenfolge mit CPR-Nummern und einem Link zu Krankengeschichten und Krankenblättern vor sich. Es gab mehrere Patienten mit diesem Nachnamen, sie scrollte herunter und war bereits zu weit. *Andkjær, Angelov, Ansari, Antep*.

Ansari? Sie hielt inne, der Finger schwebte über dem Touchpad.

Vor wenigen Stunden hatte Shirin erwähnt, dass sie schon einmal mit einem Psychologen gesprochen hatte, hatte das aber nicht vertiefen wollen. Soweit sie wusste, war die Familie nicht groß, wie viele Ansaris mochte es in Dänemark geben?

Als Kliniker durfte man die Krankenblätter fremder Patienten nicht einsehen, die Log-ins wurden registriert, und so etwas wurde hart bestraft. Sie durfte den Link also unter keinen Umständen öffnen. Aber sie konnte sehen, dass das Krankenblatt vor viereinhalb Jahren zum letzten Mal aktualisiert worden war, und die CPR-Nummer zeigte, dass es sich um eine erwachsene Frau und nicht um ein Kind handelte.

Hannah atmete aus und merkte, dass sie den Atem angehalten hatte. Das war nicht Shirin, sie musste sich keine Sorgen machen oder mit jemandem darüber reden. Sie konzentrierte sich wieder auf die Namensliste, rief Cornelias Krankenblatt auf und gab ihre Notizen in das System ein.

»Bist du beschäftigt?«

Hannah sah vom Computer auf. Ihr Vater stand in wollenen Hausschuhen in der Tür, die Haare waren nach der Begegnung mit dem Sessel im Nacken zerzaust.

»Ich muss noch ein paar Dinge erledigen.«

Er nickte und blieb stehen.

»Wolltest du etwas, Vater?«

»Nja …« Er strich mit der Hand am Türrahmen hoch, als wollte er prüfen, ob die Farbe abblätterte. Das tat sie.

Hannah schloss den Computer und stand auf. »Was sagst du zu einer Partie Dame? Oder auch drei?«

Er lächelte dankbar. »Ich werde dich schlagen, mein Schatz.«

*

Als Liv wieder am Campingplatz Brigsted bei ihrem geparkten Auto war, waren ihre Knöchel so kalt, dass ihr die Knochen wehtaten. Sie trocknete sie mit Papierservietten aus dem Handschuhfach ab, zog Socken und Schuhe an und lief eine Runde auf dem Parkplatz, um den Blutkreislauf anzukurbeln. Die Beine schmerzten, doch sie weigerte sich, dem Schmerz nachzugeben. Profiradrennfahrer fahren gerne die ersten Rennen im Frühjahr in kurzen Hosen, selbst wenn es oft nur ein paar Grad über null sind und regnet. Sie und ihr Großvater hatten sich im März immer das Rennen Paris–Nizza angesehen und bei dem Anblick der hartgesottenen Fahrer auf dem Sofa geschauert. Wollte sie sich da über eine Planschwanderung im Mai beklagen?

Die Dunkelheit senkte sich über den Fjord. Liv setzte sich ins Auto und aß den letzten der mitgenommen Proteinriegel, während sie die Optionen durchging. Wenn sie jetzt fuhr, konnte sie vor Mitternacht zu Hause sein. Der Gedanke, in ein warmes Bett zu kriechen, war außerordentlich verlockend, andererseits war sie jetzt so weit gekommen, und Lars Rørdam hatte sich als interessanter erwiesen als erwartet.

War es vorstellbar, dass jemand von dem Bootsverleih, bei dem Tami und die Kinder das Kanu ausgeliehen hatten, etwas gesehen oder gehört hatte, das sie weiterbringen konnte? Vielleicht kannten sie den Naturpfleger sogar?

Das Handy brummte, und auf dem Display erschien Petters Nummer. Liv kaute schnell zu Ende, während sie überlegte, ob sie ihm irgendwie vermitteln konnte, dass Lars Rørdam das Opfer gekannt hatte, ohne zu verraten, dass sie auf Vorsø gewesen war.

»Guten Abend, Boss.«

»Spiel nicht die Ahnungslose, Liv, nicht heute Abend! Ich habe gerade einen Anruf vom Ermittlungsleiter von Südost bekommen. Er ist stocksauer, dass ich einen meiner Leute nach Vorsø geschickt habe, ohne das erst mit ihm abzustimmen. Was zum Teufel denkst du dir?«

Jetzt musste sie ihren Besuch zumindest nicht erklären.

»Ich war in der Nachbarschaft und habe einmal vorbeigeschaut und mit dem Naturpfleger gesprochen. Aber ich habe nichts davon gesagt, dass ich von der Polizei bin.«

»Du gehst zu weit!« Er schnaubte. »Du weißt, was ich riskiere, indem ich dich in eine Ermittlung einbeziehe. Ich kann meinen Job verlieren … sag mal, was isst du da?«

»Schokolade.«

»Heilige Scheiße! Susannes Kur ist grauenhaft, ich habe die ganze Zeit Blumenkohlgeschmack im Mund.« Er lachte säuerlich. »Das macht mich nicht gerade besser gelaunt.«

»Du hast gesagt, dass du meine Hilfe brauchst.« Liv biss noch einmal in den Proteinriegel.

»Das habe ich wohl.« Er seufzte. »Was hast du herausgefunden?«

»Das Video auf Tamis Telefon ist auf Vorsø aufgenommen. Ich habe den Baum gefunden, der Zettel mit dem Namen muss daran gehangen haben, die Rinde ist ziemlich speziell und leicht wiederzuerkennen. Tami und die Kinder waren nicht allein auf der Insel.«

Er brummte. »Das passt zu unserer vorläufigen Theorie.«

»Die da wäre?«

»Ich stelle die Fragen, Liv. So ist das. Hat das Gespräch mit dem Naturpfleger etwas ergeben?«

Jetzt war es an ihr zu seufzen. »Sie haben sich gekannt. Ehemalige Nachbarn aus Albertslund, es war kein Zufall, dass Tami mit seinen Kinder gerade nach Vorsø gefahren ist. Er hatte das mit Lars im Vorfeld besprochen.«

»Na also!« Petter inhalierte und klang nun gar nicht mehr schwerfällig. »Das hat er ganz vergessen, uns zu erzählen.«

»Angeblich aus Angst, dass ihr ihn verdächtigt. Er sagt, dass er nichts über den Mord weiß, aber weiß man’s?«

»Ich hasse es, wenn Zeugen lügen und unsere Arbeit erschweren. Wir sollten uns wohl noch mal ausführlich mit ihm unterhalten.«

Liv schluckte einen Mundvoll Karamell und Nüsse hinunter. »Was ist mit den Kindern, habt ihr die gefunden?«

»Das hat sich als falsche Fährte erwiesen. Der Zeuge geht mit Cyrus Ansari in eine Klasse, hat es aber trotzdem geschafft, ihn mit einem sechsundzwanzigjährigen italienischen Touristen zu verwechseln. Sie sind jetzt fast zweiundsiebzig Stunden verschwunden, und wir tappen immer noch im Dunkeln. Die Mordwaffe haben wir auch noch nicht.«

»Das sieht nicht gut aus.«

»Das kann man wohl sagen.«

Sie nahm eine Cola aus der Tür. »Was wissen wir über sie?«

»Das Mädchen ist vierzehn und geht in die achte Klasse der Herstedøster Schule. Der Sohn ist siebzehn, Schüler an der Technischen Schule Kopenhagen in Rødovre, und er macht eine Lehre bei einem Schreiner in Vestegnen. Keine Eintragungen im Strafregister, aber …«

»Aber …?«

»Der andere Schüler, der mit ihm die Lehre macht, hat angeblich Kontakte zur Rauschgiftszene von Vestegnen.«

»Das heißt?«

»Wer weiß, vielleicht gar nichts.« Er hustete und räusperte sich. »Tami hat vor einem Jahr ein Auto gekauft. Nur einen Citroën, aber trotzdem. Woher hatte er das Geld? Der Mann war arbeitslos.«

Liv klemmte das Telefon zwischen Ohr und Schulter und öffnete die Cola. Trank und unterdrückte einen Rülpser.

»Hast du meine Nachricht bezüglich der Liste bekommen? Die Übersetzung des Gesprächs zwischen den beiden Personen in dem Video …«

Petter brummte zustimmend.

»Wenn es eine Todesliste gibt, kann es dann sein, dass sie hinter der Familie Ansari her sind?« Sie trank und bekam Kohlensäure in die Nase.

»Was sollte das Motiv sein?«

»Keine Ahnung, eine Familienfehde oder so was.«

Petter inhalierte tief, es klang wie der letzte Zug an der Zigarette. »Aber wenn jemand es auf die Familie Ansari abgesehen hat, kann dann unser Freund Nima nicht auch auf der Liste stehen?«

*

Blokland mit seinen dreigeschossigen Wohneinheiten aus den Siebzigern lag eingekeilt zwischen dem Roskildevej auf der einen Seite und der Eisenbahn auf der anderen. Die Sozialwohnungen gehörten zu den unattraktivsten Bauprojekten in Albertslund, und keine der zahlreichen Renovierungen hatte zu ihrer Verschönerung beitragen können. Nima fuhr im Schritttempo an dem grauweißen Beton vorbei, der in der abendlichen Dunkelheit glomm, und blickte an der Fassade hoch. Die massiven Balkone wurden primär als Abstellplatz für Fahrräder und als Trockenplatz für Wäsche genutzt, doch hier und da gab es auch einen Blumenkasten mit Stiefmütterchen, ein bescheidener Versuch, das Ganze zu verschönern.

Er hielt vor der Nummer 44 und ließ den Blick über die parkenden Autos schweifen. In einem fünfzig Meter entfernten dunkelgrauen Sedan saßen zwei Gestalten und hielten den Eingang im Auge. Polizei, wie erwartet, natürlich in

Zivil. Bloß eine diskrete Überwachung der Wohnung von zwei gesuchten Kindern.

»Bist du bereit?«

Shirin nickte. Nima überlegte, ob die offizielle Erklärung für die Polizei die werden könnte, dass sie sich bis jetzt allein in dem Schrebergartenhäuschen aufgehalten hatte. Er schaffte es nicht, sich dafür zu verantworten, dass er sie versteckt hatte.

»Und du hast den Schlüssel?«

Sie zeigte ihm eine Schnur mit zwei Schlüsseln, die sie um den Hals trug. Sie stiegen in die milde Mainacht aus. Shirin zeigte auf ein Gebüsch am Ende des Gebäudes, und sie liefen über das Gras, weg von dem Polizeiauto. Ein paar Kinder spielten im Dunkeln, es klang wie Verstecken, und ihre Rufe und ihr Lachen folgten ihnen zum Eingang. Auf der Rückseite des Gebäudes steuerte Shirin die Tür zum Waschkeller an und verschaffte ihnen Einlass. Das Licht ging automatisch an, und Nima zuckte zusammen, beeilte sich jedoch, ihr zur Hintertreppe zu folgen. Sie liefen die Stufen hoch in den zweiten Stock.

Sie steckte den Schlüssel ins Schloss der Küchentür. Ihr Körper wirkte hoffnungslos dünn in seiner abgelegten Jogginghose. Hin und wieder verriet ihr Körperbau, was zu verbergen sie sich solche Mühe gab: dass sie noch immer ein Kind war, und kein sehr robustes.

»Wir können kein Licht machen, dann sehen sie uns.« Aus irgendeinem Grund flüsterte er. Albern, sie konnten sie schließlich nicht hören.

»Ja, ja.« Sie war bereits auf dem Weg in die Wohnung, mit der Umgebung vertraut und schnell trotz der Dunkelheit. »Ich packe nur eine Tasche.«

»Okay, beeil dich.«

Sie verschwand in ihrem Zimmer, und Nima hörte sie Schubladen öffnen und in Papieren wühlen. Er tastete sich ins Wohnzimmer, stieß gegen einen Sofatisch und näherte sich vorsichtig dem Fenster zur Straße. Unten war alles still, die beiden Bediensteten saßen noch immer im Auto, soweit er das sehen konnte. Er trat einen Schritt zurück, weg von dem Fenster, und versuchte, seine Augen an die Dunkelheit zu gewöhnen. Die Wohnung roch nach Rauch und Bier und irgendeinem Lebensmittel, das er nicht richtig einordnen konnte.

Auf einer Kommode konnte er eine Batterie leerer Flaschen erahnen sowie zwei gerahmte Familienfotos. Er trat näher und hob sich das erste dicht vors Gesicht, um besser sehen zu können. Es zeigte einen verlegen dreinschauenden Cyrus mit einem Seitenscheitel und in einer kurzen Hose zusammen mit einer Shirin mit runden Wangen und Milchzähnen, die durch ihr breites Lachen entblößt wurden. Eindeutig ein von einem Fotografen aufgenommenes Bild.

Das nächste zeigte Tami und Yasmin an ihrem Hochzeitstag. Sie standen nebeneinander, Tami in einem schlecht sitzenden Smoking und Yasmin in einem schicken weißen Brautkleid. Beide sahen ernst in die Kamera, er mit dem Arm um ihre Taille. Tami hatte das Bild stehen gelassen, nachdem Yasmin ihn verlassen hatte. Wahrscheinlich den Kindern zuliebe.

Wie viel er doch nicht wusste. Familie ist eine seltsame Sache, dachte er, als er jetzt in Tamis dunklem Wohnzimmer stand. Sie ging einem unter die Haut und war doch ganz fremd. Und jetzt tot.

Ein Schrei ertönte.

Er ließ ihm das Herz bis zum Hals schlagen. Shirin! Der Schrei war verhalten und kam aus der Küche. Eine Tür knallte, und er hörte ein dumpfes Geräusch. Das Geräusch eines fallenden Körpers und eines Kopfes, der auf dem Boden aufschlägt. Das schrecklichste Geräusch auf der Welt.

Er dachte nicht daran, die Lampe in seinem Handy anzuschalten, er dachte gar nicht, er lief einfach los. Gegen Möbel, Türrahmen, Wände. Er rief nach ihr und erschrak über seine eigene Stimme.

»Shirin!«

Die Tür zu der kleinen Küche tauchte endlich vor ihm auf, und er fiel in den Raum und weiter auf die Knie. Sie lag bei der Hintertür, auf der Seite, reglos. Er berührte ihr Gesicht, den Hinterkopf, den Hals, während er das Handy hervorholte und die Taschenlampe anschaltete. Kein Blut, die Haut war trocken und intakt.

»Bist du okay, Shirin, kannst du mich hören?« Er schüttelte sie, bereute es jedoch auf der Stelle. Was, wenn etwas gebrochen war, vielleicht sollte er sofort die 112 anrufen?

Der Puls schlug hart hinter den Augen, und er hatte Blutgeschmack im Mund. Er war waghalsig gewesen. Er hatte Roulette gespielt, wie immer, wie fucking ewig und immer. Diesmal war es nur nicht sein eigenes Leben, das er aufs Spiel gesetzt hatte, sondern das seiner vierzehnjährigen Nichte. Das eines Kindes.

»Was ist passiert? Hast du Schmerzen?«

Shirin schlug die Augen auf, blinzelte zweimal und begegnete seinem Blick.

»Ich …« Sie hustete und musste sich räuspern, bevor sie weitersprechen konnte. »Ich habe meine Tasche gepackt, es war dunkel, und ich habe keine Ahnung, was ich hineingetan habe. Ich bin in die Küche gegangen. Da stand jemand … ich glaubte, das wärst du. Dann hat irgendwer nach mir geschlagen und mich an der Brust getroffen. Und dann weiß ich nichts mehr …« Sie setzte sich auf und bewegte den Kopf von einer Seite zur anderen.

»Du musst das Bewusstsein verloren haben, und der Eindringling ist durch die Hintertür geflüchtet. Ich habe sie zuknallen hören. Hast du Schmerzen?«

Sie griff sich an den Hinterkopf. »Hier tut nichts weh.«

»Was wollte er?«

»Das ging so schnell …«

Nima fuhr sich mit der Hand durchs Gesicht. Das Adrenalin machte ihn kurzatmig und verursachte ihm Übelkeit. Ungeachtet dessen, was der Täter gewollt hatte, war ihm sonnenklar, dass er seine Nichte nicht beschützen konnte. Sobald sie auf den Beinen war, mussten sie zu den Beamten in dem Auto unten auf der Straße gehen und sich melden. Egal, was sie sagte. Er hatte pochende Kopfschmerzen und sehnte sich nach einem Joint und einem Nickerchen, doch vor allem sehnte er sich danach, dass dieser Albtraum aufhörte.

»Haben wir die Tür hinter uns abgeschlossen, als wir gekommen sind?«

Sie nickte. »Ich glaube, ja.«

»Komm, versuch, ob du aufstehen kannst!« Er griff nach ihrer Schulter, und langsam kamen sie auf die Beine. Lehnten sich aneinander.

»Immer noch okay?«

»Ja.«

»Shirin, sieh mich an. Wir müssen hier raus.«

ERSTAUFNAHMELAGER SANDHOLM, DEZEMBER 1990

Wenn die Post kommt, legt sich eine Decke aus Anspannung über das Lager. Jeden Freitag nach dem Frühstück in der Kantine. Der Atem wird angehalten, und man weiß, dass die meisten enttäuscht sein werden. Enttäuscht, wenn sie keinen Brief bekommen, aber auch, wenn sie einen bekommen.

Auf jeden Fall, wenn der Brief von zu Hause ist. Die Antwort auf den Asylantrag kommt mit der Post, und obwohl sich alle im Lager nach einem Lebenszeichen von ihren Familien sehnen, sind alle Briefumschläge bis auf die weißen der Ausländerbehörde eine Enttäuschung. Die Glücklichen gehen schnell zu dem Mitarbeiter, der am Postwagen steht, nehmen den Umschlag entgegen und verschwinden eilig aus der Kantine, um den Inhalt zu lesen. Alle anderen recken die Hälse und versuchen, aus der Dicke des Umschlags zu schließen, ob die Antwort positiv oder negativ ist. Man hofft füreinander, fürchtet aber gleichzeitig, dass die Plätze besetzt sind, bevor einem selbst Einlass gewährt wird.

Das Personal hat die abgenutzten Wände der Kantine weihnachtlich geschmückt. Heute gibt es dänische Krapfen, und sie werden Weihnachtslieder singen – die weltlichen natürlich, keine christlichen –, und es kann nur seltsam werden, da niemand die Worte kennt und keiner Erinnerungen damit verbindet. Als würde man sich ein Superheldenkostüm anziehen und glauben, jetzt könnte man fliegen.

Tami kann sich nicht entschließen, ob er hingehen soll oder nicht, weiß aber, dass er letztendlich gehen wird. Was hat er anderes zu tun?

Er entdeckt Milad, der an einem Tisch ganz hinten in der Kantine sitzt, und versucht, Augenkontakt zu ihm aufzunehmen, sodass sie sich Grimassen schneiden können. Aber Milad blickt nicht auf, und Tami fällt ein, dass Milad noch immer keinen Brief von zu Hause bekommen hat. Das tut ihm leid. Milad hat mit nichts Glück. Er sieht nicht besonders gut aus, ist auch nicht so klug und wird eindeutig nicht wirklich geliebt. Tami würde sich wünschen, er könnte die lieben Briefe seiner Mutter mit ihm teilen, sie schreibt oft, doch er weiß natürlich, dass nur er etwas mit ihren Worten anfangen kann.

Tami ist an der Reihe. Ein Mitarbeiter ruft seinen Namen auf und hält einen gefütterten Umschlag hoch, er ist dick und verheißungsvoll und trägt die Handschrift seiner Mutter. Er weiß, dass es Zeit braucht, bis die Antwort auf das Asylgesuch kommt, deshalb ist er nicht enttäuscht. Seit dem letzten Brief von zu Hause sind drei Wochen vergangen, und er hofft auf Neuigkeiten, wann sie kommt. Das ist der einzige Weihnachtswunsch, den er hat, denkt er, fantasiert aber trotzdem, was in dem Umschlag sein könnte, von Süßigkeiten oder Geld, von irgendetwas, das auch nur ein Gramm Festtagsstimmung in das Lager pressen kann. Er trägt den Umschlag unter dem Arm und verlässt mit gesenktem Kopf, die Augen aller auf sich gerichtet, die Kantine, tritt unter den niedrigen grauen Dezemberhimmel hinaus.

Die Schaukel auf dem kleinen Spielplatz des Lagers ist leer. Er setzt sich auf den zerfaserten Autoreifen und starrt auf seinen Namen, geschrieben mit dem blauen Kugelschreiber seiner Mutter.

Tami Ansari. Das bin ich, denkt er und streicht mit dem Finger über die Buchstaben. Es gibt mich noch. Der Umschlag enthält einen DIN-A4-Bogen und eine in Seidenpapier gewickelte kleine Schachtel. Er faltet den Brief auseinander und sieht, dass er mit der Hand geschrieben ist. Sie hätte ihn auch mit der Maschine schreiben können, aber er weiß, dass sie ihre Fürsorge in die Schrift fließen lässt, sodass er sie spüren kann, obwohl sie die Worte zensieren muss.

Mein Sohn!, *beginnt sie, und er muss den Brief zusammenfalten und eine Weile mit geschlossenen Augen dasitzen, bevor er weiterlesen kann. Sie schreibt von der Arbeit und von dem Nachbarn, der die Treppe hinuntergefallen ist und acht Wochen einen Gips tragen muss, von den Tauben im Hof, die auf die Wäsche kacken, und von dem wöchentlichen Besuch am Grab seines Vaters. Sie lässt ihn nicht spüren, wie einsam sie ist, und dafür ist er dankbar. Aber sie schreibt auch nichts davon, wann sie kommt, nicht ein einziges Wort, das sich so übersetzen lässt, dass sie überhaupt vorhat, den Iran zu verlassen.*

Die letzten drei Monate haben ihn reifer werden lassen, natürlich haben sie das. Er weiß jetzt, dass er alleine klarkommt und das meiste schafft. Die Wunden der Flucht bluten noch immer, aber er weiß nicht, was er anderes tun soll, als sie bluten zu lassen. Die permanente Traurigkeit in der Brust, wird sie jemals wieder verschwinden?

Er öffnet das Seidenpapier und findet eine Schachtel gaz, *sein Lieblingsnaschwerk. Der Anblick macht ihn froh und traurig zugleich. Am liebsten würde er nichts davon essen, damit die Schachtel immer voll bleibt wie jetzt.*

Er versucht sich vorzustellen, wie das Grab seines Vaters aussieht. Der Stein ist wohl weiß, und der Name steht auf Persisch darauf, natürlich. Hat sie etwas gepflanzt oder nur den Kies schön geharkt, und worüber redet sie mit ihm bei ihren Besuchen?

Ein Knarren lässt ihn aufsehen, und er stellt fest, dass er nicht mehr alleine ist. Er hat sie nicht kommen hören, doch jetzt sitzt sie auf der Schaukel neben ihm und tut so, als wäre sie nicht seinetwegen hier. Yasmin, das Mädchen aus der Nachbarbaracke mit den runden Wangen und dem schalkhaften Lächeln, das immer unter der Oberfläche lauert und droht, hervorzubrechen und das Gesicht in einem hellen Feuer aufleuchten zu lassen. Er erschleicht sich einen Blick auf ihre langen Beine in den engen Jeans, die in einem Paar abgenutzter, hellroter Moon Boots enden. Sie ist vermutlich zwei Jahre älter als er und auf jeden Fall einen halben Kopf größer. Ob sie das für ein Problem hält? Tami gräbt die Schuhspitzen in die Erde. In ihrer Gegenwart fühlt er sich linkisch und kindlich, trotzdem will er nicht, dass sie geht.

»Bietest du mir ein Stück an?«

Ihre Stimme ist weich und heiser, und ihm wird klar, dass er sie noch nie gehört hat. Sie macht sie echter, was schön und das Gegenteil zugleich ist.

»Okay.« Er entfernt das Zellophan von der Schachtel und hält sie ihr hin.

Sie nimmt sich ein Stück und beißt hinein. Die Nüsse knacken in der Stille, ein wenig Puderzucker bleibt an ihren Lippen hängen.

Er hat Lust, sie zu küssen, aber er weiß nicht, wie man das macht. Wann es okay ist und ob man erst um Erlaubnis fragen muss.

»Magst du Dänemark?«, fragt sie, und in dem Moment weiß er, dass er sie eines Tages heiraten wird.

MITTWOCH, 10. MAI

KAPITEL 9

Die Autoscheiben waren beschlagen, als die Morgendämmerung Liv weckte. Ein kühler Nebel lag über Brigsted, und die feuchte Kälte fand überall Einlass und drängte in den Autositz, in Haut und Knochen. Sie streckte den zerschlagenen Körper, berührte ihre Nasenspitze, die sich wie tiefgefroren anfühlte und möglicherweise im Lauf der Nacht abgestorben war. Die Sitze des Fiats ließen sich nur ganz leicht schräg stellen, sodass sie fast im Sitzen geschlafen hatte, den Kopf an die Fensterscheibe gelehnt. Der Nacken tat weh und drohte steif zu werden. Der Entschluss, im Auto zu übernachten, war ihr gestern Abend vernünftig erschienen, sparsam und unkompliziert, doch jetzt bereute sie ihn.

Sie fand einen Busch, hinter dem sie pinkeln konnte, bürstete sich die Zähne mit dem letzten Rest Wasser aus einer Flasche in der Autotür und machte ein paar Squat Jumps, bis die Blutzirkulation wieder in Gang kam. Vorsø lag vor ihr in der Bucht wie ein pelziges Tier, das im Nebel schlief, und irgendwo in seinem Pelz erwachte vermutlich gerade Lars Rørdam und bereitete sich auf einen weiteren Tag in einem einsamen Pakt mit der Natur vor.

Liv nahm ihm seine Erklärung nicht ab, weshalb er die Polizei angelogen hatte. Gewöhnliche Menschen mit einem guten Gewissen halten sich in der Regel an die Wahrheit, wenn sie mit der Ordnungsmacht reden, und zu verschweigen, dass man das Mordopfer gekannt hatte, war keine kleine Sache.

Der Bootsverleih, bei dem Tami das Kanu ausgeliehen hatte, lag eine Viertelstunde Fahrt von Brigsted entfernt. Liv fand ihn problemlos, doch das Licht war aus, und an der Tür hing ein Geschlossen-Schild. Sie blieb kurz auf dem Platz davor stehen und wartete, verlor jedoch schnell die Geduld. Es war schließlich begrenzt, was sie von dem Bootsverleiher erfahren konnte, das die Polizei nicht längst wusste. Besser, sie versuchte es an einem anderen Ende.

Lars hatte erzählt, dass seine Schwester noch immer in Horsens wohne. Liv holte ihr Handy heraus und suchte nach Rørdam. Glücklicherweise schien das ein eher ungewöhnlicher Name zu sein, denn Krak zeigte ihr nur drei Personen mit diesem Namen in der Stadt: einen Gemeindepfarrer, einen Bewohner eines Pflegeheims und die Inhaberin eines Friseursalons, *Rikke R*. Sie tippte auf die Inhaberin des Friseursalons. Er lag an der Einkaufsstraße in Horsens und öffnete um neun.

Liv startete den Motor und fuhr die zwanzig Minuten zu einem Parkplatz hinter dem Rathaus, stieg aus und ging die Einkaufsstraße hinunter, um einen Platz zum Frühstücken zu finden.

Das erste geöffnete Café, an dem sie vorbeikam, lag an einer Ecke und war trotz der frühen Morgenstunde gut besucht. Die runden Marmortische bogen sich vor Körben mit Brötchen und Gebäck, und in der Luft hing der Duft von Zimtbutter und frisch gebackenem Brot. In Livs durchgefrorenem, leicht ausgehungertem Zustand war es, als träte sie direkt ins Paradies.

»Guten Morgen, sollen wir mal nach einem Platz für Sie

sehen?« Eine Dame mit runden Wangen und einer gestreiften Schürze fasste sie leicht am Ellenbogen und führte sie zu einem freien Tisch in der Ecke. »Sie sehen aus, als könnten Sie gut ein Kännchen warme Schokolade und ein Milchbrötchen mit dick Butter vertragen. Das ist unsere Mittwochskombi, die es bis zehn zum halben Preis gibt, ansonsten können Sie einfach aus der Karte wählen.«

Ein wohliges Rieseln lief Liv das Rückgrat hinunter. Sie bekam Lust, die Dame zu bitten, ihr alle Speisen auf der Karte vorzustellen, sodass sie hier sitzen und ihr noch etwas länger zuhören konnte.

»Die Kombi klingt gut, danke.« Sie erntete ein strahlendes Lächeln von der Dame und lehnte sich auf der gepolsterten Sitzbank zurück, während die Zufriedenheit ihre Wangen prickeln ließ.

Normalerweise mochte sie keine warmen Getränke, aber heute schien ihr eine Tasse warmer Kakao genau das Richtige zu sein. Fürsorge von innen. Und als die Dame einen Moment später eine kleine Silberkanne neben einer Schale mit Sahne und einem Teller mit einem dampfenden warmen Milchbrötchen mit dick Butter vor sie hinstellte, hätte Liv glatt nach Horsens ziehen können. Kopenhagen ist die Stadt der Möglichkeiten, dachte sie, aber nicht die der Freundlichkeit. Und so ist das wohl mit Großstädten, man muss nehmen, was man an Lächeln kriegen kann, und ansonsten die Schultern zu den Ohren hochziehen.

Viertel vor neun stand sie mit vollem Bauch und einem leichten Klingeln von dem Zuckerschock in den Ohren vor dem Salon *Rikke R*, der zwei Minuten Fußweg von dem Café entfernt lag. Drinnen brannte Licht, und eine Frau um die fünfzig lief herum und legte Zeitschriften und Handtücher bereit. Sie hatte eine Fülle lockigen Haars, von dem Liv den Verdacht hegte, dass es nicht ihr eigenes war, und ein offenes Gesicht, in dem die Sonne eines ganzen Lebens, Zigaretten und starke Gefühle ihre Spuren hinterlassen hatten.

Eine Glocke gab einen freundlichen Ton von sich, als Liv die Tür öffnete.

Die Friseurin kam direkt auf sie zu und begrüßte sie. »Hey, willkommen, wir öffnen erst um neun. Sie haben keinen Termin?«

»Nein, ich bin gerade vorbeigekommen und habe mir gedacht, ich nutze die Gelegenheit. Ich möchte eigentlich nur die Haare gewaschen bekommen.«

Die Friseurin betrachtete ihren schlaff herabhängenden Pferdeschwanz mit einem skeptischen Blick.

»Sie brauchen eine Kur. Und einen Schnitt. Die Spitzen haben ja bis zum Nacken Spliss. Meine erste Kundin hat abgesagt. Sie können also gleich mitkommen.«

Liv hatte nicht vorgehabt, den Vormittag auf einem Friseurstuhl zu verbringen, aber was tat man nicht alles im Dienste der Sache.

Sie nickte. »Wo soll ich mich hinsetzen?«

Die Friseurin wies ihr einen Stuhl zu, und Liv ließ sich darauf fallen.

»Ist das Ihr Salon?«

»Jepp, seit 2008.« Die Friseurin zog einen Hocker mit Rädern heran und löste Livs Pferdeschwanz, sodass sie ihr in die Haare fahren konnte. »Rikke Rørdam, herzlich willkommen. Sind Sie das erste Mal in Horsens?«

»So ist es.«

»Passen Sie auf, schließlich wollen Sie gar nicht mehr weg!« Rikke lachte herzlich und klopfte ihr auf die Schulter. »Kommen Sie mit rüber zum Waschbecken, jetzt bringen wir Form in Ihre Strähnen.«

Liv ging folgsam mit, bekam einen Umhang und ließ sich von Rikke Shampoo ins Haar massieren. Während sie mit geschlossenen Augen in dem Waschstuhl saß, versuchte sie sich daran zu erinnern, wann sie das letzte Mal von einem anderen Menschen länger als für die Zeitspanne eines Händedrucks berührt worden war. Es fühlte sich ungewohnt und etwas zu intim an, aber auch sehr angenehm. Sie atmete bis tief in den Bauch und versuchte sich zu entspannen. Das war verdammt noch mal nur eine Kopfmassage.

»Jetzt sind Sie schön sauber. Setzen Sie sich wieder in den Stuhl, dann komme ich mit der Schere.« Rikke machte sich im Salon zu schaffen und kam mit Schere, Kamm, Föhn und allen möglichen Produkten in Tuben und Sprayflaschen zurück. Das Gesicht in ernste Falten gelegt, begann sie, Livs Haar zu kämmen. »Was führt Sie in die Stadt?«

»Ich will eine kleine Insel besuchen, sie liegt im Fjord. Vorsø. Ich arbeite für den ... Naturschutzverein.« Sie war sich nicht sicher, ob es den überhaupt gab und was er gegebenenfalls machte, doch Rikke schien niemand zu sein, der Ahnung von so etwas hatte.

»Das ist nicht wahr!« Rikke klopfte Liv wieder auf die Schulter. »Mein Bruder wohnt auf Vorsø. Er ist der Naturpfleger da drüben.«

»Na, dann werde ich ihm bestimmt begegnen.«

»Am Wochenende ist auf der Insel ein Mann ermordet worden, davon haben Sie bestimmt gehört?«

Liv nickte. »Das ließ sich wohl kaum vermeiden.«

Rikke sperrte die Augen auf. »Die Polizei ist nonstop zwischen dem Festland und der Insel hin- und hergefahren, mein Bruder muss total fertig gewesen sein.«

»Hat er denn was gesehen?«

»Nein, doch als einziger Bewohner der Insel ist er natürlich so etwas wie ein … Hauptzeuge oder wie man das nennt. Und Lars ist so introvertiert! Er hasst es im Grunde genommen, mit anderen Menschen zu reden. Man sollte nicht meinen, dass wir Geschwister sind.« Sie lachte herzlich.

»Ich habe mich natürlich auch schon gefragt, was das für ein Mensch ist, der sich entschließt, alleine auf einer einsamen Insel zu wohnen. Das ist also Ihr Bruder?«

Rikke verdrehte die Augen. »Ja, für mich wäre das nichts, das kann ich Ihnen sagen. Ich brauche Leben um mich herum. Stellen Sie sich einmal vor, an einem Ort zu wohnen, wo es weder Geschäfte noch Cafés gibt. Ich würde sterben!«

Liv nickte. »Aber ihm geht es gut damit?«

»Lars ist so etwas wie ein Einsiedler … Oder ist es zumindest mit dem Alter geworden … Mein Bruder war schon immer etwas alternativ, Sie wissen schon. Dann ist er Vegetarier geworden, und schließlich ist er nach Indien gegangen, um dort Yoga zu lernen. Plötzlich kam er dann auf die Idee, zum Islam zu konvertieren. Der urdänische Lars aus Horsens, der nicht einmal in einen Weihnachtsgottesdienst gehen mochte. Wie finden Sie das?«

»Was hat ihn darauf gebracht?«

Rikke zeigte mit der Schere zu den Masonitplatten an der Decke hoch. »Er brauchte wohl etwas, woran er glauben konnte. Okay, er ist wieder davon abgekommen, genau wie von allem anderen.«

»Dann ist er nie Muslim geworden?«

»Nee, stattdessen ist er nach Vorsø gezogen. Ja, ja, Männer sind schon verrückt.« Rikke schnitt konzentriert. »Sehen Sie mal nach unten, ja, so. Mein Gott, das wird Ihrem Haar guttun, das hier. Haben Sie schon mal über Extensions nachgedacht? Das würde flott aussehen.«

Liv schielte durch die Haargardine. »Das klingt, als versuchte Ihr Bruder, auf Vorsø sich selbst zu finden.«

»Nee, ganz im Gegenteil. Er ist aus der Stadt geflohen, deshalb hat er die Stelle angenommen. Ein gebrochenes Herz, Sie wissen schon. Nichts haut einen Menschen so um wie Liebeskummer, nicht wahr? Er ist nach Vorsø geflohen, um in Frieden seine Wunden zu lecken.«

Liv sah sich im Spiegel. Das Haar hing glatt herunter und duftete nach Äpfeln. »Was hat seine Ex-Freundin dazu gesagt? Oder war es seine Frau?«

»Nichts von alledem, das war ja das Verrückte, wenn Sie mich fragen. Mein Bruder hatte diverse Freundinnen, aber von denen hat er, verdammt noch mal, keiner hinterhergetrauert. Das schien völlig unverhältnismäßig.«

»Aha.«

Rikke verdrehte die Augen und stellte den Föhn an. »Jetzt müssen wir Sie nur noch föhnen und stylen. Schauen Sie mal, wie schön Sie geworden sind. Fertig zum Tanzen und Daten.«

*

Die Stimmung in dem neuen Foyer auf Teglholmen war milde ausgedrückt hektisch. Vor den Glastüren des Polizeipräsidiums hatte sich ein größeres Aufgebot an Pressefotografen und Journalisten versammelt, die hofften, einen Schnappschuss oder womöglich sogar einen Kommentar von Shirin zu ergattern. Polizisten schirmten sie auf dem Weg durch das Gedränge ab. Sie gingen mit gebeugtem Kopf und versuchten, sich von der gewaltigen Aufmerksamkeit nicht beeindrucken zu lassen. Was Nima nicht so recht gelang.

Ihm war bereits schlecht vor Nervosität und von dem aufdringlichen Geruch nach Plastik. Ob er von den Möbeln herrührte oder von dem glänzenden blauen Boden, konnte er nicht sagen. Es spielte auch keine Rolle, das Resultat blieb dasselbe: Eine leichte Übelkeit keimte in ihm auf und breitete sich aus.

Shirins blasse Wangen ließen darauf schließen, dass es ihr ähnlich ging. Als sie hineingeleitet worden und aus dem Scheinwerferlicht der Kameras heraus waren, brachte man sie nach oben in einen blau gestrichenen Raum, wo Petter Bohm zusammen mit einer Kollegin und einer Vertreterin der Gemeinde wartete, die bei der Befragung Shirins Interessen wahrnehmen sollte, da sie noch minderjährig war.

Nima wurde ein Stuhl draußen im Gang zugewiesen, von dem aus er sich mit Kaffee aus einem nahen Automaten versorgen und der Befragung durch einen Glaseinsatz in der Tür folgen konnte. Die Gemeindevertreterin kam heraus und stellte sich als Martha Hoxer vor. Sie war jung und kräftig gebaut, hatte krause Locken und trug weiße Socken in ihren Ledersandalen. Auf den ersten Blick glich sie einem der Rucksacktouristen, die hin und wieder ihre Zelte auf dem unbebauten Grasareal im Südhafen aufschlugen. Zu jung, um wirklich kompetent zu sein, fürchtete Nima, aber zumindest machte sie einen netten Eindruck. Er hoffte, dass Shirin das auch so sah.

»Wir haben heute um drei eine Besprechung, wo wir beraten, was in den kommenden Tagen mit Shirin geschehen soll. Ich hoffe, dass Sie dabei sein können?«

»Natürlich!«, sagte Nima energisch, unangenehm berührt, dass das überhaupt zur Debatte stand, doch sie ließ sich nichts anmerken. Als sie zurück zu Shirin in den Raum ging, kam Petter Bohm heraus und gab ihm die Hand. »Warum haben Sie nichts von dem Schrebergarten gesagt, als wir gestern miteinander gesprochen haben?«

»Ich hatte keine Ahnung, dass Tami den immer noch hatte. Als er mir eingefallen ist, bin ich hingefahren, ohne weiter darüber nachzudenken.«

»Und haben Shirin gefunden, das nennt man wohl Glück.« Petter holte ein Stofftaschentuch heraus und betupfte sich die Augen. Es war weiß mit einem blauen Rand und machte ihn um einiges älter. »Der Rechtsmediziner, der Ihre Nichte untersucht hat, als Sie sich gestern Abend gemeldet haben, sagt, dass sie zumindest im Bad war und sich die Haare gewaschen hat. Wie kam es dazu?«

Nima spürte den Puls bis in den Hals. »Wir sind bei meinem Boot vorbeigefahren, als wir wieder in Kopenhagen waren. Meine Nichte war mitgenommen und …«

Petter hielt die Hand hoch. »Wir sind uns einig, dass sie die Tochter Ihres Vetters ist, nicht? Also eine Art Großnichte?«

»Im Iran machen wir da keine Unterschiede.« Nima richtete sich auf. »Shirin war hungrig und erschüttert, und für mich hatte es erste Priorität, mich um sie zu kümmern. Wir haben etwas zum Anziehen geholt und Ihre Leute kontaktiert. Die paar Stunden machen wohl nicht den großen Unterschied für die Ermittlung?«

»Überlassen Sie es ruhig mir zu beurteilen, was für die Ermittlung wichtig ist.« Petter faltete das Taschentuch zusammen und steckte es zurück in die Tasche. »Haben Sie die Tür hinter sich aufgelassen, als Sie in die Wohnung gegangen sind?«

Nima schielte zu Shirin hin, die verlegen auf den Boden sah, während die Gemeindevertreterin mit ihr redete.

»Ich glaube nicht, aber ich bin mir nicht sicher. War das Schloss nicht aufgebrochen?«

»Nein. Ich habe heute Morgen Kriminaltechniker in die Wohnung geschickt, um eine weitere Spurensuche vorzunehmen. Wenn es Einbruchsspuren gegeben hätte, hätten sie die gefunden. Shirin hat den Mann, der sie überfallen hat, nicht gesehen?«

Deutete er irgendetwas an? Oder war es nur Nimas latente Paranoia? Er schüttelte den Kopf.

Petter sah an ihm vorbei. »Ich gehe davon aus, dass ihr das bewusst ist, aber ihr Bruder ist in großer Gefahr. Der oder die, die ihren Vater ermordet haben, haben Cyrus möglicherweise gekidnappt, und wenn wir ihn retten sollen, müssen wir alles wissen.«

Nima wollte protestieren, wurde jedoch gebremst.

»Vielleicht hat sie trotzdem eine Idee, wer Tami umgebracht haben könnte, und will nicht heraus damit? Vielleicht hat sie ihren Bruder mit den falschen Leuten abhängen sehen? Wenn sie etwas weiß – was auch immer –, das sie uns nicht erzählt, dann ist jetzt der Zeitpunkt, um umzuschwenken. Bevor es zu spät ist.«

Petter blieb einen Augenblick stehen, den Blick noch immer auf einen Punkt an der Wand hinter Nima gerichtet, bevor er zurück in den Besprechungsraum ging und die Tür hinter sich schloss.

Erst als er alleine war, merkte Nima, dass seine Handflächen schweißnass waren.

*

Das Gefühl von Haaren, die lose herabhingen und ihre Schultern kitzelten, war auf die Dauer zu irritierend. Liv fuhr an die Seite, warf einen letzten Blick in den Rückspiegel auf ihr frisch geschnittenes und gestyltes Äußeres und band ihr Haar zu dem gewohnten Pferdeschwanz, bevor sie weiter Richtung Autobahn nach Kopenhagen fuhr. Das würde wohl nie ihr Ding werden, einen halben Tagelohn auszugeben, um sich beim Friseur verwöhnen zu lassen. Schon gar nicht, wenn sie so wenig auf dem Konto hatte wie im Moment.

Sie fand die Telefonnummer, ohne die Augen zu sehr von der Fahrbahn zu nehmen.

»Verdammt, rufst du an, um abzusagen?«

Johan klang munter wie immer. Liv musste lächeln bei dem Gedanken an all die Male, die ihr ehemaliger Kollege sie mit einem albernen Streich oder einem blöden Witz so zum Lachen gebracht hatte, dass ihr die Tränen hinunterliefen. »Nein, unsere Verabredung steht. Ich möchte dich nur um einen eiligen Gefallen bitten. Einen ganz kleinen.«

»Schieß los!«

»Schau bitte mal im Register nach, wo Tami Ansari, das Opfer von Vorsø, gewohnt hat. Irgendwo in Albertslund.«

»Zwei Sekunden.« Er tippte kurz etwas.

»Blokland 44, zweite Etage rechts. Warum schaust du das nicht einfach auf Krak nach, dort findest du doch so gut wie alles über eine Person, du Schafsnase?«

Sie lachte. »Weil ich wissen will, wer vor drei Jahren noch in demselben Aufgang gewohnt hat. Das kannst du nachsehen, ich aber nicht.«

Johan stöhnte resigniert, doch sie hörte ihn weiter tippen. Diesmal dauerte es etwas länger.

»Willst du alle Namen, oder was?«

»Sag mir nur eins: Hat ein Lars Rørdam im selben Aufgang gewohnt?«

»Ja, auf der vierten rechts.«

»Dann lasse ich dich jetzt mit deinem ach so arbeitsreichen Tag weitermachen. Danke, mein Freund. Wir sehen uns Donnerstag!«

Liv legte auf und konzentrierte sich wieder auf die Straße. Beschleunigte und überlegte, wie gut Lars und Tami Ansari befreundet gewesen waren. Er hatte ihre Bekanntschaft heruntergespielt. Hatte gesagt, dass sie im selben Block gewohnt hatten, obwohl es sogar im selben Aufgang gewesen war. Hatten sie gemeinsam auf Straßenfesten gefeiert und waren zusammen zum Angeln gefahren? Sie konnte nicht davon ausgehen, dass Lars über ihre Bekanntschaft die Wahrheit gesagt hatte, aber vielleicht wusste einer der anderen Bewohner in dem Aufgang Bescheid.

Sie sah eine Tankstelle auftauchen und blinkte. Der Tankanzeiger war niedrig, und ihr Mund langweilte sich, Zeit für einen Halt.

Sie fand eine freie Zapfsäule, scannte ihre Bezahlkarte ein und tankte. Zu ihren besten Kindheitserinnerungen gehörten die Sonntagsausflüge mit ihrem Vater in die Waschstraße, um das Auto für die kommende Woche klarzumachen. Sie durfte die Bodenmatten saugen, während ihr Vater das Armaturenbrett abwischte. Anschließend saßen sie in der Waschstraße zusammen im Auto, hörten Musik im Radio und aßen Lakritz.

Eine SMS von Petter war eingetroffen.

Das Mädchen ist unversehrt aufgetaucht, sie hat sich in einem Schrebergarten versteckt. Der Junge ist immer noch verschwunden … Treffen wir uns heute zu einem späten Mittagessen? Das Taco-Restaurant in Kødbyen um zwei?

Liv antwortete mit einem Emoji mit erhobenem Daumen.

Wer auch immer hinter der Familie Ansari her war, Tamis Tochter hatte er glücklicherweise nicht gefunden.

Sie lehnte sich an das Auto und versuchte, das wenige, das sie wusste, in Einklang zu bringen.

Mit Tamis Handy war um den Todeszeitpunkt herum auf der Insel ein Film aufgenommen worden, in dem ein Mann und eine Frau Farsi miteinander sprachen. Tami war mit einem Mann in dem Aufgang befreundet gewesen, der später Naturpfleger auf der Insel geworden war, auf der Tami zu Tode kam. Und Cyrus' Verschwinden fiel mit dem Tod seines Vaters zusammen.

Die Zapfpistole klickte, und sie hängte sie zurück an die Zapfsäule. Ob Tami seinen Sohn auch einmal mit in die Waschstraße genommen hatte, bevor sie ihrem unheilschwangeren Schicksal entgegengegangen waren?

Sie wusste so gut wie nichts über Tamis Sohn, nur dass er eine Lehre in der *Vestegnens Schreinerei* in Glostrup machte und dass der andere Lehrling dort der Polizei zufolge Drogen verkaufte. Die Uhr zeigte Viertel vor elf, wenn sie Gas gab, konnte sie in zwei Stunden in Glostrup sein.

Sie trocknete die Finger ab, atmete tief den Benzinmief ein und ging in den Laden, um eine Tüte Matador Mix zu kaufen.

KAPITEL 10

Die *Vestegnens Schreinerei* war in überraschend großen, an ein Ladenlokal erinnernden Räumlichkeiten hinter dem Shoppingcenter von Glostrup untergebracht. Ein knallrotes Schild, auf dem in weißen Buchstaben der Firmenname prangte, schmückte über den Schaufenstern die Fassade und ließ Liv an den Teppichhändler in Rødovre denken, zu dem ihre Eltern sie als Kind mitgenommen hatten. Sie hatte den Laden geliebt. Die Teppiche, natürlich, aber auch die anderen Böden und die Tapeten in den abenteuerlichen Farben und Mustern, die ihre Eltern ihr für ihr Zimmer nie erlaubt hätten. Palmenblätter, Sonnenuntergänge, Streifen in Rosa und Orange. Das Beste war jedoch die Seriosität, die die Verkäufer ausstrahlten. Die kleine Liv spürte klar und deutlich, dass das mit dem Einrichten eine ernste Angelegenheit war, die mit Ehrerbietung behandelt werden musste.

Die Schreinerei war moderner als der Teppichladen der Vergangenheit. Der Boden war mit blauem Linoleum ausgelegt, und an den weißen Wänden hing Werbung mit Bildern ausgeführter Aufträge samt dem dazugehörigen Text, in dem die zahlreichen Kompetenzen des Betriebs aufgezählt wurden. Hinter einem Schalter stand eine sehr junge Frau mit einem Headset. Sie trug ein Poloshirt in dem gleichen Rotton wie das Schild draußen.

»Hallo, was kann ich für Sie tun?«

»Einer Ihrer Lehrlinge hat unseren Schuppen im Garten repariert und seine AirPods vergessen. Da ich auf dem Weg zur Arbeit ohnehin direkt bei Ihnen vorbeikomme, habe ich mir gedacht …«

Das Lächeln der Empfangsdame geriet leicht ins Wanken.

»Das ist sehr nett von Ihnen. Wie hieß er denn? Wir haben nämlich zwei Lehrlinge.«

Liv biss sich auf die Lippe und zauberte einen Namen aus dem Hut. »Wie war das noch … Simon?«

»Steffen vielleicht?« Sie sah erleichtert aus.

»Bingo!« Liv hielt ihre eigenen AirPods hoch. »Kann ich sie ihm vielleicht persönlich zurückgeben? Er hat so gute Arbeit geleistet, dass ich ihm das auch gern sagen möchte.«

»Ja, sicher.« Sie zeigte auf eine rote Tür. »Sie sitzen da hinten und essen zu Mittag, gehen Sie ruhig rein.«

Liv blinzelte ihr jovial zu und eilte ins Hinterzimmer. Hier sah es anders aus als im Laden. Die Wände waren mit einer abgenutzten braunen Sackleinentapete verkleidet. An einem ramponierten Esstisch saßen sechs junge Männer auf Schemeln und Bierkästen und aßen Pizza direkt aus den Kartons. Das Gespräch verstummte, als sie eintrat.

»Steffen? Hast du ein paar Minuten?«

»Ja?« Ein junger Mann von knapp zwei Metern und mit einem Bürstenhaarschnitt erhob sich mit einem Stück Pizza in der Hand.

»Können wir irgendwo in Ruhe reden?«

Die anderen lachten anzüglich, doch Steffen blieb cool, ging einfach langgliedrig und träge wie ein Basketballspieler zu einer Hintertür, die auf den Parkplatz hinausführte.

Liv folgte ihm zu einem Stapel Holzpaletten. Den vielen Kippen auf dem Boden nach zu urteilen, nutzte das Personal sie zum Rauchen.

Steffen setzte sich auf die Paletten und war damit auf ihrer Augenhöhe. Er faltete das restliche Pizzadreieck zusammen und verspeiste es in einem ehrfurchtgebietenden Bissen.

»Ja?«, fragte er wieder.

»Kennst du Cyrus, der auch hier eine Lehre macht?«

Er nickte. Er hatte Tomatensoße in den Mundwinkeln, die Liv zu ignorieren versuchte. »Cyrus ist mein Homie. Das ist so fucked up, was mit seinem Vater passiert ist.«

»Dann weißt du, dass er von der Polizei gesucht wird?«

»Sie waren gestern hier, um mit dem Meister zu reden.«

Liv runzelte die Stirn. »Nicht mit euch Lehrlingen?«

Steffen zuckte die Schultern. »Ich war gestern krank.«

»Hast du was von ihm gehört?«

Er lachte. Es klang wie ein Moped mit Startschwierigkeiten.

»Fuck, nein. Ich weiß nicht, wo er ist.« Er fuhr sich mit der Hand über seinen Bürstenhaarschnitt. »Ich hoffe nur, dass er safe ist.«

»Wie meinst du das?«

»Ich weiß nicht … vielleicht versteckt er sich ja vor der Polizei.«

Liv konnte hören, wie im Hinterzimmer das Radio eingeschaltet wurde und einen Popsong aus den Achtzigern spielte. Sie trat einen Schritt näher zu Steffen heran und beugte sich zu seinem Ohr vor. »Warum sollte sich Cyrus vor der Polizei verstecken?«

Er legte den Kopf leicht schief, um ihn dann abrupt wieder aufzurichten. »Nee, nee, nicht wegen der Sache mit seinem Vater. Cyrus könnte keiner Fliege was zuleide tun.«

»Womit hat es dann was zu tun?«

Steffen sah sie ausdruckslos an.

»Ich habe einen Vogel singen hören, dass du neben deiner Lehre hier noch was verkaufst. Macht Cyrus da mit?«

»Vergessen Sie's!« Er blickte über den Parkplatz, als wäre er sich seiner Sache nicht ganz sicher. »Wir haben hier einen Job. Wir wollen was aus unserem Leben machen.«

Liv lächelte. »Mag Cyrus die Lehrstelle?«

»Ja, ja.« Steffen wirkte nicht ganz überzeugt. »Wir unterstützen einander, auch in der Schule. Der Meister schickt uns zusammen auf Jobs, das ist super.«

»Dann ist er ein guter Freund?«

»Ja.« Die Antwort kam prompt und klang zum ersten Mal nicht vage. Steffen wirkte erleichtert über den Themenwechsel.

»Er bringt mir Farsi bei. Die ganzen Flüche. Ich kann sie mir nicht merken, aber das ist lustig …« Seine Stirn legte sich konzentriert in Falten. »Bokhoresh! Das bedeutet: Leck mich am Arsch!« Er lachte wieder sein Mopedlachen, ein kurzer Ausstoß, und es war vorbei.

»Wann hast du ihn zum letzten Mal gesehen?«

»Letzten Mittwoch waren wir zusammen auf einem Job.« Seine Augen flackerten. »Aber das war abends, der Meister weiß nichts davon. Donnerstag bin ich mit Halsschmerzen aufgewacht und zu Hause geblieben. Ja, Mittwochabend. Fuck, ich hoffe, er ist okay!«

»War er wie immer?«

»Er hatte super Laune! Wir waren draußen bei so einem Iraner, da wurde Farsi gesprochen, und wie. Cyrus hatte den Job klargemacht. Irgendein Bekannter der Familie oder so.«

Liv fing seinen Blick ein. »Bei einem Iraner? Wie hieß der?«

»Das war einer der alten Kästen in Frederiksberg, eine Art Vereinigung, glaube ich. Der Kunde war ein cooler alter Typ, wir haben Wasserpfeife mit ihm geraucht, als wir mit den Fensterrahmen fertig waren.«

Livs Kopfhaut prickelte. Sie kannte die Antwort, fragte aber trotzdem. »Wie hieß er?«

»Bahram. Er hieß Bahram.«

*

Die Kerzen brannten, und das Büro roch nach Lakritztee.

Hannah schüttelte die Kissen auf dem kleinen Sofa auf und legte die Krankenakten der Patienten bereit, die heute zu ihr kommen würden. Unglaublich, wie leicht wir Menschen zerbrechen und wie viel wir gleichzeitig aushalten. Das ist eine unglaubliche Gleichung, die nie aufgeht. Ihr eigener Vater war ein gutes Beispiel. Heute Morgen war er früh auf gewesen, um das Frühstücksbrot bei dem am weitesten entfernten Bäcker zu holen, bei dem sie am liebsten kauften, war anschließend aber völlig durchgedreht, weil der Marmeladenglasdeckel nicht aufgehen wollte.

Es klopfte an der Tür, und Kasper sah herein. Er trug ein frisch gebügeltes Hemd, das bis zum Hals zugeknöpft war, was ihn sehr formell aussehen ließ. »Hast du zwei Minuten?«

»Ja, sicher.«

Er trat ein, schloss die Tür hinter sich und blieb mit den Händen in den Taschen stehen.

»Du hast gleich eine Therapiestunde?«

»Ja …« Etwas an der Art, wie er nickte, ließ eine Alarmglocke in ihr schellen. Zu ihrem Ärger hörte sie, wie ihre Stimme leicht schwankte. »Erst mit Nikolai und dann mit Cornelia …«

Kasper nahm eine Hand aus der Tasche und rieb sich mit zwei Fingern langsam über den Nasenrücken.

»Und genau über Cornelia möchte ich mit dir reden.« Er holte tief Luft. »Ich bin gezwungen, dich darüber zu informieren, dass ihre Eltern heute Morgen eine Beschwerde eingereicht haben.«

»Über mich?«

»Ja.«

Er ließ die Bestätigung stehen und wie einen unsichtbaren Keil in der Luft vibrieren. Sein hellblauer Blick, den sie bis jetzt vertrauenerweckend gefunden hatte, wirkte abweisend.

»Ich kann nicht ins Detail gehen, doch es sind Fragen bezüglich deiner Urteilskraft und Objektivität aufgetreten.«

Sie stand auf und ging zum Schreibtisch. Brauchte die physische Barriere zwischen ihnen.

»Worum geht es? Stellen sie meine Kompetenz infrage?«

Er steckte die Hand zurück in die Tasche und machte den Eindruck, als fühlte er sich nicht wohl in seiner Haut. »Das glaube ich auf keinen Fall, Hannah. Es geht eher darum, ob du schon so weit bist. Cornelias Mutter beunruhigen einige … Elemente in der Therapie. Ich habe versucht, sie zu beruhigen, aber sie hat sich entschlossen, eine Beschwerde einzureichen. Und die bin ich gezwungen ernst zu nehmen.«

Sie ließ den Kopf sinken und versuchte, sich auf zufällige Dinge auf dem Schreibtisch zu konzentrieren. Die Schere, den Post-it-Block, die Fachzeitschriften, die Schale mit den Büroklammern. Der Puls hämmerte in ihren Ohren.

»Das bedeutet zunächst einmal, dass ich deine Stunde mit Cornelia heute supervisieren werde. Ist das okay für dich?«

»Habe ich eine Wahl?« Sie konnte nicht anders, als ihre Stimme zu heben. Das System war so strukturiert, dass es den Schwächsten schützte, und der Schwächste war naturgemäß der Patient. Von dem klinischen Personal wurde erwartet, dass es zum Wohle der Patienten robust war und breite Schultern hatte. Sie tat alles, die aufzubringen. Und sie war der Meinung, dass ihr das gut gelang.

Er trat einen Schritt näher und nahm die Hände aus den Taschen. Es sollte wohl versöhnlich wirken, sah aber einstudiert aus. »Es bringt nichts, wenn wir uns Sorgen machen müssen, ob du das schaffst. Da ist es besser, rechtzeitig eine Auszeit zu nehmen.«

»Aha.«

Er blieb stehen, wartete eindeutig auf eine bessere Antwort als *aha*, doch als die nicht kam, nickte er und verließ ihr Büro.

Hannah stützte sich auf den Schreibtisch. Ihre Knie zitterten und drohten nachzugeben.

Uns Sorgen machen müssen, ob du das schaffst.

Sie wäre ihm am liebsten hinterhergelaufen, hätte ihn zurechtgewiesen und ihm seine Pseudofürsorge um die Ohren gehauen. Aber er würde schon eines Besseren belehrt werden. Es würde ihm guttun, sie mit Patienten zu erleben, er würde sich hinterher notgedrungen bei ihr entschuldigen müssen. Die Beschwerde war ein Missverständnis. Sie war nicht zu zerbrechlich, um zu arbeiten. Sie war mehr als nur »so weit«.

*

Der filigrane rote Hocker kippelte auf dem unebenen Untergrund, sodass Liv sich an dem Metalltisch festhalten musste und ihr Getränk in einem gefährlichen Tanz über das geblümte Wachstischtuch rutschte. Sie erwischte ihre Cola – eine ulkige Ökomarke, die süß und etwas fad war – gerade noch, bevor sie über die Kante zu verschwinden drohte, und ließ den Blick über Kødbyen schweifen auf der Suche nach Petter. Er hatte sie vorgewarnt, dass es schwierig für ihn werden würde, sich für eine Pause aus dem Präsidium zu stehlen, doch da er nicht abgesagt hatte, ging sie davon aus, dass die Verabredung noch stand.

Auf den Nachbartisch wurden Teller mit Essen gestellt, der Duft ließ ihren Magen knurren.

»Ich dachte, wir wollten uns auf dem Halmtorvet treffen. Ich habe ewig gewartet!« Petter stand an ihrem Tisch, die Ledertasche über die Schulter geschwungen, die Jacke schief um die Schultern hängend.

»Äh, der Vorschlag, uns hier zu treffen, kam von dir.« Liv sah verwirrt zu ihm hoch.

»Hatten wir nicht verabredet, dass wir uns auf dem Platz treffen und gemeinsam reingehen? Egal, es hat ja geklappt.« Er nahm die Tasche von der Schulter und stellte sie auf den Boden, noch immer deutlich genervt. »Hast du auch noch kein Mittagessen? Ich gehe rein und bestelle.«

Sie ließ ihn hineinstapfen, wohl wissend, dass es nichts brachte, mit einem hungrigen Petter zu diskutieren. Und wartete, bis er wieder herauskam und sich mit einem Glas Limonade in der Hand setzte.

»Was essen wir?«

»Drei Tacos mit schwarzen Bohnen, Schweinefleisch und knuspriger Fischhaut.«

Er sah sie die Nase rümpfen und lächelte. Dass sie so

wählerisch war, war eine Quelle stetiger Belustigung für ihn. »Für dich habe ich um extra Chili und Koriander gebeten.«

»Du bist ein netter Kerl.«

»Und du ein Weichei.« Er holte eine Packung Zigaretten aus der Innentasche und zündete sich eine an. Zog begehrlich den Rauch in die Lunge und sah besänftigt aus.

»Rauchst du nicht nur eine einzige Zigarette am Tag zu deinem Feierabendbier?« Sie griff nach der Colaflasche.

»Das ist nur vorübergehend. Ich finde, sie lindern den Stress etwas.« Er tat es mit einer Handbewegung ab. »Ich habe Tami Ansaris Tochter befragt. Kurz nach dem Mord hat der Täter sie sich auf der Insel geschnappt und ihr gedroht. Hat ihr gesagt, dass Cyrus auch ermordet wird, wenn sie mit uns redet. Deshalb ist sie abgehauen und hat sich versteckt.«

»Was kann sie über ihn sagen?«

»Nicht viel. Sie hat ihn nicht gesehen. Aber er hat Farsi mit ihr gesprochen …«

»Wie in dem Video!«, unterbrach ihn Liv.

Er nickte. »In der Abteilung ist eine Theorie, dass sie etwas gesehen hat oder weiß, was sie uns nicht zu sagen wagt.«

»Was ist mit dem Naturpfleger, habt ihr den noch mal befragt? Es ist nicht gesagt, dass er kein Farsi spricht, nur weil er aus Horsens ist.«

Eine Gruppe junger Frauen an einem der Nebentische kreischte laut. Lachend standen sie abwechselnd auf, um Bilder voneinander zu machen. Petter drehte seinen Stuhl ein paar Zentimeter von ihnen weg, als wäre es dadurch weniger laut.

»Lars Rørdam hat von Viertel nach fünf bis halb acht am Sonntagmorgen Online-Poker gespielt. Offenbar leidet er an Schlaflosigkeit und sucht Zuflucht beim Spielen, wenn er nicht schlafen kann.«

Liv wollte etwas einwenden, doch er stoppte sie mit einer Handbewegung.

»Er ist es nicht. Wir haben vollen Zugang zu seinem Spielverlauf, und das reicht: Er hat ungefähr eine Hand in der Minute gespielt, insgesamt siebenundzwanzig Dollar gewonnen und war aktiv an dem Chat des Tischs beteiligt. Er kann das Spiel nicht länger als zwei Minuten verlassen haben.«

»Und er hat am Strand nichts gehört und nichts gesehen? Das Kanu, Hilferufe, jemanden, der mit dem Boot weggefahren ist?«

Petter schüttelte den Kopf und klemmte die Zigarette im Mundwinkel fest, sodass er gleichzeitig mit dem Strohhalm von der Limonade trinken konnte.

Sie zog die Brauen hoch und nickte beeindruckt. »Das hast du geübt, was?« Sie trank von der faden Cola und lächelte ihren von Rauch umwehten Mentor an. »Was ist mit eurem Verdacht, dass Cyrus dealt, seid ihr da weitergekommen?«

»Ja. Nach dem Überfall gestern …«

»Dem Überfall gestern?«

»Shirin ist noch einmal überfallen worden, diesmal in der Wohnung der Familie. Sie war zu Hause, um ein paar Sachen zu holen, bevor sie sich bei uns gemeldet hat, hat aber nicht gesehen, wer es war. Sie ist okay.«

Er strich sich um den Bart und steckte die Zigarette wieder zwischen die Lippen. »Das hat mich auf den Gedanken gebracht, dass jemand etwas in der Wohnung gesucht haben könnte. Ich habe eine Hundepatrouille hingeschickt. Sie haben nichts entdeckt, aber vielleicht hat der Dieb ja gefunden, wonach er gesucht hat. Einer der Kollegen vom Drogendezernat hat jemanden von Al-Ghazaa in die Mangel genommen, die den Handel in Vestegnen kontrollieren. Er hat bestätigt, dass Cyrus für sie dealt, und erzählt, dass zurzeit Unruhe in der Bande herrscht. Ihnen fehlt eine größere Ladung Ecstasy und Koks.«

»Was heißt ›fehlt‹?«

Petter zuckte mit den Schultern. »Cyrus könnte sie gestohlen haben. Wir haben versucht, sowohl seine als auch Tamis Freunde und Bekannte auszufragen, doch bis jetzt hat keiner geredet.«

Liv sah auf den Verkehr auf dem Sønder Boulevard hinaus. Irgendetwas an dieser Theorie ließ ihre Ohren klingeln.

»Und du denkst jetzt, dass dieser Diebstahl zu Tamis Liquidation geführt hat?«

»Die Drogenbanden bestrafen so etwas hart. Vielleicht wollten sie Cyrus einschüchtern, damit er den Stoff zurückgibt.«

Sie schüttelte den Kopf. »Eine ziemlich brutale Art, das zu erreichen. Seinen Vater fünf Meter von ihm entfernt umzubringen. Um wie viel geht es in Kronen und Øre?«

»Um mindestens einhundertfünfzigtausend Kronen.« Petter trank einen Schluck von seiner Limonade und schnitt eine Grimasse. »In dieser Welt ist viel Geld im Umlauf. Du kannst einen Auftragsmord für ein Drittel bestellen.«

»Ist Al-Ghazaa eine iranische Bande? Der Täter am Strand und die beiden Personen auf dem Video haben Farsi gesprochen.«

Das Blitzen in seinen Augen war nur kurz, aber sie hatte es gesehen. Diesen eindeutigen Blick, mit dem ein Kind seinen Lehrer ansieht, wenn es die Aufgaben nicht gemacht hat.

»Das Video auf dem Handy des Opfers ...«

»Ja, ja.« Er trat die Zigarette auf der Erde aus, obwohl sie erst halb aufgeraucht war. »Ich bin mir nicht sicher, wie viel Gewicht wir diesem Video beimessen sollen. Tami kann das vor seinem Tod selbst aufgenommen haben, und vielleicht steht es in keinerlei Beziehung zu dem Verbrechen. Wie wir gehört haben, hat er in Albertslund mit einer zwielichtigen Gruppe abgehangen, die versuchen wir erst mal zum Reden zu bringen.«

»Aber wer, wenn nicht die Täter, spricht auf dem Video Farsi? Der, der Shirin auf der Insel bedroht hat, hat schließlich auch Farsi gesprochen.«

Petter sah auf die Uhr. »Wie lange kann es dauern, drei Tacos zu machen?«

»Hast du die Tochter gefragt, ob sie die Stimmen erkennt?«

Ein gedrungener Ober stellte zwei Pappteller mit Tacos vor sie auf den Tisch. Der Duft von Fisch, gebratenem Fleisch und Limette stieg von ihnen auf und mischte sich mit dem Geruch von Petters Kippe. Er klatschte in die Hände.

»Na endlich! Lass uns essen, solange es warm ist.«

Liv sah zu, wie er einen Taco zusammenfaltete und sich darüber hermachte. Beim Anblick des Korianderbergs auf dem Teller war sie sich nicht mehr so sicher, was ihren Hunger anging. Petter hatte sich auf Tami als Opfer eines mit Rauschgift verknüpften Verbrechens eingeschworen, und sie musste sich geschlagen geben. Es klang am plausibelsten. Niemand sonst hatte ein offenkundiges Motiv, ihn umzubringen. Doch wo kam die Aufnahme eines Zettels mit einem Namen ins Spiel, den keiner kannte? Gehörte Milad zur Drogenszene von Vestegnen?

Und was war mit Bahram, der sowohl den Vater als auch den Sohn kannte, das ihr gegenüber aber nicht erwähnt hatte?

Sie nahm einen Taco und roch vorsichtig daran. Irgendetwas passte nicht, die Rechnung ging nicht ganz auf.

»Komm schon, Liv Jensen, das sind nur Gewürze, das kannst du essen!« Petter lachte sein übliches Teddybärlachen, das so ansteckend wirkte.

Sie probierte einen kleinen Bissen und verdrehte die Augen. »Mein Gott, das schmeckt, als würde man in die Seife auf der Gästetoilette meiner Eltern beißen.«

»Genau! Ist das nicht lecker?« Petter zog die Brauen hoch und griff nach seinem klingelnden Handy. »Petter Bohm. Hey, Claus ... okay. Wo, sagst du?« Er hörte aufmerksam und mit fernem Blick zu. »Ich komme sofort.«

Er beendete das Gespräch und stand auf.

»Ich überweise das Geld für das Mittagessen. Heute Morgen ist ein junger Mann in einem Hochhaus in Brøndby Strand von einem Balkon im dreizehnten Stock geflogen. Brøndby Strand ist Bandenterritorium. Der Rechtsmediziner meint, dass er iranischer Abstammung ist.«

*

Die Luft stand still in dem kleinen Besprechungsraum. Die anwesenden vier Personen nahmen zu viel Platz um den Tisch ein und saßen zu eng, als dass eine von ihnen hätte frei atmen können. An Nimas rechter Seite saß Shirin und versuchte, cool zu wirken, doch er spürte ihr Inneres vor Unruhe zittern. Rechts von ihr saß Martha Hoxer, die Gemeindevertreterin.

Ihnen gegenüber saß die Ermittlerin mit den hellen Haaren und dem Perlmuttlippenstift und sah betroffen auf ihr Handy. »Petter Bohm hat geschrieben und bittet uns, auf ihn zu warten. Er sollte eigentlich nicht bei dem Treffen dabei sein …«

Martha zog eine Broschüre aus ihrem Rucksack, auf der irgendetwas von *Kindern und jungen Menschen in akuten Krisen* stand.

Shirin wandte den Blick ab.

»Wir können doch, während wir warten, schon einmal darüber sprechen, was in den nächsten Tagen mit Shirin passieren soll.«

»Gut.« Die Ermittlerin nickte und wirkte erleichtert.

Martha drehte sich auf dem Stuhl um, sodass sie Shirin ansehen konnte. »Wir brauchen einen sicheren Platz für dich. Der Überfall bestätigt noch einmal die Wichtigkeit eines geheimen Aufenthaltsorts, der gesichert ist und an dem dich niemand findet. Nur vorübergehend.«

Shirin hob den Kopf und sah Nima an. »Ich will einfach nach Hause zu mir. Da bin ich sicher.«

Zwischen Marthas Brauen bildete sich eine kleine Falte, während sie mit sanfter Stimme weitersprach. »Ich weiß sehr gut, dass diese Situation schwer für dich ist, Shirin, aber du musst versuchen, stark zu sein. Bis wir deinen Bruder gefunden haben. Außerdem seid ihr beide minderjährig.«

»Er ist auf dem Weg nach Hause.« Die Antwort kam nüchtern und sofort.

»Das hoffen wir.«

Die Ermittlerin mischte sich ein. »Hast du etwas von deinem Bruder gehört?«

»Nein. Ich habe kein Handy.«

Shirin führte einen Finger zum Mund und kaute an dem Nagel. Einen Moment herrschte bedrücktes Schweigen, dann nickte die Ermittlerin, und Martha fuhr an sie gewandt fort.

»Habe ich das richtig verstanden, dass ihr keinen Kontakt zu Shirins Mutter, Yasmin Ansari, herstellen konntet?«

»Wir versuchen es weiter. Sie antwortet nicht auf unsere Anfragen, doch soweit ich weiß, sind wir auf eine veraltete Adresse und eine ungültige Telefonnummer gestoßen. Die örtliche Polizei kümmert sich um die Angelegenheit, aber die Infrastruktur ist nicht die allerbeste, und das braucht Zeit.«

Martha öffnete die Broschüre und strich mit dem Handrücken über die Bindung, sodass sie glatt auf dem Tisch lag. Sie schob sie vorsichtig zu Shirin hin. »Das hier ist Vesterled, eine sichere Unterbringung auf Stevns. Dort gibt es kompetente Erwachsene, die dir zur Seite stehen und auf dich achten können. Ist das okay für dich?«

»Habe ich eine Wahl?« Shirin klang, als hätte ihr Vertrauen in Erwachsene, vor allem in Amtspersonen, auf einem sehr kleinen Blatt Platz.

»Okay, dann leiten wir das in die Wege.«

Die Tür wurde aufgerissen, und Petter Bohm trat ein und brachte einen Schwall hektischer Energie mit. Er stellte seine Tasche auf den Boden, zog die Jacke aus und hängte sie über den Stuhlrücken, während er der Kollegin zunickte.

Sie sah ihn mit gleichen Teilen Ärger und Erleichterung an.

»Guten Tag.« Petter gab der Gemeindevertreterin und Nima die Hand. »Ich bedaure die Unterbrechung, aber es gibt eine Entwicklung in dem Fall. Haben wir etwas Wasser?«

Martha, die nah der Glaskanne mit den Kalkflecken und

dem lauwarmen Leitungswasser saß, goss ihm ein Glas ein, das er dankbar in einem Schluck austrank.

»Shirin, wir gehen das noch einmal durch. Ihr seid am Samstag zum Angeln gefahren. Warum nach Vorsø? Es muss doch Angelplätze geben, die näher an Albertslund liegen.«

Sie zuckte mit den Schultern. »Wenn Vater etwas gewollt hat, war es am besten, nicht zu viele Fragen zu stellen …«

»Was ist passiert, als ihr an dem Bootsverleih in Husoddet angekommen seid?«

»Vater ist reingegangen. Cyrus und ich sind im Auto geblieben.«

»Und dann? Waren noch andere Personen dort?«

Shirin biss sich auf die Lippe. »Als er wieder rausgekommen ist, hat er jemanden getroffen, den er kannte.«

Petter sah sie streng an. »Das hast du uns bisher nicht erzählt.«

»Ich habe es vergessen. Das war nur ein Mann, der vorbeigekommen ist. Sie haben einander die Hand gegeben und kurz miteinander geredet, dann ist Vater zurück zum Auto gekommen.«

»Wie hat er ausgesehen?«

»Hm, er trug eine Sonnenbrille.« Shirin wechselte den Finger und setzte einem neuen Nagel zu.

Nima musste sich zurückhalten, ihr keinen Klaps auf die Hand zu geben, um die wenig elegante Angewohnheit zu stoppen.

»Irgendwie groß und alt. Er sah wie ein Iraner aus.«

»Wie das?«

Sie verdrehte die Augen. »Das sieht man einfach, wenn man selbst zu dem Clan gehört.«

Petter sah die Ermittlerin an, und sie machte sich eine Notiz auf ihrem Block.

»Wie spät war es, als ihr auf die Insel gekommen seid?«

»Ich bin mir nicht sicher, aber wir haben sofort die Zelte aufgeschlagen. Es war Nachmittag. Als wir halb fertig waren, ist der Naturpfleger gekommen und hat uns gebeten, die Zelte woanders aufzubauen.«

»Wo solltet ihr sie aufbauen?«

»Nur in der nächsten Bucht.« Shirin sank leicht auf ihrem Stuhl in sich zusammen, als wäre es ermüdend, sich aufrecht zu halten.

»Was ist dann passiert?«

»Wir haben zu Abend gegessen, es war scheißkalt, und ich habe gefroren. Vater hat sich betrunken, und wir sind früh schlafen gegangen.« Sie leierte das herunter, monoton. »Als ich am nächsten Morgen wach geworden bin, war Cyrus weg, und ich habe Vater in seinem Zelt gefunden.«

»Und ein Mann hat dich gepackt und gesagt, dass er deinen Bruder hat?«

»Ja. Nein. Er hat gesagt, dass meinem Bruder nichts passiert, wenn ich nicht mit der Polizei rede.«

Petter schüttelte den Kopf von einer Seite zur anderen. Dann atmete er tief aus, faltete die Hände auf dem Tisch und sah Nima und Shirin ernst an. »Heute Morgen ist ein junger Mann aus der dreizehnten Etage eines Gebäudes in Brøndby Strand gefallen. Wir wissen noch nicht, ob es sich um einen Unfall handelt …«

Nima sah die nächsten Sätze sich bereits wie einen Tsunami am Horizont auftürmen. Es gab keinen Ort, um Deckung zu suchen.

Petter holte Luft, und seine Stirn wurde noch faltiger, falls das überhaupt möglich war. »Wir sind im Gespräch mit der Polizei von Vestegnen, und es besteht der begründete Verdacht, dass es Cyrus sein könnte. Einige Umstände machen es jedoch schwer, ihn zu identifizieren, sodass es nötig ist, dass Sie, als nächste Angehörige, ihn sich ansehen.«

Shirin saß da wie versteinert. Im Raum wurde es still, kein Atemzug war zu hören. Dann legte sie sich über den Tisch und brach in einen Klageschrei aus, der Nima das Herz zerriss.

ERSTAUFNAHMELAGER SANDHOLM, JANUAR 1991

Die erste Januarwoche ist hart. Nicht nur, weil das Feuerwerk am Silvesterabend neue Wellen des Jammers durch das Lager geschickt und jeden Anlauf zu Feierlichkeiten erstickt hat oder weil es so kalt geworden ist, dass Eisblumen die Innenseiten der Fenster zieren, wenn man morgens erwacht. Sondern weil der Jahreswechsel unterstreicht, dass die Zeit vergeht und Tami nicht weiterkommt. Dieser Umstand setzt sich in ihm fest wie ein Parasit und saugt alle Hoffnung aus ihm heraus. Außerdem kann er seine Halskette nicht finden. Das ist eine Bagatelle, doch der symbolische Wert lässt sie schwer wiegen. Das Geschenk seiner Mutter, das dünne Band zur Heimat. Er hat alle Fächer, Taschen und Bodenritzen durchsucht, doch die Kette ist weg, weg, weg.

Er hockt sich in Baracke 19 und wartet. Im Lager ist es ruhig, abgesehen von dem Krächzen der schwarzen Vögel in den Baumspitzen irgendwo da draußen. Dieser Tage fühlt er sich oft schwer und müde wie ein alter Mann, er hat keinen Appetit und Schwierigkeiten zu schlafen. In der Nacht liegt er im Dunkeln wach und zählt immer wieder die Tage. Einhundertvierzehn Tage, seit er im Lager angekommen ist, einhundertzweiunddreißig Tage, seit er seine Mutter zuletzt gesehen hat, einhundertachtunddreißig Tage, seit er zuletzt seine Großmutter besucht hat. Hoffnungslose Zahlen, die ein verpasstes Leben dokumentieren, eine Jugend ohne Familienfeste, Freundschaften und Zukunftsträume. Wie soll er jemals wieder froh werden?

Plötzlich fällt ihm Yasmins Kuss ein, er hebt seine Stimmung, aber nur kurz, dann übernimmt die Mutlosigkeit wieder. Sie will ihn doch nicht, nicht ernsthaft, sie spielt nur mit ihm und nutzt aus, dass er so verliebt ist.

Aber der Kuss! Er lächelt vor sich hin und erlaubt es sich, die Erinnerung zu genießen.

Die Eingebung, aus der heraus sie sich plötzlich zu ihm lehnte, während sie bei Ezra in Baracke 6 auf dem unteren Etagenbett saßen und Vier gewinnt *spielten. Die Lippen, die weich wie Babyhaut waren, und ihre Augenlider, die zitterten, als ihre Zungenspitzen sich trafen. Die über tausend Nadelstiche, die sein Herz perforierten. Sein Penis, der steif wurde. Was auch passiert, diesen Kuss kann sie nicht zurücknehmen, der wird für immer ihm gehören. Und mit ihm die Träume von der Zukunft.*

Irgendwann wird er an der Universität in Kopenhagen studieren. Er weiß noch nicht, was er studieren wird, aber etwas Ordentliches und Angesehenes. Medizin oder vielleicht Jura … nein, Medizin. Er wird Chirurg, schneidig und zuverlässig im weißen Kittel, eine Säule der Vertrauenswürdigkeit für die, deren Leben in der Krise ist.

Yasmins Brautkleid ist einfach und geschmackvoll, aus dicker elfenbeinfarbener Seide. Nicht so ein voluminöses Tüllteil mit Similisteinen und einer Tiara. Sie ist elegant wie Audrey Hepburn, das Haar zu einem niedrigen Knoten zusammengenommen und mit kleinen Perlen in den Ohren.

Eine dänische Hochzeit, nicht in einer Kirche, das geht ihm dann doch zu weit, aber nach westlicher Tradition. Ein Turm aus Champagnergläsern, die in einem prickelnden Balanceakt von oben gefüllt werden, und Schüsseln mit Hummer und den Muscheln, aus denen die Perlen kommen. Eine Band mit Trompeten und einem Klavierspieler, der einen Smoking trägt, und ein Tor aus weißen, duftenden Blumen und silbernen Ballons. Ein Tisch mit Geschenken in glitzerndem Papier und einem Kuchen mit einer Braut und einem Bräutigam aus Zucker obendrauf.

Seine Mutter, die mit Tränen in den Augen dasteht, während ihr der Stolz aus jeder Pore dringt. Mein Sohn, strahlt sie, du hast es geschafft. Die Flucht und das Exil. Er hat sich nie damit begnügt, ein Fremder zu sein.

Tami steht auf und vertritt sich die Beine. In Baracke 19 ist es noch immer still und dunkel. Die Uhr nähert sich Mitternacht. Er lernt langsam, dass man nicht von der Flucht spricht, nicht konkret. Die Bewohner des Lagers sind entgegenkommend und redselig, und alle begegnen einander mit Neugier, vor allem die mit der gleichen Nationalität. Doch wenn das Gespräch auf die Flucht kommt, wird es vage und ungenau. Die Angst vor Denunzianten ist konstant und allgegenwärtig.

»Da ist er ja. Guten Abend, mein Freund, komm und begrüß die anderen!«

Der Oberst küsst Tami auf die Wange und legt beschützend den Arm um ihn. Er ist fast einen Kopf größer, und für einen Moment wirkt er wie ein großer Vogel, der seine Flügel über ihm ausbreitet und ihn in Sicherheit bringt.

Baracke 19 liegt still da, das Licht ist ausgeschaltet, und die Leute schlafen längst. Doch in dem vom Eingang entferntesten Zimmer brennt das Licht hell. Tami blinzelt und sieht, dass die üblichen Etagenbetten aus dem Raum geräumt und durch einen Kreis aus Stühlen ersetzt worden sind. Auf den Stühlen sitzen zwei erwachsene Männer und warten schweigend. Tami erkennt ihre Gesichter wieder, aber er hat noch nie mit einem von ihnen geredet, sie nur in der Essensschlange gegrüßt und so. Der Oberst weist ihm einen der Stühle zu. Auf dem Sitz liegen ein Heft und ein Kugelschreiber. Tami nimmt das Heft und setzt sich, sein Herz hämmert, dass man es hören kann.

Der Oberst stellt sich hinter einen der Stühle und stützt sich auf die Rückenlehne, während er zu zweien der Männer hin nickt.

»Das hier ist Baba, mit dem ich in Teheran zusammengearbeitet habe, und neben ihm sitzt mein alter Freund Mirza.« Keiner verzieht eine Miene, der Ernst ist zum Greifen spürbar. »Wir haben Govad eingeladen, heute Abend zu kommen. Govad Hajian ist erst vor drei Tagen im Lager eingetroffen, und wir schulden es ihm, ihn herzlich willkommen zu heißen.«

Der Oberst lächelt, doch seine Stimme klingt nicht freundlich, nicht so, wie wenn er mit Tami spricht oder ihn »mein Freund« nennt.

»Und wir haben einen kleinen Assistenten bekommen, der uns helfen wird festzuhalten, worüber wir reden, sodass es nicht in Vergessenheit gerät. Das hier ist Tami Ansari, er ist ein tüchtiger Junge.«

Die Männer sehen Tami an, nicht direkt feindlich, aber auch nicht sonderlich freundlich. Er ist sich nicht sicher, ob man erwartet, dass er etwas sagt, aber die Stimmung ist seltsam, deshalb lässt er es.

»Du schreibst einfach alles auf, was du siehst und hörst. Ich werde das dann schon korrigieren.«

Tami nickt und drückt den Kugelschreiber mit einem Klicken bereit. Er kann dem Oberst ansehen, dass er das Richtige getan hat, denn er lächelt zufrieden und wendet sich zu Govad um, der unruhig auf seinem Stuhl hin und her rückt.

»Nun, Govad, warum erzählst du uns nicht ein bisschen von dir? Aus welcher Region du kommst, was du zu Hause gearbeitet hast und was dich zur Flucht veranlasst hat?«

Govad guckt zu Boden, doch Tami weiß bereits, dass er dem Oberst alles erzählen wird, was der wissen will. Es liegt einfach in der Luft.

KAPITEL 11

Liv blieb an dem wackligen Tisch in Kødbyen sitzen, auch als Petter zurück ins Präsidium geeilt war. Eines Tages würden sie beide aufstehen und zusammen dort rausfahren, um die Verhöre als Kollegen zu führen, doch im Moment musste sie sich damit begnügen, ihm zu winken und sich zurückgelassen zu fühlen. Es hatte sich als massiver Hemmschuh für ihre Karriere erwiesen, ihre erste Anstellung als Ermittlerin zu kündigen. Die Polizei in Nordjütland zu verlassen, hatte sie nicht gerade beliebt gemacht. Doch Petter würde ein gutes Wort für sie einlegen, wenn die Zeit reif war, das wusste sie.

Wenn Cyrus für Al-Ghazaa Drogen verkauft und Ware gestohlen hatte, hatte die Bande eindeutig ein Motiv, sowohl seine Familie als auch ihn selbst zu liquidieren. Das würde allerdings bedeuten, dass Iraner Teil der Bande waren, da Shirin am Strand von einem Farsi sprechenden Mann bedroht worden war.

Tami konnte das Video gut mit seinem Handy aufgenommen haben, weil er gewusst hatte, was kommen würde. Vielleicht hatte er mit der Aufnahme der Täterstimmen einen Beweis haben oder eine Spur für die Polizei legen wollen. Doch es gab kaum Frauen in der Bandenszene, und schon gar keine, die Farsi sprachen. Welche Rolle spielte der Zettel mit Milad Kharazmis Namen? War er ein Bandenmitglied?

Ein Kellner kam an den Tisch und nahm ihren noch immer recht vollen Teller mit skeptischem Blick mit. Liv erwiderte den Blick und zog ihr Handy heraus – sie sah nicht ein, sich dafür zu schämen, dass sie keine Fischhaut und keine nach Seife schmeckenden Kräuter mochte. Lone Kühnau, die Mitarbeiterin des Roten Kreuzes im Erstaufnahmelager Sandholm, hatte auf ihre Nachricht geantwortet. Sie bot Liv an, nach Feierabend bei ihr zu Hause in Østerbro vorbeizuschauen. Liv nahm dankend an, scrollte in der Anrufliste rückwärts und tätigte einen Anruf.

»Sie haben die Dänisch-Iranische Gesellschaft angerufen. Wir haben vorübergehend geschlossen, doch Sie können uns gerne eine E-Mail schicken …«

Geschlossen? Liv lauschte Bahram Moradis dunkler Stimme und notierte sich die Mailadresse auf einer Serviette. Sie schrieb eine Nachricht, in der sie ihn bat, sich schnellstmöglich zu melden, und drückte auf Senden.

Sekunden später kündigte das Brummen des Handys eine automatische Antwort an. *Verreist bis zum 1. Juni.* Nanu? Das war plötzlich. Nichts hatte darauf hingedeutet, dass Bahram kurz vor einer längeren Reise stand, als sie ihn tags zuvor besucht hatte, und jetzt war er die nächsten drei Wochen nicht da. Er hatte Tami Ansari vor dreißig Jahren gekannt, aber erst am Mittwoch Besuch von seinem Sohn gehabt. Bahram musste gewusst haben, dass Cyrus Tamis Sohn war. So etwas blieb in einem Gespräch zweier Menschen gleicher Abstammung wohl kaum unerwähnt. Trotzdem hatte er es ihr gegenüber nicht erwähnt.

Und jetzt war auch Cyrus verschwunden, vielleicht tot. Konnte da eine Verbindung bestehen?

Bahram hatte ihr erzählt, dass er oft aus dem Farsi ins Dänische dolmetschte und übersetzte, aber lebte er davon?

Eine Suche mit seinem Namen generierte einen Link zu dem Verlag Zadeh, der in Frederiksberg seinen Sitz hatte, nicht weit von den Räumlichkeiten der Dänisch-Iranischen Gesellschaft entfernt. Und fußläufig von hier. Bahram war als Eigentümer und Besitzer eingetragen, doch der Website des Verlags zufolge gab es zudem zwei Angestellte, einen Redakteur und einen Buchhalter. Die täglichen Öffnungszeiten waren von 8 bis 16 Uhr, sie konnte demnach gut vorbeischauen und nachfragen, ob sie wussten, wohin ihr Chef gereist war. Mit einem Kribbeln im Nacken ging sie Richtung Frederiksberg. Wenn sie versuchte, Bahrams Erklärungen zusammenzubringen, stimmte einfach etwas nicht. Und das musste etwas zu bedeuten haben.

Der Verlag Zadeh residierte in der ersten Etage über einem Malergeschäft an der Ecke Gammel Kongevej/Uraniavej. Eine mondäne Adresse für einen kleinen Verlag. Liv drückte auf die Klingel und wurde kurz darauf ins Treppenhaus eingelassen, das dunkle Holzpaneele und Fenster mit farbigen Mosaikfenstern hatte.

Im ersten Stock begrüßte sie eine Frau an der Tür. Sie war um die vierzig, ungewöhnlich groß und kräftig gebaut, hatte kurzes, welliges Haar und gab Liv das Gefühl, winzig zu sein.

»Hey«, sagte sie. »Haben Sie ein Paket für uns?«

»Ich habe einen Termin mit Bahram«, log Liv, lächelte die Frau freundlich an und trat an ihr vorbei in den Verlag.

Die Frau schloss die Tür und eilte ihr hinterher.

»Bahram ist nicht da. Sind Sie sicher, dass Sie sich heute treffen wollten?«

Liv drehte sich um und sah sie verwundert an.

»Hundert Prozent. Es geht um mein neues Buch …«

Die Frau zog die Brauen hoch. Sie sah aus, als wüsste sie ganz genau, welche Bücher im Verlag geplant waren und welche nicht.

»Über das Auffanglager Sandholm …« Liv zog ebenfalls die Brauen hoch und sah, dass die Frau unsicher wurde. »Ich zeichne darin ein Porträt der dänischen Asylpolitik, unter anderem mithilfe von Interviews mit ehemaligen Bewohnern des Lagers, und Bahram hat sich bereit erklärt mitzuwirken. Wir wollten auch die Möglichkeiten durchsprechen, es hier im Verlag herauszubringen. Liv Jensen, er müsste meinen Namen erwähnt haben.«

Die Frau stand einen Moment perplex da, dann streckte sie die Hand aus. »Martine, hey, ich bin Lektorin im Verlag. Unterhalten wir uns in meinem Büro. Kaffee?«

»Nein, danke.«

Liv folgte Martine durch die alte herrschaftliche Wohnung, in der die Räumlichkeiten des Zadeh-Verlags lagen. Sie kamen an Türen zu zwei separaten Räumen und einer offenen Küche vorbei, bevor sie in ein großes Büro mit zwei Arbeitsplätzen und drei Fachwerkfenstern zum Gammel Kongevej hinaus traten. Plakate mit persischen Schriftzeichen ließen darauf schließen, dass der Verlag sich primär mit iranischer Literatur beschäftigte. Wie viel Geld konnte das bringen?

»Nehmen Sie Platz.«

Liv ließ sich auf einen weichen Stuhl fallen. »Ist er auf dem Weg?«

Martine setzte sich an den Schreibtisch, der eindeutig ihr eigener war, und faltete die Hände vor sich wie eine Bankangestellte, die ein Kreditersuchen ablehnen muss.

»Bahram musste aufgrund eines akuten Krankheitsfalls in der Familie in den Iran reisen. Er ist erst im Juni wieder zurück. Es tut mir wirklich leid, er muss in der Eile vergessen haben, Ihren Termin abzusagen.«

»Im Juni?« Liv sah demonstrativ auf ihre Armbanduhr und seufzte. »So lange kann ich nicht warten. Ich muss das Manuskript vor den Sommerferien fertig haben, wenn ich den Zeitplan einhalten will.«

»Ich wünschte, ich könnte Ihnen helfen …«

»Das wäre wunderbar, danke.« Liv griff in den Rucksack nach ihrem Notizbuch. »Kennen Sie und Bahram sich gut?«

»Im August arbeite ich hier im sechsten Jahr.« Martine lächelte. »Er ist Pate meines jüngsten Sohns, wir sind fast so etwas wie Familie.«

»Das ist ja perfekt.« Liv lächelte zurück. »In diesem Stadium helfen mir auch Berichte aus dritter Hand. Als Hintergrundinformation. Haben Sie zehn Minuten? Dann habe ich etwas, womit ich weiterarbeiten kann, bis er zurück ist.«

Jetzt war es an Martine, auf die Uhr zu sehen. Ihre Höflichkeit focht eindeutig einen tapferen Kampf mit ihrer Unlust aus. Die Höflichkeit siegte.

»Ich muss nach Hause und die Kinder abholen, aber wir können gerne kurz reden, wenn Ihnen das hilft.«

»Das ist sehr freundlich von Ihnen.« Liv holte den Kugelschreiber heraus und schlug die Beine übereinander. Sie versuchte, so gut es ging, wie eine Autorin auszusehen. »Was hat Bahram an Familie im Iran?«

»Mehrere seiner Geschwister leben noch dort. Sein kleiner Bruder ist krank geworden. Sie stehen einander sehr nahe, Bahram versucht, ihn einmal im Jahr zu besuchen.«

»Ist es nicht riskant zurückzureisen?«

Martine zog an dem Anhänger ihrer Kette, sodass er wieder auf der Brust auflag. Die Hand der Fatima.

»Bahram ist fest entschlossen, sich nicht von dem Regime einschüchtern zu lassen. Er hat immer noch viele gute Freunde in seiner Heimat.«

»Selbst nach all den Jahren im Exil?«

»Sie haben ihn kennengelernt. Er ist der Typ, der Menschen um sich sammelt.«

Liv tat so, als würde sie einen Gedanken aufschreiben, und las eine weitere Frage laut vor. »Wissen Sie, ob er noch Kontakte zu Leuten aus seiner Zeit in Sandholm hat?«

»Nein, leider nicht, wie ich gestehen muss. Aber er pflegt ein großes Netzwerk von Exiliranern, auch über die Arbeit der Vereinigung, und vielleicht kennt er manche von ihnen von damals.«

»Hat er Ihnen von der Zeit erzählt?«

Martine nickte uninteressiert.

Liv merkte, dass sie das künftige Buch beurteilte, während sie miteinander sprachen, und es im Vorhinein ablehnte. Lustigerweise fühlte Liv sich ein wenig gekränkt, dass ihr fiktives Werk es nicht durch das Nadelöhr der Lektorin schaffte.

»Es muss eine schwere Zeit für ihn gewesen sein, aber das ist es wohl für alle, die flüchten und in einem neuen Land Asyl beantragen. Man ist staatenlos und besitzt nichts, nicht einmal die Freiheit, seines Weges zu gehen, wenn man das will. Aber Bahram jammert nicht. Er hat Dänemark vom ersten Moment an geliebt.«

Liv schrieb Kritzelbuchstaben, während sie in den Winkeln ihres Gehirns nach Fragen suchte, die sie weiterbringen konnten, ohne Verdacht zu erregen. Alles, was sie hatte, waren eine dreißig Jahre alte Verbindung und der Umstand, dass Cyrus die Fensterrahmen der Vereinigung repariert hatte. Nicht viel, dem sie nachgehen konnte. Trotzdem sagte ihr etwas, dass das eine wichtige Spur war.

»Bahram dürfte um die dreißig gewesen sein, als er nach Dänemark gekommen ist, dann muss er eine Ausbildung gemacht oder einen Job gehabt haben, bevor er geflohen ist.«

Martine lächelte schief. »Das ist tatsächlich etwas ulkig. Bahram ist ja ein Mensch des Wortes par excellence, sodass man glauben sollte, dass er Lehrer war oder auf eine andere Weise mit Literatur zu tun hatte.«

Sie drehte sich um und rollte zum Nachbartisch, streckte die Hand aus und griff nach einem Bilderrahmen, den sie Liv hinhielt. Das Foto im Rahmen war schwarz-weiß und eindeutig älteren Datums. Es zeigte einen uniformierten jungen Mann, der einen Metallzylinder hoch in die Luft hielt, während er den Fotografen anlachte. Hinter ihm sah man ein modernes Gebäude und die Rücken von zwei anderen Uniformen.

»Bahram hat eine militärische Ausbildung, in seinen jungen Jahren war er Sprengstoffexperte.«

*

Das Teilum-Gebäude lag im Schatten des Rigshospitals wie ein niedriger grauer Lego-Klotz, der sich zwischen die Rasenflächen und Spielplätze des Fælled-Parks verirrt hatte. Nima trat mit Shirin an seiner Seite und einem unwirklichen Gefühl im Körper durch die Glastüren. Einerseits wünschte er, sie wäre noch klein und hätte Zöpfe im Haar und ein Pflaster auf den Knien, sodass er sie an der Hand halten und trösten könnte. Andererseits war es gut, dass seine schlaksige Nichte ein Teenager war und selbst mit geradem Rücken und hoch erhobenem Kopf gehen konnte.

Eine weiß gekleidete Empfangsdame begrüßte sie und

verwies sie mit ruhiger Autorität in ein Wartezimmer. Er empfand eine überwältigende Dankbarkeit für ihr verhaltenes Lächeln und ihre vertrauenerweckende Art, obwohl beides im Grunde genommen keinen Unterschied machte. Es ging immer noch darum, eine Leiche zu identifizieren.

»Möchtest du etwas trinken?« Die Empfangsdame beugte sich über Shirin, eine Hand auf ihrem Knie und einen Pappbecher in der anderen. Shirin nahm den Becher und trank einen kleinen Schluck. »Trink ruhig noch etwas, das tut dir gut. Das ist Saft aus schwarzen Johannisbeeren. Zucker ist gut für die Nerven.«

Shirin gehorchte und bekam tatsächlich etwas Farbe in die Wangen. Sie hob den Blick und fokussierte die Wandfliesen, als zählte sie die Fugen. Nima folgte ihrem Beispiel und versuchte, gegen die Erinnerungen von damals anzukämpfen, als sie noch versucht hatten, so zu tun, als wären sie eine Familie.

Tami, der den Kopf von Baby Cyrus rasierte und ihn hochhob, um ihm einen Kuss zu geben. Cyrus, der ohne Stützräder Rad fuhr, während Nima ihm hinterherrannte. High, natürlich, aber das wusste das Kind nicht. *Hältst du mich fest, Onkel?* Doch Nima ließ los, außer Atem und zu träge, und Cyrus fuhr allein. Cyrus, der anrief und fragte, ob sie nicht bald zusammen ins Kino gingen. *Ich kann selbst bezahlen, Onkel.* Das Messer ins Herz.

»Jetzt sind sie im Schauraum bereit. Er ist unten im Keller.« Petter Bohm stand mit der Empfangsdame hinter sich in der Tür und sah sie an. »Als Erstes können Sie alleine reingehen, Nima. Dann müssen wir sehen, ob Shirins Hilfe nötig ist.«

»Ich will ihn sehen«, insistierte Shirin.

Petter wandte sich an Nima. »Der Sturz hat ihn ziemlich

mitgenommen. Das muss Ihre Nichte nicht sehen … Charlotte kann währenddessen bei ihr bleiben.«

Shirin protestierte, doch Nima legte ihr eine Hand auf die Schulter. »Wir tun besser, was sie sagen.«

Er stand auf und ging mit Petter zum Fahrstuhl, der sie zwei Stockwerke nach unten brachte. Sie kamen in einen grell beleuchteten Gang mit einem Linoleumboden, der sich zehn Zentimeter die Wand hochzog. Leicht zu säubern, dachte Nima und folgte Petter in einen nüchternen Raum, in dem eine mit einem weißen Tuch zugedeckte Leiche auf einer Stahlbahre lag.

»Wie im Film. Hat er auch eine Nummer am großen Zeh?«

Petter sah ihn mit einem Blick an, der sagte, dass er den Versuch durchschaute, die Nervosität durch Humor zu mildern. Und dass es nicht funktionierte.

»Stellen Sie sich hier neben den Untersuchungstisch. Wenn Sie bereit sind, entferne ich das Laken, und Sie sehen ihn sich genau an und sagen, ob das Ihr Neffe ist oder nicht. Nach den Fotos zu urteilen, die wir von ihm in den sozialen Medien gefunden haben, sieht es so aus, doch durch die Verletzungen sind wir uns nicht ganz sicher. In ein paar Tagen bekommen wir Antwort auf die rechtsodontologischen Proben, sodass die gesamte Verantwortung für die Identifikation nicht bei Ihnen liegt.« Petter schielte zu ihm hinüber. »Das heißt Proben vom Gebiss. Sind Sie bereit?«

»Bereit!«, sagte er, ohne es zu meinen.

Petter entfernte das Laken von der Leiche und trat einen Schritt zurück, sodass Nima freie Sicht hatte. Auf dem Untersuchungstisch lagen die Reste eines jungen Mannes mit schwarzen Haaren und trainierten Oberkörpermuskeln. Die eine Seite des Gesichts war ganz eingeschlagen und die Nase platt gedrückt, sodass sie auf dem Kinn lag.

Die Haut war größtenteils aufgerissen, und das schwarze Haar klumpte von Blut und Gehirn zusammen.

Nima vergrub den Kopf in den Händen.

»Sind Sie okay? Ich weiß, dass das ein schrecklicher Anblick ist.«

»Yes, geben Sie mir nur ...« Er holte tief Luft und versuchte, den Geruch nach Chemikalien und Fleisch zu ignorieren. Dann nahm er die Hände weg und sah sich den Toten an.

Die Haut war wie die von Cyrus, das Haar auch, doch die Kieferpartie war die eines erwachsenen Mannes. Kräftig und von Bartstoppeln bedeckt. Die breiten Schultern und die Augenbrauen, dick wie Waldschnecken.

»Ich bin mir nicht sicher. Als ich ihn das letzte Mal gesehen habe, war er erst elf«, erklärte Nima und seufzte.

»Okay. Glauben Sie, Ihre Nichte schafft es, ihn sich anzusehen?«

»Kann man das irgendwie anders machen?«

Petter verlagerte das Gewicht unruhig von einem Fuß auf den anderen. »Nicht mit dem Zeitrahmen, den wir haben. Schafft sie das?«

Nima nickte.

»Dann lasse ich Charlotte mit ihr herunterkommen.«

Petter rief an und wechselte ein paar Worte, legte auf und deckte die Leiche wieder zu. Drei Minuten später trat Shirin zusammen mit der freundlichen Empfangsdame in den Raum.

Petter klärte sie auf und sorgte dafür, dass sie an der richtigen Stelle stand. Als er sie fragte, ob sie bereit sei, streckte sie die Hand nach Nima aus. Er nahm sie und hielt sie fest.

»Bereit.«

Petter entfernte ein weiteres Mal das Laken von der Leiche. Shirin stand ganz still und sah sie an. Ihr Gesicht war ausdruckslos, die Handflächen kühl und trocken. Dann nickte sie. Die Stimme war nur ein Flüstern.

»Das ist mein Bruder. Das ist Cyrus.«

*

»Wir kennen einander ja schon, Cornelia, deshalb hoffe ich, dass es für dich in Ordnung ist, wenn ich heute dabei bin. Das ist nur eine routinemäßige Supervision, das hat nichts mit dir zu tun.«

Kasper sprach mit seiner sanftesten Stimme mit der Patientin.

Hannah betrachtete ihn von ihrem Stuhl hinter dem Schreibtisch aus. Ihr fiel auf, dass er das zugeknöpfte Hemd gegen einen weichen und molligen Strickpullover ausgetauscht hatte. Kein Zweifel, dass er vertrauenerweckend wirken wollte, wie er da auf dem hellblauen Sofa in ihrem Büro neben Cornelia saß. Daran war an und für sich nichts auszusetzen. Trotzdem ärgerte es sie gewaltig.

»Natürlich, das ist doch nett.« Cornelia lächelte und zog die Schultern auf eine Art hoch, die zu kindlich für ihr Alter war.

Beide wandten ihr das Gesicht zu. Hannah stellte das Handy auf lautlos und sah eine SMS von Nima eingehen: *Sie haben Cyrus gefunden. Kannst du später mit uns nach Vesterled auf Stevns fahren?* Sie sagte zu, während Kaspers Blick auf ihren Wangen brannte. Sie hatte ohnehin gleich frei, und es würde ihr guttun, an etwas anderes als an ihre Arbeit zu denken. Natürlich war sie für Nima und seine Nichte da, wenn sie helfen konnte.

»Gut, lasst uns anfangen.«

Sie stand auf und ging zu der Sofagruppe, auf der Kasper und Cornelia saßen. Das Mädchen sah sie unsicher an. Hannah atmete aus und merkte, dass sie die Luft angehalten hatte.

»Kasper nimmt nicht an dem Gespräch teil, er hört nur zu und macht sich vielleicht ein paar Notizen. Hast du Tee bekommen?«

Cornelia nickte und trank einen Schluck.

»Wie geht es dir heute?«

»Mir geht es sehr gut«, antwortete sie wie immer.

»Wie schläfst du zurzeit?«

Sie blinzelte. »Nicht so viel.«

Hannah machte sich Notizen. Die Schlaflosigkeit war ein anhaltendes Problem, doch sie wollte Medikamente vermeiden.

»Warst du gestern in der Schule?« Sie trank einen Schluck von dem Tee mit Milch und atmete den Vanilledampf ein, der von der Tasse aufstieg.

Cornelia schüttelte den Kopf.

»Was ist mit der Theater-AG, gehst du da nicht dienstags hin?«

Kasper sah sie über den Block hinweg an, nur einen ultrakurzen Moment.

»Will deine Mutter immer noch nicht, dass du dir Zeit dafür nimmst? Ich könnte mit ihr reden. Es tut dir gut, wenn du etwas machst, das dir Freude bereitet.«

Cornelias Augen schweiften mit der üblichen Unsicherheit zur Seite.

»Das ist okay, ich mache gerne eine Pause. Dann habe ich etwas mehr Zeit zu Hause … Es ist schwer, alles zu schaffen. Die Hausaufgaben und die Pflichten.« Die Augen des Mädchens flackerten. »Ich muss ja nachmittags auch mit dem

Hund gehen. Ansonsten bleibt das wieder an Oliver hängen.«

Der Stiefvater Oliver stand im Zentrum des Missbrauchsverdachts seitens der Schule. Cornelia vermied es, über ihn zu reden, so gut sie konnte.

»Wird er sauer, wenn du nicht mit dem Hund gehst? Pepsi, heißt er nicht so?«

Cornelia nickte kurz. Das Display ihres Handys zeigte ein Foto von einem älteren Labrador, der eindeutig der engste Verbündete des Mädchens war. »Das ist okay. Es ist ja auch mein Hund.«

»Schimpft er, wenn du nicht mit ihm gehst?«

Kasper mischte sich ein. »Du musst nicht darüber reden, wenn du keine Lust hast.«

»Das ist richtig.« Hannah beeilte sich, Cornelias Aufmerksamkeit zurückzuerobern. »Aber ich kann dir nur helfen, wenn du mir erzählst, was dich beunruhigt.«

Cornelia nickte.

»Findest du ihn manchmal streng?«

Sie nickte wieder. Vor einem halben Jahr hatte ihr Turnlehrer Bericht erstattet, dass das Mädchen mit blauen Flecken an Rücken, Armen und Beinen zum Unterricht erschienen sei, die sie so gut wie möglich vor den anderen zu verbergen versucht habe.

»Es ist okay«, unterbrach Kasper wieder. »Hier musst du nur über das sprechen, wozu du Lust hast.«

Hannah warf ihm einen fragenden Blick zu, den er ignorierte. Wie konnte sie wieder eine sichere Atmosphäre herstellen und verhindern, dass die Patientin sich in sich selbst zurückzog?

»Was macht dein Stiefvater, wenn er streng ist? Schreit er dich an und knallt mit den Türen?«

Bevor Hannah reagieren konnte, stand Kasper vom Sofa auf.

»Ich denke, wir machen eine Pause und lassen Cornelia einmal durchatmen. Hannah, kommst du eine Minute mit raus auf den Gang?«

Er wartete in der offenen Tür auf sie. Sie stand langsam auf und folgte ihm, während ihr Gehirn zu verstehen versuchte. Ihr Chef hatte sie gerade mitten in einer Therapiestunde unterbrochen.

Kasper schloss die Tür hinter ihnen und ging ein paar Schritte den Gang hinunter, bevor er stehen blieb und sich zu ihr umdrehte.

»Warum stellst du der Patientin Suggestivfragen? Sie fühlt sich unwohl dabei.«

»Entschuldige, ist das meine Patientin oder nicht?« Hannah trat einen Schritt vor, der Ärger prickelte in den Schläfen.

»Immer mit der Ruhe, du weißt, warum wir hier stehen.« Er hob beide Hände, um sie behutsam zu bremsen. »Cornelias Mutter sorgt sich wegen deiner Methoden.«

»Das liegt doch nur daran, dass sie ihren Mann statt ihr Kind beschützt. Wir haben das schon tausendmal gesehen.«

Er runzelte die Stirn und sah sie besorgt an. »Es bringt nichts, wenn du deine Urteilskraft von deinen Gefühlen beeinflussen lässt.« Er seufzte. »Du machst einen ungeduldigen Eindruck, Hannah. Cornelia muss sich öffnen, wenn sie dazu bereit ist, das weißt du genau.«

Hannah sah auf den Linoleumboden hinunter. Ließ ihre Augen den Kantenleisten und den abgenutzten Stellen vor den Türen folgen. Zählte bis zehn.

Kasper streckte ihr die Hand hin.

»Wir sollten zurück zu der Patientin gehen. Aber von

jetzt an führe ich das Wort.« Er ging an ihr vorbei in das Büro.

Hannah stand wie eine Salzsäule im Gang.

Eine Beschwerde. Kaspers Zurechtweisung. Ihre mangelnde Urteilskraft. Wie um alles in der Welt sollte sie agieren, wenn sie ihren Job behalten wollte?

*

Die Cityring-Metro brachte Liv in einer Viertelstunde von Frederiksberg nach Østerbro. In Trianglen stieg sie mit dem Gefühl aus, in einer echten Großstadt zu leben. Es verflüchtigte sich jedoch schnell, je weiter sie die Østerbrogade in nördlicher Richtung entlangging. Das mondäne Wohnviertel hatte offenbar den gleichen Geschmack wie der Rest des Landes, wenn es um Friseure, Schmuckgeschäfte und Juicebars ging. Sie hätte ebenso gut noch immer in Horsens sein können.

An der Ecke neben einem McDonald's holte sie ihr Handy heraus und überprüfte noch einmal die Adresse. Petter hatte eine SMS geschrieben.

Die Leiche ist als Cyrus Ansari identifiziert! Wir geben das erst morgen bekannt.

Liv seufzte. Jetzt hatten sie zwei Tote, vielleicht sogar zwei Morde. Eine tragische Familiengeschichte. Das unterstützte Petters Theorie, dass Cyrus mit Drogen gedealt und sich mit einer der Banden angelegt hatte. Dass Cyrus nicht sofort liquidiert worden war, lag vielleicht daran, dass er sie auf die Spur des verschwundenen Kokains und Ecstasys hatte bringen sollen.

Sie bog in eine Seitenstraße ein und fand die Nummer acht, wo Lone Kühnau in der obersten Etage wohnte. Ihre

Wohnungstür stand angelehnt, laute Rockmusik drang ins Treppenhaus. Liv zögerte auf der Türschwelle, war einen Moment im Zweifel, ob sie richtig war, doch dann öffnete die Frau von dem Sandholmfoto die Tür. Sie war älter, natürlich, das blonde Haar hatte graue Strähnen, doch ansonsten sah sie aus wie sie selbst.

Lone Kühnau lächelte freundlich. »Entschuldigen Sie den Krach, unser Jüngster ist aus dem Internat zurück, und er versteht die Worte *dreh leiser* nicht, ganz egal, wie laut wir sie rufen.« Sie machte einen Schritt nach hinten in die Diele, sodass Liv eintreten konnte.

»Ich bringe ihn nur gerade um, damit wir hören können, was wir denken. Setzen Sie sich schon mal in die Küche da links.«

Lone verschwand den Gang hinunter und überließ es ihr selbst, sich in der unordentlichen, aber gemütlichen Küche einen Platz am Küchentisch zu suchen. Jemand war offenbar mitten in den Essensvorbereitungen, das Schneidebrett stand mit Kräutern und Tomaten bereit. Die Spülmaschine war offen, man konnte sehen, dass sie geleert werden musste, und in der Spüle daneben türmte sich das schmutzige Geschirr. Ganz offensichtlich wohnte hier eine Familie, für die andere Sachen wichtiger waren als aufzuräumen, und nach dem Brettspiel zu urteilen, das mit Figuren und Karten in dem angrenzenden Wohnzimmer auf dem Boden lag, gehörte Spielen dazu.

Die Musik verstummte abrupt, gefolgt von einem hitzigen Wortwechsel und einer knallenden Tür. Lone trat mit roten Wangen und einem entschuldigenden Lächeln in die Küche.

»Ja, ja, man hat sie schließlich selbst erzogen. Möchten Sie ein Glas Holunderblütensaft? Er ist selbst gemacht, von gestern, schmeckt immer noch gut.«

»Ja, danke.«

Liv zog das Gruppenfoto aus Sandholm heraus und legte es auf den Tisch. Lone gab Eiswürfel und Saft in zwei Gläser und setzte sich auf den Stuhl neben Liv.

»Meine Güte, das Bild habe ich noch nie gesehen. Das muss kurz vor meiner Abreise nach Uganda aufgenommen worden sein. Kaum zu glauben, dass man mal so jung war!«

»Erinnern Sie sich an die anderen auf dem Bild?«

Lone zeigte auf Tami. »An ihn hier habe ich seit dem Wochenende natürlich oft gedacht. Das ist so schrecklich. Und die Kinder!«

»Ja, das ist ein hässlicher Fall. Deshalb setzen wir auch alle Kräfte daran, ihn aufzuklären. An was erinnern Sie sich in Bezug auf Tami?«

»Er war ein netter und kluger Junge, überraschend vertrauensvoll für jemanden, der alleine geflüchtet war und unterwegs schreckliche Dinge erlebt hatte.« Lone legte das Gesicht in nachdenkliche Falten. »Er mochte Fußball und Bodybuilding – jedenfalls Stallone und Schwarzenegger – und die Wissenschaft. Er hat Steine und Kristalle gesammelt, die er an einem geheimen Ort in der Baracke versteckt hat. Wirklich süß.«

»Und er hier?«

Lone lachte. »Samir. Jemanden wie ihn vergisst man nicht. Immer eine lustige Bemerkung auf den Lippen, immer zur Stelle mit einer Umarmung. Manchmal hat es den Eindruck gemacht, als wäre er es, der uns alle bei Laune hielt.«

Sie stand auf und ging zu einer überladenen Pinnwand, nahm eine Karte herunter und kam damit zurück. Sie zeigte ein Kätzchen mit einer Zipfelmütze.

»Ich bekomme immer noch Weihnachtskarten von ihm,

unglaublich! Ich habe ihn seit damals nicht mehr gesehen, und er feiert nicht einmal selber Weihnachten!«

Liv sah auf die Karte und spürte, wie es ihr kalt den Rücken hinunterrieselte. Ein erwachsener Mann, der Karten mit Kätzchen an Frauen verschickte, die er über dreißig Jahre nicht gesehen hatte.

»Nett.«

»Ja, nicht?« Lone hängte die Karte zurück an ihren Platz zwischen Fotos und alten Kinderzeichnungen. »In einer solchen Situation dazu die Kraft zu haben, unglaublich. Schade, dass er nie geheiratet hat. So ein lieber Mensch.«

»Ich dachte, er hätte Enkelkinder?« Liv sah das Spielzeug und die Schaukel im Garten vor sich.

»Nein, er hat nie eine Familie gegründet. Dafür ist er so eine Art ehrenamtlicher Tagesvater. Das ist gut.«

Liv zeigte auf den Mann im Hintergrund, von dem Samir gesagt hatte, dass er Shafaie hieß. »Was ist mit ihm hier?«

»Hm, ja. Er ist angekommen, kurz bevor ich abgereist bin. Ich erinnere mich nicht an seinen Namen.« Lone runzelte die Stirn. »Er hat sich meistens abseits gehalten. Ich glaube nicht, dass er Frauen mochte.«

»Was lässt Sie das glauben?«

Lone sah sie vielsagend an, von Frau zu Frau. »So etwas spürt man einfach, nicht?«

Liv begegnete ihrem Blick und dachte an Malle Johnsson. »Ja, das tut man wohl.«

»Er war auch in so einem Club. Eine strenggläubige Gruppe, die Treffen im Lager abgehalten hat.« Sie drehte das Bild noch einmal um. »Ich habe das nie mit eigenen Augen gesehen, vielleicht waren es nur Gerüchte, aber ich habe mich trotzdem etwas auf Abstand gehalten.«

Liv zeigte ihr das Bild von der Baracke mit den im Kreis

aufgestellten Stühlen, doch Lone sah es nur ausdruckslos an. »Was ist das?«

»Das wollte ich Sie fragen. Es wurde am 25. April 1991 aufgenommen.«

»Zu dem Zeitpunkt war ich, wie gesagt, bereits abgereist. Aber das erinnert ja fast an das Chaos nach einer Schlägerei. Menschen, die in einem Asylbewerberheim warten, haben eine kurze Lunte. Vandalismus und Gewalttätigkeiten sind leider an der Tagesordnung.«

Liv legte die Bilder weg.

»Was ist mit dem Namen Milad Kharazmi, sagt der Ihnen etwas?«

»Er hat im Lager gewohnt, während ich dort gearbeitet habe.«

»Hat er das?« Liv merkte, dass sie mit offenem Mund dasaß.

»Ja. Er war ein lustiger Junge. Ein bisschen goofy, Sie wissen schon. Nicht besonders hübsch, aber ein richtiger Clown. Er und Tami waren gute Freunde.«

»Okay, davon hatte ich keine Ahnung. Sie sind die Einzige, die sich an ihn erinnert.« Livs Gehirn versuchte, die Fäden miteinander zu verbinden, während sie zuhörte.

»Sie waren gleich alt. Beide ohne Begleitung und aus dem Iran, eigentlich waren sie immer zusammen. Aber auf diese drollige Weise, wie Jungen das in dem Alter sein können. An dem einen Tag schienen sie die besten Freunde, und dann sprachen sie tagelang nicht miteinander.«

Ein Teenager mit schwarzen Locken und in einem Slipknot-T-Shirt kam herein und ging zum Kühlschrank, öffnete ihn und nahm die Milch heraus. Holte sich ein Glas aus der Spülmaschine und füllte es. Dann verließ er die Küche, ohne nach rechts oder links zu sehen.

Lone lachte laut. »So viel zum Thema: Man bekommt kein Wort aus ihnen heraus, es sei denn, sie brauchen Geld.«

»Wissen Sie, wo Milad gelandet ist? Ich habe nach ihm gesucht, aber nichts über ihn gefunden. Jedenfalls nicht auf Dänisch.«

»Nein, ich bin, wie gesagt, im April in dem Jahr nach Afrika gegangen und habe nicht mehr mitbekommen, was im Lager passiert ist. Es würde mich jedoch wundern, wenn er nicht in Dänemark Wurzeln geschlagen hätte. Ich kann mich erinnern, dass sein Asylantrag kurz davor stand, bewilligt zu werden, als ich abgereist bin.« Lone legte den Kopf schief, als würde sie tief in der Erinnerung graben. »Der Grund, dass ich mich daran erinnere, ist der, dass er abgehauen ist.«

»Abgehauen?«

»Die Wachen mussten ihn zurückholen. Das hat natürlich den Asylprozess zurückgesetzt.« Sie hob das Glas mit dem Holunderblütensaft und ließ die Eiswürfel kreisen, dass es klirrte. »Wir haben nie herausgefunden, warum er geflüchtet ist.«

*

Normalerweise liebte es Nima, in seinem Ford Mustang Coupé von 1967 zu fahren. Eigentlich war er nicht der Typ, dem es etwas bedeutete, Dinge zu besitzen, das Materielle hatte für ihn keinen großen Wert. Bis auf das Auto, das bereitete ihm Freude. Doch heute kam es ihm groß und laut vor.

Auf dem Rücksitz saßen Hannah und Shirin. Er hörte Hannah leise reden, doch Shirin antwortete nicht, saß einfach da und wirkte winzig mit dem locker über dem Bauch sitzenden Sicherheitsgurt. Die meiste Zeit schaute sie aus dem Fenster. Die Hände lagen schlapp im Schoß, und sie hatte die Ärmel heruntergezogen, sodass nur die Fingerspitzen zu sehen waren. Trotzdem war er dankbar für Hannahs Gesellschaft und dass er mit der überwältigenden Trauer seiner Nichte nicht alleine war.

»Es ist ja nur für ein paar Tage«, versuchte er es und kam sich selbst schäbig vor angesichts seiner Lüge. Er hatte keine Ahnung, wie lange Shirin in der Einrichtung bleiben musste und was danach kam. Was passiert mit einer Vierzehnjährigen, die keine Familie mehr hat?

Sie konnte schließlich nicht einfach von einer Familie mit einem Bauernhof adoptiert werden oder bei ihrem ewigen Junggesellen von einem Onkel wohnen, der sich im Chaos und mit vollen Aschenbechern auf einem alten, rostigen Boot eingerichtet hatte. Im Moment war das nicht sicher. Aber es taugte auch nicht auf lange Sicht. Er konnte einem Kind nicht die nötige Struktur und Sicherheit bieten, und wenn er ganz ehrlich sein sollte, hatte er auch keine Lust dazu. Wenn er sich eine Familie mit allem, was das an Elterngesprächen und Pauschalurlaub beinhaltete, gewünscht hätte, hätte er sich eine zugelegt. Es war nicht so, dass die Möglichkeit nicht bestanden hätte. Zwei seiner Ex-Freundinnen hatten gedrängt, doch er hatte nie nachgegeben.

»Da wären wir.«

Er bog auf einen Schotterweg ab und fuhr an Feldern und Hecken vorbei. Das Auto bummelte langsam auf einen kleinen See und ein modernes Haus aus gelben Ziegeln hinter einem hohen Stacheldraht zu. Das Grundstück war groß und lag teilweise im Schatten hoher Laubbäume, mit dem Schilf des Sees und den weißen Seerosen sah es fast wie ein Gutshof aus, doch das Haus selbst ließ keinen Zweifel, was es war. Ein Gefängnis.

Sie parkten das Auto und gingen zu Fuß weiter, wurden durch eine Pforte in der Hecke eingelassen und überquerten den asphaltierten Hofplatz. Jede Reminiszenz an eine ländliche Idylle war verschwunden.

Nima nahm Shirins Tasche und schielte zu ihr hin. Sie versuchte, den Kopf hoch zu tragen, das sah er. Eine kalte Hand griff nach seiner Brust und umschloss sein Herz.

Hannah legte Shirin einen Arm um die Schultern, ganz entspannt und natürlich, und er liebte sie dafür.

»Das ist alles zu deiner Sicherheit«, sagte er, und das nicht zum ersten Mal auf der Fahrt. »Solange der Täter auf freiem Fuß ist, musst du dich an einem Ort aufhalten, an dem er dich nicht finden kann. Du bleibst nicht lange hier, das verspreche ich dir.«

Eine Frau kam aus einem der gelben Gebäude auf sie zu. Sie trug eine blaue Bluse mit einem weißen Wolkenmuster und eine sehr orangefarbene Hose. Das rotblonde Haar war zu einem hoch sitzenden Knoten gebunden. Als sie bei ihnen war, gab sie erst Shirin und dann Nima und Hannah die Hand.

»Willkommen, ich heiße Anne und bin die Abteilungsleiterin. Du musst Shirin sein … und Sie ihr Onkel?«

»Nima.« Er erwiderte den Händedruck. »Und das ist Hannah Leon.«

Hannah gab ihr die Hand. »Ich bin Psychologin in der Kinderabteilung des Centers für sexuelle Übergriffe im Rigshospital, aber ich bin als Freundin der Familie hier.«

»Das mit deinem Vater und deinem Bruder tut mir sehr leid.« Anne versuchte vergebens, Augenkontakt zu Shirin herzustellen. »Ich kann gut verstehen, dass das alles gerade ziemlich schwer für dich ist.«

Shirin sah zu Boden.

Nima antwortete für sie. »Das war wirklich ein schwerer Tag, und die Woche war auch nicht einfach.«

Anne nickte. »Kommen Sie, ich führe Sie herum. Du kannst dir als Erstes dein Zimmer ansehen.« Sie führte sie zu einem der gelben Gebäude und in einen neutralen Verteilergang. Das Licht war grell, und die Flächen sahen aus, als könnten sie eine chemische Reinigung vertragen. Anne öffnete eine weiße Tür und schaltete die Deckenlampe an. Es war ein geräumiger, weiß gestrichener Raum mit einem Einzelbett, einem Fernseher an der Wand und einem Gitter vor dem Fenster. »Stell deine Tasche einfach hier ab, dann kannst du später auspacken. Du hast eine eigene Toilette und ein eigenes Bad.«

Shirin stellte die Tasche auf das Bett. Nima lächelte sie aufmunternd an.

»Am Ende des Gangs liegt die kleine Küche, in der wir jeden Morgen um halb neun gemeinsam frühstücken. Was isst du morgens gewöhnlich, Shirin?« Während Anne redete, führte sie sie zu einer Küche mit grauen Schranktüren und einem großen Tisch, der mitten im Raum stand. Daran saßen zwei Jungen und tranken Tee. Sie guckten neugierig, vor allem nach Shirin, versuchten jedoch, so zu tun, als redeten sie ungerührt weiter.

Shirin schien sich immer unwohler zu fühlen.

»Ab neun ist jeden Tag Schule, aber es gibt auch Freizeitaktivitäten, wir haben eine Kreativwerkstatt, eine Kletterwand und Badminton. Hast du irgendwelche Hobbys?«

»Können wir nach draußen gehen?«, murmelte Shirin

und musste den Satz wiederholen, bevor die Abteilungsleiterin sie hörte. »Mir geht es nicht so gut.«

Anne sah Nima hilfesuchend an, doch Hannah war schon mit Shirin auf dem Weg zur nächsten Tür auf den Hof.

»Komm, steck den Kopf zwischen die Beine! Atme tief in den Bauch, ganz ruhig!«, wies Hannah sie an, und Nima sah zu seiner Erleichterung, wie der schmächtige Körper schwerer wurde und der Atem wieder ruhig.

Sie richtete sich auf, das Gesicht noch immer kreideweiß. »Ich brauchte nur etwas Luft.«

»Soll ich jemanden rufen?« Anne hatte sie eingeholt und sah bekümmert aus, sie hielt das Telefon an die sommersprossige Wange gedrückt.

Nima schüttelte den Kopf. Sie musste niemanden anrufen. »Das ist alles etwas viel.«

»Ich bin okay.« Shirin schwankte leicht.

Hannah legte wieder den Arm um sie. »Könntest du dir vorstellen, dass ich hierbleibe?«

Shirin legte die Hände vor die Augen.

Hannah drehte sich zu der Abteilungsleiterin um.

»Können Sie ein zusätzliches Bett aufstellen, sodass ich hier übernachten kann? Ich glaube, dass es für Shirin gut wäre, die erste Nacht in der fremden Umgebung nicht allein zu sein.«

Nima begegnete ihrem Blick. Er hatte nicht einmal überlegt, ob das eine Möglichkeit war.

»Das ist nicht unmöglich.« Anne steckte das Telefon wieder in die Tasche. »Shirin hat so etwas wie eine Brief- und Besuchskontrolle. Das heißt, dass sie nur von Leuten besucht werden darf, die von der Polizei genehmigt worden sind, wir müssen also anrufen und Sie genehmigen lassen.«

»Natürlich. Ich muss mich auch versichern, dass mein alter Vater alleine zurechtkommt.«

Die Abteilungsleiterin sah auf die Uhr. »Dann lassen Sie uns hineingehen und das Praktische regeln. Währenddessen kannst du dich von deinem Onkel verabschieden, Shirin, bevor du deine neuen Kameraden kennenlernst.«

Die Abteilungsleiterin schritt mit Hannah auf den Fersen davon und ließ Nima und Shirin zurück, die tausend Fragen und nichts zu sagen hatten.

Er fühlte sich wie gelähmt, außerstande, die Füße zu bewegen. »Der Gedanke, dich hier zurückzulassen …«

»Es wird schon gehen, Onkel. Hannah leistet mir Gesellschaft. Und ich kann an meinen Badminton-Fähigkeiten arbeiten, nicht?«

Sie lachte, doch das Lachen brach.

Er legte den Arm um sie, und sie ließ ihn gewähren. So standen sie da, bis sie sich beruhigt hatte.

»Sollen wir ein Kennwort vereinbaren, Shirin? Eins, das du benutzt, wenn die Kacke am Dampfen ist und ich herkommen und dich abholen soll … Wie wäre es mit *bokhoresh*? Dann weiß ich, dass du mich brauchst.«

Shirin lächelte angesichts des iranischen Fluchs. Sie klopfte ihm zweimal auf den Rücken und entzog sich ihm.

»Fahr ruhig, Onkel. Ich lege mich hin und schlafe, wenn ich die anderen getroffen habe. Es wird schon gehen.«

Er nickte. Das Kind tröstete den Erwachsenen.

»Du rufst mich morgen an, ja? Du hast dir meine Nummer aufgeschrieben …?«

Sie hob die Hand hoch, auf der in großen blauen Kugelschreiberziffern seine Nummer stand.

Nima wandte sich ab und ging zur Pforte. Auf halbem Weg blickte er sich um, doch sie war bereits hineingegangen.

KAPITEL 12

Die Abendluft hatte Biss, als Liv die Hintertür aufschloss und mit der Mülltüte in der Hand die Treppe zu den Mülleimern hinaufstieg. Der Mai ist nur angenehm und mild, solange die Sonne scheint; wenn sie untergegangen ist, erwacht die feuchte Kälte zum Leben und erinnert uns daran, dass gerade erst Winter gewesen ist. Der rote Kater saß oben auf der Kellertreppe und wartete auf sie.

»Hey, Allan.« Sie kraulte den Kater hinter dem Ohr, und er schnurrte pflichtschuldigst, machte aber einen rastlosen und unzufriedenen Eindruck. »Was ist los, hast du Hunger?« Liv stellte den Müllbeutel weg und ging zurück in die Küche, wobei sie sorgfältig darauf achtete, die Tür hinter sich zu schließen, sodass der Kater nicht mit hineinkam. Der Kühlschrank hatte nichts Katzengerechtes zu bieten, es sei denn, Katzen mochten Schinkentoast und Müsli, doch im Küchenschrank fand sie eine Dose Thunfisch, die sie öffnete und mit zu dem Kater hochnahm. Er stürzte sich auf das Fressen und schmatzte so laut, dass sie lachen musste.

»Du isst auch wie mein Onkel Allan, es ist ganz so, als wäre ich zum Osterfrühstück bei meiner Familie.«

Der Kater schleckte die Dose aus und ließ sich allergnädigst hinter dem Ohr kraulen, bevor er auf weichen Pfoten in den Garten lief und im Gebüsch verschwand. Sie sah ihm noch nach, als ihr Handy in der Hintertasche brummte. Es war Petter.

»Hast du meine Nachricht bekommen?«

»Ja. So ein Scheiß.« Sie konnte an seinem Atmen hören, dass er rauchte. »Bist du im Präsidium?«

»Noch eine Weile, ja. Ich möchte dich um etwas bitten.«

»Schieß los!« Sie hob die Mülltüte wieder auf und brachte sie zu den Mülleimern im Hof.

»Cyrus wurde am Fuß eines der Hochhäuser in Brøndby Strand gefunden, einer Hochburg der Al-Ghazaa. Wir sind dabei, die Bewohner und die Leute zu befragen, die irgendeine Verbindung zu der Bande haben, aber ... uns fehlt noch immer die Verbindung zwischen Cyrus' und Tamis Tod.«

»Was soll ich tun?«

Er nahm einen tiefen Zug, bevor er antwortete. »Hat Tami von den Bandenaktivitäten seines Sohns gewusst, war er vielleicht sogar selbst involviert? Er hatte Freunde in Albertslund, aber wir konnten niemanden dazu bringen, mit uns zu reden.«

»Und du denkst, dass sie das werden, wenn ich angestiefelt komme?« Liv hob den Deckel von einem der Mülleimer und nahm einen Lichtschimmer im Augenwinkel war. Aus Nimas Werkstatt. »Ah, verstehe. Ich werde sehen, was ich tun kann.«

»Danke, Kleine.«

Er legte auf, und Liv steckte das Handy zurück in die Tasche.

Vorsichtig schloss sie den Deckel des Mülleimers und schlich sich an die Werkstatt heran, bis sie durchs Fenster hineinsehen konnte. Zuerst war es völlig dunkel, doch dann glühte etwas Rotes im Dunkeln auf. Nima saß in einer Jacke in seinem Sessel und rauchte.

Sie klopfte an die Tür und trat ein. Erst als die frische Luft von der Tür bei ihm ankam, hob er langsam den Kopf von der Nackenstütze.

»Hey, alles okay?«

»Liv?« Er beschattete die Augen mit der Hand. »Ich hatte einfach einen Scheißtag und habe mich für fünf Minuten hierhingesetzt.«

Sie schloss die Tür hinter sich, in der Werkstatt wurde es dunkel. »Macht man hier das Licht an?« Sie fand den Schalter, und die Leuchtstoffröhren an der Decke flammten auf.

»Das mit Ihrem Neffen tut mir leid.«

Er blinzelte. »Danke.«

»Wo ist Ihre Nichte?«

»In Sicherheit. In einer gesicherten Einrichtung.«

»Wie kommt sie damit klar?«

Nima stand vom Stuhl auf und zog die Jacke aus. Er bewegte sich in Zeitlupe wie jemand, der gerade aus einem tiefen Schlaf erwacht ist.

»Ich weiß es nicht. Meine Nichte ist nicht wie andere Vierzehnjährige – nicht, dass ich besonders viel über Teenager weiß –, aber für mich ist es schwer zu durchschauen, was hinter der Fassade vor sich geht.« Er steckte die Zigarette zwischen die Lippen und verschränkte die Arme vor der Brust. »Sie ist spröde, aber sie passen gut auf sie auf. Das hoffe ich jedenfalls.«

Liv entdeckte so etwas wie eine Holzkiste hinter sich, die aussah, als könnte man sie zum Stuhl umfunktionieren. Sie stellte sie hochkant und setzte sich vorsichtig.

»Die Polizei glaubt, dass es bei den Morden um Drogen geht. Dass Cyrus mit Drogen gedealt hat und er und sein Vater vielleicht deshalb liquidiert wurden. Was meinen Sie dazu?«

Nima atmete durch die Zigarette ein.

»Wenn Sie mich vor einer Woche gefragt hätten, hätte ich das glatt abgetan ... aber jetzt ... Es ist so viel im Leben meines Vetters passiert, das ich nicht früh genug ernst genommen habe.«

»Wie meinen Sie das?« Die Kiste schwankte unter Liv, und sie musste beide Füße auf den Boden stellen, um nicht nach hinten zu kippen.

Ihr Blick begegnete Nimas, und sie lächelten beide eine Mikrosekunde ob der Komik mitten in dem ernsten Gespräch.

»Tami ist vor acht oder zehn Jahren entlassen worden und hat nie mehr einen Job gefunden, er hat sich mit Sozialhilfe durchgeschlagen und zu trinken begonnen. Das war einer der Gründe, dass ich den Kontakt habe einschlafen lassen. Es war einfach zu anstrengend, mit ihm zusammen zu sein. Aber ich hätte für die Kinder da sein sollen.«

Liv nickte. Dagegen war schwer etwas zu sagen.

»Was ist mit Ihrer Mutter und Ihrer Schwester?«

»Tami ist betrunken auf Familienfesten aufgetaucht und hat sich unangenehm aufgeführt. Irgendwann hatten wir alle die Nase voll.«

»Aber er hatte Freunde?«

»Das ist ein großes Wort. Wohl eher Saufkumpane. Ich weiß, dass er in der Kneipe in seinem Viertel abgehangen hat.«

Sie spitzte die Ohren. »Wie heißt die?«

»Hmmm, keine Ahnung. Aber sie ist im Albertslund-Center.«

»Wenn die Polizei mit ihrer Drogentheorie recht hat, kann Tami mit seinen Freunden darüber gesprochen haben.« Die Kiste schwankte erneut. Diesmal stand Liv auf.

»Wir könnten doch auf ein Bier in der Kneipe vorbeischauen ...«

»Meinen Sie nicht, dass die Polizei die bereits befragt hat?«

»Vielleicht ... doch da ist eine kulturelle Kluft. Diese Leute reden nicht gern mit den Behörden.« Sie steckte die Hände in die Taschen und ging einen Schritt Richtung Tür.

»Vielleicht ist es besser, wenn ich mich da raushalte ... ich bin schließlich kein Ermittler.«

»Aber Sie können vielleicht helfen. Den Kindern zuliebe?« Sie berichtigte sich. »Shirin zuliebe?«

Er rauchte die Zigarette mit einem letzten Zug bis zum Filter auf, dann sah er sie an, begriff. »Aber warum sollten sie mit mir reden?«

Sie lächelte ihn an. »Weil Sie Familie sind.«

*

Stimmengewirr und betrunkenes Lachen klangen durch die mattierte, mit Bieraufklebern übersäte Glastür des Centerpubs. Nima stieß die Tür auf und ließ Liv den Vortritt. Die Bar war voll, die Musikbox spielte, und für einen normalen Mittwochabend war die Stimmung bestens. Ein schneller Scan des Lokals verriet, dass das einzige andere weibliche Wesen die Frau in Hemd und Weste hinter der Theke war, alle anderen Gäste waren Männer. Sie gingen zu ihr und warteten, während sie einen Kunden bediente.

Die Bardame sah sie neugierig an, nicht unfreundlich, aber auch nicht gerade entgegenkommend, und nahm ein Glas aus dem Ständer über der Theke. Füllte es bis zum Rand mit hellgelbem Bier aus dem Hahn und stellte es auf einen Bierdeckel, nahm die Bezahlung entgegen und kam zu ihnen.

»Ihr kommt sonst nicht her?«

»Nein, wir wohnen in der Stadt, ich habe nur Familie hier in Lunden.«

»Aha, an ein so schönes Paar würde ich mich nämlich erinnern.« Die Frau lächelte und entblößte eine Reihe perfekter künstlicher Zähne hinter den runzligen Lippen. Ihr hennarotes Haar ließ sie jünger aussehen, als sie war, doch in dem harten Licht hinter der Theke sah man die vielen Falten. Zu viel Rauch und zu späte Arbeitszeiten über zu viele Jahre, schätzte Nima und beugte sich zu ihr hin.

»Mein Vetter ist oft hierhergekommen. Einmal hat er mich auch mitgenommen, aber das muss mindestens zehn Jahre her sein.«

»Mir gehört die Kneipe seit zweiundzwanzig Jahren. Wie heißt denn Ihr Vetter?«

Nima sah Liv an, bevor er antwortete.

»Tami Ansari.«

Die feinen Linien im Gesicht der Bardame zeigten nach unten.

»Was haben Sie gesagt, wie Ihr Name ist?«

Er zeigte ihr seine Bankkarte, und sie nickte kurz beim Anblick seines Namens.

»Tschuldigung, man kann nicht vorsichtig genug sein. Das tut mir leid mit Ihrem Vetter. Ich habe Tami gekannt, zwar nicht gut, aber doch seit vielen Jahren. Er ist regelmäßig mit seinen Jungs hergekommen.« Sie schüttelte den Kopf. »Der arme Mann. So ein Schicksal verdient keiner.«

»Mit wem ist er hergekommen?« Nima lächelte entwaffnend.

Die Bardame nickte zu einer gepolsterten Bank hin, auf

der vier Männer saßen. »Ich weiß, dass er mit Kenan abgehangen hat, der sitzt da drüben. Der in dem hellblauen Kapuzenpullover.«

Liv drehte sich diskret um. »Was trinkt Kenan?«

»Ganz gewöhnliches Hof.«

»Geben Sie uns bitte drei.«

Die Bardame holte drei Flaschen aus einer Kiste und nahm die Bezahlung entgegen. Sie gingen zu der Bank. Das Gespräch am Tisch verstummte bereits, als sie noch ein paar Meter entfernt waren. Die vier Männer sahen sie abweisend an. Kenan in dem blauen Kapuzenpullover war ein vierschrötiger Mann mit einem tiefen Haaransatz über den kräftigen Brauen und Schultern, die den blauen Stoff spannten.

Liv nickte ihm zu. »Entschuldigung, dass wir so hereinplatzen. Sie kannten Tami Ansari?«

Kenan kam auf die Beine und türmte sich vor ihr auf, er überragte sie um einen Kopf. Das dunkle Haar war mit einer Maschine ganz kurz geschnitten und schimmerte grau an den Schläfen.

»Wer fragt?«

Liv sah ihn an, und Nima hob die drei Flaschen hoch. »Ich bin sein Vetter. Darf ich dich auf ein Bier einladen?«

Kenan stieß ein kurzes Lachen aus, als wäre die Frage absurd, griff dann aber doch nach einer der Flaschen. »Vetter? Tami hat nie was von einem Vetter gesagt. Hast du auch einen Namen?«

»Nima.«

»Kenan.« Er stieß mit dem Flaschenhals gegen Nimas Flasche und prostete ihm feierlich zu. »Mein Beileid.« Er trank und sah auf Liv hinunter. »Bist du dann die Frau Vetter?«

»So was in der Art. Können wir irgendwo hingehen, wo es etwas ruhiger ist, sodass wir uns verstehen können?«

»Yes, okay.« Kenan nickte den anderen Männern am Tisch zu und ging an ihnen vorbei durch die Bar in den Centergang hinaus. Sie folgten ihm.

Sobald sich die Bartür hinter ihnen geschlossen hatte, veränderte sich Kenans Körpersprache. Die Schultern senkten sich leicht, die Falte zwischen den Brauen verschwand. Es war keine große Veränderung, aber es war eine. Er lehnte sich an einen hohen Blumenkasten, in dem Veilchen in der ausgetrockneten Erde dahinwelkten.

Nima wandte das Gesicht Liv zu, die einen Fuß auf den Blumenkasten neben Kenans Hüfte stellte. Er sah verwundert auf den Fuß hinunter und zu ihr hoch, doch sie wirkte unbeeindruckt.

»Die Bardame hat gesagt, dass du mit Tami abgehangen hast. Habt ihr euch oft gesehen?«

»Ähh, ein paarmal in der Woche vielleicht.« Kenan sah von Liv zu Nima und wieder zurück. Er holte eine E-Zigarette heraus und steckte sie sich in den Mund, zog daran und versteckte sie wieder in der Hand. Mentholduft breitete sich aus.

»Warum ist Frau Vetter so neugierig?« Kenan richtete die Frage über Livs Kopf hinweg an Nima. »Ich weiß nicht, was auf dieser Insel passiert ist, okay? Nur, um das klarzustellen. Ich habe der Polizei schon gesagt, dass ich keine Ahnung habe, wer deinen Vetter umgebracht hat.«

Liv antwortete selbst. »Du musst nichts anderes wissen, als dass ich den Ermittlungsleiter auf Kurzwahl habe. Glaub mir, du sprichst lieber in Ruhe mit uns als mit ihm in einem schwülen Verhörraum in Teglholmen. Wo hast du dich mit Tami getroffen?«

Kenan sah sie schräg an. Dann lächelte er. »Genau wie einer dieser kleinen Terrier, was? Wuff! Also, wir gehörten ja beide zu einer Clique. Eine feste Gruppe von Kameraden. In der Regel hier in der Bar oder zu Hause bei Tami. Er hat immer für was zu trinken gesorgt, da hat es nie an was gefehlt. Aber es war nicht so, dass wir uns zu zweit getroffen und über Persönliches geredet hätten.«

Liv lächelte unschuldig. »Die Polizei arbeitet mit der Theorie, dass Cyrus mit Drogen gedealt hat und Tami involviert war. Weißt du, ob das stimmt?«

Kenan legte den Kopf in den Nacken und gab ein dröhnendes *Ha!* von sich. Er nahm die E-Zigarette wieder heraus und hielt sie ihr vor die Nase. »Ich rühre nichts an, das stärker ist als das hier, und ich hänge auch nicht mit Leuten ab, die das tun. Hab ich nie getan. Drogen sind scheiße. Tami hat vielleicht hin und wieder was geraucht, aber dass er gedealt hat, *no way*.«

»Und Cyrus?«

»Wer weiß schon, was die Jungen so treiben?«

Nima trank einen Schluck aus der Flasche und betrachtete die Situation von außen. Ein Automechaniker, eine Privatdetektivin und ein menschliches Muskelpaket stehen in einer Bar. Er kam sich vor wie ein schlechter Statist in einer Low-Budget-Produktion, aber Liv wirkte cool, fast als würde sie die leicht angespannte Situation genießen. Sie beugte sich vor und stützte den Ellenbogen auf das Knie.

»Du sagst, dass Tami immer für was zu trinken gesorgt hat. Er hat von Sozialhilfe gelebt. Woher hatte er das Geld?«

»In so was mische ich mich nicht ein. Aber ich weiß, dass er hin und wieder kleine Jobs angenommen hat, wenn jemand gebraucht wurde, der malochen kann.«

»Was malochen?«

»Na, du weißt schon, Baujobs. Abriss und so was.«

»Darf man neben der Sozialhilfe arbeiten?«

Jetzt war es an Kenan, verwirrt auszusehen. »Ich habe Tami nie für was angeheuert.«

»Wer hat ihn dann angeheuert?«

Kenan sah sie an, als würde er ihr am liebsten zeigen, wo sie sich diese Art von Fragen reinstecken könne, doch seine Schultern senkten sich schnell wieder.

»Jahan. Einer der Jungs. Er ist ausgebildeter Maurer, arbeitet aber auch bei einem Autohändler im Roskildevej – bei dem direkt vor der Kreuzung in Rødovre. Er hat Tami den Citroën verkauft.«

Nima versuchte, die Teile des Puzzles zusammenzulegen, die die Persönlichkeit seines verstorbenen Vetters ausgemacht hatten. Hilfsarbeiter, Säufer, Angler, Arbeitsloser, Flüchtling, Hitzkopf. Welches davon konnte sie in Richtung seines Mörders führen?

Livs Stimme unterbrach seinen Gedankengang.

»Wo waren die Kinder, wenn ihr in der Wohnung gefeiert habt?«

Kenan sah sie verständnislos an. »Das weiß ich doch nicht. Wahrscheinlich haben sie Computer gespielt, machen das Kinder nicht?« Er zog an der E-Zigarette und versteckte sie wieder in der Hand. »Hey, die hatten es gut, da gab es keine Probleme!«

Nima schluckte.

Kenan zwinkerte ihm entwaffnend zu. »Die sind ja auch schon groß. Der Sohn lebt sein eigenes Leben, und das Mädchen hat schöne lange Beine bekommen. Was schließlich kein Fehler ist, oder?« Die Andeutung eines Lächelns kräuselte seine Mundwinkel und verschwand sofort wieder.

Das Blut hinter Nimas einem Auge begann zu pochen.

Er hätte den Freund seines Vetters am liebsten in die Nieren getreten, bis er Blut auf den Fliesenboden des Centers hustete.

Ein mahnender Blick von Liv brachte ihn zur Besinnung.

»Kenan, der Tisch ist frei!«, rief ein Mann an der Tür zur Kneipe.

»Ich komme!« Er drehte sich zu ihnen um. »Ich muss rein und beim Pool gewinnen. Danke für das Bier.« Von der Tür aus rief er ihnen einen letzten Gruß zu. »Hey, Mann, ich hoffe, sie finden den Mörder deines Vetters. Er war ein klasse Typ, egal, was die Leute sagen!«

*

Im Auto von Albertslund nach Hause versuchte Liv, die Ausbeute des Abends mit Nima durchzugehen, aber er antwortete einsilbig und klang wie ein Mineralwasser, das vor vielen Stunden aufgemacht worden war und keinen Pepp mehr hatte. Vielleicht machte ihn die Vorstellung mutlos, dass Tami mit Drogen gehandelt hatte. Oder schlicht alles.

»Meiner Meinung nach schwächt das, was Kenan über deinen Vetter erzählt hat, die Theorie der Polizei. Er klang sehr überzeugend, was Tamis Haltung zu Drogen angeht, findest du nicht?«

»Hm.« Nima schaltete runter und hielt bei Rot.

»Möglich, dass Cyrus in irgendwelchen Scheiß verwickelt war, aber das muss nicht notwendigerweise zur Hinrichtung seines Vaters geführt haben, oder?«

»Nein.«

»Es sei denn, die Hinrichtung war eine Warnung. Das wäre allerdings ungewöhnlich gewalttätig, selbst für die brutalsten Banden.«

Sie fuhren weiter die Vesterbrogade hinunter, die letzten hundert Meter bis zur Kaalundsgade. Liv öffnete das Handschuhfach. Bis auf ein Fahrtenbuch und ein paar Servietten war es leer. Nima war offenbar nicht der Typ, der Süßigkeiten aß.

»Etwas, das Petters Theorie untermauert, ist das Geld. Tami war Alleinversorger und hat von Sozialhilfe gelebt. Woher hatte er das Geld, Feste zu feiern und sich ein Auto zu kaufen? Kostet so eine Angelausrüstung nicht auch so viel wie die Spitze eines Düsenjägers?«

»Wenn sie etwas taugen soll.«

»Genau. Dann ist es wirklich von zentraler Bedeutung, sich die Frage zu stellen, wie dein Vetter das Geld verdient hat. Ich kann mir nicht vorstellen, dass Cyrus seinen Verdienst mit seinem Vater geteilt hat, deshalb denke ich, dass Tami eine andere Einkommensquelle hatte. Vielleicht sollten wir mal zu diesem Jahat rausfahren, dem Tami offenbar hin und wieder zur Hand gegangen ist, und ihn fragen …«

Nima hielt am Straßenrand.

Sie versuchte, im Dunkeln seinen Gesichtsausdruck zu deuten. Seine Hände lagen schlapp auf dem Lenkrad, und er schien ganz leicht den Kopf zu schütteln.

»Er heißt Jahan. Nicht Jahat.«

»Yes, okay. Ob so ein Autohändler um zehn aufmacht? Wenn du mich um Viertel vor abholst, sind wir vor dem Mittagessen wieder zurück.«

Er seufzte laut, erhob aber keine Einwände.

Liv öffnete die Autotür und stieg aus. Nima gab Gas, noch bevor sie auf dem Bürgersteig war. Der passiv-aggressive Typ. Er tat ihr natürlich leid, wenn sie bedachte, was im Moment alles passierte, aber vielleicht sollte er trotzdem einmal den Blick nach innen richten, statt sauer auf die Welt zu sein. Es gibt fast immer etwas, das man selbst ändern kann.

Streich *fast*, dachte sie und ging über den Hof und die kleine Treppe zu ihrer Wohnung hinunter. Man kann zum Beispiel kündigen, ohne einen neuen Job in der Hinterhand zu haben, und ans andere Ende des Landes ziehen. Wenn man mutig genug ist.

Kater Allan kam auf leisen Pfoten über die Terrasse gelaufen und holte sich einen Klaps ab, bevor er wieder in der Dunkelheit verschwand. Als Liv den Schlüssel ins Schloss steckte, sah sie ihr Spiegelbild im Glaspaneel der Tür und sagte sich, dass auch sie blinde Flecke hatte, für die der Mut nicht reichte.

Salzige Fische, Piratos und Weingummischnuller. Liv füllte die Schale bis zum Rand, noch bevor sie die Jacke auszog, und nahm sie mit ins Wohnzimmer zu ihrem Whiteboard. Studierte die Tafel. Wie viel klüger war sie geworden, seit sie sie am Dienstagmorgen beschrieben hatte? Sie wusste, dass das Video auf Tamis Handy auf der Insel aufgenommen worden war und somit die Farsi sprechenden Personen darauf zum Todeszeitpunkt ebenfalls dort gewesen sein mussten. Sie wusste, dass der Naturpfleger Tami von früher kannte und dass Cyrus ein paar Tage vor dem Mord bei Bahram Moradi zu Hause gewesen war. Sie wusste, dass Tami zu viel getrunken hatte.

Liv steckte sich zwei Salzige Fische in den Mund, nahm die Kappe von einem Edding ab und schrieb ganz oben auf die Tafel. *Woher kam Tamis Geld? Hat Cyrus die Familie versorgt?* Unter den Punkt VIDEO schrieb sie: *Gibt es ein persisches Drogenkartell?* Dann zog sie einen Strich von MILAD KHARAZMI zum LAGER SANDHOLM und schrieb: *Todesliste – Bahram, Verleger, in den Iran gereist oder untergetaucht?*

Es klopfte an der Fensterscheibe.

Liv zuckte zusammen, und der Edding fiel auf den Boden. Sie trat näher an das hohe Kellerfenster und sah Nasrin, die Sekretärin der Dänisch-Iranischen Gesellschaft, draußen stehen, vornübergebeugt, um möglichst nah an die Scheibe zu kommen. Sie lächelte, dass die braunen Augen Funken sprühten, und Liv hob den Edding auf und zeigte auf die Hintertür, verärgert über ihre eigene Ungeschicktheit. Sie zog das Haar zurück in den Pferdeschwanz und öffnete die Tür noch rechtzeitig, um zu sehen, wie Nasrin um das Haus herumging. Sie trug eine kurze blaue Wolljacke, die ihre goldenen Farben und die weißen Zähne betonte.

Liv trat auf die Hintertreppe hinaus und nickte ihr zu.

»Das ist aber eine Überraschung. Was machst du hier?«

»Ich will mit einer Freundin ins Kino in die Spätvorstellung und habe mir gedacht, dass ich auch schnell mit der Mütze vorbeischauen kann.« Nasrin kam die schmale Kellertreppe herunter, sie hüpfte fast, was süß war, und küsste Liv auf die Wange, bevor sie in die Wohnung trat. Mitten im Wohnzimmer blieb sie stehen und drehte sich langsam um, als stände sie in einem der Säle im Louvre und wollte alle Details in sich aufnehmen.

»Ist das hier gemütlich!« Sie knöpfte die Jacke auf und warf sie aufs Bett. »Als ich von zu Hause ausgezogen bin, hatte ich eine kleine Dachwohnung, an die mich deine erinnert. In Indre Nørrebro. Meine erste eigene Wohnung, ich habe sie geliebt.«

Liv sah sich beklommen um, war sich der Kleiderstapel bewusst, der billigen Ikea-Möbel und der Tatsache, dass sie nichts anderes anzubieten hatte als Süßigkeiten und Cola. Sie hatte Lust, Nasrin zu erzählen, dass sie einen Vollzeitjob gehabt und in einer wunderschönen Dreizimmerwohnung mit Meerblick in Aalborg gewohnt hatte, doch das würde sich angeberisch anhören.

Sie war unsicher, ob sie ihr einen Platz anbieten sollte, war es nicht gewohnt, Gäste zu haben, bis jetzt waren nur ihre Eltern und eine ehemalige Schulfreundin zu Besuch hier gewesen, was gleichermaßen unangenehm gewesen war. War Nasrin nur gekommen, um ihr die scheiß Mütze zu bringen?

»Darf ich mal schnell die Toilette benutzen?«

»Natürlich. Die Tür da.« Liv zeigte darauf und versuchte sich zu erinnern, ob Handtücher im Bad waren und wann sie zuletzt die Toilette geputzt hatte. Während Nasrin pinkelte, trug Liv das schmutzige Geschirr in die Küche, das überall herumstand, und stellte es in die Spüle. Es half ein bisschen.

»Willst du mit ins Kino?« Nasrin kam aus dem Bad und schwenkte die Hände, um sie zu trocknen. »Wir wollen uns direkt hier im Vester Vov Vov *Die Brücken am Fluss* ansehen. Ich weiß nicht genau, worum es da geht, aber meine Freundin sagt, es ist ein Klassiker, den man gesehen haben *muss*.«

Liv sah zu Boden. Sie kannte weder den Film noch das Kino und wollte eigentlich nur alleine sein. Ihr Mund fühlte sich trocken an, und die Hände waren klamm, das Herz begann, schneller zu schlagen. Vor ihr stand eine nette junge Frau, die eindeutig Interesse an ihr hatte. Sie hatte seit einem Jahr keinen Sex mehr gehabt, mit Therese war es nahe dran gewesen, aber sie hatte nicht gekonnt. Sie sollte Ja sagen, doch etwas hielt sie zurück.

Wie viel Zeit musste vergehen, bis sie ihren Körper zurückbekam?

»Ich muss heute Abend leider arbeiten. Aber vielen Dank,

dass du mit der Mütze vorbeigekommen bist, das war nett von dir.«

»Komm schon, Liv, leb ein bisschen! Du bist ganz blass, du musst raus und die Welt spüren.« Nasrin lächelte verführerisch wie ein Playboy-Model. »Wir sind jung und frei, und jetzt haben wir die hellen Nächte. Der Mai ist ein magischer Monat.«

»Tut mir leid, ich muss arbeiten.«

Nasrin entdeckte das Whiteboard und trat näher. »Ist das ein Fall, an dem du arbeitest?«

»Das ist eigentlich privat.« Liv fiel zu spät ein, dass es nicht optimal war, Nasrin ihren Aufschrieb sehen zu lassen.

»Wieso steht da, dass Bahram untergetaucht ist? Was hat das mit deinem Fall zu tun?« Sie drehte sich um und lächelte unschuldig. Der Blick knisterte vor Neugier.

»Das kann ich dir leider nicht verraten.«

Nasrin ging zurück zu der Tafel und zeigte auf etwas. »Ein persisches Drogenkartell?«, frotzelte sie, doch Liv begann, sich ernsthaft Sorgen zu machen ob der Indiskretion, eine Fremde ihre Fallnotizen lesen zu lassen.

»Wann fängt der Film an? Vielleicht schaffe ich es ja, wenn ich später noch etwas arbeite.«

Doch Nasrin hatte das Interesse am Kino verloren.

»Warum steht da Milad Kharazmi?«

Liv fröstelte. »Kennst du ihn?«

»Ich bin nur neugierig.«

Sie lächelte wieder, aber das Lächeln hatte etwas Angestrengtes. Die Erkenntnis stieg langsam an die Oberfläche. Nasrin war weder hier, um ihr die Mütze zu bringen, noch, um mit ihr zu flirten, sie war hier, um herauszufinden, was Liv wusste. »Bahram hat ihn erwähnt. Waren sie nicht gleichzeitig im Sandholmlejren?«

Livs Mund wurde innerhalb einer Sekunde ganz trocken. Wenn sie zur selben Zeit in Sandholm gewesen waren, konnte das nur eins bedeuten: Bahram hatte sie angelogen. Und das tat Nasrin auch.

DONNERSTAG, 11. MAI

KAPITEL 13

Die Tüte mit den Plunderbrötchen mit Mohn knisterte unter dem blauen Himmel, ein Fettfleck breitete sich bereits vielversprechend am Boden aus. Butter und keine Margarine, hoffte Liv. Sie winkte Nima zu, der mit dem Mustang im Leerlauf vor dem Tor auf sie wartete.

»Guten Morgen.« Sie klemmte sich die Tüte zwischen die Knie und legte den unpraktischen Sicherheitsgurt an.

Er nickte ihr zu. Seine Augen versteckten sich hinter einer schwarzen Sonnenbrille, aber er sah immer noch müde aus.

»Hast du gefrühstückt?«

»Ich trinke morgens nur Kaffee.« Er bog auf die Vesterbrogade ein und blinkte nach links.

»Vielleicht solltest du das überdenken, du siehst scheiße aus.«

Nima schaute sie über die Brillengläser hinweg an. »Tut mir leid, wenn ich deinem Schönheitsideal nicht genüge. Meine Nichte hat gerade ihre Familie verloren, das wirkt sich auf meinen Teint aus.« Er gab Gas und fuhr Richtung Valby Bakke.

Liv biss in ein Brötchen und dachte, dass es wohl eher das Gras war, das die Augen rot und den Blick schwimmend machte, doch sie ließ ihm seine Erklärung. Sie stimmte zweifelsohne *auch*.

»Wie geht es ihr?«

»Ich habe heute noch nicht mit ihr gesprochen, aber Hannah ist bei ihr in der Einrichtung und sagt, dass sie eine ruhige erste Nacht hatte und okay zu sein scheint.« Nima griff zum Handschuhfach und öffnete es. Er nahm eine Serviette heraus. »Hier! Ich will keine Krümel im Auto.«

»Entspann dich«, murmelte Liv in die Serviette, gerade laut genug, dass er es hörte. Sie steckte den Rest ihres Brötchens in die Tüte und schloss sie laut knisternd. Es war nicht wirklich gewürdigt worden, dass sie so früh aufgestanden und zu dem guten Bäcker gegangen war. Vielleicht hätte sie Nima doch nicht direkt involvieren sollen. Ermittlungsarbeit ist nicht jedermanns Sache.

Sie lehnte den Kopf gegen das Fenster und schwieg. Jetzt musste er etwas sagen, wenn sie reden sollten.

Aber das sollten sie offenbar nicht. Abgesehen von den Motorgeräuschen war es im Auto still, bis sie bei dem Citroën-Händler im Roskildevej vorfuhren.

»Da sind wir. Hast du eine gute Geschichte parat?« Nima legte die Sonnenbrille auf das Armaturenbrett.

»Glaubst du nicht, dass Kenan seinen Freund vorgewarnt hat, dass wir herumschnüffeln? Ich halte mich daran, dass ich Ermittlerin bin, und setze darauf, dass er glaubt, ich wäre bei der Polizei.«

Er hielt mit der Hand auf dem Türgriff inne. »Das ist keine gute Geschichte, das ist Betrug.«

»Du kümmerst dich um deine Arbeit, ich mich um meine.« Liv stieg aus und knallte die Autotür hinter sich zu. Lustig, wie manche Männer immer noch glaubten, sie könnten Frauen gefügig machen, indem sie herablassend mit ihnen sprachen. Allerdings hatte Nima in diesem Fall leider recht. Petter würde sie kielholen lassen, wenn er das wüsste.

Mit einem wütenden Meter Abstand zwischen sich marschierten sie zu den Schiebetüren, doch die gingen nicht auf. Die angeschriebenen Öffnungszeiten zeigten an, dass sie zehn Minuten zu früh waren. Liv spähte durch das Glas und entdeckte einen großen Mann in einem hellblauen Hemd, dessen Kragen an lockige schwarze Nackenhaare stieß. Das Gesicht war schmal, die Nase gebogen, er schien um die dreißig zu sein.

Liv klopfte an die Scheibe. Der Mann sah auf seine Armbanduhr, schien aber zu dem Schluss zu kommen, dass die Aussicht, den Tag mit einem Verkauf zu beginnen, den Ärger über zu frühe Kunden überwog, denn er kam zu ihnen und öffnete durch das Drücken eines Kontakts die Türen.

»Guten Morgen, da hat es wohl jemand sehr eilig. Kommen Sie herein, der Kaffee läuft im Hinterzimmer gerade durch.« Er warf einen Blick auf Nima und den Mustang auf dem Parkplatz. Die Begeisterung schwand ein wenig. »Lassen Sie mich raten, Sie sind es müde, dauernd stehen zu bleiben und den Wal dort mit der Handkurbel wieder anzuwerfen?« Die Bemerkung kam lustlos und ohne Überzeugung, als fände er sie selbst nicht witzig.

Nima nahm die Sonnenbrille ab und sagte etwas auf Farsi. Der letzte Rest des Lächelns verschwand aus dem Gesicht des Mannes, und er erweckte den Eindruck, als wollte er ihnen am liebsten die Schiebetüren vor der Nase zumachen. Liv trat schnell ein, sodass das nicht möglich war.

»Wir haben noch nicht geöffnet.«

Liv streckte ihm die Hand hin.

Er erwiderte den Händedruck, jedoch schlaff und widerstrebend. »Wer sind Sie?«

»Liv Jensen, ich ermittle in den Todesfällen von Tami und Cyrus Ansari.«

»Jahan Khan, aber das wissen Sie wohl bereits.« Er ließ ihre Hand los, wandte sich um und ging zu einer Absperrung hinten im Laden.

Sie folgten ihm, vorbei an den schwarzen und silbern glänzenden Ausstellungswagen, die nach Plastik und Geld rochen. Jahan trat hinter die Rezeption und stemmte die Hände auf die Theke, sodass er sich darauf stützen und den Raum dominieren konnte. Die Spitze einer Tätowierung sah unter dem Hemdsärmel hervor, Schriftzeichen und Sterne. Das hier war eindeutig sein Reich, hier lief es nach seinen Regeln.

»Es tut mir leid, von Tamis Tod zu hören, aber ich weiß nicht, wie ich hier helfen kann. Ich habe ihn nur oberflächlich gekannt.«

»Das heißt?« Liv legte einen Ellenbogen auf die Rezeption und fragte ganz lässig.

»Wir verkehrten in denselben Kreisen. Wohnten beide in Vestegnen, sind aus dem Iran, haben gemeinsame Interessen.«

»Die da wären?«

Jahan sah auf seine Uhr und lachte, als wäre die Frage unangebracht. »Sie sind ein lustiges Duo, Sie beide. Seit wann nimmt die Polizei Familienangehörige zu Zeugenbefragungen mit?«

Nima mischte sich ein. »Entschuldigung, ich habe meinen Vetter lange nicht mehr gesehen, und jetzt ist er ermordet worden. Ich versuche das nur zu verstehen.«

Jahan antwortete auf Farsi, und Nima nickte honorierend.

»Danke.«

»Tami war ein guter Mann, sein Tod ist ein Verlust für uns alle, die wir ihn gekannt haben. Unsere Freundschaft ging jedoch nicht so tief. Wir haben uns beide für Autos interessiert und uns gerne mal auf einen Drink getroffen, um über unser Mutterland zu reden.«

»Mutterland?« Liv lächelte schief.

»Na ja, ich bin zwar in Dänemark geboren«, räumte Jahan ein, »aber meine Eltern sind vor dem Regime im Iran geflüchtet. Ich bin Perser mit Herz und Seele.«

»Aha.« Liv sah sich im Laden um, als wüsste sie den Anblick der neuen Autos zu schätzen. »Apropos Autos, Sie haben ihm doch letztes Jahr einen Citroën verkauft?«

»Ich hatte die Möglichkeit, ihm ein Ausstellungsmodell zu einem wirklich guten Preis zu verkaufen. Das hat Tami natürlich gefallen.«

»Klar.« Sie blinzelte wissend. »Wie hat er bezahlt? Raten oder Darlehn?«

Jahan zog sein Hemd zurecht. »Bar.«

»Bar?«

»Hey, es ist nicht meine Aufgabe zu kontrollieren, woher die Kunden ihr Geld haben, darum darf sich die Steuer kümmern. Tami hat rechtzeitig bezahlt, das ist alles, was ich dazu sagen kann.«

Liv sah ihn an. »Ihr gemeinsamer Freund Kenan sagt, dass Tami Ihnen hin und wieder bei Abrissarbeiten und so was geholfen hat. Dann haben Sie ihn doch wohl bezahlt ...«

»Das hat Kenan missverstanden. Meine Jungs sind in der Gewerkschaft, und alles ist legal, da läuft nichts hintenrum.«

»Hören Sie, uns ist es völlig egal, was Sie bei der Steuer angeben, wir wollen nur wissen, wie Tami sein Geld verdient hat.«

Jahan sah wieder auf die Uhr. Ein Schweißtropfen bildete sich auf der Stirn. »Das war Kleingeld, okay? Ein paar Hundert Kronen hier und ein paar Hundert Kronen da. Tami muss eine andere Einnahmequelle gehabt haben.«

Liv lehnte sich über die Rezeption und senkte die Stimme. Sie waren immer noch alleine im Laden, sodass das Manöver nur Schau war. »Quellen behaupten, dass Cyrus gedealt hat. Hat die Familie davon gelebt?«

Jahan verzog keine Miene, und das war Antwort genug.

»Kommen Sie, Mann«, seufzte Nima. »Helfen Sie uns ein bisschen. Mein Vetter ist ermordet worden.«

»Okay, aber dann gehen Sie. Mein Chef kann jeden Moment kommen.« Er blickte sich unnötigerweise über die Schulter. »Ich weiß absolut nichts, okay? Aber die Gerüchte sagen, dass Cyrus für einen *Lord* in Brøndby Strand gearbeitet hat. In der Distribution.«

»Gras?«

Er schüttelte den Kopf. »Amf und E. Es heißt, er hat gutes Geld damit verdient.«

»Genug, um die Familie zu versorgen?« Liv rechnete im Kopf nach.

»Vielleicht sind das nur Gerüchte.« Jahan sah zu einem schwarz glänzenden Mercedes hinaus, der auf den Parkplatz einbog, und scheuchte sie mit einer ungeduldigen Kopfbewegung hinaus.

»Ich weiß nichts. Aber versuchen Sie es mal im Jugendclub, im *Bakkens Hjerte*. Der Leiter ist selbst ein ehemaliges Bandenmitglied und bestimmt nicht ganz raus aus der Szene. Cyrus hat dort verkehrt. Wenn die Gerüchte stimmen, hat er dort sicher verkauft.«

Er begleitete sie durch die Glastüren hinaus an dem Chef vorbei, der ihnen aufgeräumt zulächelte und den Zeigefinger zum Gruß an die Stirn legte.

Als sie im Auto saßen, gähnte Nima und griff nach seiner Sonnenbrille. »Ich hoffe, du hast bekommen, worauf du aus warst.«

»Es klingt nach einer guten Idee, dem Jugendclub einen Besuch abzustatten. Wenn wir den Roskildevej nehmen, sind es nicht mehr als zwanzig Minuten bis dort raus.«

Er startete das Auto. »Jetzt hörst du mir einmal zu, was wir machen, Fräulein Jensen. Ich fahre dich da raus, und dann machst du von dort aus alleine weiter. Ich habe dir bei Tamis Freunden geholfen, jetzt habe ich zwei Autos, die darauf warten, repariert zu werden. Okay?«

Sie zuckte mit den Schultern. »Dabei hatten wir es doch so nett.«

*

»Es ist wohl so, dass der Steilhang aus verschiedenen Schichten von Kreide, Kalk und Granit besteht, und in diesen Schichten verstecken sich Fossilien alter Meerestiere.« Hannah stieg vom Rad und stellte es in einen Ständer auf der Højerup Bygade. Am Ende der Straße hatte man Aussicht auf die Kirche von Højerup und das Meer, das durch die Kalkschicht auf dem Meeresgrund besonders blau war. »In einer der Schichten hat man Spuren von Asteroideneinschlägen gefunden, die die Dinosaurier ausgelöscht haben. Das ist schon verrückt, nicht?«

»Ja.« Shirin schwankte auf dem Fahrrad und konnte gerade noch abspringen, bevor sie umkippte. Sie stellte das Fahrrad neben Hannahs und drehte das Gesicht dem Meer zu. »Hier entlang?«

Sie setzten sich in Bewegung. Shirin war noch immer wortkarg, doch die Nacht war überraschend gut verlaufen.

Hannah hatte die Pädagogen überreden können, ein zusätzliches Bett in Shirins Zimmer zu stellen, sodass sie da war, sollte Shirin aufwachen. Der Schlaf war schnell und gnädig gekommen. Für Shirin jedenfalls. Hannah hatte sich gedreht und gewendet, den Kopf voller wirrer Gedanken zu Cornelia und der Beschwerde.

Aber es half ihr zu sehen, dass es Shirin etwas besser ging. Beim Frühstück hatte sie sogar einigen der anderen Kinder zugelächelt und zwei Brötchen mit Schokoladenflocken gegessen. Die Überlebensfähigkeit des Menschen ist in der Kindheit am stärksten und schwindet dann Jahr für Jahr, hatte Hannah gedacht, während sie selbst in ihrer Schale mit Joghurt herumstocherte. Aber das war natürlich nicht die ganze Wahrheit. Die Kraft kam und ging.

»Sehen wir mal, ob wir in die Kirche hineinkommen, bevor wir die Treppe zum Strand hinunter suchen. Okay?«

Shirin brummte als Antwort, und sie stapften weiter den Weg entlang, der immer schmaler wurde. Neben dem Kies wuchsen Wiesenblumen und Gras, und über ihren Köpfen verflochten sich Fliedersträucher und blühende Obstbäume zu einem grün-weißen Dach. Die Sonne schien in milden Strahlen auf sie herunter, und die Insekten summten. Hannah hatte Lust, die Idylle zu kommentieren, ließ es aber. Shirin erweckte nicht den Eindruck, als wüsste sie die Wunder des Frühlings im Moment zu schätzen.

Die Kirche war aus Kalkstein gebaut und stand direkt am Rand der Steilküste, als hielte nur Gottes Gnade sie dort.

Sie traten durch das schmiedeeiserne Tor auf den Kirchhof und durch eine abgerundete Holztür in die Kirche. Sie schien uralt zu sein mit ihren niedrigen Bögen, den Kalkmalereien und dem rustikalen Steinboden, und es war kühl.

Sie bewegten sich durch die Stille, und Hannah ärgerte sich, dass sie nicht genug über Kalkmalereien wusste, um sie zu entschlüsseln und etwas über sie erzählen zu können. Sie verweilte bei einem Ausschnitt mit zwei Menschen in einem Gespräch, einer stehend und einer sitzend, und überlegte, ob der Sitzende einen Dämon darstellen sollte. Als sie sich umdrehte, war Shirin verschwunden.

Ihr Herz tat einen Satz. Schnell ging sie zum Ausgang. Unmittelbar, bevor sie die Pforte erreichte, sah sie Shirin auf einem Balkon stehen, der dort, wo die Küste am steilsten war, zum Meer hin lag.

»Oh, ich habe gar nicht gesehen, dass du rausgegangen bist.« Hannah wagte einen versuchsweisen Schritt auf den Abgrund zu.

Shirin lehnte an dem Metallgeländer.

»Hast du keine Angst hinunterzufallen?«

»Nein.« Shirin sah sie schelmisch an. Sie sah etwas fröhlicher aus. »Man muss doch mutig sein, nicht?«

Das musste man wohl. Hannah stellte sich neben sie und versuchte, ihre Angst zu verbergen. Der Körper zitterte bei der Begegnung mit dem vierzig Meter tiefen Gefälle zum Strand hinunter, und die Handflächen wurden klamm. Sie erinnerte sich an den Rat, nicht hinunterzusehen, und hob den Blick zum Horizont.

Shirin legte das Kinn aufs Geländer. Hannah ließ sie in Frieden mit ihren Gedanken dort stehen. Der Wind fuhr ihr in die Haare und wehte ihr die Locken zusammen mit einem Hauch Salz und Seetang ins Gesicht, tief unter ihnen brauste das Meer, und die Sonne schien mild auf sie herunter. Wenn man sich an die Höhe gewöhnt hatte, war es ganz wunderbar. Sie versuchte, sich an den Vers eines Psalms zu erinnern. *Der Glaube ist keine Klippe mitten im sturmge-*

peitschten Meer, Glaube ist, trotz der Wellen über ein drohendes Grab zu segeln.

»Meine Mutter hatte das Meer noch nie gesehen, bevor sie nach Dänemark kam. Ist das nicht der Wahnsinn?« Shirin sprach mit dem Gesicht zum Abgrund, und Hannah musste die Ohren spitzen, um sie über das Brausen hinweg zu verstehen.

»Wie das?«

»Sie ist aus der Stadt Isfahan, die liegt mitten im Iran, weit weg von der Küste. Ich glaube nicht, dass ihre Familie genug Geld hatte, um zu reisen.« Shirin strich sich die Locken zurück hinter die Ohren, aber sie blieben nicht dort und flatterten sofort wieder im Wind. »Sie hat sich nie an das Meer gewöhnt. Wir mussten Badeschuhe anziehen, damit wir nicht von Krabben gebissen wurden und wovor sie sonst noch alles Angst hatte.«

»Ist sie wieder nach Isfahan gegangen, als sie in den Iran zurückgekehrt ist?«

Shirin drehte den Kopf und sah sie streng an. »Ich mag nicht über sie reden.«

»Das verstehe ich. Verlust tut weh.«

Shirin verschränkte die Arme auf dem Geländer und stützte das Kinn in die Hände. »Was kann man tun, dass das aufhört?«

»Man spricht über das Schwere. Das ist das Einzige, was hilft. Aber das erfordert Mut.« Hannah blickte nach unten und trat ruckartig einen Schritt zurück. Was Shirin zum Lachen brachte.

»Ich bin mutiger als du.«

»Was für eine Behauptung.« Hannah lachte mit, so gut sie konnte. Der Abgrund ließ ihren Magen revoltieren. »Traust du dich dann, auf eine *schwere* Frage zu antworten?«

Shirin lächelte schwach. Es war klar, dass sie den Versuch durchschaute, sich in ihr Vertrauen zu schleichen. »Vielleicht.«

»Vermisst du sie? Deine Mutter?«

»Ja.«

»Und deinen Vater?«

Shirin bückte sich und sammelte einen kleinen Stein von den Steinplatten auf, wog ihn in der Hand und warf ihn über das Geländer. Sie konnten hören, wie er auf seinem Weg nach unten gegen die Klippen schlug.

»Der Vater, den ich vermisse, ist vor vielen Jahren gestorben.«

*

In Albertslund stieg Liv aus dem Mustang und sah sich in der niedrig gehaltenen grauen Betonlandschaft um. Nima gab Gas und fuhr, als hätte er Angst, sie könnte sich noch einmal umentscheiden und zurück ins Auto steigen. Was verständlich war, er war Automechaniker und kein Detektiv und außerdem zu persönlich in den Fall involviert, um locker damit umzugehen.

Der Jugendclub war leicht zu finden. Auf ein großes Schild über der Tür hatte jemand im klassischen Graffitistil den Namen *Bakkens Hjerte* gesprüht. Ein Erwachsener, der die Idee gehabt hatte, dass das den Jugendlichen gefallen würde, wie es aussah.

Liv ging zur Tür. Sie war offen. Es war halb zwölf. Der Freizeitclub vertrat offenbar eine liberale Meinung, was Freizeit war. Direkt hinter der Tür stand ein abgenutztes Ledersofa an einer Wand mit Fotos und Zeichnungen, die mit Reißzwecken aufgehängt waren. Noch mehr Graffiti, lachende Teenagergesichter, Comichelden und Fußballlogos, eine große, chaotische Ausstellung.

Sie ging weiter hinein. Die Böden waren aus strapazierfähigem Linoleum und die weißen Wände geprägt von Zusammenstößen mit Turnschuhen, Möbeln und Skateboards. Drei Mädchen saßen eng nebeneinander in einem Sessel und starrten auf ein Handy, das kurze Videoclips mit manischen Melodien und Rufen wiedergab.

Liv lächelte sie an, doch sie beachteten sie nicht.

Sie kam in einen großen Raum mit weiteren Sofas, Regalen mit Hockeyausrüstung und einer E-Sport-Ecke. Aus einer Industrieküche, deren rostfreie Stahlflächen man durch eine Luke erahnen konnte, wehte der Geruch von Fast Food. Sie trat näher und schaute hinein. Ein jüngerer Mann schob Backbleche mit Würstchen im Teigmantel in einen Industrieofen. Er war klein und muskulös mit ultrakurzen blonden Haaren. Die Arme waren mit farbigen Tattoos bedeckt. Als sie näher kam, verrieten die Lachfältchen um seine Augen, dass er nicht mehr ganz so jung war, wie sie zuerst geglaubt hatte, vielleicht Anfang vierzig. Hinter ihm standen zwei große Kinder an einem Industriespülbecken und wuschen ab.

»Hey, arbeiten Sie hier?« Liv bereute die überflüssige Frage sofort. »Ich meine, sind Sie Pädagoge hier im Club?«

Er lächelte sie an. Die Augen waren groß und wach und strahlend blau.

»Pädagoge, Koch, Putzmann, Psychologe, you name it. Ich sage einfach immer, ich bin *der, der ich bin*.«

»Dann sind Sie derjenige, mit dem ich reden möchte. Haben Sie fünf Minuten?«

Er lachte. »Wenn du hier rüberkommst und mit anfasst, ja.«

Liv erwiderte das Lachen, doch als er einen Kühlschrank aufmachte und eine neue Portion Teig herausholte, wurde ihr klar, dass er das ernst gemeint hatte.

Sie ging um die Ecke und fand den Eingang zur Küche.

»Du kannst dir da drüben die Hände waschen.« Er warf einen Klumpen Teig auf den mit Mehl bestäubten Stahltisch und schnitt ihn in kleine Portionen. »Und mit wem haben wir die Ehre?«

»Liv Jensen.«

Er musterte sie von oben bis unten. »Frederik. Ich bin der Leiter von *Bakkens Hjerte*.«

»Hey, Frederik.« Sie trocknete sich die Hände an einem harten Stück Papier von einer Rolle an der Wand ab. »Was soll ich tun?«

»Du kannst den Teig ausrollen. Wir machen Pizza. Margherita und Peperoni.«

Ihr wurde ein überdimensionales Nudelholz in die Hand gedrückt, und sie trat zu dem Teigklumpen auf dem Küchentisch. Sie stemmte sich mit ihrem Gewicht auf die Rolle und begann, den Teig auszurollen.

»Was bringt dich nach Albertslund?«

Liv war noch nicht dazu gekommen, sich eine gute Erklärung zurechtzulegen, und außerdem hatte sie das sichere Gefühl, dass sie bei dem Clubleiter mit der Wahrheit am weitesten kam. Die blauen Augen hatten einen Röntgenblick, einen eingebauten Lügendetektor, der mit Sicherheit ganz nützlich war, wenn man mit jungen Menschen zu tun hatte.

»Ich bin Privatdetektivin und ermittle in einem Fall, in den eins eurer Mitglieder verwickelt ist.«

Keine Reaktion. Stattdessen rief er den Kindern an der Spüle etwas zu. »Denk dran, die gut mit klarem Wasser abzuspülen, bevor du abtrocknest, Michel! Ansonsten darfst du den Saft aus einem der Gläser da trinken …« Er drehte sich zu ihr um. »Deine fünf Minuten ticken. Ich habe gleich eine Gruppe.«

»Wie gut kennst du die jungen Leute, die den Club besuchen?«

»Das ist mein Club, ich kenne alle Mitglieder.« Er stellte sich neben sie und sah skeptisch auf ihre Hände. »Das hast du noch nie gemacht, richtig?«

»Hätte ich gewusst, dass ich heute einen Ferienjob antreten soll, hätte ich zu Hause geübt. So, oder?«

Frederik nahm ihr das Nudelholz ab und zauberte aus ihrem traurigen Teigklumpen schnell einen runden Pizzaboden. Er reichte ihr eine Metallschale.

»Vielleicht verteilst du nur die Tomatensoße darauf, und ich kümmere mich um die Böden.«

Liv tat, was er sagte. Sie gab sich Mühe, die Soße in einer dünnen Lage zu verteilen und den Teig nicht mit dem Löffel zu zerquetschen.

»Seit wann ist Cyrus Ansari in den Club gekommen?«

Er machte eine Pause, bevor er weiterknetete und den Kindern, die den Abwasch machten, etwas zurief.

»Hey, Leute, ihr könnt jetzt gehen. Super Einsatz, alle beide.« Die beiden Kinder jubelten und zogen die Schürzen aus. Auf dem Weg aus der Küche liefen sie an Frederik vorbei und klatschten sich mit ihm ab. Es sah nach einem festen Ritual aus.

Er sah ihnen nach und versicherte sich, dass sie außer Hörweite waren.

»Ich habe von einem gehört, der tot in Brøndby Strand gefunden wurde. Das ist nicht er, oder?«

»Das kann ich dir leider nicht sagen.«

Er schüttelte den Kopf und blieb einen Augenblick am Küchentisch stehen, bevor er eine riesige Tüte mit geriebenem Käse aus dem Kühlschrank holte und den Mozzarella auf den Böden zu verteilen begann. »Cyrus ist in den Club gekommen, seit er elf, zwölf Jahre alt war. Er war ein guter Junge, es ist nicht seine Schuld, dass es schiefgelaufen ist.«

Liv stellte die Schale weg. »Was ist schiefgelaufen?«

»Der Klassiker. Die Eltern haben sich getrennt, und der Vater ist vor die Hunde gegangen.« Frederik nahm einen Pizzaschieber und schob elegant die erste Pizza in den Ofen. Dann schloss er die Ofentür und stellte die Eieruhr auf dem Küchentisch. »Cyrus hat versucht, mit dem Alltag zurechtzukommen und die Schule zu schaffen, aber wenn es zu Hause brennt, wird es mit der Zeit schwierig.«

»Das heißt? Er hat die Schule geschwänzt?«

Er sah sie lange an. »Ja. Und ist stattdessen hierhergekommen. Wir haben eine Kampfsportgruppe für Jungs wie ihn, und ich habe versucht, ihn dafür zu interessieren. Leider ohne Erfolg. Er ist auch nicht auf die anderen Angebote angesprungen, wir haben eigentlich für die meisten was.«

»Was hat er dann gemacht, wenn er hier war?«

»Manchmal hat er etwas geholfen. Beim Essenmachen oder Unterrichten, in einem Club gibt es immer was zu tun. Ansonsten hat er nur auf dem Sofa herumgehangen, etwas gespielt und so.« Frederik nahm den Schieber, öffnete den Ofen und drehte die Pizza mit routinierten Handgriffen, bürstete sich Mehl von den Händen und lehnte sich mit vor der Brust verschränkten Armen an den Küchentisch. »Das Wichtigste ist, sie von der Straße fernzuhalten. Wenn sie sich da draußen langweilen, rutschen sie leicht in irgendeinen Scheiß ab. Hier drinnen haben wir sie im Auge.«

»Aber ist er nicht genau das – abgerutscht?«

Wieder ein langer Blick.

Liv versuchte, seine Beharrlichkeit zu erwidern und gleichzeitig zu entschlüsseln, was sie bedeutete. Er sagte etwas Wichtiges, ohne es aussprechen zu wollen. Dann blinzelte er und zuckte mit den Schultern. »Das weiß ich nicht. Ich kannte Cyrus, wie gesagt, als netten Jungen. Lieb zu den Kleinen und ziemlich gut im Einhalten von Absprachen. Wir werden ihn vermissen.«

Liv musterte den Clubleiter. Er war leicht untersetzt und wettergebräunt, doch er hatte schöne Züge und ein selbstsicheres Funkeln in den blauen Augen, was ihm bestimmt die Sympathien der Jugendlichen einbrachte.

»Die Polizei meint, dass Cyrus gedealt hat. Weißt du was darüber?«

»Nein.« Die Antwort kam prompt. »So etwas tolerieren wir hier nicht. Das ist ein absolutes No-Go.« Die Eieruhr klingelte, und Frederik nahm die fertige Pizza aus dem Ofen und schob eine noch nicht gebackene hinein. »Willst du probieren? Du hast ja so gut wie mitgeholfen, sie zu machen.«

Er schnitt ein Pizzadreieck aus und reichte es ihr. Liv probierte und brummte anerkennend. Es schmeckte verblüffend gut.

Er nickte. »Das ist der Teig. Ich mache ihn selbst und stelle ihn eine Zeit lang in den Kühlschrank. Dazu haben viele keine Lust. Aber das schmeckt man, nicht?«

»Mmmmm.« Sie aß noch einen Bissen. Kampfsport, Pizzabacken, Arbeit mit gefährdeten Jugendlichen, Frederik hatte viele Talente.

»Du scheinst so etwas wie ein Multitalent zu sein. Bist du ausgebildeter Pädagoge, oder was?«

»Wie sagt man so schön? Ich bin in die Schule des Lebens gegangen.« Er lachte und fing ihren Blick ein, wartete, bis sie fertig gekaut hatte. »Ich habe eine Vergangenheit in der Bandenszene. Das hat mir zwei Jahre Knast eingebracht, damals war ich erst neunzehn, aber es hat mir auch meine Aufgabe gezeigt: dafür zu sorgen, dass die Jugendlichen hier in Vestegnen, die möglicherweise nicht die besten Karten in der Hand haben, immer noch eine Chance am Spieltisch bekommen.«

Er klang stolz. Er klang auch, als hätte er die Geschichte schon oft erzählt.

»Der verlorene Sohn rettet die Stadt.«

Er lachte laut. »Mit einer Pizza nach der anderen, klar. Nee, man tut einfach nur, was man kann. Findet seine kleine Nische auf dem Planeten und versucht, sie in einen etwas besseren Ort zu verwandeln, nicht?«

»Ja, das tut man wohl.« Liv faltete das Pizzastück zusammen und stopfte es sich in den Mund, sodass der warme Käse und die Tomaten auf dem Gaumen explodierten. Im Grunde war das wohl das, was die meisten versuchten. Ihre kleine Nische der Welt zu einem etwas besseren Ort zu machen. Ziemlich sympathisch. Trotzdem sagte ihr ihr Bauchgefühl, dass Frederik ein Scheißkerl war.

»Wie kannst du so sicher sein, dass Cyrus nicht der Versuchung erlegen ist, auf die Schnelle Geld zu verdienen?«

Er sah sie an, ohne zu blinzeln. »Das kann ich eben. Ich kenne meine Jugendlichen, und in aller Bescheidenheit kenne ich auch die Menschen. Warum bist du so versessen darauf, dass er es getan hat?«

Die Antwort materialisierte sich aus dem Nichts, die Lüge fiel ihr nahezu aus dem Mund, bevor sie darüber nachdenken konnte. »Eine der Banden vermisst eine größere Ladung Ecstasy und Koks, sie ist gleichzeitig mit Cyrus verschwunden. Über die Telefongesellschaft hat die Polizei Zugang zu Cyrus' Handy. Am Freitag hat er eine SMS an eine Prepaid-Nummer geschickt, in der stand, dass er die Ware noch nicht bekommen habe und dass er auf dem Weg zum Angeln sei.«

Frederik schüttelte langsam den Kopf. »Was bedeutet das?«

»Das bedeutet, dass ein paar andere sie gestohlen haben … Cyrus hatte sie jedenfalls nicht.« Sie knüllte die Serviette zusammen und warf sie in den Mülleimer am anderen Ende der Küche. »Nun denn. Jetzt will ich deine Zeit nicht länger in Anspruch nehmen. Danke für das Gespräch. Und für die Pizza!«

Liv ging durch den Club nach draußen. Fünfzig Meter vom Eingang entfernt war ein Fahrradschuppen, hinter den sie sich stellte. Und dann wartete sie.

Nach zwölf Minuten rollte ein BMW mit breiten Reifen vor dem Club vor und hielt im Leerlauf. Hinter den getönten Scheiben konnte sie vier Männer mit Sonnenbrillen erahnen.

Frederik kam heraus und ging zu dem Auto, beugte sich zu dem offenen Fenster auf der Fahrerseite hinunter und redete mit ausladenden Armbewegungen. Da konnte man mal sehen. Sie notierte sich die Nummer und schickte sie Petter mit einer kurzen Erklärung. Es sah doch einiges danach aus, dass sie recht hatte. Frederik war ein Scheißkerl.

KAPITEL 14

Als der BMW gefahren und Frederik wieder hineingegangen war, wartete Liv noch zwei Minuten, bevor sie aufbrach. Vielleicht war es ein Fehler gewesen, Nimas Angebot, sie hier herauszufahren, anzunehmen. Jetzt musste sie den ganzen Weg bis zum Bahnhof laufen und den Zug nach Hause nehmen. Die Linie B, die grüne, die Vestegnen mit der Stadt verband. Wie oft war sie damit zwischen ihrem Elternhaus in Rødovre und der Stadt hin- und hergefahren, die Füße auf dem gegenüberliegenden Sitz. Den Kopf zurück an den blauen Plüsch gelehnt, die Augen auf die Lärmschutzzäune und die Reihenhäuser gerichtet, die Industrieanlagen und die Ausfallstraßen der Vorstädte. Aber das war vorbei, dachte Liv, jetzt war sie erwachsen, und die Welt lag wenn auch nicht zu ihren Füßen, so doch zumindest an einem Ort, an dem sie so gut wie nie mit der Linie B fahren musste.

Sie würde einen Schokoriegel darauf wetten, dass die Männer in dem BMW Verbindung zur örtlichen Drogenszene hatten. Etwas, das sie gesagt hatte, hatte den Leiter des Jugendclubs veranlasst, sie anzurufen. War es die Information, dass die Drogen, die die Bande vermisste, nicht bei Cyrus gefunden worden waren? Vielleicht nicht die klügste Lüge der Welt, jetzt, wo sie darüber nachdachte; es mochte so aussehen, als wüsste sie, wo sie sein könnten. Aber sie hatte sie aus ihrem Versteck gelockt.

Die Straßen in Albertslund waren breit und eher für Autos als für Fußgänger gemacht, jedenfalls begegnete sie niemandem. Vielleicht war sie auch nur an der falschen Stelle. Die Stadt war unverkennbar in verschiedene Viertel mit Wohnkomplexen aus den Sechzigerjahren unterteilt, die durch Tankstellen und Grünflächen mit jungen Bäumen aufgelockert wurden. Wo wohl die Wohnung von Tami und den Kindern lag?

Sie zog ihr Handy hervor und gab die Adresse in die Karten-App ein. Blokland 44, zweite Etage rechts. Sie lag direkt neben dem Bahnhof. Liv lächelte und steckte das Handy zurück in die Tasche. Dann war die Mitfahrgelegenheit vielleicht doch nicht so dumm gewesen.

Eine Viertelstunde später stand sie vor dem Haus. Sie wusste von Petter, dass die Wohnung seit Sonntag von zwei Bediensteten in Zivil überwacht worden war, die inzwischen jedoch verschwunden zu sein schienen. Die wenigen Autos, die an der Straße parkten, waren alle leer. Sie überflog die Namen an den Klingeln. Faizullah, Mørk-Hansen, Ansari. Im zweiten Stock links wohnte jemand mit Namen Skibby. Sie klingelte, und kurz darauf hörte sie eine heisere Frauenstimme durch die Sprechanlage.

»Komm einfach rauf, Schatz!«

Die Tür wurde aufgedrückt, und Liv stieg die Treppe hoch, während sie sich fragte, auf welchen *Schatz* die Nachbarin der Familie Ansari wohl wartete. Auf eine Tochter, einen Partner oder die beste Freundin? Auf wen auch immer, sie würde enttäuscht werden.

Liv erreichte die zweite Etage. Die Tür bei Skibby stand offen, und in der Wohnung lief zärtliche Motown-Musik. Wenn die Frau nur nicht auf einen Liebhaber wartete! Die Aussicht, eine Fremde in Unterwäsche mit einer Rose zwischen den Lippen zu überraschen, war trotz allem mehr, als Liv verkraften konnte.

»Hallo?«, rief sie durch die offene Tür. »Ist hier jemand?«

Schritte näherten sich, und eine Frau erschien in der Tür. Sie war um die fünfzig, hatte die Haare zu einem hohen Pferdeschwanz gebunden und viele kleine Falten um den breiten Mund. Zum Glück trug sie Sportsachen und keine Spitzenunterwäsche. Als sie Liv sah, musste sie lachen.

»Mein Gott, wer sind Sie denn? Ich habe gedacht, das wäre Sus, meine Freundin. Wir wollen zusammen joggen.«

»Das ist auch genau das richtige Wetter dafür. Ich habe selbst gerade einen langen Gang gemacht.« Liv schenkte der Frau ihr nettestes Lächeln. »Entschuldigung, dass ich einfach so bei Ihnen geklingelt habe, aber wie Sie wohl wissen, ist Ihrem Nachbarn etwas Schlimmes zugestoßen, und …«

»Das ist so schrecklich mit Tami und Cyrus! Wir stehen hier im Haus noch immer unter Schock.«

»Das ist verständlich. Sie Arme.«

Liv konnte sehen, dass das Mitgefühl ins Schwarze traf. Die Augen der Frau wurden innerhalb von Sekunden blank. Eine Katze kam zu ihnen herausstolziert, und die Frau bückte sich und nahm sie hoch, bevor sie an der Tür war. »Cirkeline haut gerne ab«, erklärte sie Liv und kraulte das langhaarige Tier im Nacken. »Ich habe auch schon zweimal mit der Polizei geredet.«

Liv machte eine bedauernde Handbewegung. »Ich werde nur fünf Minuten Ihrer Zeit in Anspruch nehmen, das verspreche ich. Wir schaffen das, bevor Sus kommt.«

Die Frau nickte und schien nichts dagegen zu haben, den Fall noch einmal durchzusprechen. Etwas sagte Liv, dass die Todesfälle zurzeit rund hundert Prozent der Unterhaltungen im Haus beherrschten.

»Schließen Sie bitte die Tür hinter sich, damit die Katze nicht abhauen kann. Wir können uns in die Küche setzen.« Die Frau ließ die Katze herunter und ging in die kleine Küche voraus. Kurz darauf verstummte die Musik, und sie rief Liv etwas zu.

»Mein Gott, haben Sie mir Ihren Namen gesagt? Entschuldigung, den habe ich schon wieder vergessen. Ich heiße Helle.«

Liv schaffte es, zu ihr zu kommen, ohne über die Katze zu stolpern, und stellte sich vor. Ohne Titel. Falls Helle davon ausging, dass sie von der Polizei war, war es nicht ihre Schuld.

»Setzen Sie sich einfach, ich war gerade dabei, mir einen Smoothie zu machen.«

Liv setzte sich an den kleinen, türkis angestrichenen Holztisch und sah zu, wie Helle Bananen mit Avocado, Apfelschiffchen und Eiswürfeln in einen Mixer gab. Als sie fertig war, füllte sie die dickflüssige Mischung in zwei Gläser und reichte Liv eins.

»Sie sehen so aus, als könnten Sie etwas Vitamin C gebrauchen.«

»Danke.« Liv trank einen Schluck. »Das schmeckt gesund.«

»Seit Neujahr habe ich jeden Tag so einen getrunken. Das hat mein Leben verändert, das kann ich Ihnen sagen. Ich habe acht Kilo abgenommen und bin bis zum Platzen voll mit Energie.« Helle nahm den Mixer auseinander und spülte die einzelnen Teile unter dem Wasserhahn. »Ivan im Parterre sagt, dass das die Hells Angels waren?«

»Die Hells Angels?«

»Ja, oder jedenfalls eine Rockergruppe. Wie heißen die anderen doch gleich?«

»Bandidos?«, kam Liv ihr zu Hilfe, und Helle strahlte.

Liv fuhr fort: »Ich glaube nicht, dass eine der Banden noch besonders aktiv ist. In der Zwischenzeit haben andere das Ruder an sich gerissen. Sagt Ivan auch etwas darüber, wen von ihnen die Rocker ermordet haben sollen und warum?«

»Beide, Tami und Cyrus! Man fällt nicht drei Tage, nachdem dem eigenen Vater die Kehle durchgeschnitten wurde, von einem Balkon, es sei denn, da läuft etwas Zwielichtiges. Das träumt man doch nicht einmal, dass so etwas bei den Nachbarn läuft. So eine anständige Familie!« Helle trocknete sich die Hände an einem hellroten Wischtuch ab. »Die arme Shirin, jetzt ist sie ganz allein.«

»Hoffen wir, dass ihre Mutter zurück nach Dänemark kommt. Kennen Sie sie?«

»Yasmin? Ein reizendes Mädchen, das kann ich Ihnen sagen. Immer ein Lächeln auf den Lippen, obwohl sie nie richtig gut Dänisch gelernt und nicht so viel gesagt hat. Ich habe mich oft gewundert, was sie mit so einem Stockfisch wie Tami gewollt hat. Ja, entschuldigen Sie …« Helle versuchte, beschämt auszusehen, aber es gelang ihr nicht so recht. Dafür war das Thema zu spannend. »Nein, ich übertreibe. Tami war in Ordnung. Der ganze Treppenaufgang hat zu seinem Vierzigsten zusammengelegt, um ihm etwas für seine Angelei zu schenken, so war das … Wir haben ihm ein Fischmesser geschenkt, in das haben wir *Loser* eingravieren lassen, erinnere ich mich. Anglerhumor, Sie wissen schon.«

Helle trank einen Schluck von ihrem Smoothie und seufzte vor Wohlbehagen. »Wenn Sie mich fragen, hatte seine Frau einfach zu viel Energie, um einfach nur Hausfrau zu sein. Yasmin hätte eine Ausbildung und einen Job haben sollen, aber das stand eben nicht in ihren Karten. Ich kann gut verstehen, dass sie die Nase voll hatte.«

»Hat sie mit Ihnen darüber gesprochen, zurück in den Iran zu gehen?«

Helle dachte nach. »Nee, nicht direkt. Ich war schon etwas enttäuscht, dass sie sich nicht mal verabschiedet hat.«

Liv zwang noch einen winzigen Schluck hinunter und musste husten. »Das hat eine sehr spezielle Konsistenz.« Sie räusperte sich. »Ist in den letzten Monaten oder Wochen hier irgendetwas passiert, das unüblich oder verdächtig auf Sie gewirkt hat? Etwas, worüber Sie sich gewundert haben?«

Helle sah auf ihre Hände hinunter, an denen die Finger in spitzen, hellroten Nägeln endeten, und verschränkte sie ineinander.

»Also, ich würde das nicht direkt verdächtig nennen, aber Tami wirkte in der letzten Zeit noch … erbärmlicher. Er hatte angefangen, ein paar unangenehmen Leuten seine Wohnung zur Verfügung zu stellen. Ich musste mehr als einmal rübergehen und sie bitten, die Musik leiser zu stellen. Vor einem Monat habe ich ihn frühmorgens im Treppenhaus getroffen, zumindest vor dem Mittagessen, und da stank er nach Alkohol. An einem ganz gewöhnlichen Werktag. Er hat dann so an meinem Ärmel gezogen, wie Männer das manchmal machen, Sie wissen schon, und etwas davon gesagt, dass ich immer so nett zu ihm gewesen sei.« Helle demonstrierte Liv das Ziehen am Ärmel. »Ich glaube nicht, dass er es böse gemeint hat, doch ich musste ihn schließlich wegstoßen. Da ist er richtig sauer geworden, so, wie Betrunkene das werden können.«

Helle trank von dem grünen Saft und schüttelte über ihre eigenen Worte den Kopf. »Am nächsten Tag hab ich bei ihm geklopft, und da konnte er sich natürlich an nichts mehr erinnern, hat sich aber trotzdem vielmals entschuldigt. Das war schon in Ordnung. Aber ich habe mir so meine Gedanken gemacht.«

»Was haben Sie gedacht?«

Sie zermalmte einen Eiswürfel zwischen den Zähnen. »Ja nun, ich habe mich gefragt, wo der nette persische Mann geblieben ist, den ich kennengelernt habe, als ich vor dreizehn Jahren hier eingezogen bin.«

*

Nima schaltete und suchte im Handschuhfach nach etwas gegen den schlechten Geschmack im Mund, fand aber nichts. Der Jagtvej war wie immer voll mit ungeduldigen Autofahrern, die in dem unmöglichen Versuch, schneller vorwärtszukommen, sehr dicht auffuhren. Er ließ den Mustang mitrollen, und sein Griff um das Lenkrad wurde fester, als könnten die Finger die Gedanken wegdrücken.

In Anbetracht der Mühe, die er sich machte, unter dem Radar zu fliegen, landete er auffällig oft in irgendeinem Scheiß. Er schaltete das Radio an, um den Klang der inneren Stimme zu übertönen, die ihm zu sagen versuchte, was für ein Loser er war. Wie Hannah ihn wohl sah? Ihre Strenge konnte einschüchternd wirken, doch ihr Blick war stets mild und warm, wenn sie ihn ansah. Interesse? Mitleid?

Im letzten Jahr hatte er ihre aufkeimende Romanze – oder was immer es war – abgebrochen, bevor sie zu etwas anderem hatte werden können. Damals war es ihm unklug erschienen, sich mit jemandem einzulassen, der in dem Hinterhof wohnte, in dem er arbeitete. Das könnte schnell kompliziert werden.

Nima blinkte und bog nach rechts in die Nørrebrogade

ab Richtung Stadt. Erst in dem Moment fiel der endgültige Entschluss, seine Mutter zu besuchen, bevor er in die Werkstatt fuhr. Er hätte tausend gute Gründe anführen können, es zu lassen, aber er wusste, dass es das Richtige war, und zurzeit übte er sich offenbar darin, das Richtige zu tun.

Shawarmaläden und hektische Leuchtreklamen lösten einander am Nørrebros Runddel ab. Nima fand die richtige Nebenstraße und parkte vor der kleinen Kirche, die seine Mutter oft verfluchte, weil es dort Gottesdienste und Suppenküchen für die Obdachlosen gab. Sie machten ihr Angst, wenn sie sich denn einmal zum Einkaufen hinauswagte, und es half nicht, dass Nima ihr zu erklären versuchte, dass es für diese viel schlimmer war als für sie.

Sie antwortete auch mit Misstrauen in der Stimme, als er jetzt klingelte, bis er sich zu erkennen gab.

»Mama, ich bin's.« Sein Farsi fühlte sich wie ein fremder Geschmack im Mund an, ungewohnt und kantig.

»Komm rein, mein Schatz!«

Ihre Freude war vorbehaltlos und machte ihm sofort ein schlechtes Gewissen. Natürlich war sie erschüttert, er hätte sofort kommen sollen.

Sie nahm ihn an der Tür in Empfang, klein und rund und immer älter, als er sie in Erinnerung hatte. Heute trug sie ein dunkelblaues Kleid, das ein wenig knitterte, und kleine Goldohrringe. Das Haar war zurückgekämmt und wurde von der schönen Hornspange gehalten, die sie von ihrer Mutter geerbt und als Andenken bei ihrer Flucht mitgenommen hatte. Der Lack blätterte von den Nägeln, sodass sie rosa Flecken hatten. Es sah wie eine fortgeschrittene Hautkrankheit aus.

Aber zumindest versuchte sie noch immer, auf sich zu achten, selbst wenn es immer schwieriger wurde.

»Entschuldige, dass ich nicht zurückgerufen habe, aber das war eine Wahnsinnswoche.« Nima ließ sich umarmen und auf die Wangen küssen. Er wusste, dass er mit ihr über die neusten Entwicklungen reden musste. »Hast du das von Cyrus gehört?«

Sie fuhr sich mit der Hand zum Mund.

»Sie haben ihn gefunden. Sie wissen noch nicht, was passiert ist. Ob es ein Unfall war. Aber er ... er ist auch tot.«

Sie begann zu weinen. Nicht diskret wie eine Erwachsene, sondern schluchzend und laut, ohne den Versuch, sich zusammenzunehmen.

Er legte die Arme um sie und blieb stehen, bis sie sich beruhigt hatte.

»Wir schaffen das, Mama. Shirin ist okay. Komm, setzen wir uns ein bisschen. Du musst keinen Tee machen, ich brauche nichts.«

Nima brachte seine Mutter zum Sofa und holte ihr ein Glas Wasser, setzte sich neben sie und ließ sie trinken und sich die Augen trocken wischen.

»Hast du mit jemandem zu Hause gesprochen?«

Zu Hause war immer noch der Iran, obwohl keiner von ihnen dort gewesen war, seit sie das Land um die Jahrtausendwende verlassen hatten – und sie vermutlich festgenommen würden, wenn sie es versuchten.

Sie schüttelte den Kopf. »Ich habe Yasmin geschrieben, aber sie antwortet nicht. Es ist, als wollte sie nichts mehr von uns wissen.«

»Sie wird schon kommen, wenn die Polizei sie erst ausfindig gemacht hat.«

Sie seufzte. »Alle reden von dem Mord. Man kann nirgendwo mehr in Frieden hingehen. Die Leute tratschen und sagen hässliche Dinge über Tami.«

»Was sagen sie denn?«

»Dass er nicht in die Moschee gekommen ist, weil er sich für seine Herkunft geschämt hat.«

»Ich komme doch auch nicht in die Moschee.«

Sie sah ihn vorwurfsvoll an. »Das ist etwas anderes!«

Nima bremste sich. Es bestand kein Grund, jetzt diese Diskussion aufzumachen.

»Leila hat angerufen und etwas über Tami erzählt ...« Sie senkte die Stimme, und er musste sich vorbeugen, um sie zu verstehen. »Du erinnerst dich doch an Leila Shafaei?«

»Nein.«

»Doch, das tust du. Leila, meine alte Freundin aus Tabiz. Die mit dem Café und den ganzen Katzen. Und dem Mann, der Krebs im Gehirn hat ...«

»Was hat sie über Tami gesagt?«

»Tami war auf einem Fest in dieser Vereinigung, du weißt schon, und Leila und ihr Mann waren auch da. Das war wohl im vorigen Jahr. Sie sagen, dass er betrunken war.«

Nima zog die Brauen hoch. »Das klingt nicht unwahrscheinlich.«

Sie tat es mit einer Handbewegung ab. »Das ist jetzt auch egal. Aber Leila hat erzählt, dass er damit geprahlt hat, in den Besitz von etwas sehr Wertvollem gekommen zu sein, das er irgendwo versteckt hätte.« Sie riss die Augen auf.

»Etwas, das viel Geld wert war?«

»Es klang so.«

»Mama, das war Betrunkenengerede. Tami war ein Lügner und ein Säufer.«

Sie blickte zu Boden und weigerte sich, seinen Blick zu erwidern.

Nima stand auf und ging zum Fenster, das auf den orangeroten Backstein und die sprossenlosen Fenster des Nachbarhauses hinausging.

»Es hört nicht auf, wahr zu sein, nur wenn wir so tun, als wäre es das nicht. Tami war einmal ein kluger und vielversprechender junger Mann, aber er ist als Alkoholiker geendet, das weißt du so gut wie ich, nicht?«

»Das weiß ich besser als jeder andere.«

Die Worte kamen so leise, dass er sich umdrehen musste. Sie sah plötzlich so klein aus, dass er sie in die Tasche hätte stecken können. Am liebsten hätte er auf sich eingeschlagen. Oder auf sie. Immer diese Wechselwirkung zwischen Wut und Schuldgefühl, es war zermürbend.

Er ging zu ihr und setzte sich wieder. Legte den Arm um sie und ließ sie den Kopf an seine Schulter lehnen.

»Mein Schatz.«

Sie nahm seine Hand und drückte sie. Er schloss die Augen und spürte, wie die Müdigkeit sich polternd näherte. Auf ihrem Rücken ritt eine Frage. Selbst wenn Tami das im trunkenen Zustand gesagt hatte, was in aller Welt konnte er versteckt haben, das wertvoll war?

*

Liv verließ Tamis Nachbarin mit dem sauren Geschmack von Gemüsesaft im Mund und einem vor Hunger rumorenden Magen. Sie sah sich um und entdeckte hinter dem Bahnhof einen blau angestrichenen Holzschuppen mit einem Kebabschild über der Tür und einer Eisflagge an der Seite.

Als sie vor dem Eingang stand, rief Petter an. Sie setzte die Kopfhörer ein und meldete sich.

»Was hatte deine SMS zu bedeuten?« Er klang gestresst, im Hintergrund konnte sie Leute reden hören.

»Dass der Leiter von Cyrus' Jugendclub ein paar suspekte Typen angerufen hat, nachdem ich die verschwundenen Drogen erwähnt hatte. Gab es für das Kennzeichen ein Match?«

»Kann man so sagen. Der Besitzer des BMW ist ein alter Bekannter. Ali oder Ali Baba, er gilt als Anführer der Al-Ghazaa-Bande.«

»Na also. Cyrus muss für sie gedealt haben.«

»Und vergiss nicht, wo sie agieren.«

Liv spürte einen Anflug von Resignation, während gleichzeitig das Adrenalin anstieg. »Brøndy Strand.«

»Jepp. Die Polizei von Vestegnen hat den Bandenchef befragt, aber natürlich nichts aus ihm herausgekriegt. Wir wissen, dass Cyrus am Dienstagabend von dem Gemeinschaftsbalkon im dreizehnten Stock eines Hochhauses im Tanumpark geworfen wurde oder selbst gesprungen ist, deshalb versuchen wir herauszufinden, wie er dorthin gekommen ist und ob jemand bei dem Sprung nachgeholfen hat. Da das Gebiet jedoch fest in Al-Ghazaa-Hand ist, wagt niemand zu reden, schon gar nicht, wenn er etwas gesehen hat.«

»Al-Ghazaa klingt nicht iranisch?«

»Nein, die meisten Bandenmitglieder haben palästinensische oder libanesische Wurzeln.« Jemand sagte etwas im Hintergrund. »Ich bin unterwegs. Danke, Liv, pass auf dich auf.«

»Immer.«

Liv öffnete die Tür zu dem Schuppen. Er war höchstens fünfundzwanzig Quadratmeter groß und eindeutig darauf ausgelegt, dass die Kunden ihr Essen kauften und wieder gingen. Es gab nur einen Tisch mit Stühlen und vier abgenutzte Barhocker an der Theke. Sie setzte sich auf einen davon. Hinter der Theke stand ein älterer Mann mit einer weißen Schürze und einem dünnen Schnäuzer, der die Mundwinkel traurig aussehen ließ. Er leerte gerade den Inhalt eines Eimers mit gemischtem Salat in einen Metallbehälter.

»Ein Durum mit allem, bitte.«

»Das Menü?«

Sie sah auf das Schild hinter sich. »Ja, bitte. Mit einer Cola. Ich esse hier.«

Er nahm die Bezahlung entgegen. Liv setzte sich wieder und holte ihr Handy heraus, öffnete YouTube und beugte sich über das Display. Das Essen kam nach weniger als einer Minute, und sie stürzte sich auf die Pommes frites und das Shawarmafleisch, ohne den Blick von ihrem Handy zu heben. Erst als sie halb aufgegessen hatte, ließ das Geräusch eines Automotors sie aufblicken. Vor dem Schuppen hielt ein dunkelblauer BMW im Leerlauf. Derselbe, der vor anderthalb Stunden dem Jugendclub einen Besuch abgestattet hatte. Durch die getönten Scheiben konnte man unmöglich etwas sehen, doch die Klänge von Westcoast-Rap aus den Neunzigern waren nicht zu überhören.

Liv hielt mitten in einem Bissen inne. Konnte das Zufall sein? Sie sah sich um, aber es gab nur den einen Eingang, den das Auto blockierte, und sie war allein und unbewaffnet. Wie auf ein Stichwort gingen alle vier Autotüren auf, und vier Männer stiegen aus. Sie waren einfach und teuer in Schwarz und Denim gekleidet, hatten kurze Vollbärte mit scharfen Konturen und trugen Sonnenbrillen und schwere Goldketten. Sie waren etwa so alt wie Liv, vielleicht etwas jünger, und ihre Bewegungen strahlten eine kontrollierte

Ruhe aus, die sie mehr einschüchterte, als Gesten das getan hätten. Die vier mussten nichts beweisen, hatten keine Show nötig. Das waren Profis.

Liv wandte sich wieder ihrem Telefon zu und versuchte, den Eindruck zu erwecken, vollauf mit ihrem Essen und ihrem Handy beschäftigt zu sein. Die Tür hinter ihr ging auf, und die schwache Klingel ließ den Mann hinter der Theke aufblicken.

Er strahlte. »Habibis!« Der ältere Mann trocknete sich die Finger an seiner Schürze ab und ergriff die ausgestreckte Hand von einem der Männer. »Was für eine schöne Überraschung!«

»Hey, Tevfik, können wir vier Menüs to go haben? Mit extra Chili, du weißt schon.«

Tevfik kümmerte sich sofort um das Essen. Liv hielt den Atem an. Ihr Hals schnürte sich zu, und die Vorstellung, noch etwas zu essen, war utopisch. Zwei Männer blieben in der Tür stehen, die anderen beiden rückten die Barstühle näher zu ihr hin und setzten sich. Ihre Schultern berührten Livs auf beiden Seiten.

»Siehst du dir den Kampf am Sonntag an?«

»Ein Heimspiel, right? Hmm, ich weiß nicht, ob ich eine Karte bekomme. Es gibt zu wenig Plätze im Stadion.«

»Tell me about it!«

Sie sprachen über Livs Kopf hinweg, als wäre sie überhaupt nicht da. Trotzdem hatte sie das klare Gefühl, dass die Botschaft für sie war.

»Die sollten mal nachdenken, weißt du. Sich um uns kümmern, die wir hier draußen wohnen und loyal sind. Weißt du, wer welche beschaffen kann?«

»Nee, Bruder, alle Karten sind weg, und niemand weiß was.«

»Weg?«

»WEG, Bruder!«

Livs Herz schlug so hart in der Brust, dass sie Angst hatte, man könnte es hören. Glücklicherweise verrieten ihre Hände sie nicht, die ruhig das Handy hielten.

Tevfik stellte eine Tüte mit Essen auf die Theke und nahm nach etwas Drängen die Bezahlung an. Die beiden Männer standen von den Barstühlen auf und gaben das Essen an den Mann weiter, der an der Tür wartete. Der links von Liv zog eine Serviette aus einem Plastikhalter und schnappte sich einen Kugelschreiber aus einem Becher neben der Kasse. Er schrieb acht Ziffern auf das Papier und schob es ihr unter die Nase. Sie merkte, wie er unten nach ihrer Jacke griff, und bemühte sich, nicht wegzurutschen.

»Es scheint, als ob du wüsstest, wo das ist, was uns fehlt. Ruf mich an!«

Die Männer waren gegangen und zurück im Auto, bevor Liv es wagte, von ihrem Handy aufzublicken. Sie konnte noch immer das Gewicht von deren Schultern gegen ihre spüren.

ERSTAUFNAHMELAGER SANDHOLM, FEBRUAR 1991

Der Rathausplatz liegt groß und plan im Februarregen. Der Verkehr rast an Tami und Milad vorbei, die gerade am Hauptbahnhof aus dem Zug gestiegen sind und an einem mythischen, aber geschlossenen Tivoli vorbeilaufen. Hinter den hohen Mauern ragen Turmspitzen und künstliche Berge auf und locken wie ein zweites Arkadien. Die beiden Jungen recken den Hals, um alles zu sehen.

»Wohnt da der König?«, fragt Milad und zeigt auf das Gebäude mit dem hohen Turm und der Uhr mit den Zeigern aus Gold.

»Nein, du Dummkopf, da sitzt die Regierung. Außerdem haben wir eine Königin hier im Land, keinen König.«

»Wir! Hör dir mal selbst zu, du scheiß Migrantenjunge. Du hast noch nicht mal Asyl bekommen und bist jetzt schon dänischer als die Dänen.«

Milad stupst ihn an, und er stupst zurück. Obwohl er manchmal ein bisschen dumm sein kann, ist es meistens lustig, mit ihm zusammen zu sein. Der Stadtbummel heute war seine Idee, eine Möglichkeit, das Taschengeld auszugeben, das sie sich verdient haben, indem sie den Mitarbeitern beim Schneeschaufeln und Saubermachen der Toiletten geholfen haben.

»Da ist es!« Milad zeigt über den Platz zu der Ecke, an der die Strøget anfängt. »Komm, da wollen wir rein.«

Tami kann gerade noch nach Milads Arm greifen, bevor er vor die Autos läuft, die auf dem H.C.Andersens Boulevard vorbeisausen.

»Wie wäre es, auf Grün zu warten, Mann!«

Sie stehen am Fußgängerübergang und warten, die Augen starr auf den Tempel ihrer Wollust gerichtet, die Hochburg der Träume: Burger King.

»Was können wir uns leisten?«

»Ich weiß nicht, wir müssen sehen. Wenn wir nur Geld für eine Sache haben, teilen wir, ja?«

Milad nickt. »Einen Milchshake?«

Tami brummt als Antwort. Er ist nicht so weit gefahren, um einen Milchshake zu trinken, mag aber auch nicht diskutieren. Wenn sie dran sind, bestellt er einfach das, was er haben will. Sein Englisch ist sehr viel besser als Milads, und an einem guten Tag wagt er es auch, sich an ein paar Worten Dänisch zu versuchen.

»Was machen die da?«

Vor dem Burger King steht eine kleine Gruppe Jungen in lose sitzenden Sportsachen, die Strümpfe über den Hosen und ausgetretene Turnschuhe an den Füßen. Auf dem Asphalt zwischen ihnen liegen zwei flache Umzugskartons, die zu einem provisorischen Tanzboden zusammengeschoben sind, und ein viereckiges Kofferradio spielt einen harten Beat. Tami schnappt die Worte Step in the arena *auf und nimmt sich vor, nach dem Song zu suchen, um ihn noch einmal zu hören.*

»Die tanzen.«

»Aber warum? Betteln die?«

»Nein. Die sind einfach jung.« Tami bleibt stehen und guckt den Tänzern zu, die sich abwechselnd in halsbrecherischen Stunts auf die Pappe werfen und einander mit Handzeichen und amerikanischen Redewendungen anfeuern. Passanten gehen vorbei und lachen, doch das scheint ihnen egal. Sie haben einander.

Allein die Vorstellung, so frei zu sein, dass dir die Meinung der Leute nichts mehr bedeutet …

»Komm jetzt, ich habe keine Lust, diesen Typen zuzusehen.«

Milad zieht ungeduldig an ihm, und Tami lässt sich in den Geruch des Burgerrestaurants nach Fritteuse und gebratenem Fleisch ziehen. Drinnen läuft auch Musik, aber weichere, von einer Frau gesungener Pop. Die meisten der kleinen gelben Tische sind von Jugendlichen besetzt, die essen, lachen und einander auf dem Schoß sitzen. Blonde Mädchen in engen Hosen und weißen Stiefeln. Sie sehen wie Schauspieler in einem amerikanischen Jugendfilm aus, wie sie lächeln, während sie Pommes frites essen und in alle Richtungen gucken, um zu sehen, wer zu ihnen hinsieht.

Die Jungen stellen sich in die Schlange an der Kasse und versuchen, die Schilder an der Decke zu lesen, doch es fällt ihnen schwer, sich zu konzentrieren. Milad starrt ganz offen ein Mädchen vor ihnen an, deren Hose aussieht, als wäre darauf gemalt worden. Tami muss ihn fest in den Arm kneifen, um seine Aufmerksamkeit zu bekommen.

»Was, verdammt?«

»Scht, benimm dich zivilisiert und sieh auf die Schilder. Was wollen wir bestellen?«

Milad räuspert sich und starrt auf die farbigen Fast-Food-Fotos. »Reicht es für Burger, Pommes frites UND Milchshake?«

Tami ballt eine Faust um die Geldscheine und Münzen in seiner Jackentasche, während er die Bestellung übt. Das Mädchen hinter der Theke trägt eine kurzärmlige Bluse und eine Mütze und bewegt sich effektiv wie ein Ninja zwischen Kasse, Wassersprudler und Kunden hin und her. Das Tempo lässt sein Herz rasen. Was kann als Schlimmstes passieren, fragt er sich, erkennt jedoch die irrationale Angst, mit der man nicht feilschen kann. Sie ist einfach da. Sie sind an der Reihe, und er beißt die Zähne zusammen und tritt an die Theke, während Milad einen Schritt hinter ihm stehen bleibt.

»Was kostet ein Whopper-Menü mit Cola?« Tamis Stimme ist laut und deutlich, und das Mädchen mit der Mütze antwortet sofort.

»Neunzehn neunundneunzig.«

So viel Geld haben sie nicht. Sie brauchen auch etwas für den Zug nach Hause, es ist zu gefährlich, schwarz zu fahren.

»Dann bitte nur eine Cola.«

Sie gibt die Bestellung in die Kasse ein und sieht ihn an. Er hält ihr das Geld hin und betet, dass es reicht, dass er sich nicht verrechnet hat. Das Mädchen nimmt einen Geldschein, zählt schnell die Münzen zusammen und gibt ihm einige zurück. Dann nimmt sie einen Pappbecher, füllt Cola hinein und reicht ihn ihm.

»Strohhalme sind da drüben.«

Sie nickt in Richtung einer Station mitten im Raum und wendet ihre Aufmerksamkeit dem Nächsten in der Reihe zu. Tami geht mit klopfendem Herzen und feuchten Händen durch das Restaurant, die Cola hoch vor der Brust erhoben wie eine Trophäe. In diesem Moment kann er alles.

»Nimm dir einen Strohhalm, wie sie gesagt hat, du Dummkopf.«

Milad macht, was er sagt, und folgt ihm gebeugt zu einem Tisch, der auf magische Weise frei geworden ist. Sie setzen sich, und Tami stellt die Cola mitten auf den Tisch, sodass sie beide drankommen. Milad stürzt sich sofort auf den Strohhalm und schließt die Augen.

»Das ist das Leben«, sagt er und starrt auf die Burger-Menüs am Nebentisch. »Eines Tages werden wir so was jeden Tag essen.«

Tami lächelt. Sein Magen ist eine Schildkröte, die sich in ihren Panzer zurückgezogen hat, der Appetit ist verflogen. Ein Schluck

Cola hilft nicht, etwas sitzt fest in seinem Hals, und er bekommt es nicht weg. Er räuspert sich und sieht aus dem Fenster den Passanten zu, die mit ihren Einkaufstüten vorbeigehen, ohne sich über irgendwas Sorgen zu machen. Seine Augen verschleiern.

»Was ist los?«

Milad sieht ihn verwundert an, aber er kann es nicht erklären. Es ist die Ahnung von Freiheit. Die Aussicht, erwachsen zu werden und selbst zu bestimmen. Aber es ist nicht nur das. Er hat Lust, Milad von den nächtlichen Verhörsitzungen in Baracke 19 zu erzählen, doch er wagt es nicht. Der Oberst erwartet, dass er den Mund hält, und Tami weiß es besser, als ihm zu trotzen. Und auf irgendeine schiefe Art hängt es damit zusammen, erwachsen und selbstständig zu werden.

Tami hat zu verstehen begonnen, dass es zwei Sorten von Menschen auf dieser Welt gibt: die, die zurechtkommen, und die, die das nicht tun. Tami weiß, dass er zurechtkommen wird. Er ist klug und raffiniert und wagt es, Chancen wahrzunehmen. Aber Milad … Er sieht seinen Freund an, der mit geschlossenen Augen Cola trinkt. Milad wird zugrunde gehen.

KAPITEL 15

Liv brauchte eine ganze Stunde, um mit der Linie B nach Hause nach Vesterbro zu kommen, und das lag nicht an der Bahn. Nachdem die vier Bandenmitglieder den Kebabschuppen verlassen hatten, blieb sie noch eine Zeit lang an der Theke sitzen, bevor sie es wagte aufzustehen. Der kurze Fußweg auf den Bahnsteig hinunter kam ihr unendlich vor, und sie konnte sich nicht entscheiden, ob es besser war, mit gesenktem Kopf auf ihre Füße zu sehen oder den Kopf hoch zu tragen. Sie entschloss sich zu Letzterem. Falls Ali und seine Männer auf der Lauer lagen, machte es ohnehin keinen Unterschied. Es war genauso naiv, wie wenn Frauen auf dem nächtlichen Heimweg den Schlüsselbund wie ein Messer in der Hand hielten.

Sie fand sich auf der falschen Seite des Bahnsteigs wieder und verpasste einen Zug, bevor sie endlich auf den vertrauten blauen Sitzen Platz nehmen konnte. Erst als sie Valby passiert hatten, konnte sie freier atmen. In Vesterport stieg sie aus und eilte nach Hause in die Kaalundsgade 6, über den Hof zu der kleinen Hintertreppe in den Keller. Doch als sie den Schlüssel aus der Tasche zog, hörte sie direkt hinter sich eine Stimme.

»Hallo!«

Der Schlüsselbund fiel auf den Boden und klirrte auf den Steinplatten. Liv schlug das Herz bis in den Hals. Sie drehte sich um und sah Lars Rørdam in einer bis zum Hals zugezogenen Windjacke direkt hinter sich im Garten stehen.

»Haben Sie zwei Minuten?«

Sie bückte sich nach dem Schlüssel und bekam ihre Atmung unter Kontrolle. Nichts lag ihr ferner, als einen Zeugen in einem Mordfall in ihre privaten Räume zu lassen.

»Was tun Sie hier, Lars?«

»Die Polizei hat sich auf mich eingeschossen. Was haben Sie denen erzählt?«

»Die Wahrheit.« Liv legte den Kopf schief. »Hätte ich das nicht tun sollen?«

»Und dann hat meine Schwester angerufen und gesagt, dass Sie vorbeigekommen sind …« Sein Zeigefinger zeigte wütend auf sie. »Sie brauchen sich keine weiteren Lügengeschichten auszudenken, ich kann mir nach ihrer Beschreibung ausrechnen, dass Sie das waren.«

Er ließ die Aussage halb wie eine Feststellung und halb wie eine Frage in der Luft stehen. Liv tat sie mit einem Schulterzucken ab.

»Ich brauchte einen Haarschnitt, und wir sind ins Gespräch gekommen. Ich frage Sie noch mal, was zum Teufel machen Sie in meinem Hof? Woher haben Sie überhaupt meine Adresse?«

Lars sah auf den Kragen seiner Windjacke hinunter. »Können wir reingehen und reden?«

»Um die Ecke ist ein Café, wir gehen dorthin.«

Sie versicherte sich, dass er ihr folgte, und steuerte die örtliche Cafébar an, die sie normalerweise mied. Sie war ihr zu hip, und sie wurde angestarrt, wenn sie eine Cola zum Frühstück bestellte. Doch sie lag nur zwei Minuten entfernt und brachte ihn aus ihrem Hof, das war im Moment die Hauptsache.

»Kaufen Sie sich einen Kaffee oder was Sie normalerweise trinken, und ich suche uns einen Tisch. Ich möchte nichts.«

Lars ging zu der Vitrine mit Backwerk, um zu bestellen, während sie zwei Barstühle am Fensterbord zur Vesterborgade ansteuerte. Um sie herum waren freie Plätze, doch sie saßen wie auf dem Präsentierteller, sollte der Naturpfleger auf dumme Gedanken kommen. Der Schock, ihn vor ihrer Wohnungstür anzutreffen, steckte ihr noch immer in den Knochen. War sie vom Regen in Albertslund nach Hause in die Traufe gekommen? Sie setzte sich und beobachtete, wie er sich an dem Deckel eines Pappbechers zu schaffen machte, bevor er zu ihr kam und den Kaffee vor sich hinstellte.

»Sie haben keine richtigen Tassen, nur Einmalbecher, was sagen Sie dazu? So eine Umweltschweinerei!« Er zog den Barhocker vor und schnitt eine Grimasse, als das Metall über den Betonboden schrammte. Setzte sich und sah auf die Krümel, die ein früherer Gast hinterlassen hatte. »Ich sag es Ihnen, man gewöhnt sich schnell daran, nicht in der Stadt zu wohnen. Dass Sie das aushalten.«

Liv verschränkte die Arme vor der Brust und sah ihn starr an. Er war ja wohl kaum von Vorsø bis Kopenhagen gefahren, um sie anzumeckern, dass sie sich von seiner Schwester die Haare hatte schneiden lassen.

»Was wollen Sie?«

Lars drehte den Pappbecher mit Kaffee einmal herum und drückte auf den Deckel, obwohl er bereits festsaß. »Ich weiß, wer Tami umgebracht hat.«

»Wer?« Sie zog die Brauen hoch. Kam jetzt ein Geständnis?

»Okay, das war vielleicht etwas zu forsch formuliert. Ich

habe keinen Namen, aber so gut wie.« Er trank von dem Kaffee und verbrannte sich. »Tami hatte was gegen einen alten Bekannten in der Hand und hat den ausgenommen. Bekam so eine Art Halt's-Maul-Gebühr.«

»Was hatte er gegen ihn in der Hand?«

»Das weiß ich nicht.«

Liv studierte sein Gesicht. Er sah, wenn überhaupt möglich, noch müder und ungepflegter aus als letztes Mal. Und er sah aus wie jemand, der log. Wieder.

»Wie heißt der alte Bekannte?«

»Ich weiß, wie gesagt, keinen Namen, aber es war jemand, den er aus dem Sandholmlejren kannte.« Er gab ihr mit einem Schulterzucken zu verstehen, dass er nicht mehr wusste.

Liv sah das Bild von den Stühlen in dem Kreis vor sich, das Blut auf dem Boden. Ein über dreißig Jahre alter Tatort. »Und Sie sind den ganzen Weg nach Kopenhagen gekommen, um mir zu erzählen, dass dieser jemand es satthatte zu blechen und Tami deshalb die Kehle durchgeschnitten hat?«

»Ja.«

»Und was ist mit Cyrus?«

Seine Augen flackerten nervös. »Ich habe Ihnen keine fertige Lösung versprochen, es gibt viel, das ich nicht weiß.«

Liv nickte langsam. Es mochte durchaus einen Zusammenhang geben. Vielleicht hatte Cyrus den Täter auf der Insel gesehen und war ein paar Tage später in Brøndy Strand von ihm eingeholt worden.

»Warum gehen Sie mit dieser Information nicht zur Polizei?«

Sein Kinn legte sich unter den Bartstoppeln in Falten. »Das werde ich, wenn Sie das für eine gute Idee halten. Die waren nur ziemlich unfreundlich, da ich ihnen nicht erzählt hatte, dass Tami und ich uns kannten.«

»Die mögen es nicht, wenn man sie anlügt.« Liv sah über die Schulter, ob die Stühle hinter ihnen noch leer waren. Ali Babas dunkelbrauner Blick spukte noch immer in ihrem Hinterkopf herum. »Man könnte auch meinen, dass Sie hierhergekommen sind, um den Verdacht von sich abzulenken, indem Sie versuchen, ihn auf einen anderen zu richten?«

»Nein!« Er sah sie aus schmalen Augen an. »Ich versuche nur zu helfen! An dem Morgen, an dem Tami umgebracht wurde, habe ich Online-Poker gespielt. Ich habe ein Alibi.«

Liv legte einen Ellenbogen auf den Tisch und stützte den Kopf in die Hand. War dieses Alibi wasserdicht?

»Woher wissen Sie, dass Tami einen Bekannten in der Mangel hatte? Hat er Ihnen das selbst erzählt?«

Lars griff nach dem Kaffeebecher, überlegte es sich auf halbem Weg jedoch anders und ließ die Hand wie bei einem Abschied in der Luft hängen.

»Yasmin hat mir das mal erzählt.«

»Okay, jetzt bin ich verwirrt. Mit wem waren Sie eigentlich befreundet, mit Tami oder mit Yasmin? Oder mit beiden?«

Er drehte das Gesicht zur Vesterbrogade hin. »Sie war unglücklich in ihrer Ehe. Hat sich einsam und fremd in Dänemark gefühlt, hatte niemanden, mit dem sie reden konnte. Ich habe zugehört.«

Liv betrachtete Lars mit den roten Haaren und der breiten Stirn. Ein kantiger Mensch, schätzte sie, aber auch grobe Klötze haben Gefühle.

»Und dann ist sie zurück in den Iran gegangen?«

»Ich würde lügen, wenn ich sagen würde, dass mich das

nicht schockiert hat, aber ich habe sie verstanden. Eine Scheidung in dieser Kultur ist nicht das Gleiche wie in unserer.«

Liv kniff die Augen zusammen. So, wie sie das verstanden hatte, war gerade die Familie Ansari eher progressiv und modern. Eine Scheidung wäre wohl akzeptiert worden.

»Wissen Sie, wo sie heute ist?«

»Nein. Sie ist nach Isfahan gereist, doch ob sie immer noch dort ist, weiß ich nicht.« Er schlug die Augen nieder. »Es ist im Sande verlaufen.«

Liv zog ihr Handy hervor. »Jetzt sage ich Ihnen mal, was wir machen. Ich rufe Petter Bohm an und kündige ihm an, dass Sie auf dem Weg nach Teglholmen sind, um eine neue Zeugenaussage zu machen, okay?«

Er nickte, ohne den Blick zu heben.

»Wenn Sie ein Alibi haben, haben Sie nichts zu befürchten.«

Sie tippte Petters Nummer ein und wollte gerade anrufen, als Lars etwas murmelte. Die Worte waren kaum über die Gespräche im Café und den Lärm der Kaffeemaschine hinweg zu hören.

»Ich hatte nichts gegen Tami, er hat mir leidgetan.«

»Ihnen leidgetan?«

Lars lächelte resigniert. »Tami hat Yasmin geliebt. Es hat ihn zerbrochen, dass sie ihn verlassen hat. Ich bin selbst verlassen worden …« Er leerte seinen Becher und sah kopfschüttelnd die Pappe an, die jetzt weggeworfen werden würde und den Planeten verunreinigte. »Er war einer der wenigen Menschen auf der Welt, mit dem ich mich in irgendeiner Form verwandt gefühlt habe.«

*

Nima drehte den Sender P2 lauter, beugte sich über den Motor des Cadillacs und versuchte, in den Rhythmus zu kommen. An guten Tagen konnte er in die Reparaturen eintauchen, sodass die Zeit verflog und er sogar das Mittagessen vergaß. An schlechten Tagen hatte er das Gefühl, wie blind über eine Mauer hinweg nach einer Öffnung zu tasten, von der er wusste, dass sie da war. Er machte sich keine Hoffnungen, heute einen guten Tag zu haben, doch vielleicht konnte die Arbeit die Gedanken von Cyrus' verstümmelter Leiche ablenken, die jetzt im Teilum-Gebäude lag. Wenn auch nur für eine Stunde.

»Hallihallo!«

Er wäre fast mit dem Kopf gegen die Motorhaube geknallt und fluchte vorsichtshalber. Als sein Kopf wieder frei war, sah er Liv dastehen und neugierig das Auto betrachten.

»Ist das ein Brougham?«

»Ich vergesse immer wieder, dass du was von Autos verstehst. Jahrgang?«

Sie runzelte die Stirn, während sie nachdachte.

»1990?«

»1991! Super.«

»Danke, danke.« Sie blieb mit den Händen in den Taschen stehen und sah ihn mit ihren ulkigen runden Augen an, die ihn an eine Kinderzeichnung erinnerten. »Nima, weißt du, ob es stimmt, dass dein Vetter einen alten Bekannten aus Sandholm erpresst hat?«

Er seufzte. Noch ein Nagel in Tamis Sarg. »Nein, dieses Gerücht habe ich bisher noch nicht gehört.«

»Es kommt angeblich von seiner Ex-Frau, vielleicht wollte sie ihm auch nur schaden ...«

»So ist Yasmin nicht. Aber sie kann natürlich trotzdem die Situation missverstanden haben ... Kannst du mir mal die rote Zange aus dem Kasten da geben?« Sie tat, worum er sie gebeten hatte, und er zog vorsichtig an einem Kabel, das am Metall festgerostet war. Es knackte. »Verdammt!«

»Muss da nicht erst etwas Öl dran, bevor du versuchst, es zu lösen?«

Er sah sie wütend an. Gute Ratschläge von Amateuren! Er griff an ihr vorbei in den Werkzeugkasten und bekam einen Schraubendreher zu fassen, mit dem er etwas von dem Rost abkratzen konnte.

Sie ließ ihn in Frieden arbeiten, blieb aber stehen und sah auf seine Hände, bereit einzuschreiten, sollte es nötig werden. Mit etwas Schweiß gelang es ihm, das Kabel fast ganz intakt zu lösen. Er hob es triumphierend mit einem nicht ausgesprochenen *ha!* vor ihr hoch.

Liv lächelte.

»Ich bin im Sandholmlejren auf ein Bild von deinem Vetter gestoßen.« Sie nahm den Rucksack ab und kramte darin herum. Dann zeigte sie ihm das alte Foto, auf dem ein sehr junger Tami zusammen mit einer Frau und zwei erwachsenen Männern vor einer Baracke in Sandholm stand.

»Wie jung er da war!«

»Erkennst du einen der anderen auf dem Bild?«

Nima griff nach dem alten Foto und sah es sich genauer an. Zeigte auf einen Mann im Hintergrund.

»Hmm, der in der Türöffnung könnte Ihsan Shafaei sein, aber sicher kann ich das nicht sagen. Er ist noch sehr jung auf dem Foto, und ich bin ihm nur ein paarmal begegnet. Lustig, meine Mutter hat ihn heute auch erwähnt.«

»Shafaei passt meinen Informationen zufolge.«

»Meine Mutter ist mit seiner Frau befreundet. Sie betreiben ein iranisches Restaurant in Nordvest, wo wir hin und wieder gegessen haben. Aber das ist lange her.«

Liv packte das Foto weg. »Können wir da rausfahren? Ich würde ihn gerne etwas fragen.«

»Jetzt?« Er wühlte in der Tasche seines Blaumanns nach einer Lüsterklemme, von der er sicher war, dass er sie vor Kurzem dort hineingesteckt hatte.

»Und wenn er der Schlüssel zu dem Mord an deinem Vetter ist?«

»Wo habe ich das schon mal gehört?« Nima begegnete ihrem hartnäckigen Blick. Es gab nichts, wozu er weniger Lust hatte als zu einer weiteren Expedition mit der örtlichen Privatdetektivin, aber konnte er es sich überhaupt erlauben, Nein zu sagen?

»Ah, fuck, verdammt!«

Sie lächelte. »Ich gehe raus und warte bei dem Mustang, während du dich fertig machst.«

Nima folgte ihr mit den Augen, während sein Hirn nach möglichen Ausreden suchte, um nicht fahren zu müssen. Schließlich ging er jedoch in die Werkstatt, zog den Blaumann aus, wusch sich die Hände und stellte den Kaffee aus, den er gerade aufgesetzt hatte. Schloss ab, deckte den Cadillac zu und trat auf die Kaalundsgade hinaus, wo Liv an dem Mustang stand und auf ihr Telefon starrte.

»Dann lass uns fahren!«

Er knallte die Autotür hinter sich zu und sah sie mit einem ruhigen Lächeln auf den Lippen einsteigen, als hätte sie die ganze Situation unter Kontrolle und würde sich unendlich amüsieren. Er suchte nach einem Musiksender und drehte laut, um unterwegs nicht mit ihr reden zu müssen.

Bei der Kreuzung am Hulgårdsvej wurde er langsamer und scannte die Fassaden. Hundert Meter weiter stadtauswärts tauchte auf der linken Straßenseite das Schild auf. *Mazeh*, da war es schon. Das Restaurant lag an einer Ecke und hatte große Fenster, sodass man schon von außen sah, dass es drinnen etwas zu hell war, um gemütlich zu sein, und die Möbel eher nach Funktionalität als nach Stil ausgesucht worden waren. Plastiktische, die leicht abzuwischen waren, Stühle, die sich einfach stapeln ließen, und ein Büfett, auf dem Rechauds die Metallschüsseln mit Essen warmhielten.

»Da ist es.«

Er parkte, und sie betraten das halb leere Restaurant. Iranische Popmusik untermalte die sporadischen Gespräche an den Tischen wie ein etwas aufdringlicher Klangteppich. Die Kundschaft schien hauptsächlich aus Studenten und Familien mit kleinen Kindern zu bestehen, aber es war natürlich noch früh am Abend. Sie blieben unmittelbar hinter der Tür stehen und warteten, bis ein junger Mann mit einem Tablett mit Gläsern und Limonade aus dem hinteren Raum kam.

»Guten Abend, haben Sie reserviert?«

Er fragte auf Farsi, und Nima lächelte über die Frage. Eine Tischreservierung war hier ebenso unnötig wie ein Sonnenhut auf den Färöern.

»Wir möchten mit Ihsan Shafaei sprechen.«

»Der Chef ist in der Küche.« Der junge Mann nickte in die Richtung, aus der er gekommen war, und ging mit dem Tablett weiter zu einem der besetzten Tische.

Leila Shafaei stand über ein Schneidebrett gebeugt und schnitt Paprika, sie war klein und zierlich und verschwand fast in der Kochjacke.

Er räusperte sich und sah ihre braunen Augen vor Wiedersehensfreude aufleuchten. Sie breitete die Arme aus.

»Mein Gott, ist das nicht Nima Ansari? Das ist ja Ewigkeiten her. Komm her und lass dich küssen!« Er bückte sich, sodass sie seine Wangen mit schmatzenden Küssen bedecken konnte. »Das ist so schrecklich mit deinem Vetter und deinem Neffen, Allah sei ihren Seelen gnädig.«

Nima nickte dankend.

»Es ist eine sehr schwere Zeit für die Familie. Vor allem, da wir nicht wissen, wer hinter den Verbrechen steckt.«

»Schrecklich, schrecklich.« Sie rang ihre Hände.

Er zeigte mit der Hand auf Liv. »Liv ist Ermittlerin, sie hilft der Polizei herauszufinden, was zu Tamis und Cyrus' Tod geführt haben kann.«

»Guten Tag, Frau Shafaei.«

»Leila, bitte!«

»Eigentlich sind wir hier, um mit Ihrem Mann zu sprechen, hat er Zeit?«

Leila sah sie finster an. »Ihsan ist sehr krank, er arbeitet nicht mehr.« Sie zeigte auf die Kochjacke, wie um zu demonstrieren, wer an seine Stelle getreten war. »Er geht im Prinzip gar nicht mehr vor die Tür, kommt nicht einmal mehr hier ins Restaurant, das er so liebt.«

»Ich würde ihm gerne ein paar alte Bilder zeigen. Glauben Sie, dass er munter genug ist, dass wir ihn zu Hause besuchen?«

Leila schüttelte energisch den Kopf. »Man hat in seinem Gehirn eine Geschwulst gefunden, die inoperabel ist. Es ist schnell bergab gegangen. Er kann so gut wie nicht mehr sprechen.«

Liv entfuhr ein Fluch, und sie räusperte sich, um es zu verbergen.

»Vielleicht kann ich helfen?«, meinte Leila freundlich.

»Das glaube ich nicht. Die Bilder sind noch aus dem Sandholmlejren …« Liv sah sie hoffnungsvoll an.

»Mein Mann hat nie viel von der Zeit erzählt …«

»Natürlich nicht«, beeilte sich Nima, sie zu beruhigen. Sie knöpfte den obersten Knopf ihrer Kochjacke auf und lächelte vor sich hin.

»Mir gegenüber hat er eigentlich nur eine einzige Person von damals erwähnt. Sie waren wohl sehr enge Freunde. Er hat ihn den Oberst genannt.«

*

Der Mustang hielt am Værnedamsvej, und Nima ließ Liv aussteigen. Er machte einen seltsam beschwingten Eindruck, als sie sich verabschiedeten, und sie fragte sich, ob er einfach froh war, sie los zu sein, oder ob auch er etwas von dem Kraftstoff spürte, der sie antrieb. Den Schwung, die Neugier, die gestillt wurde, die Türen, die aufschwangen. Die Magie der Ermittlung.

Sie eilte die kleine Straße hinunter zum *Café Granola*. Johan saß an einem Tisch an der Tür, doch als er sie sah, sprang er auf und kam ihr entgegen.

»Hey, Kleine, gut, dich zu sehen!«

Er hob Liv in einer Bärenumarmung hoch, die sie sich von niemand anderem gefallen lassen hätte. Eine von denen, bei denen nur noch die Zehen Verbindung zum Boden hatten.

Sie ließ sich von ihm die Luft aus dem Körper drücken und wunderte sich, dass sie bei Johans Berührung nicht den Widerwillen spürte wie bei nahezu allen anderen. Er war auf eine solch natürliche Art Teil dieser Welt, die sie ungemein beruhigte. Johan war genau der, für den er sich ausgab. Das konnte man nicht von vielen Menschen sagen.

»Lass mich runter, du Klotz.«

Lachend ließ er sie los und strich sich über seinen neu gezüchteten Bart.

»Wie findest du ihn? Gitte hasst ihn.«

»Ich auch.«

»Dann bleibt er!« Er zeigte auf eine Ecke. »Wir sitzen da drüben. Wenn ich die harte Bank nehme, kannst du den harten Stuhl haben, okay?«

Jetzt war es an Liv zu lachen. Sie hatte geahnt, dass das *Café Granola* im Værnedamsvej mit seinem durchdesignten coolen Kopenhagener Fünfzigerjahre-Interieur nicht so ganz Johans Geschmack entsprechen würde. Er war mehr für gepolsterte Sitze, Spareribs und Musik aus den Neunzigern. Das war sie auch. Doch vielleicht tat es ihnen beiden gut, ihre kulturellen Vorlieben auch mal infrage stellen zu lassen.

Johan überflog die Karte und sah sie mit großen Augen an.

»Uha, Sardellen oder Kaiserhummer, da fällt die Wahl schwer.«

»Sie haben auch Rib Eye Steak mit Fritten, falls dir das alles zu hip ist, du Bauerntrampel.«

Er lachte wieder. »Das wird die Kinder wohl das für sie Angesparte kosten, aber wir nehmen ein Steak.« Er erwischte einen Ober und bestellte zwei Steaks und Bier für sie beide, dann legte er die Speisekarten weg und lehnte sich zurück, sodass er die Ellenbogen auf die Rückenlehne stützen konnte. Machte den kleinen Klicklaut mit dem Mund, der sein ganz persönlicher Tick war. »Na, Liv Jensen, wie läuft es so in der Privatdetektivbranche?«

»Ich kann nicht klagen, die spannenden Aufgaben strömen nur so herein.«

Johan zog eine Braue hoch. »Komm, sei ehrlich!«

»Die Arbeit kann wohl nicht immer gleich viel Spaß machen.«

»Das hast du in Aalborg aber behauptet. Eigentlich glaube ich, dass ich noch nie einem Ermittler begegnet bin, der seine Arbeit so sehr geliebt hat wie du.«

Sie zuckte mit den Schultern. »Was soll ich sagen, die Liebe ist verblasst.«

Ein Ober kam mit ihrem Bier, und Liv schenkte ein und stieß mit Johan an. Sie wusste, dass er ihr ihre Erklärung nicht abnahm. Er bohrte nicht zum ersten Mal, warum sie vor einem Jahr ihren Job gekündigt und Nordjütland den Rücken gekehrt hatte. Bis jetzt hatte sie standgehalten. Aber das Thema tat immer noch weh.

»Um ganz ehrlich zu sein, habe ich Schwierigkeiten, über die Runden zu kommen. Ich bin mit der Miete im Rückstand.«

»Scheiße, das tut mir leid zu hören.« Er schnitt eine mitfühlende Grimasse.

»Stopp! Wenn du mich bemitleidest, gehe ich nach Hause.« Liv lachte, um ihren Worten die Spitze zu nehmen, und suchte nach einem unverfänglicheren Gesprächsthema.

Er kam ihr zuvor. »Malle ist befördert worden, hast du das gehört?«

Malle Fucking Johnsson. Wie ein Welpe, der alles mit seinem wedelnden Schwanz umwirft, drückte Johan unabsichtlich auf ihren wundesten Punkt.

»Letzte Woche. Polizeiobermeister, zwölf Jahre im Dienst. Man sollte nicht meinen, dass er schon so alt ist … Er hat der ganzen Wache Champagner ausgegeben.«

Es sauste in Livs Ohren, und sie merkte, wie ihr Körper versteifte. Sie saß fest wie eine Fliege in einem Klumpen

Bernstein. Wo sollte sie sich auch hinbewegen? Ihre beste Chance schien noch immer, die Zähne zusammenzubeißen und auf den Tag zu warten, an dem sie sich rächen konnte. Nur Rache würde helfen, kein Gespräch, kein Akzeptieren und kein Vergeben, nur Rache.

»Ah, da kommt unser Essen.«

Der Ober stellte die Teller und die Sauciere auf den Tisch und überließ sie mit einem »Guten Appetit« der Duftwolke. Liv tauchte eine Fritte in die Béarnaise und aß sie in zwei Bissen.

»Dem Duft fehlt es an nichts.« Johan goss einen halben Liter Soße über sein Rib Eye Steak und schnitt eine ordentliche Ecke ab. »Immer noch nicht bereit, darüber zu reden?«

»Nein.«

Er sah sie eine lange Sekunde an. Dann steckte er die Gabel in den Mund und kaute, nickte anerkennend und schnitt einen weiteren Bissen ab.

»Wie läuft es mit dem Alten? Wie ich gehört habe, gerät er ein bisschen ins Schlingern?«

»Petter? Wie meinst du das?«

Der Klang ihrer Stimme ließ ihn mitten in einem Bissen innehalten. »Wir hatten Besuch von einem der Kollegen aus Südost, der gesagt hat, dass er ein ganzes Team von Kriminaltechnikern versetzt hat.«

»Das klingt nicht besonders wahrscheinlich. Teilst du die Soße mit mir, oder ist die nur für dich?«

Johan reichte ihr widerwillig die Sauciere. »Habt ihr noch Kontakt?«

Liv ließ die Sauciere über ihrem Teller kreisen und kratzte sie mit der Gabel aus. »Ich habe gestern mit ihm zu Mittag gegessen.« Sie war erleichtert, dass sie das so kategorisch bejahen konnte. Jede Unterstellung, dass sie und Petter nicht mehr so eng waren wie früher, ließ sie die Krallen ausfahren.

»Er ermittelt zusammen mit Südost im Fall der Leiche auf Vorsø, nicht wahr? Der von dem Vater.«

Sie nickte und nahm sich noch eine Fritte.

»Bist du auch involviert?« Johan senkte den Kopf, sodass er ihren Blick einfangen konnte. »Liv Jensen, verdammt. Ich kenne dich! Hilfst du dem Alten bei dem Fall?«

Liv spülte das Bier in ihrem Mund hinunter und trocknete sich elegant mit dem Ärmel die Mundwinkel ab. »Darf ich dir etwas zeigen?«

Sie schob den Teller zur Seite und legte die beiden Fotos aus dem Sandholmlejren zwischen ihnen auf den Tisch.

»Das hier ist das Opfer von der Insel als Fünfzehnjähriger, als er in einem Asylbewerberheim gewohnt hat. Er steht mit zwei erwachsenen Asylbewerbern und einer Mitarbeiterin des Roten Kreuzes zusammen. Ich habe mit allen geredet. Primär, um sie zu fragen, ob sie eine Erklärung für das andere Foto haben.« Sie zeigte auf das Foto mit den im Kreis aufgestellten Stühlen. »Was siehst du?«

»Einen Verhörraum?«

»Genau!« Sie schrie fast. »Das scharfe Licht, die Aufstellung der Stühle, ich hatte genau die gleiche Assoziation. Das Datum des Fotolabors zeigt, dass das Foto aus der Zeit ist, zu der Tami im Lager gewohnt hat. Trotzdem weiß keiner etwas darüber. Das sagen sie jedenfalls.«

Johan schob ebenfalls seinen Teller zur Seite, zog sein Handy hervor und machte ein Bild von dem alten Foto. Er legte es auf den Tisch und zoomte es mit den Fingern heran.

»Da liegt alles Mögliche auf dem Boden. Das da sieht wie eine Taschenlampe aus, so eine Stableuchte. Und ist das ein Handtuch? Ein schwarzer Sack …«

Liv guckte mit, während Johan den Blick langsam über das alte Foto aus dem Lager schweifen ließ.

»Stopp, geh noch mal zurück. Was ist das?«

»Das Braune da? Ist das nicht noch ein Handtuch?«

Liv griff nach dem Handy und hielt das Display nah vor die Augen. Der Lappen auf dem Boden war braun mit einem bordeauxroten Streifen. Sie griff nach dem Gemeinschaftsfoto von Tami und den anderen und zeigte darauf.

»Schau mal!«

Johan sah mehrere Male zwischen dem Bild und seinem Display hin und her.

»Scheiße! Ich glaube, du hast recht.«

Der braune Lappen mit dem roten Streifen, der auf dem Boden neben dem dunklen Fleck lag, war kein Handtuch. Es war ein Pullover, und auf dem Gemeinschaftsfoto vor der Baracke trug Samir Vahman diesen Pullover.

KAPITEL 16

In der Küche in Vesterled summte es anheimelnd vor Leben. Zwei Jugendliche, die in der Einrichtung wohnten, hackten gerade Zwiebeln und rotes Fleisch für ein Pastagericht, aufmerksam beobachtet von einem Pädagogen, der in einem ungezwungenen, zurückhaltenden Ton Tipps gab. Hannah saß mit ihrem Arbeitscomputer am Esstisch hinter ihnen und folgte der Essenszubereitung mit halbem Auge. Es gab ihr ein sicheres Gefühl, dass die Stimmung hier so positiv und freundlich war. Shirin schien sich in der neuen Umgebung zu entspannen und wirkte bereits etwas gelöster als gestern. Wenn Nima nach dem Abendessen kam, um Hannah abzuholen, konnten sie ohne ein allzu schlechtes Gewissen zurück nach Kopenhagen fahren.

Sie trank einen Schluck von ihrer fünften Tasse dünnen Kaffees und freute sich, am Abend wieder einen Wein trinken zu können. Verdammt, wie abhängig man doch von Stimulanzien wurde. Kaffee, Wein, Zucker. Gut, sie rauchte zumindest nicht, dachte sie und erinnerte sich an den Zigarettengeruch, der Nima meist umgab. Nicht gerade antörnend, doch vielleicht konnte man ganz gut damit leben. In ihrem Alter hatte jeder schlechte Angewohnheiten.

»Was macht Shirin?«

Die Frage kam von dem Pädagogen. Ein jüngerer Mann mit Brille und strubbeligen Haaren, der den Eindruck eines durch und durch guten Menschen machte.

Hannah lächelte ihn an. »Sie nimmt ein Bad. Wir sind nach Store Heddinge geradelt und haben eine Haarkur gekauft. Sie hat sich darauf gefreut, sie auszuprobieren, deshalb glaube ich nicht, dass wir sie vor dem Essen zu Gesicht bekommen.«

»Das klingt, als hättet ihr einen schönen Tag gehabt«, stellte er fest und ging zurück zum Herd. Und das hatten sie. Im Grunde war sie ein wenig überrascht gewesen, wie schnell Shirin auf der Radtour aufgetaut war, wie gesprächig und geradezu lustig sie ein paarmal gewesen war. Sie hatten an einer Eisdiele gehalten, und Shirin hatte drei Kugeln Eis mit Sahne vertilgt, bis ihr das Eis an den Armen hinuntergelaufen war. Hannah hatte Nima ein Foto von dem Kampf mit dem Eis geschickt und war richtig stolz gewesen. Es war natürlich nicht ihr Verdienst, dass es Shirin besser ging, doch sie waren auf dem richtigen Weg. Und sie hatte teil daran. Das war ein gutes Gefühl.

Vor allem jetzt. Sie seufzte und wandte ihre Aufmerksamkeit wieder dem Bildschirm zu. Eine E-Mail der Chefärztin Irene Vedsøe ließ ihr Herz bis zum Hals schlagen, doch es war nur eine Erinnerung, sich zu dem bevorstehenden Wochenend-Workshop im Hotel *Marienlyst* anzumelden. Das kam nicht infrage, es würde ihr im Moment nichts bringen, außerhalb der normalen Arbeitszeit mit ihren Vorgesetzten zusammen zu sein.

Sie beantwortete zwei weitere Mails und fuhr den Computer in dem Moment herunter, in dem der Pädagoge die Jugendlichen aufforderte, den Tisch zu decken.

»Wir essen in fünf Minuten. Sagen Sie Shirin Bescheid?«

»Ja, sie dürfte inzwischen Schwimmhäute zwischen den Fingern haben.« Hannah schob den Laptop in ihre Tasche und ging den Gang hinunter zu Shirins Zimmer, klopfte und wartete.

Es kam keine Antwort, und als sie noch einmal geklopft hatte, öffnete sie die Tür einen Spaltbreit und rief.

»Shirin, wir essen jetzt. Bist du noch im Bad?«

Noch immer keine Reaktion. Hannah spitzte die Ohren, hörte aber kein plätscherndes Wasser, faktisch war überhaupt nichts zu hören. Sie öffnete die Tür ganz und sah ins Zimmer.

Das Zimmer war leer. Die Tür zum Badezimmer stand offen, es war ebenfalls leer.

Hannah ging hinein und legte die Hand an die Wand. Trocken. Der Boden war ebenfalls trocken und die neu gekaufte Haarkur ungeöffnet.

Sie drehte sich um und sah zum Bett, das unberührt mit der Bettdecke stramm über der Matratze dastand. Shirins Tasche hatte darauf gestanden, jetzt war sie weg. Und Shirin auch.

*

Liv ging durch den hellen Frühlingsabend nach Hause. In ihrem Kopf schwirrten die Gedanken an Verbrechen, die möglicherweise vor Jahrzehnten in einem Heim für Asylbewerber nördlich von Kopenhagen begangen worden waren. Doch als sie nach Hause zu dem Hinterhaus in der Kaalundsgade kam und sah, dass im Erdgeschoss Licht brannte, konzentrierte sie sich erst einmal auf etwas anderes. Sie würde die ausstehende Miete erst bezahlen können, wenn das Geld von der Kundin in Hellerup einging. Jan hatte noch immer nichts gesagt, aber es dürfte nur eine Frage von Tagen sein, bis er ungeduldig wurde. Vielleicht sollte sie besser den Stier bei den Hörnern packen und ihre Situation erklären, bevor sie zum Problem wurde.

Statt durch den Garten in ihre Wohnung zu gehen, stieg Liv die Steintreppe hinauf und klingelte bei ihrem Vermieter. Es dauerte eine Zeit, bis Jan Leon die Tür öffnete. Wie immer war er gut angezogen mit einem Hemd und einer dunkelbraunen Hose, und als er sie sah, leuchtete sein Gesicht in einem breiten Lächeln auf. »Guten Abend, kommst du uns besuchen?«

»Wenn du Zeit hast?«

Er sah sie mit einem Blick an, der sagte, dass er nichts anderes zu tun hatte.

»Wir haben bestimmt noch eine halbe Dagmartorte. Ich hole Teller, setz dich schon mal ins Wohnzimmer.« Er trottete in die Küche, und Liv ging in das große Wohnzimmer, in dem Jan Leon den größten Teil seiner wachen Stunden verbrachte, wie sie vermutete. Manche Räume sind so vergangenheitsgeschwängert, dass die Zeit in ihnen stillzustehen scheint. Jans Wohnzimmer war so einer.

Sie war überrascht von der Ruhe, die sie überkam, als sie sich auf das hart gepolsterte Plüschsofa setzte und das Porträt seiner verstorbenen Frau betrachtete, das neben dem siebenarmigen Leuchter hing. Alles hier war abgerundet und weich, als wäre die Einrichtung aus einer Zeit, in der es die Aufgabe eines Zuhauses gewesen war, die Bewohner in Sicherheit und Vorausschaubarkeit zu packen, und nicht die, edel auszusehen. Hier roch es muffig nach Staub und altem Papier, was Liv mochte.

Jan kam mit Geschirr und Servietten und deckte den Sofatisch. Die vom Alter krummen Finger wirkten in ihren

Bewegungen überraschend elegant, obwohl sie leicht zitterten.

»Du trinkst ja keinen Kaffee, aber vielleicht haben wir Saft im Kühlschrank. Kann ich dich dazu überreden, selbst nachzusehen?«

»Ich habe keinen Durst, aber wenn ich doch Lust darauf bekomme, hole ich ihn mir gerne.«

Liv sah ihm zu, wie er den Kuchen aufschnitt, gerührt, dass er sich daran erinnerte, dass sie keine warmen Getränke mochte. Er reichte ihr einen Teller und ging zu dem alten Kofferradio, aus dem wie gewöhnlich eine Sprechsendung knatterte.

»Lass mich gerade den Krach ausstellen.« Jan fand den richtigen Knopf und kam zurück zu der Sitzgruppe. Mit etwas Mühe ließ er sich in seinem blank gescheuerten Sessel nieder und griff nach seinem Teller.

Sie räusperte sich, um ihre Verlegenheit hinunterzuschlucken. »Ich muss dir etwas gestehen.«

Er sah von dem Kuchen hoch. »Geht es um die Miete? Pah.«

»Ja, aber …« Sie war verwirrt. Nichts überrascht einen mehr als eine Vergebung, um die man noch nicht gebeten hat. »Ich bin normalerweise niemand, der nicht rechtzeitig zahlt. Im Moment warte ich nur auf ein paar Zahlungen …«

Er tat ihre Erklärung mit einer Handbewegung ab. »Alles ist gut. Ich bin ein Menschenkenner, und du bist vertrauenswürdig. Du bezahlst, wenn du kannst.«

Liv blickte zu Boden.

»Hast du auch noch etwas Spannenderes zu erzählen? Ein paar Verbrechen, in denen du ermittelst?« Er zog die Brauen hoch.

Sie lächelte geheimnisvoll und biss in den Kuchen, während sie nach einem anderen Thema suchte, über das sie reden konnten. Auf dem Sofatisch lag eine schöne, in Leder gebundene Ausgabe des Korans auf Dänisch. Sie griff danach.

»Liest du darin?«

»Ja.«

»Aber …« Liv war einen Moment unsicher, ob sie sich in etwas Unpassendes hineinmanövrierte, ignorierte jedoch ihre Zweifel. »Bist du nicht Jude?«

»Deshalb kann ich mich doch trotzdem für andere Religionen interessieren. Der Islam ist in seiner ursprünglichen Form eine große und schöne Religion, aber wie alle anderen Religionen kann er hässliche Gesichter haben.«

Sie legte den Koran vorsichtig zurück auf den Tisch. »Weißt du etwas über die Islamische Revolution im Iran?«

»Nur das Grundlegende.«

»Das kannst du gern für mich zusammenfassen, wenn du magst.«

»Da hat wohl jemand in der Schule nicht aufgepasst.« Er sah sie streng an, doch es war nicht zu übersehen, dass er sich freute, gefragt zu werden. »Hmm, ich brauche wohl etwas Hilfe. *Salmonsens Konversationsleksikon* ist zu alt, das bringt uns nichts, aber vielleicht die Enzyklopädie. Bist du so lieb und holst *Den Store Danske* aus dem Regal?«

»Natürlich«, antwortete Liv. Sie stand auf und ging zu dem Regal.

»Da! Rechts. Das blaue Nachschlagewerk mit den roten Kreisen. Wir brauchen den Band für den Buchstaben I.«

Sie ließ die Fingerspitzen über die in Leder gebundenen Buchrücken gleiten. In ihrem Elternhaus in Rødovre standen keine Bücher, ihre Mutter hielt sie für Staubfänger. *Und wenn man sie ohnehin gelesen hat, besteht kein Grund, dass sie dastehen und Platz verbrauchen.*

»Das muss der hier sein. Band neun, von *Hostie* bis *Janteloven*.«

Sie brachte Jan das Buch, der es in seinen Schoß legte, aufschlug und zu blättern begann. Ein zufriedener Ah-Laut zeigte kurz darauf an, dass er gefunden hatte, was er suchte.

»Willst du die Kurzversion?«

»Ja, bitte.«

»Gut.« Er nahm einen Bissen Kuchen und putzte sich die Hände mit der blauen Papierserviette ab, sodass er dem Text mit dem Finger folgen konnte. »Der Iran, der bis vor knapp hundert Jahren Persien hieß, ist mehrere Tausend Jahre alt. Genau wie Dänemark. Bis 1979 war er unter dem Schah und der Pahlavi-Dynastie auch eine Monarchie … hmm, während der Sechziger- und Siebzigerjahre versuchte der Schah, den Iran zu modernisieren, unter anderem mit einem umfangreichen Reformpaket, das er die Weiße Revolution nannte. Die Reformen sollten den Feudalismus und das Analphabetentum abschaffen und den Frauen das Stimmrecht geben.«

Jan zog die Augenbrauen hoch, als wolle er sich versichern, dass sie noch zuhörte. Sie lächelte und nickte aufmunternd, und er fuhr mit seinem Bericht fort, unterstützt von dem Nachschlagewerk.

»Hier steht, dass der Schah den Ruf hatte, tyrannisch zu sein und eigenmächtig und autokratisch zu herrschen. Unter anderem unterhielt er einen Sicherheitsdienst, den SAVAK, der für seine Foltermethoden berüchtigt war.« Er blickte auf. »War das nicht auch der Schah, der Millionen verprasst hat, um sich selbst zum Kaiser zu krönen, und der mitten in der Wüste extravagante Feste gefeiert hat? Jedenfalls wuchs die Unzufriedenheit, und 1979 wurde er ins Exil verbannt. Im Jahr darauf wurde Ayatollah Khomeini als Leiter der Islamischen Republik eingesetzt, eine hundert Prozent auf dem Islam basierende Regierung. Leider erwies sich diese Regierung als mindestens genauso brutal und tyrannisch wie die des Schahs. Das Regime setzte eine umstrittene Revolutionsgarde mit Geheimagenten ein, um die strenge Handhabung religiöser Regeln zu sichern. Die Revolutionsgarde war der Vorläufer der berüchtigten Moralpolizei.«

Er schloss das Buch und sah sie neugierig an. »Warum willst du das wissen?«

Liv tupfte ein Stück Glasur mit dem Zeigefinger auf und ließ es auf der Zunge zergehen. »Hast du von dem dänisch-iranischen Mann gehört, dem am Wochenende die Kehle durchgeschnitten wurde?«

»Arbeitest du an *dem* Fall?« Jan riss die Augen auf. Er hatte Farbe in die Wangen bekommen.

»Zusammen mit der Polizei natürlich.« Sie legte bescheiden den Kopf schief. »Mehrere Spuren deuten darauf hin, dass das Mordmotiv weit zurück im Sandholmlejren zu finden ist. Aber ich weiß nicht, was da noch …«

»Spannend! Wenn ich jung wäre, würde ich auch Detektiv.«

Liv lachte und stand auf. »Danke für den Kuchen. Und für die Geschichtsstunde. Soll ich etwas in die Küche bringen?«

»Nein, nein, das mache ich schon. Die Götter wissen, dass ich nichts anderes zu tun habe.«

Sie blieb in der Tür stehen und drehte sich noch einmal um. »Wenn du Zeit hast, dich etwas einzulesen, würde ich gerne mehr über diese Revolutionsgarde hören. Aber es eilt.«

»Ja, gern. Wenn ich helfen kann?« Seine Augen leuchteten.

»Du kannst vielleicht mithelfen, einen Mordfall zu lösen.«

*

Als Nima in Køge von der Autobahn abfuhr, stellte er fest, dass er keine Zigaretten mehr hatte. Die Aussicht, zu rauchen und Tom Waits zu hören, hatte die Fahrt nach Stevns erträglich erscheinen lassen, doch jetzt musste er sich mit der Musik begnügen.

Nach dieser Höllenwoche brauchte er Raum zum Durchatmen, brauchte Rückenwind. Zumindest würde ihm Hannah auf der Rückfahrt Gesellschaft leisten, darauf konnte er sich freuen.

And it's time time time that you love …

Das Handy brummte erneut in der Jackentasche, sollte es doch klingeln, er konnte jetzt nicht drangehen. Der Besitzer des Cadillacs war sauer über die Verspätung und hatte bereits zweimal angerufen und sich beschwert. Es gab nicht so viele Werkstätten, in die er das Auto bringen konnte, sodass Nima die Unzufriedenheit nicht so schwer nahm, er mochte sich ihr nur nicht mehr aussetzen.

Er fuhr am Wasser entlang und durch Strøby Egede, das an eine alte Sommerhaussiedlung erinnerte, die sich zu einer richtigen Stadt mit modernen Reihenhäusern und einem Einkaufscenter entwickelt hatte. Er stellte fest, dass er spät dran war, und fischte das Handy aus der Tasche. Zu seiner Überraschung sah er, dass Hannah angerufen hatte – und nicht der Kunde. Er fuhr an den Rand und rief zurück, doch sie meldete sich nicht. Er gab die Nummer von Vesterled ein, drückte sich zu der richtigen Abteilung weiter und wartete, bis der Anruf von einer ihm unbekannten Stimme angenommen wurde.

»Mikkel.«

Nima bat darum, Hannah Leon zu sprechen. »Oder Shirin, wenn sie nicht gerade beschäftigt ist.«

»Ich sehe mal nach. Einen Moment.« Der Pädagoge legte das Telefon so, dass Nima dem Film folgen konnte, der im Gemeinschaftsraum lief. Etwas Amerikanisches mit vielen kurzen, witzigen Bemerkungen und darauf folgendem Konservengelächter.

Er versuchte, den Film einzuordnen, während er auf die Straße hinaussah. Das konnte eine Adam-Sandler-Komödie sein, dachte er, als sein Blick auf eine ältere Dame in einer leuchtenden Pilotenjacke auf einem Moped fiel.

»Sie ist im Moment nicht hier.« Der Pädagoge war zurück am Telefon. »Soll ich sie bitten zurückzurufen, wenn sie wiederkommt?«

»Wen meinen Sie?«

»Ja, Entschuldigung, ich meine Shirin. Hannah Leon sitzt im Büro und telefoniert, aber ich kann sie bitten zurückzurufen.«

Nima sah auf die Uhr, es war zehn vor neun. »Wo ist Shirin denn so spät noch?«

»Es ist alles in Ordnung«, beruhigte ihn Mikkel am Telefon. »Ihr Onkel hat sie vor einer halben Stunde abgeholt.«

*

Von Jan aus stieg Liv die Treppe in den dunklen Hintergarten hinunter, blieb stehen und atmete die Abendluft ein. Ihr war warm. Vielleicht hatte sie einen Kübel Eis im Gefrierfach, der ihre Körpertemperatur ein wenig senken und die Gedanken anstoßen konnte. Sie zog den Schlüsselbund aus der Jackentasche und suchte nach dem richtigen Schlüssel. Von der Kellertreppe war ein Knarren zu hören, das ungewohnte Geräusch ließ sie aufblicken. Sie konnte nichts Ungewöhnliches erkennen, nur die Töpfe mit Kräutern in ihren variierenden Stadien des Todeskampfes, die neben dem Geländer standen.

Es knarrte wieder. Das Geräusch kam unten von ihrer Eingangstür. Sie kniff die Augen zusammen und versuchte, die Schatten voneinander zu unterscheiden. Da bewegte sich etwas, schwang vor der Tür ganz leicht hin und her, sodass die Aufhängung knarrte.

Liv blieb stehen und beobachtete die Bewegung, ohne selbst ein Geräusch zu machen. Sie war nicht bewaffnet, doch solange sie sich still verhielt, war sie in der Dunkelheit schwer zu lokalisieren. Langsam drehte sie sich um sich selbst. Der Garten wirkte ruhig, doch sie konnte nicht sagen, ob sich jemand im Gebüsch versteckte.

War es das Fieber, das ihr einen Streich spielte?

Sie schlich zu der Kellertreppe und ging vorsichtig, Schritt für Schritt, zu der Tür hinunter. Der Gegenstand schaukelte im Wind, und die Aufhängung jammerte, es klang wie eine rostige Schaukel. Darüber hing ein scharfer Geruch nach Urin und Verwesung. Ihr kam ein hässlicher Gedanke. Sie versuchte, ihn wegzuschieben, warum sollte jemand so etwas tun?

Sie nahm ihr Handy heraus und schaltete die Taschenlampe ein, richtete den Lichtstrahl auf die Tür und sah das rot gestreifte Fell mit den Blutflecken. Pfoten, die schlapp in der Luft hingen, einen buschigen Schwanz.

Allan! Ihr vierbeiniger, halbwilder Freund. Livs Knie gaben nach, und sie ging in die Hocke, um nicht zu fallen. Stützte die Hände auf dem Beton ab und holte tief Luft, bis sie es wagte, wieder aufzustehen. Der Kater hatte eine Schlinge aus dünnem Nylon um den Hals, doch nicht das Erhängen hatte ihn das Leben gekostet. Jemand hatte ihm den Bauch aufgeschlitzt. Mit zitternden Fingern löste sie die Schlinge, sodass sie den Kater auf den Betonboden vor ihrer Eingangstür legen konnte.

Der Körper war steif, doch das Fell gab bei Livs Berührung nach und ließ ihn fast lebendig erscheinen. Sie streichelte ihm den Rücken und strich das Fell glatt. Der Blick war glasig und fern, das Leben hatte den kleinen Körper längst auf dem Weg in eine andere Dimension verlassen. Er hatte weder ein Halsband noch eine Ohrmarke, vielleicht gehörte er niemandem. Jedenfalls würde sie niemanden von seinem Tod unterrichten können.

Liv stand auf, zog ihre Jacke aus und legte Allan darauf, sodass sie ihn in den Armen tragen konnte wie ein schlafendes Kind.

Der Mond war eine abnehmende Sichel und schien kalt auf den Garten. Sie wickelte den Kater vorsichtig in ihre Jacke und legte ihn ins Gras, öffnete die Tür zu dem kleinen Schuppen an der Mauer und sah nach einem Spaten. Das Gute an so einer Wildnis war, dass niemand ein frisch gegrabenes Loch entdeckte. Sie stach den Spaten in die Erde, trat darauf und merkte, wie er unter ihrem Gewicht nachgab. Die Erde war schwer, der Schweiß trat ihr auf die Stirn und in den Nacken und tropfte schon bald von der Nase hinunter in das Grab, das sie gerade aushob.

Wer bringt eine Katze um? Ein Al-Ghazaa-Mitglied oder einer der dänisch-iranischen Männer, die sie in den letzten Tagen befragt hatte und die sie nun warnen wollten? Jahan,

Bahram, Samir. Oder war es die süße, lächelnde Nasrin, die das Ausspionieren auf das nächste Level gehievt hatte?

Verdammte widerliche Arschlöcher, dachte Liv und merkte, wie sich ihr Hals zusammenschnürte. Ungeachtet, wer ihr seid, ich werde euch finden. Sie stach den Spaten in die Erde und hob das Grab noch tiefer aus, der Puls schlug ihr bis zum Hals.

Über den trüben Verschwörungstheorien schwebte eine Tatsache: Samir hatte einen Pullover in dem Raum im Sandholmlejren zurückgelassen, der an einen Verhörraum erinnerte. Trotzdem hatte er jegliche Kenntnis von diesem Raum geleugnet, als sie ihm das Bild gezeigt hatte.

Außer Puste schnappte Liv nach Luft. Sie begann, den Umriss eines Mörders zu erahnen.

ERSTAUFNAHMELAGER SANDHOLM, MÄRZ 1991

Tami schließt die Augen vor dem grellen Licht. Nur einen Moment, eine gestohlene Sekunde für sich selbst nach einem unruhigen Tag. Der Block liegt in seinem Schoß bereit, und die Stühle sind in dem hintersten Zimmer der Baracke 19 im Kreis aufgestellt. Neben ihm sitzen Baba und Mirza und warten, während der Oberst den Gast des Abends holt. Sie sind still wie er selbst, und die Stille ist angenehm. Die Minuten fließen dahin wie ein Bach im Spätsommer und lullen ihn fast in den Schlaf.

Er denkt daran, wie er heute Morgen geweckt worden ist. An den Schrei aus dem Nachbarzimmer, der die Morgendämmerung in Stücke gerissen und ihn aus einem Traum vom Klettern in der Platane im Garten seiner Großmutter und vom Schwimmen über einen Sandboden in lauwarmem Meerwasser gezerrt hat.

Seine Zimmerkameraden sind aus den Etagenbetten geklettert, und zusammen sind sie im Nachtzeug und mit nackten Füßen nach nebenan gegangen. Der Schlaf, der sonst Tamis Kopf bis lange nach dem Frühstück schwer macht, ist von dem Anblick der Frau aus dem Nebenzimmer vertrieben worden. Sie saß auf dem Boden vor dem Fenster und schrie, ganz in sich zusammengefaltet, die Hände über dem Kopf. Um sie herum standen andere Frauen in Nachthemden und versuchten, sie zu beruhigen. In einem der Betten lag ein Säugling und schrie.

Die Gardinen waren zurückgezogen, der Stacheldraht ließ sich ein paar Meter weiter draußen in dem düsteren Märzmorgen erahnen und dahinter etwas, das sich bewegte. Tami trat einen Schritt näher und kniff die Augen zusammen. Eine kalte Hand griff nach seinen Eingeweiden. Direkt auf der anderen Seite des Zauns fuhr ein Panzer mit schweren Raupenketten vorbei, und aus dem Panzerturm guckte ein Soldat mit einem Helm, der die Kanone auf die tief hängenden Wolken am Horizont gerichtet hatte. In der Nähe waren Maschinengewehrsalven zu hören, die Frau schrie erneut.

»Sie ist aus Liberia«, erklärte eine ihrer Zimmerkameradinnen.

Tami und die anderen Männer wurden aus dem Zimmer gejagt und gingen zurück in ihre Etagenbetten, aber keiner von ihnen konnte mehr schlafen. Warum legt man eine Flüchtlingsunterkunft direkt neben einen Militärübungsplatz? Das grenzt an Boshaftigkeit, darin waren sie sich einig. Tami schwieg und lauschte der Unterhaltung.

Jetzt ist er müde bis ins Mark. Selbst die grelle Beleuchtung des Verhörraums kann ihn nicht wach halten. Er nickt ein und hebt ruckartig wieder den Kopf, öffnet die Augen und prüft, ob Baba und Mirza gesehen haben, dass er eingenickt ist, doch sie sitzen weiter ruhig da und warten.

Die Tür geht auf, und der Oberst kommt herein. Er sieht rank und frisch aus wie immer, lächelt und ist voller Energie. Bei ihm ist der Gast des Abends.

Tami richtet sich auf dem Stuhl auf, als er sieht, dass es Milad ist. Sie haben kurz Augenkontakt, sehen aber beide sofort weg.

»Setz dich hierhin, möchtest du Tee?«

»Ja, bitte.« Milad zieht die Jacke aus und setzt sich auf den Stuhl gegenüber Tami, sie nicken einander zu. Er hat nur ein altes, abgetragenes T-Shirt an und ist sichtbar nervös, seine Finger zittern, als er das Teeglas entgegennimmt.

Niemand stellt sich vor, die Stimmung ist gedrückt, obwohl der Oberst sein Bestes tut, sie zu heben. Er fragt Milad nach diesem und jenem, ob er sich im Lager eingelebt und ob er genug warme Sachen habe, doch die Atmosphäre im Raum ist noch immer gedrückt.

Der Oberst stellt sich hinter einen freien Stuhl und stützt sich auf die Rückenlehne.

»Also, Milad, fangen wir an. Weißt du, warum wir uns heute hier treffen?«

Milad schüttelt den Kopf.

»Du brauchst keine Angst zu haben, es gibt nichts, wovor du dich fürchten musst.« Der Oberst sieht sich in der Runde um, die anderen nicken. »Uns geht es nur darum, dich und deine Familie zu Hause zu beschützen. Deine Eltern sind noch immer in Teheran, richtig?«

»Ja.« Milads Stimme ist ganz dünn.

»Kharazmi, ich kenne sie gut. Dein Vater ist Journalist, nicht wahr? Deine Mutter Lehrerin. Wie sichern wir ihre Zukunft am besten?«

Milad blickt auf, seine Augen sind groß und verängstigt. »Sie haben einen Plan.«

Der Oberst nickt eifrig. »Gut, gut, lass ihn uns durchsprechen. Deine Eltern sind sehr exponiert, solange sie im Iran sind, das weißt du gut. Je früher sie herauskommen, desto besser.«

»Ich soll nicht darüber reden. Mein Vater sagt, dass ich mit niemandem darüber reden darf.«

Der Oberst geht um den Stuhl herum und setzt sich, sodass er Milad eine Hand aufs Knie legen kann.

»Dein Vater hat ganz recht. Man weiß nie, wem man vertrauen kann. Nimm deinen alten Nachbarn, Herrn Azimi, in dem blauen Haus neben dem deiner Eltern. Man sollte nicht meinen, dass er mit dem Regime zusammenarbeitet, nicht?«

»Das tut er auch nicht. Herr Azimi hat oft auf mich und

meine Geschwister aufgepasst, er ist ein guter Freund der Familie.«

Der Oberst klopft ihm aufs Knie und nickt bedauernd. »Man weiß nämlich nie, wem man vertrauen kann«, wiederholt er. »Gut, dass du rechtzeitig rausgekommen bist. Wie hast du das gemacht?«

Milad versucht, Tamis Blick einzufangen, doch der sieht auf den Block hinunter. Man spricht nicht über die Flucht, mit niemandem. Das ist zu gefährlich.

»Das möchte ich lieber nicht erzählen«, bekommt er hervorgestammelt, und Tami windet sich innerlich.

»Wie sollen wir unseren Brüdern und Schwestern helfen, wenn wir die Fluchtwege nicht kennen und an den Grenzen nicht die richtigen Kontakte haben? Wie sollen wir deine Eltern rausholen? Willst du sie dort sitzen und verrotten lassen?« Der Oberst steht auf und geht zum Fenster, öffnet es verärgert und lässt die eiskalte Luft herein.

Tamis Atem wird unter den Leuchtstoffröhren zu Dampf.

Der Oberst dreht sich um, jetzt lächelt er nicht mehr.

»Und wenn ich dir sage, dass wir ihnen helfen können zu flüchten? Praktisch und finanziell. Aber nur, wenn du uns hilfst.«

»Aber wie …?« Milad sieht verloren von einem zum anderen, doch die Männer auf den Stühlen verziehen keine Miene, und Tami wagt auch nicht, etwas zu sagen. Er kann sehen, wie Milad an den Armen Gänsehaut bekommt, bald wird er mit den Zähnen klappern.

Tami spürt einen Ansatz von Verachtung für ihn, ohne so recht zu verstehen, warum. Er tut ihm leid, aber er ist auch irgendwie schwach, wie er da sitzt und friert.

»Können wir nicht das Fenster schließen?«, fragt er, keiner antwortet. Das Schweigen ist so unangenehm, dass Tami sich selbst auf die Lippe beißen muss, um es nicht zu brechen. Mit einem

Witz, einem Lied, egal was, nur nicht diese aufgeladene Stille, die den Raum erfüllt.

Die Ohrfeige kommt so schnell, dass niemand sie kommen sieht. Am wenigsten Milad. Er greift sich an die Wange und bricht in Tränen aus.

Der Oberst schließt das Fenster und hockt sich vor ihn.

»Jetzt benimmst du dich wie ein großer Junge, Milad. Das hier ist wichtig. Es geht um das Überleben deiner Familie.«

»Ja.« Milads Stimme ist dünn und schwach.

»Fang mit dem Anfang an und lass kein Detail aus, auch nicht die Namen derer, die dir bei der Flucht geholfen haben.«

Der Oberst schielt zu Tamis Block und Stift hin.

»Bist du bereit, mon ami?«

FREITAG, 12. MAI

KAPITEL 17

Am Freitagmorgen erwachte Liv zu Vogelgesang und mit schlechter Laune. Das Fenster im Schlafzimmer stand auf Kipp und ließ Sonnenlicht und Maidüfte herein, doch das Gewicht von Allan, dem toten Körper des rot gestreiften Katers, lag ihr wie ein Sandsack auf der Brust. Sie hatte den Kater daran gewöhnt zu kommen, sie hatte ihn gelehrt, Vertrauen zu haben.

Sie ging unter die Dusche, fluchte über den niedrigen Wasserdruck in Kopenhagen, der Nieselregen brachte, wenn man einen Wolkenbruch brauchte. Mit Shampoo in Haaren und Augen stand sie lange da, und als sie endlich aus der Dusche trat und sich in ein Handtuch wickelte, hatte sie rote Augen. Sie zog sich an, fand ein Stück Schnur und ging in den Hintergarten hinaus. Helle, zarte Blumen und summende Insekten, der Frühling kündigte neues Leben und Hoffnung an, doch in ihren Adern floss die Wut wie ein Gift.

Unter der großen Linde fand sie einen Ast, den sie in zwei passende Stücke brach. Sie band sie zu einem kleinen Kreuz zusammen, das sie in die weiche Erde über dem Grab steckte, während sie ein Vaterunser murmelte. Die Zeremonie war albern und unzureichend zugleich, doch sie war das Einzige, was ihr einfiel. Sie klopfte ein letztes Mal auf die Erde, ging zurück in die Wohnung und nahm das Handy aus der Aufladestation.

Nima hatte ihr am Abend zuvor eine unheilverkündende Nachricht geschickt mit dem Wortlaut: *Shirin ist verschwunden! Polizei hat neue Suchaktion eingeleitet*. Sie rief ihn an, doch er meldete sich nicht.

Petter antwortete auch nicht, deshalb kramte sie stattdessen in der Tasche nach der Serviette, die der Anführer von Al-Ghazaa ihr tags zuvor zugesteckt hatte. »Ruf mich an«, hatte er gesagt, und warum eigentlich nicht? Liv rief an.

»Ja?«

»Spreche ich mit Ali?«

»Wer bist du?« An seinem Ende der Leitung war Hintergrundlärm zu hören, als wäre er in einer Waschstraße oder einer Metallblechfabrik.

»Wir sind uns gestern in dem Kebabschuppen in Albertslund begegnet …«

Der Lärm verschwand wie durch Zauberei. »Weißt du was?«

»Nein. Ich weiß nicht, wo deine … Ware ist. Aber ich habe deinen Gruß bekommen.« Livs Stimme troff vor Wut. »Das war nicht einmal meine Katze, du Arsch.«

»Von was für einer Katze redest du?« Er klang fast, als amüsierte er sich.

»Wirklich fucking classy, ein unschuldiges Tier umzubringen, um mir eine Nachricht zu schicken.«

»Hör mal zu, meine Dame.« Ali klang nicht mehr, als würde er sich amüsieren. »Weißt du oder weißt du nicht, wo meine Ware ist?«

»Ich habe nur versucht, euch hinterm Busch hervorzulocken.«

»Auf diese Weise?« Er nahm den Hörer näher an den Mund und sprach leiser. »Ich weiß nicht, warum du es für eine gute Idee hältst, die Clevere zu spielen und mich anzurufen und zu beschimpfen. Aber lass mich dir eins erklären. Das kannst du gern an deine Polizeifreunde weitergeben, wenn du meinst: Ich habe weder deine Katze noch Ansari senior und junior umgebracht. Es ist nicht unser Stil, quer durchs Land zu reisen und auf diese Weise Leute abzuschlachten, sorry. Das könnt ihr glauben oder es lassen, mir ist das so gesehen gleichgültig. Aber ihr vergeudet eure Kräfte, indem ihr mir ans Bein pinkelt.«

Bevor sie antworten konnte, hatte er aufgelegt. Das Adrenalin pumpte durch ihren Körper, es hatte sich gut angefühlt zu schimpfen. Leider klang die Erklärung des Bandenführers in ihren Ohren wahr. Sie glaubte ihm.

Liv ging zum Kühlschrank und holte eine Cola heraus, vor allem, um an etwas anderes zu denken als an den Kater. Das Geräusch der Dose, die geöffnet wurde, war so selig machend wie eine Meditationsglocke. Doch als es verklungen war, glomm die Wut über den misshandelten Kater wieder auf.

Sie wusste, dass es nichts brachte, Samir, Tamis alten Bekannten aus dem Sandholmlejren, anzurufen und ihn am Telefon über tote Katzen, alte Pullover und Verhörräume auszufragen. Er war so aalglatt, dass sie ihn face to face konfrontieren musste, wenn sie die geringste Chance haben wollte, zu ihm durchzudringen. Vielleicht konnte sie Petter überreden, mit nach Tvingstrup zu kommen, wenn das Mädchen hoffentlich bald wieder auftauchte.

Doch im Moment blieb ihr nur eine Möglichkeit, schnell klüger zu werden. Sie musste herausfinden, was damals im Sandholmlejren vorgefallen war. Die Spuren zogen sich weiter in der Zeit zurück und zu der Insel.

*

»Ich verstehe immer noch nicht, wie das passieren konnte. Ist der Sinn einer sicheren Einrichtung nicht genau der, dass die Kinder in Sicherheit sind?« Nima rieb sich das Gesicht mit beiden Händen und schielte zu Martha Hoxer hin, der Gemeindevertreterin, die neben Petter Bohm auf der anderen Seite des ellipsenförmigen Tischs in dem Besprechungsraum saß.

»Wie zum Teufel kann meine Nichte einfach verschwinden?«

»Das ist wirklich unter aller Kritik. So etwas darf nicht passieren!« Petter drehte die Hände in einer bedauernden Geste. Seine Gesichtsfarbe war so grau wie das zerzauste Haar und die Wolljacke, die schief um die breiten Schultern hing. »Aber ich kann Ihnen versichern, dass wir alle nur möglichen Fahndungsmöglichkeiten ausschöpfen. Die gesamte lokale Polizei sucht nach ihr, selbst die Presse und die Anwohner um Stevns haben ihre Hilfe angeboten. Wir finden sie!«

»Genau, wie Sie sie letztes Mal gefunden haben? Genau wie Sie Cyrus rechtzeitig gefunden haben?« Nima spürte die Ohnmacht wie eine Messerspitze hinter dem linken Auge.

»Es besteht doch auch die Möglichkeit, dass sie abgehauen ist. Wieder …« Martha sprach ruhig, und er hatte Lust, etwas umzuwerfen. Er legte die Hände flach auf den Tisch.

»Nicht ohne die Hilfe eines Erwachsenen! Das Personal will mir nichts sagen. Könnten Sie also bitte so freundlich sein und mir erzählen, wie es passiert ist?«

Petter schielte zu der Gemeindevertreterin hin.

»Shirin ist ins Büro gekommen und hat gesagt, dass sie eine Verabredung mit Ihnen hat und dass Sie sie nach dem Abendessen abholen.«

Nima schüttelte den Kopf von einer Seite zur anderen und versuchte, die Worte zu verstehen. »Hannah hat in der Küche gesessen und geglaubt, meine Nichte wäre im Bad, warum hat niemand sie gefragt?«

»Da muss es zu einem Missverständnis gekommen sein«, schlug Martha vor.

»Einem Missverständnis!«

Petter sah in seine Notizen. »Wir können nicht sagen, ob Ihre Nichte wirklich geglaubt hat, Sie wollten sie abholen, oder ob sie gelogen hat. Um 18:15 Uhr ist sie jedenfalls durch die Schleuse hinausgegangen, um jemanden zu treffen, und nicht zurückgekommen. Sie hat ihre Sachen aus ihrem Zimmer mitgenommen.«

»Warum hätte sie fahren sollen, ohne Hannah etwas zu sagen?«

Petter machte eine ausladende Handbewegung. »Vielleicht hat sie angenommen, dass Sie Hannah Bescheid gegeben haben und Sie sich draußen am Auto treffen.«

»Shirin war schließlich aus freien Stücken dort«, sagte Martha und schob eine Locke zurück in den Knoten. »Es ist nicht Aufgabe des Personals, ihr hinterherzuspionieren, nur, ihr Schutz anzubieten.«

»Mir ist es völlig egal, wer die Verantwortung trägt, ich möchte lediglich wissen, wo meine Nichte ist. Ob sie in Sicherheit ist.«

Petter nickte verständnisvoll. »In Entführungsfällen vergehen selten mehr als ein paar Stunden, bevor die Polizei kontaktiert wird. Wenn wir länger als zwölf Stunden nichts gehört haben, deutet das darauf hin, dass sie freiwillig mitgegangen ist.«

»Aber mit wem? Alle, die Shirin kennt, sind tot.«

Der Polizist zuckte mit den Schultern. Nima lehnte sich

auf dem Stuhl zurück und verbarg das Gesicht wieder in den Händen, der Geschmack der Angst brannte ihm in der Kehle. Sie wussten beide, dass es am wahrscheinlichsten war, dass der Täter sie aus der Unterbringung gelockt hatte. Sie konnte jetzt auf dem Weg nach Zentralafrika sein, sie konnte gefesselt sein, sie konnte tot sein.

»Und was machen Sie, um sie zu finden?«

»Wir haben, wie gesagt, eine Fahndung im großen Stil in die Wege geleitet. Nutzen die Videoüberwachung aus dem gesamten Umkreis und putzen Klinken, haben Hubschrauber in der Luft und Hundepatrouillen am Boden.« Petter zählte an den Fingern mit. »Wir befragen die Bewohner und das Personal in Vesterled, kontaktieren selbstverständlich auch die Klassenkameraden und Nachbarn und überwachen die Wohnung in Albertslund und den Schrebergarten in Slagelse. Wenn innerhalb der nächsten Stunde keine brauchbare Information auftaucht, schicken wir eine Drohne raus und setzen Taucher im Wasser um Stevns ein.«

Nima sah ihn an und schüttelte langsam den Kopf. »Falls sie ertränkt worden ist, meinen Sie?«

»Ja.«

Die Antwort stand wie ein auf Rot festgefrorenes Stoppsignal in der Luft.

Martha von der Gemeinde legte ihm eine Hand auf den Arm.

»Das Personal hat den Eindruck, dass es Shirin etwas besser ging, obwohl sie nicht gerade begeistert war, in dieser Einrichtung zu sein, vielleicht ist sie also einfach abgehauen.«

Nima zog den Arm weg und sah Petter an. »Ohne Hannah etwas zu sagen?«

Petter zögerte. »Einer der Pädagogen hat ein Auto gesehen, das draußen vor dem Zaun gewartet hat. Leider außerhalb der Reichweite der Überwachungskameras.«

Nima blickte auf seine Hände, die flach auf dem Tisch lagen.

»Wir überprüfen natürlich über die Telefongesellschaft und die Funkmasten, ob Shirin ihr Handy wieder in Gebrauch genommen hat«, fuhr Petter fort.

»Sie hat kein Handy, das hat sie auf der Insel vergessen, als sie geflüchtet ist.«

Petter sah ihn verwirrt an, blätterte in seinen Notizen und räusperte sich in seine zur Faust geballte Hand. »Auf der Insel wurde kein Handy gefunden.«

»Vielleicht hat sie es auf dem Weg verloren.« Aber Nima wusste, dass das nicht stimmte. Shirin hatte ihm mit der aufrichtigsten Stimme erzählt, dass sie alle Sachen – einschließlich des Telefons – auf der Insel gelassen hatte.

*

Über mehrere Wochen hatte Hannah die Tage bevorzugt, an denen sie ins Rigshospital musste, doch heute war sie froh über die Teilzeitstellung, die es ihr erlaubte, zu Hause zu bleiben. Die Nacht war noch schlechter gewesen als die vorherige, geprägt von Albträumen und abruptem Aufwachen. Shirin war unter ihrer Aufsicht verschwunden. Das Letzte, wozu sie Lust hatte, war, sich auch noch mit Kasper auseinanderzusetzen.

Sie stellte den Wecker aus und erlaubte es sich, im Bett zu bleiben, bis die Kissenabdrücke auf den Wangen Narben glichen. Vor dem Aufstehen rief sie Nima an, aber er antwortete nicht. Die Internetzeitungen bestätigten, dass Shirin immer noch nicht aufgetaucht war.

Hannah zwang sich aus dem Bett und duschte lange. Die Rohre knackten und lärmten, und sie musste das warme Wasser andauernd hoch- und runterstellen, um nicht zu frieren oder verbrüht zu werden. Während sie sich Shampoo ins Haar massierte, ging sie ihre Möglichkeiten durch. Vor einer Woche hatte sie sich für eine Vollzeitstellung, einen Freund und einen Umzug in eine eigene Wohnung bereit gefühlt, jetzt war sie sich in keinem der Punkte mehr sicher. Selbst die Therapie, der direkte Kontakt zu den Patienten, der stets so natürlich für sie gewesen war, war in die Schusslinie geraten. Ihr Chef fand ihre Arbeit kritikwürdig und zweifelte an ihrem Engagement. Nach dem gestrigen Tag war sie geneigt, ihm recht zu geben.

Sie spuckte in den Abfluss und spülte sich die Seife aus dem Haar. Trocknete sich ab, zog sich an und band das nasse Haar zu einem Knoten zusammen. Als sie mit nackten Füßen in der Küche stand und Kaffeebohnen mahlte, tauchte Liv in der Tür auf.

»Guten Morgen, ich hatte das Vergnügen, gestern deinen Vater zu besuchen. Er ist ein kluger älterer Herr.«

Hannah lächelte ihr zu.

»Er schätzt eure *Zusammenarbeit* sehr.« Hannah setzte in der Luft Anführungszeichen um das Wort und sah Liv den Kopf schütteln.

»Er ist wirklich eine große Hilfe, ich sollte ihn auf die Gehaltsliste setzen.« Sie zeigte auf die Klappbank. »Hast du einen Moment?«

»Natürlich. Kaffee?«

»Nein, danke.«

Die Maschine gab einen fauchenden Laut von sich, der Kaffee war fertig. Hannah schenkte sich eine Tasse ein und setzte sich der jungen Privatdetektivin gegenüber. Liv flocht die Finger auf dem Tisch ineinander und sah sie ernst an wie eine Lehrerin, die den Dänisch-Hausaufsatz nicht rechtzeitig bekommen hat.

»Petter hat mir erzählt, dass du einen Tag und eine Nacht mit Shirin zusammen warst, bevor sie verschwunden ist?«

Hannah merkte, wie sie ihren Schutzwall hochfuhr. »Bist du in die Ermittlungen involviert?«

»Nicht direkt. Aber ich unterstütze die Polizei bei der Aufklärungsarbeit.«

»Ich habe gestern in der Einrichtung eine Zeugenaussage gemacht. Die Polizei hat alle Zeiten und Details bekommen.«

Liv nickte. »Das ist mir klar. Ich bin auch eher auf andere Informationen aus.«

»Die da wären?«

»Worüber habt ihr gesprochen?«

Hannah sah die Steilküste vor sich, die Kirche und den Wind, wie er nach Shirins dunklen Locken griff. Sie versuchte, die Unterhaltung durchzuspulen.

»Sie hat mir von ihrer Mutter erzählt, die aus Isfahan war und noch nie das Meer gesehen hatte, bevor sie nach Dänemark kam. Wir haben über den Schmerz gesprochen, verlassen zu werden, und darüber, jemanden zu vermissen.«

»Was hat sie über Tami gesagt?«

»Sie hat faktisch gesagt, dass sie ihren Vater nicht vermisst. Dass der Vater, den sie vermisst, vor vielen Jahren gestorben ist.«

Liv sah sie fragend an.

»Ein Kind, das so etwas über seinen Vater sagt …« Hannah suchte nach Worten, die am besten geeignet waren, es kurz und präzise zu halten. »Mein Gefühl ist, dass Tami Ansari getrunken und seine Kinder vernachlässigt hat. Vielleicht war er sogar gewalttätig, aber noch einmal: Das ist ein Gefühl, das auf wenigen Unterhaltungen basiert und auf nichts, das sie direkt gesagt hat.«

Hannah trank von dem Kaffee und spürte die Wärme nach unten durch den Körper strömen, während die Gedanken an die Oberfläche stiegen. Der Name in den Patientenakten der Abteilung.

»Einen Augenblick.« Sie stand auf und holte den Laptop aus der Rahmenwerkstatt, brachte ihn in die Küche und öffnete die Übersicht über die Krankenakten. Scrollte die alphabetische Namensliste herunter, bis sie bei Ansari war.

»Ich darf dir das hier nicht zeigen, eigentlich darf ich nicht einmal selber gucken, aber …« Sie drehte den Bildschirm zu Liv und zeigte auf den Namen. »Das ist eine sechsunddreißigjährige Frau, also ist es nicht Shirin, aber …«

Liv begegnete ihrem Blick. »Und du darfst die Krankenakten nicht aufrufen und sehen, wer das ist?«

»Nein.« Hannah stand auf und blickte zur Tür, drehte sich um und sah Liv an. Versicherte sich, dass sie verstand.

»Wenn du mich einen Moment entschuldigst? Ich muss eine Waschmaschine beladen.«

Sie ging ins Bad und schloss die Tür. Setzte sich auf den Rand der Badewanne und guckte auf die wohlbekannten Muster des Terrazzobodens, während sie lautlos zählte. Wenn jemand das überprüfte, würde die elektronische Spur immer noch zu ihr führen, aber moralisch war ihr Ruf in Ordnung. Mehr oder weniger. Und wer sollte eine vier Jahre alte Krankenakte überprüfen? Als sie bei hundert war, ging sie zurück in die Küche. Der Laptop war zugeklappt und Liv verschwunden.

Hannah legte eine Hand auf den Laptop. Er war warm unter ihren Fingern.

KAPITEL 18

Liv ging von Hannah in den Garten hinunter und stellte sich in dem hohen Gras an ein sonniges Fleckchen, um zu verdauen, was sie soeben gelesen hatte. Im November vor vier Jahren hatte Yasmin Ansari die 112 angerufen und war nach einer besonders brutalen Vergewaltigung behandelt worden, zuerst in der Notaufnahme und anschließend im Center für sexuelle Übergriffe. Ihre Verletzungen wurden in der Akte ausführlich beschrieben, und selbst wenn alles in der typischen Medizinersprache ausgedrückt war, verstand Liv das meiste: eine Fraktur der Schulter, eine Gehirnerschütterung, eine gebrochene Hand und zwei ausgeschlagene Zähne. Trotzdem hatte es keine Nachfolgebehandlung gegeben.

Sie rief Johan an.

Er meldete sich sofort. »Hey, was verschafft mir die Ehre?«

»Johan, kannst du etwas für mich nachsehen? Sofort?«

Offenbar begriff er den Ernst in ihrer Stimme. »Yes, ich sitze am Computer.«

Sie nannte ihm Yasmins Namen. Er tippte auf dem Computer herum. »Da taucht nichts auf. Sollte es das?«

»Keine Anzeige vor ungefähr vier Jahren?«

»Nichts.«

»Okay, danke. Ich muss wieder.« Sie legte auf und schloss die Augen vor der Sonne. Yasmin hatte die Vergewaltigung nicht bei der Polizei angezeigt. Das werden viele Vergewaltigungen nicht, dachte Liv und merkte, wie das Gefühl der Ohnmacht die Galle in ihren Mund steigen ließ. Sie wusste das besser als jeder andere.

Sie ging hinunter in ihre Wohnung und stellte sich vor das chaotische Mosaik aus Text und Gedankenblasen in Schwarz, Rot und Grün auf dem Whiteboard, um nach einem Faden zu suchen, an dem sie ziehen konnte. Trat näher an die beiden Fotos aus der Flüchtlingsunterkunft heran, die sie an die Tafel gepinnt hatte. Das eine zeigte einen lächelnden Samir und einen lächelnden Tami, das andere den Stuhlkreis und das Blut auf dem Boden.

»Was hast du versteckt, Tami?«

Im selben Moment war der Gedanke da. Lone Kühnau, die ehemalige Rot-Kreuz-Mitarbeiterin, hatte erzählt, dass Tami seine Schätze damals an einem geheimen Ort in der Baracke im Sandholmlejren versteckt hatte. Es war ein wilder Gedanke, doch vielleicht gab es diesen geheimen Ort auch nach über dreißig Jahren noch. Was, wenn das Wertvolle, mit dem er geprahlt hatte, etwas ganz Konkretes war, vielleicht Geld?

Liv griff nach dem Autoschlüssel und einer Mütze und trat auf die Straße. Der alte Fiat parkte glücklicherweise direkt um die Ecke. Sie startete den Motor und bekam das Auto aus dem mikroskopisch kleinen Parkplatz manövriert, sodass sie Richtung Norden aufbrechen konnte. Der Vormittagsverkehr bewegte sich einigermaßen ungehindert durch Valby Bakke aus der Stadt hinaus. Sie schaltete das Autoradio an und drehte lauter, als die Nachricht kam.

… die vierzehnjährige Shirin Ansari, die am Wochenende ihren Vater auf einer Angeltour nach Vorsø ermordet in seinem Zelt aufgefunden hat und in einer sicheren Unterkunft unterge-

bracht war, verschwand gestern um 18:15 Uhr aus dieser Einrichtung. Die Polizei tappt im Dunkeln und bittet die Öffentlichkeit um Hilfe …

Das minderte nicht gerade Petters Stress. Die Ermittlung zu Tamis Tod ließ die Polizei ohnehin nicht in einem günstigen Licht dastehen, und jetzt kam noch ein entführtes Kind hinzu. Entführungen verschlangen Ressourcen, weil der Einsatz naturgemäß ein Wettlauf gegen die Zeit war und alle sich überschlugen, um nicht die Spur zu übersehen, die zu dem oder der Verschwundenen führte.

Sie fuhr Richtung Birkerød, und dieses Mal fand sie das Sandholmlejren ohne Schwierigkeiten und parkte auf dem Parkplatz an der Pforte. Ging zu dem Pförtner und klopfte mit ihrem alten laminierten Polizeiausweis, den sie nie an die Polizei von Nordjütland zurückgegeben hatte, an das Glas. Der Pförtner öffnete die Tür.

»Guten Tag, Liv Jensen, Polizei Kopenhagen. Ich muss mit einem Ihrer Bewohner reden.«

Der Pförtner war ein Kerl wie ein Schrank mit tätowierten Armen und starrte sie an, als hätte sie etwas ungewollt Komisches gesagt.

»Haben Sie einen Termin?«

Blitzschnell ging sie ihre innere Namenskartei durch. Die blonde, lockige Mitarbeiterin im Bürogebäude, Lisa? Nein, Linda, so hieß sie!

»Linda vom Roten Kreuz müsste mich eingetragen haben?«

Der Pförtner sah auf den Bildschirm. »Ich kann im System nichts sehen.«

Liv schüttelte den Kopf. »Die vergessen das immer … ich habe eine Familie in Baracke 18, die auf mich wartet.«

»Kennen Sie den Weg?«

Sie nickte und steckte den Polizeiausweis zurück in die Tasche, ging durch die Pforte und pfiff den ganzen Weg an dem Pförtner vorbei. Eine fröhliche Melodie. Sie verstummte, sobald sie auf dem Gelände war. Diesmal ging sie direkt zu Baracke 64, ohne nach rechts und links zu sehen. Die wenigen Menschen, die ihr auf dem Weg begegneten, grüßten ebenfalls nicht.

Die Tür zu der Baracke stand immer noch offen, und drinnen war es ebenso leer und still wie beim letzten Mal. Sie fand schnell das Zimmer mit Tamis und Yasmins in die Wand geritzten Initialen, kletterte die Leiter zu dem oberen Bett hinauf und schob sich zum Kopfende hin. Liv legte den Kopf dorthin, wo einmal ein Kissen gelegen haben musste. Wenn sie den Kopf zur Tür hin drehte, konnte sie den Himmel und den Zaun hinter dem Fenster erahnen, und wenn sie ihn zur Wand drehte, sah sie die Buchstaben T + Y.

Sie hob die Hand und berührte die Initialen. Hier hatte der fünfzehnjährige Tami gelegen und geschlafen, gewartet und sich gesehnt. Hier hatte er seine Schätze gesammelt und versteckt.

Liv blieb liegen, das Gesicht der Decke zugewandt. Schräg über ihrem Kopf war eine Klappe von zwanzig mal zwanzig Zentimetern aus dem gleichen vergilbten Holz wie die Deckenplatten und deshalb nicht besonders auffällig. Eine Zugangsklappe zu den Deckeninstallationen vermutlich. Sie stieß daran, doch sie saß fest und bewegte sich nicht einen Millimeter. In der Tasche fand sie ihre Schlüssel. Der zum Tor in der Kaalundsgade war robust und lang und ließ sich als Werkzeug einsetzen, schätzte sie. Sie schob ihn erst in die eine Ecke der Klappe, bewegte ihn vorsichtig und versuchte es dann in der nächsten. Nichts tat sich.

Liv ballte die Hand zur Faust und schlug, so fest sie

konnte, mit der Rückseite der Faust gegen die Klappe. Ein Krachen war zu hören, und das Holz ließ den Leim los, der es mehr als dreißig Jahre an seinem Platz gehalten hatte. Sie schützte das Gesicht mit den Händen, während Holz, Putz und Staub von der Decke rieselten. Als sie die Augen wieder öffnete, sah sie eine mit Tape umwickelte Pappschachtel neben sich liegen. Sie drehte sich auf den Bauch und richtete sich in eine sitzende Position auf, so gut sie das unter der niedrigen Decke vermochte, zog die Schachtel zu sich heran und wischte sie mit der Hand ab. Sie war so groß wie eine Zigarettenpackung, die Pappe war abgenutzt und vergilbt mit einer einzigen Textzeile in ordentlicher Kugelschreiberschrift in Farsi, wie es schien. Sie öffnete die Kamera ihres Handys und scannte den Text mit ihrer Scan & Translate-App. Einen Augenblick später hatte sie die Übersetzung:

Tami Ansari, April 1991

*

Nima wusste in dem Moment, in dem er den Mustang auf den Kai vor seinem Anlegeplatz lenkte, dass etwas nicht stimmte. Er blieb mit den Händen auf dem Lenkrad sitzen, bis er sich sicher war, dass es nicht nur die Müdigkeit war, die ihn paranoid machte. Die Chronologie des nächtlichen Anrufs und der Gespräche war ihm nicht ganz klar, doch er wusste, dass er den Mülleimer nicht dort auf Deck hatte stehen lassen, wo er jetzt stand. Ein Nachbar konnte ihn natürlich umgestellt haben, doch aus welchem Grund hätte einer von ihnen auf sein Deck gehen sollen, um ihn zehn Meter weiter zu schieben?

Wie er jetzt stand, konnte man darauf steigen und kam

an das oberste Bullauge, von dem aus man auf den Treppenabsatz über der Küche gelangte. Es war nicht groß, und man musste das Boot von innen kennen, um zu wissen, wohin es führte, aber es war auch die einfachste Möglichkeit, sich ohne Schlüssel Zugang zu verschaffen.

Sein Herz setzte einen Schlag aus. Der Weg von seinem Auto bis zum Bootssteg fühlte sich endlos an, und er wünschte sich gleichzeitig, schneller zu sein und nie an der Eingangstür anzukommen. Der Schlüsselbund hing im Taschenfutter fest, er rutschte ihm weg, und er musste in die Hocke gehen, um ihn zu fassen zu bekommen. Keine Kratzer in der Tür, stellte er fest, keine sichtbaren Zeichen eines Einbruchs.

»Hallo?« Seine Stimme hallte zwischen den Metallwänden. »Ist da wer?«

Doch das Boot lag still da, es kam keine Antwort. Nima drehte eine Runde durch alle Räume und Winkel. Nichts deutete darauf hin, dass jemand hier gewesen war, seit er das Boot am Morgen verlassen hatte. Mit gebeugtem Kopf kletterte er zu dem kleinen Treppenabsatz unter dem Bullauge hoch und inspizierte es von innen. Es saß bombenfest und ließ sich nicht so einfach öffnen, schon gar nicht, wenn man balancierend draußen auf einem Mülleimer stand. Hatte jemand versucht, hier hereinzukommen?

Vielleicht Shirin, die es nicht wagte, mit ihrem Handy anzurufen, weil sie wusste, dass die Polizei nach ihr suchte? Er versuchte trotzdem, sie anzurufen, doch das Telefon war ausgestellt, natürlich.

Nima kletterte die steilen Stufen hinunter und legte das Handy weg. Kein Mensch ist eine Insel, ungeachtet, wie sehr man versucht, Gefühlsverstrickungen aus dem Weg zu gehen, fangen sie einen ein und werfen ihre Anker. Aber vielleicht würde er sich wieder ein bisschen mehr wie er selbst fühlen, wenn er ein paar der Dinge tat, die ihm gewöhnlich Freude machten.

Er schälte sich aus seinen Sachen, warf sie auf einen Haufen auf der Klappbank, trat nackt an Deck und kletterte über die Reling, sodass seine Füße nur ein schmales Stück nasses Holz hatten, auf dem sie stehen konnten. Bevor der Wind ihn zum Frieren brachte, machte er kurzen Prozess, holte tief Luft und sprang. Das Meerwasser verschlug ihm den Atem und die Gedanken, er legte sich auf den Rücken und ließ sich mit dem Blick auf die Schäfchenwolken hoch oben am blauen Himmel treiben.

Das Wasser wurde schnell zu kalt. Er schwamm zu dem Badesteg hinter dem Boot und kletterte an Deck, ging tropfend in die Kombüse und griff nach einem Handtuch. Absichtlich hielt er die Bewegungen langsam und weigerte sich, dem Impuls des Körpers nachzugeben, zu frieren und zu zittern. Trocknete sich ruhig ab und zog die Hose an, ohne zu bibbern. Es war ein kleiner Sieg, aber doch ein Sieg.

Er ging wieder hinaus an Deck zu dem Mülleimer, den jemand in seiner Abwesenheit bewegt hatte. Auf den Schiffsrumpf gestützt, kletterte er darauf, sodass er an das Bullauge kam. Richtig, da waren deutliche Schrammen in Farbe und Metall. Jemand hatte versucht einzubrechen. Wenn es Shirin nicht gewesen war, wer konnte ein Interesse daran haben, sich Zugang zu verschaffen? Hatte er etwas an Bord, das für andere als für ihn von Bedeutung sein konnte? Angeln und ein paar teure Fischrollen, ansonsten besaß er nichts von Wert.

Gab es eine andere Antwort als die, dass es diejenigen gewesen sein mussten, die dabei waren, seine Familie auszulöschen? Und dass die Reihe jetzt an ihm war?

Das Handy klingelte auf dem Küchentisch und löste eine milde Panik in ihm aus. Der Mülleimer wackelte unter ihm, und er sprang hinunter und kam falsch auf dem Fuß auf. Der Schmerz fuhr ihm durch das Skelett bis in Zähne und Augenhöhlen. Er humpelte auf einem Bein zur Tür, griff nach dem Handy und sah aufs Display.

Es war Liv.

*

Liv parkte ihr Auto hinter Nimas Mustang und stellte den Motor aus. Auf dem Beifahrersitz lag Tamis mehr als dreißig Jahre alte Schachtel aus dem Sandholmlejren, die sie der Polizei hätte übergeben können, stattdessen aber unter der Jacke aus dem Sandholmlejren geschmuggelt hatte.

Sie stieg aus und sah Nima mit nassen Haaren, nacktem Oberkörper und einer Zigarette auf Deck stehen. Ob es das Gegenlicht oder die Hoffnungslosigkeit der Situation war, die sie überdreht reagieren ließ, wusste sie nicht zu sagen, doch sie konnte es sich nicht verkneifen, ihm zuzurufen: »Was ist, posierst du für einen Werbefilm oder was? Man will schließlich nicht ins Bild laufen.« Sie sah sich gekünstelt über die Schulter.

Glücklicherweise nahm er es entspannt. »Ich war gerade aus dem Wasser gekommen, als du angerufen hast. Keine Sorge, ich ziehe mir gleich ein T-Shirt über.«

Liv ging die Rampe zum Boot hoch und traf ihn an der Tür. Eine Sekunde blieben sie so stehen, etwas gehemmt, im Zweifel, wie sie sich begrüßen sollten. Schließlich nickte sie. »Das mit deiner Nichte tut mir wirklich leid.«

»Komm mit rein.« Er warf die Zigarette ins Wasser und ging hinein. Sie sah, dass er leicht humpelte.

»Hast du dir den Fuß verletzt?«

Er verdrehte die Augen. »Jemand hat versucht, ins Boot einzubrechen. Die Götter mögen wissen, was der geglaubt hat, hier zu finden, das es wert ist, gestohlen zu werden.«

»Okay?«

»Ja, ja, er hat es nicht geschafft reinzukommen, das ist also okay ... Ich wollte mir gerade einen Toast machen. Willst du auch einen?«

»Einen Toast?« Sie konnte ein Lächeln nicht unterdrücken. Toast war etwas, das Kinder essen. Und sie. »Ja, danke, warum nicht.«

Sie setzte sich auf die Klappbank und sah ihn Toastbrot, Käse und Schinken herausholen und mit einem Klecks Butter in eine Pfanne geben. Bald erfüllte ein herrlicher Duft die kleine Küche.

»Ich habe, wie gesagt, eine Schachtel gefunden, die Tami über dem Bett in seiner ehemaligen Baracke versteckt haben muss.« Sie hielt die Pappschachtel hoch. Nima warf einen Blick über die Schulter und wandte sich wieder der Pfanne zu. »Kannst du dich erinnern, dass ich gesagt habe, dass die Spuren zurück zum Sandholmlejren führen?«

»Ja, ich verstehe aber immer noch nicht, was du meinst.«

Nima stellte zwei Teller auf den Tisch, zog einen Schemel vor und setzte sich Liv gegenüber. Sie biss in den Toast und nickte anerkennend. Von einem Feinschmecker zum anderen.

Er aß nicht, zog lediglich die Schachtel zu sich heran. »Sollen wir sie nicht aufmachen?«

»Nur zu, ich habe schon einen kurzen Blick hineingeworfen.«

Er drehte die Schachtel um und sah, dass das Klebeband

hinten lose war. Vorsichtig faltete er die Pappe auseinander, bis er ein Kassettenband in der Hand hielt.

»Das ist im April 1991 aufgenommen worden, als er acht Monate in Dänemark war. Da war er fünfzehn.« Er atmete aus, als würde er etwas Schweres tragen.

»Glaubst du, du verstehst das, wenn er Farsi spricht?«

»Mein Farsi ist etwas eingerostet, aber ich denke schon.« Er sah auf seinen unangerührten Toast und griff stattdessen nach einer Packung Zigaretten. »Hast du einen Kassettenrekorder?«

»Im Rucksack. Es war nicht ganz leicht, einen aufzutreiben, aber im Peter Bangs Vej gibt es einen Laden, wo man sie gebraucht kaufen kann.« Liv zog einen schweren, grauen Kassettenrekorder aus ihrem Rucksack und stellte ihn auf den Tisch zwischen sie. Dann biss sie noch einmal in ihr Brot mit geschmolzenem Käse und nickte.

»Lass uns hören, was er zu sagen hat.«

ERSTAUFNAHMELAGER SANDHOLM, APRIL 1991

Erst als das helle Licht eingeschaltet wird, begreift Tami: Das, was er die ganze Zeit gewusst hat, würde kommen. Nicht bewusst, aber wie ein Murren, eine Art schwarzer Vogel am Rand seines Gesichtsfelds. Die über sechs Monate, die er im Exil verbracht hat, haben zu dem geführt, was jetzt kommen wird. Er hat mitgemacht. Obwohl er noch nicht so alt ist, weiß er genau, dass man auf viele Weisen mitmachen kann. Man muss nicht derjenige sein, der eine Handlung initiiert, um mitverantwortlich zu sein. Manchmal reicht es zu schweigen. Aber er sieht ehrlich keinen Ausweg, und vor sich selbst führt er sein Alter und seine verletzliche Position als Verteidigung an.

Der Oberst legt ihm eine Hand auf die Schulter, die beschwert und beruhigt zugleich. Tami schlägt eine leere Seite in seinem Notizbuch auf und schreibt das Datum darauf, während die Hand seine Schulter durch die dünne Baumwolle des Hemds wärmt.

Tami hat Lust, aufzustehen und ohne Erklärung zu gehen, einfach zu gehen. Es ist nach Mitternacht, und im Lager ist es still.

Vielleicht kann er das stoppen, wenn er etwas sagt? Aber was soll er sagen? Er hat keine Ahnung von der großen Politik. Er weiß nur, dass sein Vater verhaftet wurde, weil er seine Meinung über das Regime gesagt hat, er weiß, wie gefährlich es ist, Farbe zu bekennen. Er sitzt einfach mit dem Aufnahmegerät unter dem

Handtuch und der Hand des Obersts auf seiner Schulter da und tut so, als würde er die Plastiktüte und die Schere nicht sehen, die auf dem Tisch neben dem Stuhlkreis liegen.

»Bist du bereit, mon ami?«

Aber Tami kann nicht antworten, will nicht. Das ist sein kleiner Protest.

Milad wird hereingeführt. Er sagt nicht Hallo, und dafür ist Tami dankbar. Heute Abend sind sie keine Freunde, sondern zwei Menschen, die jeweils auf ihrer Seite eines Konflikts stehen, und Tami sagt sich, dass er nichts dafür kann, dass Milad sich auf die falsche Seite stellt. Er könnte ihnen ja einfach geben, was sie haben wollen, und kooperativ sein.

Doch Milad ist nicht klug genug, das Spiel zu spielen. Die Dinge sind, wie sie sind. Eines Tages werden sie darüber lachen. Das sagt Tami sich, während er wahrnimmt, dass Milad sich auf den Stuhl neben Baba und Ihsan setzt, einen jüngeren Mann, der kürzlich im Lager angekommen ist und zum ersten Mal dabei ist. Er hat einen dichten Bart unter einer krummen Nase, und er stellt sich nicht vor, grüßt nur den Oberst, der ihn auf die Wangen küsst und seinen Namen sagt. Hallo, Ihsan, mon ami. Ihsan sieht die anderen scharf an, bevor er sich setzt und die Hände auf seine Knie legt, ruhig und schwer.

»Kharazmi, Kharazmi, Kharazmi, jetzt sitzen wir wieder hier. Das hatte ich nicht erwartet.«

Der Oberst stellt sich mitten in den Kreis und sieht Milad an. »Weißt du, warum wir hier sind?«

»Nein.«

Tami kann hören, dass Milad versucht, tapfer zu klingen. Er hebt die Stimme und scheint nicht nervös. Aber natürlich hat er Angst, wer hätte das nicht?

»Das sind wir, weil du uns angelogen hast.«

Tami greift unter das Handtuch, um zu prüfen, ob das Auf-

nahmegerät eingeschaltet ist, und merkt, dass seine Hand zittert.

»Wenn du lügst, können wir deiner Familie nicht helfen. Ich dachte, darüber hätten wir gesprochen?«

Milad zuckt mit den Schultern. »Ich weiß nicht, was Sie meinen.«

»Unser Land ist im Krieg, unsere Kultur befindet sich in Auflösung, aber du, ein kleiner, unwissender Junge, meinst trotzdem, dass du weißt, was das Beste ist. Habe ich das richtig verstanden?« Der Oberst geht um den Stuhl herum, sodass Milad ihn nicht länger sehen kann.

»Ich habe nicht gelogen! Fragen Sie, wen Sie wollen! Worüber sollte ich gelogen haben?«

Die Bewegung kommt blitzschnell, Tami sieht sie nicht einmal kommen, bevor Milads Kopf in der Plastiktüte steckt.

Er schreit.

Der Oberst zieht das Plastik stramm über das Gesicht, Ihsan eilt herbei und hält Milads Arme fest, sodass er sich nicht wehren kann. Er tritt mit den Beinen, aber sie treffen nur Luft.

Tami erbricht sich in seinen Mund und muss auf den Boden spucken. Er hat nie Gewalt erlebt und ist selbst bis auf einen kleinen Klaps von seinem Vater noch nie geschlagen worden. Aus der Nähe ist es überwältigend. Total absurd und gleichzeitig völlig natürlich in der Situation.

»Kannst du dich erinnern, wen du als den Fahrer genannt hast, der dich zur Grenze gefahren hat?«

Milad schreit in der Tüte. Ein nasser Fleck breitet sich auf seiner Hose aus.

»Es gibt ihn überhaupt nicht. Sein Auto gibt es nicht, niemand hat von ihm gehört oder kennt ihn.« Der Oberst zieht die Tüte weg.

Milad schnappt nach Luft, und Rotz und Tränen laufen ihm

das Kinn hinunter. Ihsan hält noch immer seine Arme fest, sodass er sich das Gesicht nicht abwischen kann.

»Lasst mich los, ich habe nicht gelogen, das ist ein Missverständnis.«

Der Oberst stülpt wieder die Tüte über Milads Gesicht und zieht sie fest.

»Wusstest du, dass deine Mutter ihre Schüler ohne Kopftuch unterrichtet? Sie ist doch wohl keine Hure, oder?«

Die Männer lachen angestrengt. Baba steht auf und greift nach der Schere auf dem Tisch. Sie ist robust und sieht wie eine der Scheren aus, mit der man Hähnchenflügel tranchiert.

Baba stellt sich neben den Oberst und beobachtet ruhig Milads Kampf auf dem Stuhl. Es sieht aus, als machten sie das nicht zum ersten Mal.

Tami schreibt auf, was sie sagen und tun, wie man es ihm aufgetragen hat.

Der Oberst entfernt die Tüte wieder. Milad sieht die Schere und ruft nach seiner Mutter. Tami muss selber weinen, er kann nichts dagegen tun.

»Dein Vater ist Redakteur bei einer Zeitschrift, die Sepideh *heißt. Was weißt du darüber?«*

»Nichts, ich weiß nichts. Lasst mich gehen!« Bei dem letzten Wort sieht er Tami an. »Hilfe!«

Tami ist kurz davor zu rufen, dass sie aufhören sollen, doch da sieht er es. Das dünne, goldene Band um Milads Hals, da, wo das Hemd umgestülpt ist. Die kleine Aprikosenblüte unter Milads Adamsapfel. Im selben Moment merkt er, wie das Aufnahmegerät sich ausschaltet, das Band ist zu Ende.

Tami verkriecht sich in sich selbst. An den Ort, den er gefunden hat, als sie das Mädchen den Grenzern überlassen mussten, den Ort, an den Verlust und Angst nicht hinreichen. Es wird ein Ort werden, den er regelmäßig für den Rest seines Lebens aufsu-

chen wird, aber das weiß er noch nicht. In diesem Moment merkt er nur, wie die Gefühllosigkeit sich ausbreitet. Er ist okay.

Der Oberst steckt Milad eine zusammengeknüllte Tüte in den Mund, aber Tami ist okay. Und als Baba Milad hart gegen die Schläfen schlägt, spürt Tami nichts.

KAPITEL 19

Liv blickte auf die Reste ihres Toasts. Auf der Hälfte von Tamis Kassettenband war ihr der Appetit vergangen, doch sie hatten weiter zugehört, bis es abrupt endete. Die Brotrinde lag da und wurde in einer kleinen Butterlache hart, und Nimas Zigarette rauchte sich auf dem Rand des Aschenbechers selbst.

»Pfui Teufel!«

»Allerdings.« Liv stand auf und brachte beide Teller zur Spüle. Langsam begann alles einen Sinn zu ergeben. Und jetzt wusste sie auch, wer Milad Kharazmi war.

»Tami hat das Band an dem Ort versteckt, von dem er wusste, dass sie dort nicht suchen würden. Dort, wo das Verbrechen begangen wurde.« Sie starrte durch das Fenster auf die Wellen. »Ich gehe mal kurz raus, ich muss frische Luft schnappen.«

Sie ging auf Deck und lehnte sich über die Reling, schloss die Augen. Die Meeresluft reinigte Nase und Lunge von Essensgeruch und Rauch und ermöglichte es den Gedanken, sich gehorsam zu ordnen.

Tami hatte heimlich ein Verhör aufgenommen, das er schriftlich hatte dokumentieren sollen. Die erwachsenen Männer auf dem Band hatten mehrere Male direkt mit Tami gesprochen, hin und wieder hatte man auch eine Frau gehört. *Bist du bereit,* mon ami? Die Namen wurden mehrmals erwähnt: Tami und Milad, außerdem ein erwachsener Mann mit Namen Ihsan, das musste Ihsan Shafaei sein, der Restaurantbesitzer in Nordvest. Ein anderer wurde Baba genannt, und Liv war sich ziemlich sicher, dass seine Stimme Bahram Moradi gehörte, dem Vorsitzenden der Dänisch-Iranischen Gesellschaft, der auch Verleger und ausgebildeter Sprengstoffexperte war. Und der jetzt, angeblich ohne Vorankündigung, verreist war. Jans Geheimagenten. Er hatte also recht, der Alte.

Doch der, der am meisten redete, war der Oberst.

Nima stellte sich neben sie. Er hatte sich Wasser ins Gesicht gespritzt und nur notdürftig abgetrocknet, wie es aussah. Kleine Tropfen hingen in den Bartstoppeln, die über der hässlichen Wunde neben dem Adamsapfel am Hals hervorschauten.

Liv zeigte darauf. »Wie ist es dazu gekommen?«

Er legte eine Hand über die Narbe. »Das erzähle ich dir, wenn wir uns irgendwann richtig gut kennen.«

»Einverstanden.« Sie wandte sich wieder dem Wasser zu.

»Wenn wir einmal davon ausgehen, dass es im Sandholmlejren eine Gruppe gegeben hat, deren Aufgabe es war, andere Asylbewerber aus dem Iran zu verhören, hast du dann eine Ahnung, wozu sie die Informationen gebraucht haben?«

»Ein Versuch, das Narrativ des Regimes zu stärken. Menschen, die flüchten, haben Familie, Freunde und Kollegen, die im Iran zurückgeblieben sind und die das Regime für Mittäterschaft und Verrat bestrafen kann.« Nima rieb sich die Augen mit Daumen und Zeigefinger. »Aber warum hat Tami das Verhör aufgenommen?«

»Du sagst, dein Vetter war klug und gut in der Schule?«

Er nickte, und Liv fuhr fort: »Vielleicht hat er gewusst,

dass bei diesem Verhör etwas passieren würde, und wollte sich einen Beweis sichern.«

»Glaubst du, das ist das Druckmittel, von dem du gehört hast? Das, mit dem er jemanden aus dem iranischen Milieu erpresst hat?«

»Ja, das muss es sein.« Sie blickte über das Mosaik, das Stein für Stein im Nebel sichtbar wurde. »Wenn wir nur wüssten, wo Milad Kharazmi heute ist. Der Name taucht in keiner dänischen Suchmaschine auf, er kann also eigentlich nicht in Dänemark ansässig sein.«

»Vielleicht hat er nie Asyl bekommen?«

Liv zuckte mit den Schultern. Die Aufzeichnung auf Tamis Telefon sollte die Polizei in Richtung Milad weisen. Und der, der sie aufgenommen hatte, musste wohl Tami selbst gewesen sein.

»Lass uns das Band noch mal anhören.«

Er sah sie verwirrt an. »Haben wir nicht genug gehört?«

Sie ging hinein und setzte sich neben den alten Kassettenrekorder, spulte zurück und drückte auf Play. Nima blieb in der Tür stehen.

Die Stimmen wechselten sich wieder ab, meistens ruhig, um dann ohne Vorwarnung wütend und laut zu werden. Da sie Farsi sprachen und sehr viel jünger waren, klangen sie anders als heute, doch nachdem sie zehn Minuten intensiv zugehört hatte, hatte sie keine Zweifel mehr.

Die Stimme des Obersts war letztendlich nicht schwer wiederzuerkennen. Er sprach genauso sanft und freundlich, wie wenn er Kuchen servierte. Samir Vahman. Rentner, Freund der Kinder seiner Gemeinde und gnadenloser Verhörleiter.

*

»Was ist mit Abendessen?«

Jan stand in der Tür der ehemaligen Rahmenwerksatt und blickte ins Zwielicht. Hannah sah von der Möbelwebsite auf und merkte, dass sie noch immer kein Licht angeschaltet hatte.

»Ich bin mitten in der Arbeit.«

»Es ist Shabbes, du sollst jetzt nicht arbeiten.« Er zeigte vorwurfsvoll auf den Schreibtisch. »Du warst tagelang nicht da. Und ich habe Hunger.«

»Dann schmier dir ein Brot! Mein Gott!« Sie verdrehte die Augen und wandte sich wieder dem Bildschirm zu. Ein paar Sekunden blieb es still hinter ihr, dann knallte die Tür, und sie hörte seine Schritte Richtung Küche gehen.

Die Reue kam sofort. Er war schließlich ein alter Mann, der vor einem Jahr seine Frau verloren und nie gelernt hatte, sich um sich selbst zu kümmern. Und sie hatte historisch schlechte Laune. Hatte ihre Mutter sich wirklich all die Jahre um alle häuslichen Pflichten gekümmert?

Hannah kannte die Antwort gut und wusste gleichzeitig, dass sie auch deshalb die Rollenverteilung in ihrem Elternhaus nie infrage gestellt hatte, weil sie auch ihr zugutegekommen war. Es ist einfach schön, eine Hausfrau zu Hause zu haben.

Sie schrieb noch eine Nachricht an Nima und nahm den Laptop mit in die Küche. Jan hatte sich an den Tisch gesetzt und die Zeitung bei dem großen Kreuzworträtsel aufgeschlagen.

»Tut mir leid, Vater. Es waren einfach ein paar blöde Tage. Auf der Arbeit und mit Nimas Nichte ... Sollen wir zusammen Essen machen?«

Er zuckte mit den Schultern, noch nicht bereit nachzugeben.

Sie öffnete den Kühlschrank und begann, Lebensmittel herauszuholen und auf den Tisch zu stellen, die Gemüseschublade war glücklicherweise gut bestückt.

Er trat zu ihr. »Was soll ich tun?«

Sie reichte ihm ein Küchenmesser und eine Grapefruit. »Ganz schälen und die weiße Haut abziehen, die ist bitter. Anschließend kannst du das Fruchtfleisch in Schiffchen schneiden.«

»Was sollen wir überhaupt mit dem sauren Ding? Ist das nicht so etwas, das Gesundheitsfreaks essen, wenn wir anderen frühstücken?«

Sie legte weitere Früchte auf das Brett. »Die kommen in einen Salat, zusammen mit gegrilltem Grünkohl, Pistazienkernen und Feta, das wird bestimmt lecker.«

»Deine Mutter hat manchmal nahöstlich für uns gekocht, erinnerst du dich? Hummus und so was, das mochte ich nie besonders.«

»Du solltest dich glücklich schätzen, überhaupt eine Frau gehabt zu haben, die dir in den zweiundvierzig Jahren, die ihr zusammen wart, jeden Tag Essen gemacht hat.« Sie stellte eine Schüssel für die Grapefruitschiffchen bereit und wischte etwas ausgelaufenen Saft vom Tisch neben dem Schneidebrett.

»Dreiundvierzig«, murmelte er. »Wir hatten noch unseren Hochzeitstag, bevor …«

Er wandte sich wieder der Arbeit zu, und sie schielte zu seinen unsicheren Händen mit dem Küchenmesser hin. Es ist schwierig genug, neue Fertigkeiten zu erlernen, wenn man die fünfundzwanzig überschritten hat, gar nicht zu reden von den fünfundsiebzig. War es überhaupt möglich, ihrem alten Vater beizubringen, für sich selbst zu sorgen?

»Setz dich ruhig hin, Vater, dann kümmere ich mich um

den Rest des Essens. Wir haben bestimmt auch ein paar Ofenkartoffeln.«

»Okay.« Jan legte das Messer beiseite, wusch sich die Hände und ließ sich erleichtert auf die Klappbank fallen, wo das Kreuzworträtsel wartete.

Hannah grillte den Kohl scharf an, röstete die Pistazienkerne und schob die Kartoffeln in den Ofen. Sie stellte die Eieruhr auf fünfzig Minuten, schenkte zwei Gläser Wein ein und ließ den Computer zum Leben erwachen.

Jan lächelte sie über den Rand der Zeitung an und trank vorsichtig einen Tropfen. Sie erwiderte das Lächeln. Wie um alles in der Welt sollte sie ihm erzählen, dass sie auszog?

Eine neue E-Mail leuchtete im Posteingang auf, und sie öffnete sie. Sie war von Kasper, eine Einberufung zu einem Gespräch am Montagmorgen, die an sie, die Chefärztin und den Vertrauensbeauftragten gegangen war.

Einberufung zu einem dienstlichen Gespräch stand in der Betreffzeile. Hannah fühlte sich in Körper und Seele ausgelaugt.

Würde sie am Montag gefeuert? Ohne Vorwarnung? Oder zählte die Beschwerde als solche?

Sie rief die Website ihrer Gewerkschaft auf, wurde jedoch nicht klüger. Es konnte doch nicht angehen, dass man sie nicht wissen ließ, woran sie war! Im Intranet fand sie die Nummer der Chefärztin und gab sie ein, während sie zurück in die Rahmenwerkstatt ging. Ihr Vater sollte sich nicht unnötig Sorgen machen. Es war ungewöhnlich, die Chefärztin an einem Freitagabend direkt zu kontaktieren, sie kannten einander so gut wie nicht, doch der Gedanke, bis Montag zu warten, war unerträglich.

Es klingelte lange, bis die Chefärztin sich meldete. Sie

klang zurückhaltend, und Hannah bereute, angerufen zu haben.

»Irene.«

»Guten Abend und Entschuldigung, dass ich außerhalb der Arbeitszeit störe. Ich bin Hannah Leon von …«

»Verstehe. Was kann ich für dich tun?«

»Es geht um eine E-Mail von Kasper Muff, meinem Stationsarzt …«

»Hier stoppe ich mal, Hannah. Kasper hat mich über die Beschwerde informiert, und ich werde nicht hinter seinem Rücken mit dir darüber reden.«

»Wenn du mir nur einen Augenblick zuhörst …«

»Ich hoffe, du verstehst, wie unpassend das wäre. Deshalb lege ich jetzt auf, okay? Einen guten Abend.«

Hannah kam nicht dazu zu protestieren, bevor der Anruf unterbrochen war. Sie stand auf, ging zum Fenster und sah in den Hinterhof, der in der blauen Dämmerung lag. Sie hatte keine Alliierten und keine Waffen. Sie war fucked.

*

Das Licht über Kopenhagen war sanft und blau, als Liv vom Südhafen zurück nach Vesterbro fuhr. Wenige Dinge auf der Welt sind so mild wie ein dänischer Maiabend, an dem die zarten Blätter der Kastanien still hängen und die Mauersegler die Dunkelheit willkommen heißen. Doch die Sanftheit schaffte es nicht bis ins Auto.

Als sie den Gang wechselte, klapperte es im Getriebe, und sie trat zu schnell aufs Gaspedal, sodass der Motor sich beschwerte. Das Bild, das sich von dem Fall abzeichnete, war so unwirklich, dass sie fast Petters Bandentheorie vorzog. Die war zumindest fassbarer als internationale Agenten totalitärer Regime, dreißig Jahre alte Folterfälle und Erpressung.

Sie fand einen der seltenen Parkplätze in der Kaalundsgade, trat in den Hof und ging zum Hintergarten. Diesmal war sie vorsichtig, ging über den Rasen statt über die Steinterrasse, während sie Hintertreppe und Gebüsch im Auge behielt. Erst als sie sicher war, dass sich niemand im Garten versteckte, stieg sie die Treppe zu ihrer Wohnung hinab.

Auf der untersten Stufe wäre sie beinahe über etwas gestolpert. Ihr Hals schnürte sich zusammen, bevor sie feststellte, dass es nur ein Stapel Bücher war. Sie hob sie auf und nahm sie mit hinein, schloss die Tür hinter sich, machte Licht und drehte eine Runde durch alle Räume, um sich zu vergewissern, dass außer ihr niemand da war, bevor sie die Schuhe auszog und ihr Herz sich wieder beruhigte.

Oben auf dem Bücherstapel lag ein Zettel mit Jan Leons zittriger Schrift auf liniertem Notizpapier.

Liebe Liv.
Noch etwas Lesestoff über die neuere Geschichte des Iran und das Lager Sandholm. Vielleicht ist etwas dabei?
LG Jan

Sie nahm die Bücher in die Hand und las die Titel: *Der Iran im Scheinwerferlicht der Geschichte*, *Moderne Geschichte des Iran*, *Voices of Iran*. Es gab auch eine Broschüre, die an eine Seminararbeit erinnerte, mit dem Titel *Das Center Sandholm im Lauf der Zeiten*.

Sie schlug sie auf und ging das Inhaltsverzeichnis durch. Kapitel neun war mit *Konflikthandhabung im Asylcenter* betitelt. Sie blätterte zu dem Kapitel vor und überflog den

Text. Er beschrieb die Konflikte und gewalttätigen Episoden, die Teil des Alltags in Sandholm und zu erwarten waren in Anbetracht der Tatsache, wie ausgesetzt die Bewohner waren und wie komplex der Alltag mit den vielen verschiedenen Kulturen und Religionen.

Eine Tabelle zeigte die Anzahl der polizeilich gemeldeten Gewaltvorfälle und Morde von 1989 bis 2010. Die Zahlen waren zwar hoch, doch vor allem im Hinblick auf Vandalismus und Schlägereien. Liv fiel auf, dass es im Winter 1990/91 keine Anzeige einer Gewalttat gegeben hatte. Dafür tauchte im zweiten Quartal 1991 eine verschwundene Person auf.

Das Band mit Milads Verhör war im April 1991 aufgenommen worden.

Sie tippte Petters Nummer ein, doch der Anruf wurde weder angenommen noch auf Anrufbeantworter umgestellt. Sie schrieb ihm eine Nachricht und bat ihn, die Identität des jungen Mannes zu überprüfen, der im April 1991 aus dem Sandholmlejren verschwunden war. *Und ruf mich an, es ist wichtig!*, schrieb sie und drückte auf Senden.

Sie schob eine Tiefkühlpizza in den Ofen, während ihr unter der Dusche langsam warm wurde. Nimas Toast reichte trotz allem nicht als Abendessen. Ganz bewusst versuchte sie, jede Bewegung langsam auszuführen, um so die Unruhe zu bekämpfen.

Nach dem harten Frottieren mit dem Handtuch leuchtete die Haut rot, als sie sich ihre gemütliche Jogginghose anzog und das Haar streng zurücknahm. Das Thermometer zeigte eine normale Temperatur, was etwas half. Sie setzte sich mit der Peperonipizza aufs Bett und sah sich auf dem Computer einen Film an. Ablenkung für die polternden Gedanken.

As far back as I can remember, I always wanted to be a gangster.

Liv verfolgte mit einem Auge die Eröffnungssequenz von *GoodFellas – Drei Jahrzehnte in der Mafia*, während sie die Pizza aß. Es war der Lieblingsfilm von ihr und ihrem Großvater, und sie konnte ihn auswendig, sodass sie sich nicht darauf konzentrieren musste.

Ihr Gehirn switchte zwischen zwei Aufnahmen hin und her, der einen auf der Kassette aus Sandholm von 1991 und der anderen auf Tamis Handy vom Sonntagmorgen. Gab es noch etwas anderes als Tami, das beide miteinander verband?

Sie öffnete den kleinen Film von der Insel und drückte auf Play, lauschte den Stimmen der beiden Farsi sprechenden Personen, spulte zurück und lauschte erneut.

Die Stimme des Mannes war hell und etwas affektiert und klang in keinster Weise wie die von Samir Vahman, aber vielleicht lag das an der schlechten Tonqualität. Sie drückte erneut auf Play und hatte das Gefühl, den Dialog bald auswendig zu können. Die Unterhaltung, wer der Nächste auf der Liste sei. Sie hörte Hintergrundlärm, dem sie bisher keine besondere Beachtung geschenkt hatte. Jetzt versuchte sie, sich auf die Hintergrundgeräusche zu konzentrieren.

Zuletzt waren auf der Aufnahme drei Schläge zu hören – oder vielleicht eher drei Töne. Liv spitzte die Ohren. Das klang wie ein Auftakt. Das klang wie etwas, das sie kannte. Sie rief YouTube auf, gab *X Factor theme tune* ein und öffnete den obersten Clip.

Die Intromelodie spielte, und sie wusste auf Anhieb, dass sie recht gehabt hatte. Die drei Töne waren der Auftakt zur Themenmelodie des Programms, die überall auf der Welt die gleiche war.

Die Schlussfolgerung landete wie ein viereckiger Klotz in einem dreieckigen Loch. Die beiden Personen, die auf Tamis Video redeten, mussten Darsteller der iranischen X-Factor-Version sein.

KAPITEL 20

Die Pilze unter der Glaskuppel ließen die Köpfe hängen. Nima hatte sie mehrere Tage weder gewässert noch gelüftet, und das rächte sich jetzt. Die zarten kubanischen Kahlköpfe sahen nicht länger so aus, als könnte man von ihnen high werden, also machte er kurzen Prozess und warf sie in den Mülleimer.

Er spülte die Teller ab und nahm sich auch des restlichen schmutzigen Geschirrs an, das sich in der kleinen Küche angehäuft hatte.

Shirin hatte recht, es war unordentlich hier! So konnte er doch nicht leben. Er füllte einen Eimer mit warmem Wasser und Putzmittel und nahm sich eine Ablage nach der anderen vor, Fensterbretter, Fußleisten und Lampenschirme, wechselte das Wasser und machte im Schlafzimmer weiter.

Es war ein gutes Gefühl, *etwas* zu tun, selbst wenn es nur Saubermachen war. Wenn sie zurückkam, würde es hier schön und sauber sein. Es war gut, so zu denken – wenn sie zurückkam.

Er wechselte die Bettwäsche und sammelte all die kleinen Schmutzwäschestapel ein, die auf dem Boot verteilt lagen, und steckte sie in die Schmutzwäschetüte. Er konnte sie in der Wäscherei sortieren.

Er leerte den Papierkorb und den Mülleimer in einen Sack und machte sich auf die Suche nach leeren Dosen und

Eispapier, steckte sich eine Packung Zigaretten in die Tasche, nahm ein Bier aus dem Kühlschrank und brachte Müll und Wäsche zum Mustang. Die nächste Wäscherei war im Kleingartenverein *Musikbyen*, eine altmodische mit großen Industriemaschinen, und obwohl es praktischer wäre, wenn er eine eigene Waschmaschine auf dem Boot hätte, mochte er den wöchentlichen Ausflug zu der Wäscherei. Es roch dort gut, und das Rumpeln der Maschinen wirkte beruhigend.

Auf dem Bürgersteig vor der hellblauen Mosaikfassade stand eine Gruppe junger Leute in viel zu dünnen festlichen Kleidern mit Schorle in den Händen und Musik in den Kopfhörern. Nima trug die Wäsche mit einem Stich im Herzen an ihnen vorbei.

Shirin war jetzt seit vierundzwanzig Stunden verschwunden, und von der Polizei gab es noch immer nichts Neues. Ein schlechtes Zeichen, das wusste er.

Die Wäscherei war menschenleer bis auf einen Obdachlosen, der in einer Ecke saß und Plastiktüten und einen Haufen Klamotten um sich verteilt hatte. Wer wusch auch an einem Freitagabend, wo man feiern und mit Familie und Freunden entspannen konnte?

Das Lachen der jungen Leute drang durch die offene Tür und gab dem Raum etwas Leben. Er kaufte Waschpulver und Maschinenzeit und rollte zwei Körbe heran, um seine Wäsche zu sortieren. Öffnete sein Bier mit einem trägen Pfff, trank einen Schluck und begann, T-Shirts und Handtücher aus der Wäschetüte zu holen.

»Was ist, spendierst du ein Bier, Kamerad?«

Nima drehte sich zu dem obdachlosen Mann um. Er hatte Schuhe und Strümpfe ausgezogen, einen Fuß auf den Schoß gelegt und rieb sich die Zehen warm.

»Leider nein, ich hab nur das eine.« Er fuhr mit Sortieren fort und nahm sich vor, den Immobilienmakler anzurufen, der sich nicht wieder gemeldet hatte. Noch ein schlechtes Zeichen.

»Spendierst du nicht mal einen Schluck?«

Der Mann stand jetzt direkt hinter ihm. Er war jünger, als Nima zuerst angenommen hatte, vielleicht in den Zwanzigern, doch verbraucht von einem harten Leben. Das Haar wuchs ungleichmäßig und war fettig, die Zähne dunkel. Er stank.

»Das ist wohl keine so gute Idee.«

»Komm, ich trinke nur den Rest.« Der Mann versuchte sich an einem einäugigen Blinzeln, doch es ähnelte eher einer unfreiwilligen Zuckung. Nima zog sich ein wenig von ihm zurück, ohne zu verbergen, dass er genau das tat.

»Ich habe Nein gesagt.«

»Du hast zu Hause bestimmt den Kühlschrank voller Bier.«

Vielleicht sollte Nima ihm einfach das verdammte Bier geben, doch im Moment konnte er sich nicht dazu aufraffen. Er schüttelte den Kopf und bückte sich nach einer Socke.

Der Mann nutzte die Gelegenheit, um nach der Bierdose auf dem Tisch zu greifen. Es war bestimmt witzig gemeint, doch für Nima war es der Tropfen, der das Fass zum Überlaufen brachte. Er schrie den Mann an: »Dann besorg dir doch einen Job wie wir anderen!«

Der obdachlose Mann zog die Hand zurück und guckte böse, dann trottete er zurück an seinen Platz und rieb weiter seine Zehen, wobei er wütend vor sich hin murmelte und auf den Boden spuckte.

Nima warf Jeans in eine Maschine und Laken in eine andere. Sein Herz schlug im Galopp, und es klingelte schwach in seinen Ohren, doch das Schlimmste war das schlechte Gewissen, das sich augenblicklich einstellte. Er hatte selbst erlebt, wie es war, mit dem Hut in der Hand dazustehen.

Er zog die letzte Bettwäsche aus der Tüte und stopfte sie in die Maschine. Es war die mit den blauen Streifen, die, in der Shirin auf dem Boot geschlafen hatte. Er bemühte sich, nicht dabei zu verweilen, steckte sie einfach mit Handtüchern und Geschirrtüchern hinein.

Da knisterte etwas im Bettbezug. Er holte ihn wieder aus der Maschine, suchte nach der Öffnung und sah hinein. In dem gestreiften Stoff steckte ein gepolsterter Umschlag.

Er zog ihn heraus und drehte ihn in den Händen. Es stand nichts darauf, weder ein Empfänger noch ein Absender, aber es steckte eindeutig etwas darin, und die Umschlagklappe war zugeklebt.

Nima öffnete den Umschlag. In dem gepolsterten Inneren lagen eng gepackte Zweitausendkronenscheine. Schnell schloss er den Umschlag und steckte ihn wieder in den Bettbezug.

Das Herz nahm seinen Galopp wieder auf. Wo zum Teufel kam das Geld her?

Er warf den Bezug zurück in die Tüte und holte nach kurzem Nachdenken die ganze Wäsche aus den Maschinen. Das Waschen musste warten, er konnte mit dem Umschlag nicht eine Minute länger hierbleiben.

Er warf sich den Sack über die Schulter und ging zur Tür. Unmittelbar, bevor sie sich hinter ihm schloss, hörte er den obdachlosen Mann zischen:

»Kanake.«

*

Ray Liotta identifizierte im Gerichtssaal gerade Robert De Niro und Paul Sorvino, als Petter anrief.

Liv stellte den Film aus und meldete sich ein wenig zu eifrig. »Ja, hey. Kannst du mich hören, Petter?«

»Meine Güte, schreist du. Ist alles okay?«

Sie lachte. »Alles okay. Hast du meine Nachricht bekommen?«

»Ja, Kleine, du hattest recht.«

Die Cola sprudelte über und lief ihr die Arme hinunter und auf die Hose. Sie machte sie zu und versuchte, die Flüssigkeit von den Fingern abzulecken.

»Hast du das überprüft? Ist er es?«

»Der verschwundene Asylbewerber, der am 21. April 1991 um 9:12 Uhr morgens im Center Sandholm vermisst gemeldet wurde, war ein junger iranischer Mann mit Namen Milad Kharazmi. Er ist einfach verschwunden, es gab keine Zeugenaussagen, und die Ermittlung führte weder zu konkreten Theorien zu seinem Verschwinden noch zu Verdächtigungen. Der Fall wurde geschlossen, ohne aufgeklärt worden zu sein.«

»Wie traurig.« Sie stand auf und spülte sich die Finger ab, machte einen Lappen nass und tupfte auf die Flecken auf ihrer Hose. Eine kleine Blase aus Selbstmitleid hätte sie Petter beinahe von dem toten Kater vor ihrer Haustür erzählen lassen, doch im letzten Moment entschied sie sich dagegen. Was sollte er machen?

»Was für ein Schicksal.« Sie trocknete sich die Hände ab und ging zurück zum Bett. »Dann habe ich ihn deshalb nicht gefunden, als ich ihn gegoogelt habe. Wohin bringt uns das?«

»Vermutlich zu noch einem Mord«, seufzte er. »Zu einem über dreißig Jahre zurückliegenden. Ohne Leiche.«

»Ich habe doch gesagt, dass die Spuren zurück nach Sandholm führen. Bei dem Mord an Tami muss es um etwas anderes gehen, um mehr als um Rauschgifthandel.«

»Aber um was?«

»Okay, ich hab eine Idee. Hör mir einfach bis zum Ende zu.« Liv umriss, wie sie die Tonspur in Tamis Video von der Insel identifiziert hatte. »Ich habe mir auf YouTube Clips iranischer X-Factor-Sendungen angehört, und ich musste mir nicht viele anhören, bis ich die Unterhaltung gefunden hatte.«

»Was sagt uns das? Dass Tami von zwei Juroren der iranischen X-Factor-Version ermordet wurde?«

»Ich glaube eher, es sagt uns, dass das Video eine falsche Fährte ist. Erinnerst du dich, wie der Mann und die Frau darüber reden, wer der Nächste auf der Liste ist? In Wirklichkeit geht es um die Teilnehmer einer Musikshow und nicht um irgendeine Todesliste.«

Er hustete und räusperte sich verärgert. »Wie passt der X-Factor-Clip zu dem Zettel?«

»Gar nicht. Vielleicht hat Tami das Video aufgenommen, während jemand im Hintergrund X-Factor gesehen hat?«

»Um sechs Uhr morgens auf einer halb verlassenen Insel? Und warum hat er das Video überhaupt aufgenommen?«

»Eine Erklärung könnte sein, dass Tami uns einen Hinweis auf seine Mörder geben wollte.« Sie stand auf, ging zum Kühlschrank, fand noch eine Cola und nahm sie mit zum Bett. »Und dass die Täter die sind, die Milad Kharazmi 1991 gefoltert haben.«

»Und was ist mit Cyrus? Haben die verschwundenen Drogen nichts zu bedeuten?«

»Das weiß ich noch nicht, aber hör mal zu, Petter: Zu Beginn der Neunzigerjahre hat eine Gruppe mit Verbindungen zur iranischen Revolutionsgarde Verhöre im Sandholmlejren durchgeführt. Tami hat eine Kassettenaufnahme von einem Verhör versteckt, auf der ein Agent, der sich der Oberst nannte, Milad Kharazmi foltert.«

Sie machte eine Kunstpause, doch Petter schwieg. »Tami hat die Aufnahme benutzt, um Geld von dem Oberst zu erpressen, und ich weiß, wer er ist. Ich habe seine Stimme erkannt.«

»Der, der in der Nähe von Horsens wohnt?«

»Samir Vahman.«

Petter seufzte.

Sie ließ ihn in Ruhe nachdenken und zog sich mit dem Handy am Ohr die Jogginghose mit den Colaflecken aus. Gerade als sie sich eine saubere anziehen wollte, hörte sie seine Stimme wieder.

»Ein Geheimagent des islamischen Regimes, getarnt als Rentner, meinst du das?«

»So, wie du das sagst, klingt das völlig verrückt …« Liv sah sich selbst im Glas der Hintertür. Sie sah aus, als wäre sie breitschultrig und stark. »Sollen wir zusammen hinfahren und mit Vahman reden? Inoffiziell? Dann kann ich dich unterwegs auf den neuesten Stand bringen.«

Er hustete erneut, gereizt wie eben, reagierte jedoch mild.

»Du hast natürlich schon mal mit ihm geredet …«

»Und ich habe Tamis Kassettenband. Wir könnten es vor ihm abspielen …«

Sie konnte ihn in den Hörer lächeln hören. »Liv Jensen, du bist der irritierendste Mensch auf der ganzen Welt. Ich hole dich morgen früh um sieben ab.«

*

Die Ofenkartoffeln dufteten von der Küche herüber, und ihr Weinglas war leer. Hannah war in der alten Werkstatt ihres Vaters sitzen geblieben, um sich in Ruhe dem Knoten in ihrem Magen zu widmen. Mit am gefährlichsten von allem, was man als Mensch tun kann, ist es, sich eine eigene Wirklichkeit zu konstruieren, die unkritisch die eigenen Gedanken und Handlungen untermauert, ohne Fragezeichen zu setzen. Sie hatte täglich mit Kindern und Erwachsenen zu tun, die nicht verstanden, warum der Rest der Welt nicht ihrer Meinung war. War sie selbst so jemand geworden? Eine derjenigen, die den Kontakt zu den anderen verloren hatten, weil sie sich selbst anlogen? Der Gedanke war nicht auszuhalten.

Die Blätter der Monstera-Pflanze in der Ecke hingen herunter. Sie holte eine Gießkanne und füllte die Schale unten auf. *Immer von unten wässern*, hatte ihre Mutter sie gelehrt. Sie sah zu, wie das Wasser langsam aufgesaugt wurde und verschwand. Wie ihr Kampfgeist. Die Unruhe rumorte in ihrem Körper und erinnerte sie an die Dunkelheit des letzten Winters. Es gab auch die Möglichkeit, einfach loszulassen und sich wieder krank zu melden.

Der Klang der Türklingel unterbrach ihre düsteren Gedanken. Sie eilte in die Diele, um zu öffnen. Vor der Haustür stand Nima.

Er sah müde aus, hatte dunkle Ringe unter den Augen und roch nach Bier.

»Hey. Ich konnte nicht so gut allein zu Hause sein und habe mir gedacht, ich sehe mal, ob ich ... störe ich?«

»Überhaupt nicht. Ich bin spät von der Arbeit nach Hause gekommen, deshalb machen wir gerade erst Abendessen.«

Er strahlte eine akute Verzweiflung aus, die seltsamerweise ihre eigene etwas neutralisierte. Vielleicht verplapperte sie sich deshalb. »Ich habe einfach nur dagesessen und mir Möbel angesehen.«

Er warf einen Blick in die Diele und sah sie an. Las ihre Gedanken.

»Willst du ausziehen?«

Sie bereute ihre Indiskretion sofort. Das war kein Thema, das sie mit jemand anderem diskutieren sollte, bevor sie mit ihrem Vater gesprochen hatte.

»Willst du mit uns essen? Es gibt nur das, was im Kühlschrank war, aber es ist reichlich.«

»Danke, gerne.«

»Aber sei bitte so lieb und sprich nicht mit meinem Vater über die Möbel, das würde ihn beunruhigen.« Hannah ließ ihn herein und versuchte einzuschätzen, wie viel Fürsorge er ertrug, ohne zusammenzubrechen. Eher nicht so viel.

»Wie geht es dir?«

Er schüttelte den Kopf.

»Komm mit in die Küche und trink ein Glas Wein. Das Essen ist bald fertig. Und mein Vater freut sich bestimmt, dich zu sehen.«

Sie griff nach seiner Hand und nahm ihn mit.

Jan erhob sich sofort, langsam, aber begeistert. Er war klug genug, nicht nach den Morden und nach Shirin zu fragen, tätschelte Nima nur mitfühlend die Hand und erzählte ihm eine Anekdote von einer Jugendreise nach Frankreich.

Nima nahm sich Wein, setzte sich und lauschte Jans Erzählung mit fernem Blick, doch nach zehn Minuten sah er tatsächlich etwas entspannter aus. Und als Hannah einen Teller mit Essen vor ihn hinstellte, leerte er ihn gierig und bat um mehr. Erst als die Schüsseln geleert waren, lehnte er sich zurück und seufzte so laut, dass er über sich selbst lachen musste. Sie lachten mit.

»Entschuldigung. Und danke für das Essen. Der Tag heute war furchtbar, aber es hilft, mit euch hier zusammenzusitzen. Danke.« Er rieb sich mit den Händen durchs Gesicht und lächelte.

»Wir haben zu danken. Du bist uns immer willkommen.« Jan strahlte vor Energie. »Aber jetzt müsst ihr einen alten Mann entschuldigen. Die Zeiten sind vorbei, wo man die ganze Nacht durchtanzen konnte. Jetzt macht der Laden um neun dicht. Pass auf dich auf, mein Freund.« Jan stand auf und verließ die Küche mit leichten Schritten, als wäre er nie schwächlich gewesen und am Stock gegangen.

»Es ist wunderbar, ihn so zu sehen«, sagte Nima und ließ sich Wein nachschenken. »Er war so traurig.«

Hannah nickte und nahm Anlauf, der Wein machte sie mutig.

»Jetzt bist du es, der traurig ist.«

»Ja, jetzt bin ich es.« Er hob den Blick und sah sie zum ersten Mal direkt an.

Die grünen Augen waren müde, aber der Blick intensiv. Er nahm ihre Hand in seine, vorsichtig, als wäre sie ein Vogeljunges, führte sie zum Mund und küsste sie auf den Handrücken. Nur ein einziger Kuss, sanft und unschuldig, doch er löste ein Rieseln entlang ihrer Wirbelsäule aus.

»Kann ich etwas für dich tun?«

Er drehte ihre Hand um und küsste sie in die Handfläche. Es fühlte sich nicht länger unschuldig an.

»Darf ich bei dir schlafen?«

SAMSTAG, 13. MAI

KAPITEL 21

»Da wohnt er.«

Liv knüllte die Frühstückstüten von der Tankstelle bei Fredericia zusammen und gähnte ausgiebig. Petter schaltete den Motor aus und lehnte sich vor, um sich das Reihenhaus von Samir Vahman genauer anzusehen. Auch heute war der Rasen voll mit buntem Plastikspielzeug.

»Das sieht nicht wie die Kommandozentrale eines Verbrecherrings aus.«

»Nein, er ist ein Musterbürger. Man vergisst fast, dass er vor dreißig Jahren bei der Folter eines Kindes mitgemacht hat.« Liv schüttelte den Kopf, um ganz wach zu werden. »Für welche Zeit hast du uns angekündigt?«

»Um halb zehn, wir sind fast pünktlich.« Petter gähnte auch und rieb sich die Augen. »Ich hoffe, ich werde nicht bereuen, dass ich dich mitgenommen habe, Kleine. Es wird schwer werden, das zu erklären.«

»Dann ist es ja gut, dass du der Chef bist. Außerdem ist er mein Kontakt. Es ist also durchaus sinnvoll, dass ich bei dem Gespräch dabei bin.«

Sie öffnete die Autotür und stieg aus in den duftenden Maimorgen. Die Autoabgase und die schlecht gelaunten Radfahrer von Vesterbro wirkten so fern, dass sie unwirklich wurden.

Und das tat das Sandholmlejren auch.

Petter stieg mühsam aus dem Auto und sah mit gerunzelter Stirn auf sein Handy.

»Etwas Neues von Shirin?«

Er schüttelte den Kopf, ohne den Blick zu heben. »Bis jetzt gibt es keine Aktivität auf ihrem Handy und keine Treffer der Überwachungskameras. Die Kamera der Nachbarn hat zwar das Auto aufgenommen, in das sie sich vor der Einrichtung gesetzt hat, ein alter schwarzer Geländewagen, aber die Nummernschilder sind mit Klebeband verdeckt, und den Fahrer kann man im Dunkeln nicht sehen.«

»Glaubst du, dass sie noch lebt?«

»Nun, sie ist wie vom Erdboden verschluckt. Wieder einmal! Und wir stehen da wie die größten Idioten der Welt.«

»Shit!«

»So ist es. Nicht, dass das das Wichtigste wäre, natürlich.«

»Natürlich.«

Sie öffnete die Gartentür. Diesmal waren die Jalousien vor die großen, sprossenlosen Fenster gezogen, sodass das Haus den Eindruck erweckte, als schlafe es. Etwas sagte Liv, dass ihnen heute kein Kuchen serviert wurde.

Sie sollte recht behalten. Als sie den Gartenweg zur Hälfte hochgegangen waren, öffnete Samir Vahman die Haustür und stellte sich breit in den Rahmen, die Arme eng am Körper. Es war schwer zu sagen, ob er sie begrüßen oder den Eingang blockieren wollte.

Liv hörte, wie Petter beim Anblick der muskulösen Arme des Mannes, die sich heute in einem kurzärmligen Hemd zeigen durften, etwas murmelte.

»Willkommen in Tvingstrup!« Jetzt lächelte er und streckte Petter die Hand hin. Aus der Nähe sah man die feinen Fältchen um die Augen, was ihn nicht mehr ganz so stromlinienförmig aussehen ließ. Doch als er Petters Hand losließ und sich ihr zuwandte, sah sie es in seinen Augen, die Unversöhnlichkeit. Er wusste, dass sie wusste, wer er in Wirklichkeit war.

»Kommen die Enkel dieses Wochenende wieder zu Besuch?«

Er sah sie an, ohne zu antworten. Lächelte nur säuerlich und führte sie ins Wohnzimmer zu einem abgenutzten Ledersofa voller Zierkissen. Es war so tief, dass Petter die letzten Zentimeter hineinfiel, als er sich setzte. Er blickte mürrisch auf die trügerischen Sitze und beeilte sich, seine Tasche zu öffnen, ohne nach den auf dem Sofatisch bereitstehenden Kaffeetassen zu schielen.

»Wie ich schon am Telefon gesagt habe«, begann Petter, »sind wir in Zusammenhang mit dem Mord an Tami Ansari hier, den Sie im Auffanglager Sandholm kennengelernt haben, soweit ich das verstanden habe. Wann haben Sie dort gewohnt?«

Samir zog diskret die Brauen hoch, um zu zeigen, was er von dem mangelnden Austausch an Höflichkeiten und dieser Direktheit hielt.

»Ich bin am 2. Juni 1989 nach Dänemark geflohen und habe bis zu dem Tag in dem Lager gewohnt, an dem mir zweieinhalb Jahre später Asyl gewährt wurde.«

Petter legte die Kassette vom April 1991 auf den Tisch. Samir würdigte sie keines Blicks.

»Im Frühling 1991 wurde ein iranischer Junge mit Namen Milad Kharazmi im Auffanglager Sandholm verschwunden gemeldet. Er verschwand und wurde nie gefunden. Erinnern Sie sich daran?«

Samir faltete die Hände und legte sie ruhig in den Schoß. »Natürlich. Das war eine tragische Sache.«

»Sie haben mir gegenüber behauptet, dass Sie ihn nicht gekannt haben«, protestierte Liv.

»Soweit ich mich erinnere, haben wir nicht über diese furchtbare Sache gesprochen. Falls Sie nur seinen Namen erwähnt haben, habe ich mich an den nach so vielen Jahren nicht erinnert.«

Sie sah ihn mit offenem Mund an. »Sie erinnern sich nicht an den Namen des Jungen, der aus dem Auffanglager verschwunden ist? Einen Ihrer Landsleute?«

Petter warf ihr einen Blick zu und fuhr fort. »Der vor Kurzem verstorbene Tami Ansari, an den Sie sich dafür gut erinnern, hat ein Verhör aufgenommen, das unter der Leitung eines Mannes stattfand, der sich der Oberst nannte …«

Er ließ den Namen in der Luft hängen. Samir wartete ruhig ab.

»Das Verhör, das sich zu einer Folter entwickelte, wurde mit Milad Kharazmi durchgeführt. Schläge, Drohungen, Simulation eines Erstickungstods. Es ist nicht schwer, sich vorzustellen, wie das Verhör geendet hat. Mit dem Tod des Jungen.«

Samir nickte. »Es beruhigt mich, dass die Polizei endlich eine Spur in dem Fall hat. Auch wenn man meinen sollte, dass das ein paar Jahrzehnte, genauer gesagt drei, zu spät kommt.«

Er hob die Kanne hoch und goss langsam Kaffee in die Tassen. Es hatte etwas von einem Ritual. Liv wartete, bis er die Kanne wieder abgestellt hatte.

»Haben Sie eine Idee, wer dieser Oberst sein könnte?«

»Nein.«

Sie zeigte auf die Kassette. »Seine Stimme klingt übrigens ganz wie Ihre.«

Samir lachte spontan. »Ich habe nie an irgendwelchen

Verhören im Sandholmlejren teilgenommen und auch nie jemandem etwas zuleide getan, schon gar keinen Kindern. Ich liebe Kinder.«

»Vielleicht sollten wir Ihnen das Band einmal vorspielen …«

»Dazu besteht kein Anlass. Sie irren sich, ich bin das nicht. Haben Sie vielleicht Zeugen von damals, die etwas Licht auf die Identität des Betreffenden werfen können?«

Liv wechselte einen Blick mit Petter.

Samir war ein schlauer Bursche. Er wusste, dass sie niemanden finden würden, der ihre Behauptung untermauerte. Entweder hatte er die Leute in der Tasche, oder sie waren tot.

»Ich verstehe nicht, warum Sie so in der Vergangenheit bohren, das ist ehrlich gesagt etwas unangenehm.« Samir führte ruhig seine Kaffeetasse zum Mund. »Ich lebe wie alle anderen Dänen, kümmere mich um meinen Garten, mache es mir mit den Kleinen gemütlich und bin Trainer für den Nachwuchs im örtlichen Fußballverein.«

Liv erwiderte sein Lächeln. »Wissen Sie, wo sich die vierzehnjährige Shirin Ansari aufhält? Sie ist vor anderthalb Tagen aus einer sicheren Unterkunft verschwunden.«

»Nein. Das arme Mädchen. Man kann nur hoffen, dass sie in Sicherheit ist.«

Petter beugte sich vor. Es kostete ihn offensichtlich einiges an Mühe, den Körper aus dem Sofa herauszuzwingen.

»Aber Sie haben sie gesehen. Sie hat jedenfalls Sie gesehen. Am Samstagnachmittag vor dem Bootsverleih in Husodde. Shirin hat Sie sehr genau beschrieben …« Petter ließ die Aussage einen Augenblick stehen, bevor er fortfuhr. »Sie waren dort, um sich mit Tami zu treffen.«

»Mit dem Sie seit dreißig Jahren keinen Kontakt mehr gehabt haben wollen, wie Sie behauptet haben«, unterbrach Liv. »Wie verhält es sich damit?«

Zum ersten Mal zeigte sich ein Loch in Samirs Panzer, sie sah es deutlich in seinem Blick. Er suchte nach einem Schlupfloch, fand aber keins. Selbst für ihn wurde es schwer, einfach alles zu leugnen.

Er seufzte: »Gut. Ich finde nicht, dass es passend ist, die Schwächen eines Toten aufzudecken, aber wenn es nicht anders geht … Ich habe Tami hin und wieder geholfen. Er war kein starker Mensch, er hatte keinen Selbsterhaltungstrieb, und er hatte Kinder, um die er sich kümmern musste. Aber das hat nichts mit seinem Tod zu tun …«

Er sah ihre Skepsis und verdrehte die Augen.

»Immer mit der Ruhe. Glauben Sie, dass ich mich wirklich vor den Leuten vom Bootsverleih und anderen aus der Gegend zeigen würde, von den Kindern gar nicht zu reden, wenn ich den Mann ein paar Stunden später liquidieren wollte? Tut mir leid, so unvorsichtig würde ich niemals sein.«

»Wo waren Sie am Sonntag, den 8. Mai, zwischen fünf und acht Uhr morgens?«

»Also vor fast einer Woche. Da war ich in Kopenhagen. Nach dem Treffen mit Tami am Samstagnachmittag bin ich rübergefahren, um mit einem guten Freund zu Abend zu essen und bei ihm zu übernachten. Am Sonntag bin ich erst um fünfzehn Uhr nach Hause gekommen, gerade noch rechtzeitig für das Fußballspiel.«

»Kann Ihr Freund das bestätigen?«

Wieder ein verschlossenes Lächeln, als wüsste Samir etwas über das Leben, das niemand sonst begriffen hatte. Zumindest nicht die Anwesenden.

»Sie können ihn gerne selbst fragen. Bahram Moradi, ich

suche Ihnen seine Nummer heraus. Zurzeit ist er allerdings auf Reisen, aber er kommt gewiss bald zurück.«

»Wann?« Livs Stimme schnitt ein Loch in die stehende Luft im Wohnzimmer. Beide Männer sahen sie verblüfft an.

»Das weiß ich nicht so genau. Er besucht seine Familie im Iran. Die Nachbarin passt inzwischen auf die Katze auf. Es kann sein, dass sie das weiß.«

Die Katze? Liv konnte sich nicht erinnern, eine Katze im Zuhause des Vorsitzenden der Dänisch-Iranischen Gesellschaft gesehen zu haben.

Als könnte er ihre Gedanken lesen, nickte Samir ihr zu und entblößte die Zähne zu einem Lächeln. »Bahram liebt diese Katze sehr.«

Er sah ihr direkt in die Augen. Ein Irrtum war ausgeschlossen. Er wusste, wer Allan, den rot gestreiften Kater, umgebracht hatte.

Liv merkte, wie sie die Luft anhielt. Ihre Ohren klingelten, Petters Augen bohrten sich in ihre Wange.

Sie stand auf. Entweder das, oder sie hätte ihre Kaffeetasse über dem lächelnden, ruhigen Samir Vahman ausgeleert. Ohne ein Wort ging sie aus dem Wohnzimmer und zur Haustür hinaus, die sie hinter sich offen ließ. Lief den Gartenweg weiter zum Auto, stützte sich auf die Knie und brachte ihren Atem unter Kontrolle. Das Blut pulsierte wie eine Dschungeltrommel in ihren Schläfen, ihre Wangen brannten.

»Bist du okay?« Petter trat hinter sie und legte ihr eine Hand auf den Rücken.

»Ja, ja, mir ist nur schlecht geworden.« Sie richtete sich auf. »Er hat Milad damals umgebracht, Petter. Das weiß ich!«

»Ja, ich glaube, du hast recht.«

Sie sah zum Haus hinüber. Bewegte sich die Jalousie?

Petter sah es auch. Er öffnete die Autotür. »Sehen wir, dass wir hier wegkommen.« Er ließ den Motor an und beschleunigte.

Sie fuhren schweigend an dem Stadtschild vorbei auf die Landstraße. Bäume, hellgrüne Felder und Bauernhöfe. Eine Idylle. Alles stimmte, und doch nicht. Petter nieste und hielt sich die Hand vor den Mund. Das Auto schlingerte leicht, bis er das Steuer wieder richtig gegriffen hatte.

Liv sprach zu den vorbeigleitenden Bäumen.

»Aber ich glaube nicht, dass er Tami umgebracht hat. Wie er selbst sagt, wäre er niemals so unvorsichtig, sich bei dem Bootsverleiher zu zeigen, hätte er vor, am nächsten Morgen nach Vorsø hinüberzufahren und Tami umzubringen.«

»Ja, das wäre unvorsichtig.«

»Schlimmer als das. Es wäre unprofessionell.«

Petter brummte eine Bestätigung. »Und obwohl wir jetzt alle Informanten befragt haben, die auch nur die geringste Verbindung zu Al-Ghazaa haben, haben wir nicht einen einzigen Zeugen, der Ali und seine Männer auf Vorsø oder in Brøndby Strand gesehen hat.«

Sie kamen an einer Abfahrt nach Brigsted vorbei und sahen einander an. Petter wurde langsamer, und Liv nickte.

»Mach es, Petter! Dreh um! Wir müssen zurück zu der Insel.«

*

Nima brauchte ein paar Sekunden, um sich zu erinnern, wo er war, als er in Hannahs Bett aufwachte. Sie lag mit dem Rücken zu ihm und schlief ruhig, und er führte eine lange Debatte mit sich, ob er sie wecken oder sich einfach hinausschleichen sollte, ohne sie zu stören. Schließlich entschloss er sich zu Letzterem. Nicht, um zu flüchten. Die Nacht war zärtlich gewesen, und er hatte Lust, sie zu verlängern.

Er sammelte seine Kleidung zusammen und schlich sich aus dem Zimmer, zog Hose und Hemd auf dem Weg die Treppe hinunter an. Erst als er vor der Haustür stand, schloss er die Hose und zog die Schuhe an. Vogelgezwitscher hing in der Luft, und er ging mit neuer Energie zum Auto.

Im Auto schrieb er Hannah eine SMS, von der er nur hoffen konnte, dass sie sie verstand. Anschließend saß er in seinem Mustang und kam sich dumm vor. Sollte er jetzt einfach nach Hause zu seinem Boot fahren? Er musste Liv oder der Polizei von dem Geld erzählen, doch er hatte Angst, wo es herkam. Er zündete sich eine Zigarette an und versuchte, klar zu denken.

Nima hatte die Scheine gezählt und festgestellt, dass es fünfzigtausend Kronen waren. Jetzt brannte ihm das Geld in der Tasche. Warum musste er auch in Tamis Scheiße hineingezogen werden! Erpressung war das Verbrechen des Feiglings. Er hasste den Gedanken, dass sein Vetter bei der Misshandlung des jungen Mannes, der um Gnade gebettelt hatte, dabei gewesen war und nachher das Beweismaterial zu seinem eigenen Vorteil verwendet hatte. Statt zur Polizei zu gehen, damit die Folterknechte ihre Strafe bekamen. Was sagte das über Tami aus?

Nima fing seinen eigenen Blick im Rückspiegel ein. Ratlos, passiv und mit dem Geld in der Tasche – war er selbst nur ein Quäntchen besser?

Er griff nach dem Handy und öffnete krak.dk. Es waren drei Männer gewesen, die Milad gefoltert hatten. Der eine von ihnen war jetzt im Iran, der andere lebte in Jütland, doch der Dritte wohnte hier in Kopenhagen. Ihsan Shafaeis Restaurant tauchte ganz oben auf, die private Adresse stand direkt darunter. Er wohnte mit Leila in einer der ruhigen Straßen, wo Frederiksberg in Vanløse übergeht, keine billige Adresse. Das Restaurant musste besser laufen, als es den Anschein erweckte.

Es dauerte nur acht Minuten, dort hinaus zu fahren, doch Nima schaffte es, in dieser Zeit zweimal nach seinem Handy zu schielen.

Keine Antwort von Hannah. Er stieg aus dem Auto und klingelte an der Tür des gelb verputzten Hauses, während er zu der Rampe hinsah, die vom Garten entlang der Treppe gebaut war.

Leila öffnete die Tür. Sie war ordentlich geschminkt, trug ein adrettes dunkelgrünes Kleid und lächelte ihn an, als hätte sie den Mund voller scharfer Nägel.

Nima bedankte sich für neulich und fragte höflich nach Ihsan.

»Er ist krank und empfängt keinen Besuch.«

»Darüber bin ich mir im Klaren, Leila, aber ich habe etwas für ihn. Etwas, von dem ich glaube, dass es ihn freuen wird, es zurückzubekommen. Ich mache es kurz.«

Leila öffnete und schloss den Mund ein paarmal, dann trat sie einen Schritt zurück, sodass er hereinkommen konnte.

»Ihsan sitzt in der Bibliothek. Hier entlang.« Sie ging mit gebeugtem Kopf durch das Haus, das vollgestellt war mit Nippes und Möbeln. Brokatgardinen waren vor die Fenster gezogen und ließen nicht viel Licht herein, dafür hing ein elektrischer Kronleuchter etwas zu niedrig von der Decke.

Die Bibliothek stellte sich als relativ bucharmes Zimmer mit einem großen Flachbildschirm und schweren Chesterfield-inspirierten Möbeln heraus. In einem Rollstuhl saß ein grauhaariger Mann in einem frisch gebügelten Hemd mit leeren Augen, die dem Bildschirm zugewandt waren. Die krumme Nase war bestimmt einmal schön gewesen, jetzt tropfte sie traurig auf einen dünnen Schnurrbart hinunter.

»Ihsan, du hast einen Gast. Nima Ansari.« Sie sprach langsam und deutlich, aber er antwortete nicht.

Trotzdem nickte die Frau, als hätte ein Austausch stattgefunden. »Es ist okay. Setz dich einfach. Ich mache uns Tee und komme gleich zurück.«

»Danke, Leila.«

Nima wartete, bis sie das Zimmer verlassen hatte, dann zog er das gefütterte Kuvert aus der Tasche, lehnte sich zu dem Rollstuhl hin und zeigte Ihsan den Inhalt. Keine Reaktion.

»Wenn ich mich nicht irre, gehört dieses Geld hier dir und deinen Freunden. Das jährliche Schweigegeld für meinen Vetter, nicht wahr?«

Ihsan blinzelte und formte tief im Hals einen Laut. Sein Gesicht hing auf der linken Seite schlaff herunter, wie paralysiert.

»Gab es noch andere Opfer außer Milad Kharazmi?«

Die Hände fuhren auf der Armlehne des Rollstuhls umher.

Nima nahm die Geldscheine aus dem Umschlag und warf sie dem älteren Mann in den Schoß. »Willst du die zurück? Einmal Blinzeln für Ja, zweimal für Nein.«

Ihsan grunzte, diesmal etwas lauter. Ein Tropfen Spucke lief von seinem Mundwinkel über das Kinn.

»Fünfzigtausend im Jahr sind sehr viel Geld, das muss man erst einmal aufbringen. Hast du von zu Hause Hilfe bekommen, oder musstet ihr das selbst stemmen? Musste Tami deshalb sterben? Hattet ihr die Nase voll?« Nima richtete sich auf und spitzte die Ohren, doch es war still im Haus, die Küche musste am anderen Ende liegen.

»Hat es dich geärgert, dass du nicht länger selbst das Messer führen konntest? Dass du krank geworden bist und es deinen Komplizen überlassen musstest, meinem Vetter die Kehle durchzuschneiden?«

»Argva.« Ihsans Augen waren so weit aufgerissen, dass man das Weiße rund um die dunkelbraune Iris sah.

»Wo ist Shirin Ansari? Wenn du weißt, wo sie ist, dann blinzele jetzt. Sieh es als eine allerletzte Chance an, das unschuldige Kind zu retten, dessen Vater du mit eliminiert hast.«

Ihsan beugte sich im Stuhl vor, bis sein Kopf nur noch wenige Zentimeter über den Oberschenkeln hing. Er fiepte wie ein erschrockener Welpe.

Nima zog ihn mit einem festen Ruck wieder hoch und griff nach seiner Hand.

»Wie läuft das, Ihsan? Wie fügt man anderen Menschen Schmerzen zu und geht anschließend ins Bett und schläft acht Stunden? So?«

Nima quetschte seine Hand mit beiden Händen, drückte mit aller Kraft zu, bis er die Knochen knirschen hörte. Der alte Mann weinte, doch Nima hörte nicht auf. Mit all seiner Kraft versuchte er, Ihsans Hand zu pulverisieren. Drückte und drückte und drückte, als hinge sein Leben davon ab. Die Muskeln in Schultern und Armen zitterten und brannten, und der Schweiß lief ihm über die Stirn.

»Vaarrrgh!«, rief Ihsan.

Nima ließ los. Richtete sich auf. Ungeachtet, was der alte Mann wusste, er würde es nie aus ihm herausbekommen. Ihsan würde ihn nicht zu Shirin führen, und selbst wenn er das könnte, war er nicht imstande, die Verantwortung zu übernehmen und sich für seine Untaten zu entschuldigen.

Der alte Folterer saß mit geschlossenen Augen und Bündeln von Geldscheinen im Schoß in seinem Rollstuhl. Nima trat einen Schritt zurück und fuhr sich mit der Hand durchs Gesicht. Zog an seinem T-Shirt, sodass der Hals entblößt war. Die Narbe.

Ihsan hielt die Augen geschlossen, sein Atem wurde langsam ruhiger.

»Ich hoffe, du verrottest in dem Stuhl.«

Nima drehte sich um und verließ die Bibliothek. Draußen vor der Tür stand Leila und wartete mit dem Teetablett. Er blieb stehen, und sie sahen einander an. Sie musste alles gehört haben. Bevor er sich umdrehte und ging, kam es ihm vor, als lächelte sie ihn an.

*

Hannah wartete mit dem Aufstehen, bis sie die Haustür hinter Nima ins Schloss fallen hörte und seine SMS bei ihr einging. Die Enttäuschung lauerte direkt unter der Morgenmüdigkeit, obwohl die Vernunft ihr sagte, warum er den Samstagmorgen nicht in ihrem Bett verbringen konnte. Das Gefühl alleine, mit nur einer Textnachricht als Trost, ins Bad zu gehen und sich seinen Samen von den Oberschenkeln zu waschen, bedrohte ihr fragiles Selbstvertrauen.

Doch wie auch immer, die Nacht war wunderschön gewesen. Befangen in den ersten Minuten, nachdem sie die Tür des Schlafzimmers hinter sich geschlossen hatten, verlegen und selbstbewusst alle beide. Die Haut an Nimas Händen war hart, und er schmeckte sauer. Er hatte sie mit geschlossenen Augen und eiliger Zunge geküsst, als wollte er es hinter sich bringen. Aber dann war sie mit der Nase in sein Auge gekommen, und beide mussten lachen. Das hatte geholfen.

Er war schön, doch sein Körper war ausreichend mitgenommen, dass seine Schönheit nicht abschreckend wirkte. Die Narbe am Hals, die Rettungsringe an den Seiten und die kleine Fettschicht am Bauch. Und als er die Augen öffnete, hatte er sie angesehen, als gäbe es niemand anderen auf der Welt, und selbst wenn es einstudiert war, hatte es sich gut angefühlt. Echt genug.

Sie trocknete sich das Haar, nahm sich Zeit, um Make-up aufzulegen, zog sich hübsch an und holte die Bakelitohrringe ihrer Mutter heraus. Der Verschluss war altmodisch, und sie waren schwer anzuziehen, sodass sie sie oft in der Schatulle ließ. Doch heute nahm sie sich um ihres eigenen Selbstbewusstseins willen die Zeit. Im Spiegel begegnete sie dem beharrlichen, dunkelbraunen Blick ihres Vaters.

Das Fahrrad knarrte eingerostet, sie musste es die Tage ölen, doch die Fahrt zu der neuen Wohnung war friedlich und kurz. Ihr Vater würde alleine zu Fuß hingehen können, wenn er den Stock nahm.

Vor dem Eingang wartete ein pausbackiger Mann in Schlaghosen. Das musste der Hausmeister sein, Trine hatte ihn ihr beschrieben. Sie stellte das Fahrrad ab und ging zu ihm, um ihn zu begrüßen.

»Hey, Bjarne, ich bin diejenige, die sich die Wohnung im fünften Stock oben ansehen möchte.«

Er lächelte breit, was sein fülliges Doppelkinn in Schwingungen versetzte.

»Ach, wie schön, noch eine junge Dame im Haus. Wir brauchen etwas frischen Schwung hier in Frederiksberg.«

Hannah ließ das mit der jungen Dame stehen, ohne zu

widersprechen, und folgte Bjarne, der langsam die vielen Treppen bis zur Dachetage hochstieg. Als sie oben waren, war er völlig außer Atem. Er prustete, während er die Tür aufschloss, und verdrehte die Augen, um sich für seine schlechte Form zu entschuldigen.

»Ja, ja, so ist das! Sie wollten die Wohnung ausmessen, nicht?«

Hannah zog einen Zollstock aus der Tasche.

»Schön!« Er lächelte und wischte sich den Schweiß von der Stirn. »Dann lasse ich Sie mal in Frieden. Seien Sie so nett und ziehen Sie die Tür hinter sich zu, wenn Sie gehen. Es sei denn, Sie haben noch Fragen?«

»Nicht unmittelbar.«

»Ansonsten rufen Sie einfach an. Meine Nummer steht in der Mail.« Er sah die Treppe hinunter und seufzte tief. »Ja, dann viel Vergnügen beim Messen. Wir freuen uns, Sie willkommen zu heißen.«

Bjarne schickte sich an, die vielen Stufen wieder hinunterzusteigen, und sie winkte ein letztes Mal, bevor sie die Tür hinter sich schloss. Dann drehte sie sich um und nahm die Atmosphäre der Wohnung in sich auf.

Die Holzböden waren gelaugt, die Wände weiß und die Möglichkeiten unendlich. Sie ging vorsichtig durch die Räume und versuchte sich vorzustellen, wo die einzelnen Sachen stehen sollten und wie sie ihr neues Heim einrichten wollte. Der Schreibtisch im Erker, der Esstisch mitten im Raum, das Sofa in der Ecke. Das Schlafzimmerfenster ging auf einen grünen Hinterhof hinaus. Das war zwar nicht wie ein eigener Garten, doch zumindest hatte sie einen Ort, an den sie sich mit einem Buch und einer Tasse Kaffee setzen konnte. Die Frage war natürlich, ob man das tat, wenn es so weit nach unten war.

Das Badezimmer war frisch renoviert mit einer weißen Vliestapete und Metrofliesen in der Duschkabine. Die Armaturen glänzten, und als sie den Wasserhahn aufdrehte, kam das Wasser problemlos und ganz ohne das Knarren und Lärmen, das sie aus ihrem Elternhaus gewohnt war. Es würde herrlich sein, nicht mehr damit leben zu müssen!

Hannah holte einen Block aus der Tasche und begann für Sofa und Schränke Maß zu nehmen. Ihre Schritte hallten in den leeren Zimmern und störten die geplante Euphorie. Sie hatte sich so darauf gefreut, sich zu freuen, doch das Gefühl von Freiheit blieb aus. Stattdessen lief sie mit einem Kloß im Hals durch die Wohnung, der sich nicht auflösen und verschwinden wollte. Sie bereute, dass sie keine Musik mitgenommen hatte, und stellte sich an das Fenster im Erker. Das Herz der Wohnung und das, worin sie sich verliebt hatte.

Hier würde sie sitzen und arbeiten, falls sie denn ab nächster Woche noch eine Arbeit hatte, ein Glas Wein trinken und über die Kupferdächer der Stadt schauen. Das hatte sie sich in der vergangenen Woche viele Male vorgestellt, und jedes Mal hatte das Bild ihr Hoffnung und Optimismus geschenkt. Doch nicht jetzt.

Sie fuhr sich mit der Hand an die Wange und spürte, dass sie nass war. Ihre ganz große Sorge war immer gewesen, ob ihr Vater ohne sie zurechtkam. War es in Wirklichkeit sie, die ihn nicht entbehren konnte?

*

»Okay, das Wasser ist kälter, als man meint. Am Anfang wird es ein bisschen zwicken, aber du gewöhnst dich daran.« Liv krempelte die Hosenbeine bis über die Knie hoch und schielte zu Petter rüber, der die Schuhbänder zusammenband, sodass er sich die Schuhe um den Hals hängen konnte. Vor ihnen lagen die Bucht von Horsens und die zugewachsene, geheimnisvolle Insel Vorsø. Der Wind zauberte heute kleine Schaumkronen auf die Meeresoberfläche.

»Was sollen wir da drüben? Verrätst du mir das?« Er zog seine Hose hoch und stellte den Gürtel ein Loch enger, während er zu der Insel hinüberschielte, das Gesicht in skeptische Falten gelegt.

Liv zeigte zu dem Parkplatz hinüber, wo sie gerade den Passat der Polizei neben einem eingestaubten schwarzen Geländewagen geparkt hatten. »Was für ein Auto habt ihr auf der Überwachungskamera bei Vesterled gesehen? Das, in das Shirin eingestiegen ist?«

Petter kniff die Augen zusammen. »Verdammt. Glaubst du, dass es das des Naturpflegers war?«

»Lass uns rübergehen und ihn fragen.« Sie trat ins Wasser und spürte, wie sich die Haut bis zu den Knien zusammenzog. »Es stand hier, als ich das letzte Mal hier war.«

Petter blieb am Ufer stehen, noch immer nicht überzeugt. Liv machte einen weiteren Schritt und trat mit der weichen Haut des Vorderfußes auf einen Stein. Der Schmerz wurde im Mund zu kleinen Pfeilen.

»Wenn du einen besseren Vorschlag hast, Petter, dann machen wir das …«

Er gab mürrisch etwas von sich, das sie nicht verstehen konnte, stapfte ins Wasser und an ihr vorbei Richtung Insel. Sie folgte ihm und hielt sich hinter ihm, sodass er die spitzen Steine vor ihr entdeckte.

Sie wateten schweigend. Hin und wieder kreuzten die schwarzen Vögel der Insel über ihren Köpfen. Liv musste an die Geier aus den *Lucky-Luke*-Comics ihrer Kindheit denken.

»Ich spüre meine Knöchel nicht mehr«, kam es von Petter wie von einem zornigen Kind, das wollte, dass der Erwachsene alles wiedergutmachte. Er sprach über die Schulter, ohne stehen zu bleiben. »Wenn das mal die Strapaze wert ist!«

Sie antwortete nicht. Ermittlungsarbeit hat naturgemäß nun einmal keine eingebauten Garantien, das wusste Petter besser als jeder andere.

Trotzdem ist ein Einsatz nie vergebens, selbst dann nicht, wenn man sich vertut. Ihre Schritte zur Insel hinüber waren Stiche in einer komplexen Stickerei, die im Moment einem Wirrwarr aus zufälligen Fäden glich, aber bald, wenn sie den Blick hoben, ein deutliches Bild ergeben würde. Sobald sie versuchte, Petter einen der Stiche zu erklären, verirrte sie sich selbst in dem Muster, deshalb schwieg sie.

»Verdammte Scheiße!« Sie erreichten die steinige Küste der Insel, und Petter wankte auf nackten Füßen über den Strand zu einem umgefallenen Baumstamm, um sich darauf zu setzen und die Füße auf einem Streifen Gras auszuruhen.

Liv ließ ihn in Frieden sitzen, während sie steif wie ein pensionierter Fußballspieler die Knie unelegant beugte und streckte, damit das Gefühl in die heruntergekühlten Knöchel zurückkehrte. Anschließend zogen sie beide ihre Schuhe an, und Petter stand auf. »Wohin?«

Sie wies die Richtung, und sie folgten dem Weg, der zwischen hohen Baumstämmen und dichtem Gebüsch zum Herzen der Insel führte. Diesmal ging sie voran, und wenn sie hörte, wie er hinter ihr zurückblieb, wurde sie langsamer, sodass er aufschließen konnte. Sie erreichten die Lichtung, auf der Lars Rørdams schwarz gestrichenes Diensthäuschen in einsamer Majestät lag. Fenster und Türen waren geschlossen, unmittelbar war kein Zeichen von Leben zu entdecken.

Sie drehte sich um und sah Petter ungläubig zu dem Haus hinsehen.

»Wohnt er wirklich da, ganz allein? Die Kollegen von Südost haben zwar gesagt, dass er ein Sonderling ist, aber …«

Sie nickte. »Ich habe gewusst, dass etwas nicht stimmte, als er in Kopenhagen angestiefelt kam. Dass es einen besonderen Grund dafür geben musste, dass er den ganzen Weg auf sich genommen hatte, um bei der Ermittlung zu *helfen*.«

Sie näherten sich dem Haus, die Eingangstür ging auf, und Lars trat heraus. Er hatte die Hände in den Taschen und gab sich Mühe, entspannt zu lächeln, doch seine Stimme klang scharf. »Ihr kommt ja jetzt wirklich dauernd vom Festland angerannt! Und ich habe mir gedacht, dass ich etwas Ruhe und Frieden finde, wenn ich mich auf einer einsamen Insel niederlasse.« Er sah sie abwartend an, doch als niemand etwas sagte, fuhr er fort, wobei er zunehmend verunsichert wirkte.

»Wem oder was schulde ich die Ehre?«

»Hey, Lars, wie läuft es auf Vorsø?« Liv lächelte ihn an.

»Danke, ich kann nicht klagen.«

»Viel zu tun?«

Er zuckte die Schultern, fühlte sich sichtlich unwohl. »Wie kann ich helfen?«

»Ganz im Gegenteil. Wir haben uns gedacht, dass Sie sicher gerne wissen möchten, was Ihr Tipp, dass Tami einen anderen Exiliraner in der Zange hatte, ergeben hat.«

»Ihr hättet einfach anrufen können.«

Sie zeigte zum Festland rüber. »Ist das Ihr Auto, das da bei Brigsted parkt? Der schwarze Geländewagen?«

»Ja. Aber der ist seit Wochen kaputt. Das ist ein altes Teil, irgendwas mit dem Auspuff stimmt nicht, ich muss ihn in die Werkstatt bringen.«

»Wie sind Sie denn dann vorgestern in die Stadt gekommen?«

Er sah sie an, ohne zu blinzeln. »Ich habe bei dem Unterstand ein Fahrrad stehen, mit dem fahre ich in die Stadt und zum Bahnhof, wenn ich dorthin muss. Jetzt im Sommer nehme ich ohnehin lieber das Fahrrad.«

Liv nickte. »Laden Sie uns auf eine Tasse Kaffee ein? Das war eine lange Fahrt.« Sie ging ins Haus. Diesmal zog sie die Schuhe nicht aus.

Lars folgte ihr und begann mit Seitenblicken zu ihr und Petter Kaffee aufzuschütten.

»Darf ich mal Ihre Toilette benutzen, das war hier entlang, nicht?«

Sie ging durch das Wohnzimmer, ohne eine Antwort abzuwarten. An dem Modell des dreimastigen Schoners vorbei, den Angeln und dem Beistelltisch mit der Kiste mit Angelsachen. Aus dem Augenwinkel fing etwas ihren Blick ein, und sie blieb stehen. Hinter ihr verstummten die Geräusche des Kaffeeaufschüttens, und sie wusste, dass Lars sie beobachtete. Was war es, von dem er nicht wollte, dass sie es sah? Die Fischrollen, die Blinker, die bunten Fischfliegen aus Drähten und Federn, den Krug mit den Fischmessern, deren Griffe herausguckten? Sie waren angestaubt. Bis auf einen.

Liv streckte die Hand aus und griff nach dem Messer. Es war sauber und frisch gespült. In den Schaft war ein einziges Wort eingraviert. Sie erkannte es sofort.

Loser

KAPITEL 22

Liv wusste, dass sie Tami Ansaris Mordwaffe in der Hand hielt. Warum sollte sein Fischmesser sonst hier zwischen Lars Rørdams eigenen stehen, sauber und frisch gereinigt?

Mit dem Messer in der Hand drehte sie sich langsam um. Ein Blick in das Gesicht des Naturpflegers sagte ihr, dass sie recht hatte. Der Kiefer hing herunter, und die Augen waren groß vor Angst.

»Was wollten Sie eigentlich mit dem Messer machen?«

Petter stand langsam auf, bereit, Lars zu überwältigen, doch es war nicht nötig. Er streckte die Hände vor und kreuzte die Handgelenke wie in einem schlechten Film.

»Darf ich mich setzen? Ich habe Angst, dass ich umkippe, wenn ich mich nicht setze.«

Petter half ihm, sich zu setzen, und legte ihm Handschellen an. Lars saß mit vornübergebeugtem Kopf da und atmete in tiefen Zügen.

»Wollen Sie etwas Wasser?«

»Geben Sie mir einfach einen Moment …«

Liv suchte Petters Blick. Er schüttelte den Kopf von einer Seite zur anderen, noch immer außerstande zu verstehen, dass sie am Ziel waren. Der Täter saß zusammengesunken vor ihnen. Sie hielt Petter das Messer hin, fasste es mit zwei Fingern an, obwohl alle Fingerabdrücke eindeutig abgewaschen worden waren. Petter nahm es mit seinem Taschentuch entgegen und steckte es in die Jackentasche. Die Kriminaltechniker würden Blutspuren darauf finden, ungeachtet, wie sauber Lars es geschrubbt hatte.

Liv stützte sich auf den Küchentisch und hörte Petter zu, der vom Festnetztelefon aus die örtliche Polizei anrief und Verstärkung nach Vorsø heraus anforderte, inklusive grüner Minna und Ambulanz, nur, um auf der sicheren Seite zu sein. Als er auflegte, richtete Lars sich auf, um zu zeigen, dass er bereit war.

Petter nickte ihr zu, ließ sie das Wort führen.

»Was ist passiert, Lars?«

Er blinzelte. Begann leise, fand aber schnell seinen Rhythmus und hob die Stimme.

»Ich habe Yasmin zum ersten Mal vor fünfzehn Jahren auf der Grasfläche vor dem Haus getroffen. Sie hängte Wäsche auf, Cyrus lag im Kinderwagen daneben. Das klingt romantisch, und das war es eigentlich auch, obwohl wir zwischen den Betonblöcken von Blokland standen.«

Lars griff nach einem Glas Wasser, das auf dem Tisch stand, und trank. Es konnte von heute sein, es konnte eine Woche dort gestanden haben, es war ihm sichtlich egal. »Sie war das Schönste, was ich je in meinem Leben gesehen hatte. Ich wusste sofort, dass ich vorher noch nie geliebt hatte, nicht richtig.«

Petter bewegte sich ungeduldig, was Lars zu stören schien. Aber nur einen Augenblick, dann strömten die Worte wieder aus ihm heraus.

»Es verging lange Zeit, bis sie mich wahrnahm. Und selbst da … sie wollte sich nicht von Tami scheiden lassen, obwohl er immer widerwärtiger wurde. Sie sagte, es würde ihrer Mutter das Herz brechen, und das schaffe sie nicht. Aber Tami begann zu trinken, als die Kinder klein waren.

Zunächst schrie er sie nur an, doch mit der Zeit wurde er gewalttätig, besonders Yasmin gegenüber. Sie hat die Schläge hingenommen, damit er die Kinder in Ruhe ließ. Aber Cyrus bekam hin und wieder auch etwas ab.«

Lars rieb sich die Handflächen an den Hosenbeinen, er war sichtlich erschüttert.

»Ich habe versucht zu helfen, so gut ich konnte, auch mit den Kindern. Sie waren so süß, die beiden ... kein Kind verdient, dass ...« Er stockte.

»Ist Yasmin deshalb gegangen?« Liv runzelte die Stirn.

»Ich habe das überhaupt nicht verstanden. Sie hat mir eine Nachricht geschrieben, kurz erklärt, dass sie nicht in Dänemark bleiben könne und dass sie wisse, Tami werde sich um die Kinder kümmern, wenn sie weg sei. Tami ließ mich die Kinder quasi nicht mehr sehen, ging mir aus dem Weg, so gut er konnte. Schließlich habe ich aufgegeben und bin hier herüber geflüchtet.«

»Aber dann sind sie zu Besuch gekommen?«

Er nickte.

»Eine Angeltour, er hat angerufen und gefragt, ob sie auf der Insel kampieren dürften. Ich war euphorisch bei dem Gedanken, die Kinder wiederzusehen, und gleichzeitig hatte ich Angst, die Wunde neu aufzureißen. Aber dann, am Samstagabend ...« Lars atmete aus. »Tami hat sich betrunken und hatte eine Mordswut im Bauch. Er hat mich ans Feuer eingeladen. Die Kinder schliefen, als er es gesagt hat. *Ich habe sie umgebracht. Sie verprügelt, bis sie nicht mehr aufstehen konnte. Das Luder hatte nichts Besseres verdient.* Einfach so. Fast stolz.«

Lars griff nach der Maiskolbenpfeife, die auf dem Tisch lag, wurde jedoch von den Handschellen gebremst.

»Er hat gesagt, dass er seit Jahren von uns gewusst hat.

Dass er ihre Leiche von einer Jolle, die er sich von zwei Angelkameraden geliehen hatte, ins Meer geworfen und anschließend Nachrichten von ihrem Handy an mich und die Kinder verschickt hat. Ich habe Rot gesehen. Das Messer lag da, sein eigenes Fischmesser.«

»Was haben Sie gemacht?«

Er sah sie wachsam an. »Ich bin nach Hause gegangen und habe gewartet, bis ich sicher war, dass er fest schlief. Habe Online-Poker gespielt, um an etwas anderes zu denken. Habe versucht zu begreifen, dass sie tot ist … Als es hell wurde, bin ich zum Zelt runtergegangen. Er lag immer noch da und schnarchte, stockbesoffen, das Messer lag neben den Stiefeln am Fußende des Zelts. Es war überraschend einfach. Ich habe die Halsschlagader sofort getroffen, er hat nicht einmal gemerkt, was passierte.«

Er griff nach einem Feuerzeug und zündete die Pfeife an.

»Cyrus muss etwas gehört haben, denn als ich aus dem Zelt kam, stand er da. Er war außer sich, und ich habe Panik bekommen. Habe ihn mit dem Messer bedroht und mit zurück ins Haus genommen, wo ich ihn an den Ofen gebunden habe. Als ich zurück zu den Zelten kam, saß Shirin bei Tami. Aber sie hat mich nicht gesehen, deshalb habe ich sie von hinten gepackt und ihr die Augen zugehalten. Sie verjagt.«

»Sprechen Sie Farsi?«, warf Liv ein.

»Ein paar Brocken habe ich gelernt.«

Liv wollte gerade die Frage stellen, die zu stellen noch keiner gewagt hatte, als es an der Tür klopfte.

Petter stand auf und öffnete. Zwei uniformierte Beamte standen davor. Er gab beiden die Hand.

»Danke, dass ihr so schnell gekommen seid. Der, der da

sitzt, ist es. Er muss aufs Festland und dann nach Kopenhagen gebracht werden. Er ist kooperationswillig.«

Die Bediensteten kamen herein und halfen Lars auf.

Er räusperte sich.

»Bevor wir gehen, müssen wir noch rüber in den Schuppen.«

Die beiden Beamten sahen Petter an, der Liv einen Blick zuwarf und anschließend nickte.

Lars trat mit einem Uniformierten an jeder Seite langsam aus dem Haus und ging auf den Schuppen zu.

Liv und Petter folgten. Sie sahen einander an. Die Angst, was sie erwartete, stand ihnen allen ins Gesicht geschrieben.

»Wenn Sie so freundlich wären, die Tür zu öffnen?«

Einer der Beamten gehorchte, und sie traten in den geräumigen Geräteschuppen. Da standen Gartengeräte und Baumaterialien wie Backsteine und Ziegel, auf einem Tisch lagen Werkzeuge und diverse Planen. Lars zeigte auf eine große Plastikkiste mit einem Heckenschneider und einer Motorsäge.

»Unter der Kiste.«

Der Bedienstete schob vorsichtig die Kiste weg, und in dem festgestampften Boden kam eine Falltür zum Vorschein.

»Der Kartoffelkeller«, erklärte Lars. »Zuerst habe ich nicht gewusst, was ich mit ihnen anfangen sollte, aber ich konnte sie doch nicht einfach laufen lassen.«

Der Bedienstete öffnete die Falltür. Unten im Dunkeln saßen zwei Teenager.

*

Auf dem Weg nach Hause radelte Hannah bei dem Bäcker vorbei und kaufte Brezeln. Ihr Vater schlief immer noch, und sie ließ ihn schlafen, setzte Kaffee auf und deckte den kleinen Tisch im Garten mit einer Tischdecke und geblümten Papierservietten. Setzte sich allein an den Tisch und trank in der Sonne Kaffee, während sie ein Brötchen aß und die Backwaren ihrer Mutter vermisste. Und ihre Mutter.

Zwei Sommervögel flatterten umeinander herum und landeten im Gras vor ihren Füßen. Sie betrachtete sie und spürte etwas, das sie lange nicht mehr gefühlt hatte, ein Kribbeln im Blut. Es war mehr als Hoffnung, es war Kampfgeist.

Die Brise wehte ihr eine Haarlocke ins Gesicht, und sie sah Shirin vor sich, wie sie sich an das Geländer über Stevns Klint lehnte, während der Wind ihr in die Haare fuhr. Furchtlos.

Man muss schließlich mutig sein, nicht?

In dem Moment wusste Hannah, dass sie nicht bei ihrem Vater ausziehen konnte. Mut ist nicht nur gleichbedeutend mit dem Sprung in etwas Neues, Mut ist es auch, zu sich selbst zu stehen.

Sie war eine tüchtige Psychologin, das wusste sie. Vielleicht war sie etwas eingerostet und musste die Balance zwischen Geduld und Eifer erst wiederfinden, aber das würde sich regeln. Und wenn ihr jetziger Arbeitgeber anderer Meinung war, war ihr ohnehin eher damit gedient, sich einen neuen Job zu suchen. Es war nicht das Ende der Welt. Sie würde bei ihrem alten Vater bleiben, bis er nicht mehr da war. Er war die einzige Familie, die sie noch hatte. Kaum war der Entschluss gefasst, kam die Erleichterung. Es fühlte sich nicht einmal wie ein Opfer an.

»Guten Morgen, Schatz. Das sieht aber gemütlich aus.«

Sie blickte auf und entdeckte ihren Vater, der im Gegenlicht stand und lächelte. Man könnte fast glauben, er würde ihre Gedanken lesen.

»Setz dich, Vater, es ist herrlich in der Sonne.« Sie klopfte auf den Stuhl neben sich. »Du hast heute lange geschlafen.«

»Ja.« Er setzte sich und klopfte mit dem Nagel gegen die Kaffeetasse als Zeichen, dass sie einschenken sollte. »Im Nachbarzimmer war ein entsetzlicher Lärm, der hat mich wach gehalten.«

Hannah merkte, wie ihr die Röte in die Wangen stieg. Sie goss Kaffee ein und wich seinem Blick aus.

»Ach, verstehst du keinen Spaß?«

»Nicht bei so etwas, Vater.«

Er lachte milde und tätschelte ihr die Hand. Sie riss sich zusammen und lächelte ihn an. »Aber vielleicht sollten wir ein bisschen umräumen und die Räume anders aufteilen, sodass wir mehr Privatsphäre haben. Das wäre keine schlechte Idee.«

Er nickte vor sich hin, trank einen Schluck Kaffee und räusperte sich. »Deshalb hast du dir also die Möbel angesehen.«

Hannah fluchte über ihren eigenen Leichtsinn. Sie hatte geglaubt, sie wäre so vorsichtig gewesen.

»Ja«, log sie. »Ich habe überlegt, mir ein Schlafzimmer in deiner alten Rahmenwerkstatt einzurichten, wenn das okay für dich ist?«

»Können wir uns das leisten?«

»Das muss nicht so teuer sein.« Sie nahm ein Brötchen aus dem Korb und schnitt es für ihn durch.

»Vielleicht kann Nima helfen?«

»Reiß dich zusammen, alter Mann!«

Er nahm ihren Klaps auf die Schulter entgegen und lachte gutmütig.

»Solange Liv hier wohnen bleiben kann, hörst du kein böses Wort von mir. Sie will ich nicht loswerden.«

Hannah nickte. »Keine Sorge. Liv bleibt. Wir brauchen die Miete, die sie zahlt.«

Er sah sie schelmisch an und machte sich über das Brötchen her, schmierte es mit langsamen, sorgfältigen Bewegungen.

»Etwas anderes, worüber ich nachgedacht habe …« Er drehte an dem Deckel des Marmeladenglases. »In der Volkshochschule gibt es so Kurse für Senioren, wie man Essen zubereitet, das will ich mal ausprobieren. Direkt gegenüber in der Schule im Gammel Kongevej. Es kann doch nicht sein, dass du alles alleine machen musst.«

»Wirklich?«

»Es ist nie zu spät, etwas Neues zu lernen, nicht? Dann komme ich auch etwas aus dem Haus.«

Hannah sah ihrem Vater zu, wie er Erdbeermarmelade auf das Brötchen schmierte und einen ordentlichen Bissen nahm. Sie würden das schaffen, dachte sie und drehte das Gesicht in die Sonne. Auf die eine oder andere Weise würde sich alles fügen.

*

Nima stand am Ufer des Horsens Fjord neben dem Krankenwagen und wartete. Er war wie ein Wahnsinniger gefahren, um ihnen entgegenzukommen, und erwischte sich selbst dabei, wie er von einem Fuß auf den anderen trippelte. Die Fahrt saß ihm in den Knochen.

Petter Bohm kam zu ihm und gab ihm die Hand. »Sie haben es geschafft, das ist gut. Wir haben zwei Kinder, die eine sichere Umarmung jetzt ganz dringend brauchen.«

»Cyrus?« Nima wagte es noch immer nicht zu glauben. »Aber ich habe doch seine Leiche gesehen?«

»Wir haben gerade die Ergebnisse der rechtsodontologischen Proben bekommen. Das Opfer war ein zweiundzwanzigjähriger Marokkaner, der in der Psychiatrie bekannt ist. Er hat mit seiner Familie in dem Hochhaus gewohnt, bis sie vor zwei Jahren umgezogen sind, und er hatte noch die Schlüssel. Cyrus lebt.« Petter nickte in Richtung Krankenwagen. »Der Arzt muss seine Untersuchung noch abschließen, aber einer der Sanitäter hat mir bestätigt, dass sie beide wohlauf sind. Sie sind erschöpft, haben aber keinen nennenswerten Schaden genommen.«

»Danke.« Nima legte noch die zweite Hand auf den Händedruck, um seine Dankbarkeit zum Ausdruck zu bringen. »Auch, dass Sie mich sofort angerufen haben, das weiß ich sehr zu schätzen.«

»Natürlich.« Vom Ufer her waren laute Stimmen zu hören, und Petter winkte zwei Bediensteten zu, die einen rothaarigen Mann in Handschellen zwischen sich führten. »Entschuldigen Sie mich einen Augenblick.«

Nima sah zu, wie der Ermittler ihnen entgegenging und sie zu einem großen, geschlossenen Polizeifahrzeug mit Gittern vor den Fenstern begleitete. Der Täter wurde in das Fahrzeug gebracht, das auch grüne Minna genannt wurde, wie Nima sich erinnerte. Bevor sich die Türen hinter ihm schlossen, versuchte er, einen Eindruck von dem Mann zu bekommen, der Tami umgebracht und die Kinder in einem Keller gefangen gehalten hatte. Er sah nicht sonderlich böse aus.

Die grüne Minna fuhr los, und Nima entdeckte Liv, die

sich hinten auf dem Parkplatz einen schwarzen Geländewagen ansah. Sie schien sich bewusst im Hintergrund zu halten. Er versuchte, ihre Aufmerksamkeit zu erregen, doch sie war mit dem Auto beschäftigt, deshalb holte er sein Handy heraus und schrieb Hannah eine Nachricht, dass beide Kinder lebten und okay waren. Nach einem Moment des Zögerns fügte er der Nachricht ein Herz hinzu und schickte sie ab.

Die Tür des Krankenwagens ging auf, und die Kinder kamen heraus, mit kleinen Augen und bleich. Er lief zu ihnen und umarmte beide, zog sie an sich und fragte, ob sie okay seien, während er sich wie ein Betrüger vorkam.

Petter kam zurück und lächelte die beiden an. »Habt ihr etwas zu essen und zu trinken bekommen?«

Sie nickten.

»Das ist gut. Ihr seid durch die Hölle gegangen, das ist mir klar, aber jetzt ist es vorbei.«

Liv tauchte neben ihm auf. Sie nickte Nima zu, sagte aber nichts.

Er legte Cyrus und Shirin die Arme um die Schultern. »Was passiert jetzt?«

»Jetzt fahren wir nach Kopenhagen und führen in aller Ruhe die Befragungen durch. Hast du etwas von der Gemeindevertreterin gehört?« Petter versuchte, seine halbnassen Hosenbeine herunterzukrempeln, ohne sich zu bücken. »Mette?«

»Martha. Sie hat gesagt, dass sie uns in Teglholmen trifft. Aber sie ist nur für Shirin verantwortlich, hat sie gemeint. Was ist mit Cyrus? Wer hilft ihm?«

»Das werde ich gleich prüfen lassen. Cyrus ist strafmündig, hat er dann nicht das Anrecht auf einen Beisitzer?«

»Er ist siebzehn und hat eine Woche in einem Keller gesessen. Er braucht alle Hilfe und Fürsorge, die wir ihm geben können.«

Liv nickte. »Du hast recht. Cyrus, was hältst du davon, mit Petter und mir in unserem Auto nach Kopenhagen zu fahren? Dann können wir unterwegs alles Organisatorische besprechen, und ein Beisitzer wartet auf dich, wenn wir ankommen.«

Cyrus zuckte mit den Schultern.

Nima zog sich ein wenig zurück und sah ihn an. »Nur, wenn du das möchtest, sonst kannst du auch mit mir fahren.«

»Doch, das geht schon.« Er sah zu seiner kleinen Schwester hin. Shirin schüttelte ganz leicht den Kopf, aber er nickte zurück. *Du schaffst das*, schien er ihr sagen zu wollen, *das ist in Ordnung*.

»Gut, dann sehen wir uns in Kopenhagen. Fahrt vorsichtig!«

Cyrus ging mit Petter und Liv zu deren Auto. Shirin warf sich einen schwarzen Rucksack auf den Rücken, band die Locken zu einem Pferdeschwanz zusammen und sah plötzlich sehr erwachsen aus. Erwachsen und traurig. Sie sprach, fast ohne den Mund zu öffnen.

»Okay, Onkel, lass uns fahren.«

Sie setzten sich ins Auto und fuhren über die kleinen Landstraßen zur Autobahn und dann in Richtung Süden, nach Vejle, Fünen und Kopenhagen. Shirin hing im Beifahrersitz, als hätte jemand den Stecker aus ihr gezogen und die Stromversorgung zu ihren Gliedmaßen unterbrochen.

Er griff an ihr vorbei und öffnete das Handschuhfach, in dem eine Tüte mit Karamellbonbons lag. Sie hob den Kopf, entdeckte sie und sah ihn mit einem angedeuteten Lächeln an. Sein Herz schwoll bei dem Anblick unerwartet an.

Sie wickelte für jeden eins aus, und sie kauten in freundschaftlichem Schweigen. Nima schaltete das Radio an und ließ die Musik das Auto erfüllen. Als sie sich dem Kleinen Belt näherten, hatte er das Gefühl, dass er ruhig eine der Fragen stellen konnte, die ihm auf der Zunge brannten.

»Wieso hast du gesagt, dass es sich bei der Leiche, bei deren Identifizierung wir helfen sollten, um Cyrus handelte?«

Sie zuckte mit den Schultern. »Es war schwer zu sehen, weil er so übel zugerichtet war. Ich hatte Angst und war verwirrt und habe geglaubt, dass er es war. Das hast du doch auch.«

Nima gab einen frustrierten Laut von sich. War ihr klar, wie viel Arbeit sie verursacht hatte?

»Und als Lars dich in Vesterled abgeholt hat? Bist du freiwillig mitgegangen? Hannah war doch bei dir.«

Sie nahm sich noch ein Bonbon, bevor sie antwortete. Es ließ ihre Stimme belegt klingen. »Cyrus hatte geschrieben, dass er okay sei und dass ich meine Sachen packen soll. Lars würde mich zu ihnen rüber nach Vorsø bringen.« Shirin saugte das Karamell von den Zähnen. »Er würde mir alles erklären, wenn ich da sei.«

Nima sah auf die Straße hinaus und versuchte, die Gedanken zu verarbeiten, die ihre Worte hervorriefen. Die vielen Lügen, die sie erzählt hatte.

»Hattest du Angst?«

»Ja. Aber ich wollte zu Cyrus.« Sie griff nach einem weiteren Bonbon und wickelte es langsam aus dem Papier. »Er hat mir erklärt, warum Lars unseren Vater umgebracht hat. Dass er es getan hat, um uns zu helfen. Und dass er überlegt, wie er uns wieder auftauchen lassen kann. Er müsse nur sicher sein können, dass wir ihn nicht verraten. Aber er war nicht böse, er hat gut auf uns aufgepasst.«

»Du musst ihn nicht verteidigen, Shirin. Er verdient die Strafe, die er jetzt bekommt.« Er schielte zu ihr hin.

Shirin schloss die Augen und lehnte sich gegen das Fenster.

»Bist du müde?«

»Etwas.«

Er drehte die Musik auf eine angenehme Lautstärke herunter und ließ sie dösen. Bald würde sie das alles der Polizei erzählen müssen, und so wie die Dinge lagen, gab es genug, wozu er selbst würde Stellung nehmen müssen.

Jenseits der Befragungen lauerte beharrlich die Frage, was aus den Kindern werden sollte, dabei war es ein großer Trost, dass sie jetzt zu zweit waren. Ob man sich wohl die Mühe machte, die Geschwister gemeinsam in einer Pflegefamilie oder in einem Heim unterzubringen?

Obwohl Cyrus bald achtzehn wurde und möglicherweise sich selbst überlassen blieb? Er musste sich besser mit den Regeln vertraut machen, er musste sich für ein Tänzchen mit den Behörden rüsten. Der Gedanke weckte sofort die Lust, den Stecker zu ziehen und sich unter der Bettdecke zu verkriechen.

KAPITEL 23

Cyrus saß auf dem Rücksitz und zog an seiner Halskette, ließ sie über den Nacken gleiten und weiter, bis er den Verschluss zwischen den Fingern hielt. Dann begann er von vorne. Es erinnerte Liv an die alten Männer, die sie in griechischen Straßencafés gesehen hatte, die ihre Finger mit Kombolois beschäftigten, während die Gedanken frei umherschweiften.

Er hatte die rote Kapuze über die Schirmmütze gezogen, und das Gesicht verschwand in der weichen Höhle, aus der nur die funkelnden Augen herausschauten.

Petter saß am Steuer, sodass Liv sich auf dem Beifahrersitz umdrehen und den Jungen ansehen konnte. Er blickte auf den Großen Belt hinaus, doch sie merkte, dass er sie wahrnahm.

»Wie geht es dir?«

Cyrus Ansaris ungewöhnlich große, braune Augen wanderten von Liv zu Petter und wieder zurück. Er war ein schöner Junge mit langen Wimpern und einer Babyhaut, die seine maskulinen Züge kindlich wirken ließ.

»Gut.«

»Du musst Angst gehabt haben?«

Er zuckte mit den Schultern. »Anfangs ja. Als Lars mich gefesselt hat und ich in dem Haus gesessen und gewartet habe, ohne zu wissen, ob ich sterben werde. Im Radio lief

Orgelmusik, das schien mir wie ein Zeichen ... Doch Lars hat mir still und ruhig erklärt, wie alles zusammenhing. Und als die Polizei ihre Ermittlungen abgeschlossen hatte, hat er mich rausgelassen. Ich war nur im Keller, wenn jemand kam. Bis er Shirin geholt hat.«

Donnerstagabend. Lars musste direkt von ihrem Gespräch in Kopenhagen nach Vesterled zu Shirin gefahren sein.

»Warum hat er das gemacht?«

»Nur, um ihr in aller Ruhe zu erklären, was passiert war, damit sie auf unserer Seite war.«

Auf unserer Seite. Liv konnte spüren, wie Petter neben ihr den Kopf schüttelte. Lars hatte es tatsächlich geschafft, das Vertrauen der Kinder zu gewinnen.

»Hattet ihr keine Angst vor ihm?«

»Nein, wenn er uns hätte töten wollen, hätte er das sofort getan.«

»Ja. Ihr kennt ihn natürlich gut. Es ist offensichtlich, dass er euch auf seine eigene Weise mag.«

Es war schwer zu glauben, dass Lars vorgehabt hatte, die Kinder freizulassen.

»Warum hat er Tami umgebracht?«

Cyrus drehte das Gesicht zum Fenster. »Weil er meine Mutter geliebt hat.« Die Stimme war fast nicht zu hören. »Vater hatte sie schon einmal krankenhausreif geschlagen, und damals habe ich ihn schwören lassen, dass er sie nie mehr anrührt. Aber er hat es doch getan.«

»Das tut mir leid.« Liv blickte hinaus auf die Insel Sprogø, die an ihnen vorbeisauste, und ließ ihn in Ruhe. Worte waren unzulänglich. »Sollen wir über etwas anderes reden?«

Er schüttelte den Kopf und blieb mit dem Gesicht im Profil sitzen. Nach einigen Minuten brach er das Schweigen. »Haben wir etwas zu trinken im Auto?«

»Nur Wasser, ist das okay?«

Er nickte und griff nach der Flasche, trank die Hälfte in einem Zug aus und drehte den Verschluss wieder zu.

»Ich habe deinen Freund Steffen von der *Vestegnens Schreinerei* getroffen, ein netter Typ.« Sie registrierte Petters Seitenblick aus dem Augenwinkel und fragte sich, ob das eins der Dinge war, die sie ihm nicht erzählt hatte. »Es ist gut, eine Ausbildung zu machen. Magst du die Schreinerarbeit?«

Er sah sie skeptisch an. »Ja, irgendwie schon.«

»Sie bringt einen auch weit herum.«

»Wie meinen Sie das?«

»Steffen hat erwähnt, dass ihr vorletzten Mittwoch bei Bahram Moradi in Frederiksberg die Fensterrahmen gerichtet habt. Ein Job, den du organisiert hast. Ihr habt mit dem Kunden Wasserpfeife geraucht. Ist er ein Bekannter der Familie?«

Cyrus zog die Schultern hoch, sein Gesicht war ausdruckslos.

Liv ließ das Thema fallen. Selbst wenn Cyrus seinem Vater geholfen hatte, das erpresste Geld einzutreiben, spielte es keine Rolle mehr. Tami war tot, und Bahram verdiente keine Gerechtigkeit.

Sie blieb mit dem Rücken in Fahrtrichtung sitzen, während Petter die Mautschranke der Brücke passierte und weiter ostwärts Richtung Seeland fuhr. Die Welt verschwand an einem Punkt hinter Cyrus' dunkelbraunem Blick.

Er zog Kapuze und Mütze aus und drehte das Gesicht wieder zur Fensterscheibe. Die Unterlippe zitterte einen kurzen Moment, und er fuhr sich verärgert mit dem Zeigefinger am Auge entlang, erst einmal und dann noch einmal, um es zu trocknen.

»Hier!«

Liv griff nach einer Packung Kleenex im Handschuhfach und warf sie ihm zu. Er zog ein Papiertaschentuch heraus, das er in der Hand zusammenknüllte.

Sie sah ihn lange an, dann seufzte sie.

»Puh, Cyrus. Das ist eine schockierende Geschichte. Mein einziges Problem damit ist, dass sie gelogen ist.«

*

Shirin erwachte auf dem Weg über den Großen Belt. Sie gähnte, streckte sich und sah Nima aus geschwollenen Augen an. »Ich muss mal.«

»Das passt gut, wir müssen tanken. Hältst du noch zehn Minuten durch?«

Sie nickte und lehnte den Kopf wieder gegen das Fenster. Bei der nächsten Tankstelle fuhr er an eine freie Säule, stieg aus und tankte.

Shirin öffnete die Autotür und streckte sich erneut.

»Ich sehe mal nach einer Toilette.«

Nima folgte ihr mit dem Blick, bis sie hinter der Glastür wieder zu sehen war. Sie blieb im Laden stehen und sah sich die Zeitschriften an. Er wartete, dass sie aufblickte, und signalisierte ihr, dass er das Auto woanders hinstellen würde.

Er fuhr an die Seite der Tankstelle und stieg wieder aus. Neben dem Parkbereich gab es eine kleine Grasfläche, auf der er rauchen konnte, ohne sie aus den Augen zu lassen. Er zündete sich eine Zigarette an und inhalierte, während die Sonne ihm in die Augen schien und er zusah, wie seine Nichte in den Zeitschriften blätterte. Ganz oben im Hals saß ein Kloß aus Frustration, der sich nicht herunterschlucken ließ. Es fühlte sich an, als bekäme man eine Crème brûlée serviert und müsste feststellen, dass Glasscherben darin waren. Die Lügen schnitten in den Hals.

Shirin kam heraus und hielt nach dem Mustang Ausschau, er winkte ihr zu. Sie kam zum Auto und zog ein Handy heraus.

Er sah sie streng an.

»Entschuldige, Onkel.« Shirin biss sich auf die Lippe. »Ich hatte Angst, du oder die Polizei könntet mir das Handy abnehmen, dann hätte Cyrus mich nicht erreichen können. Es war fast die ganze Zeit aus. Ansonsten habe ich bei allem die Wahrheit gesagt.«

Er sah sie an. »Was ist mit dem Geld, Shirin, wo kommt das her?«

»Welches Geld?«

Er verdrehte die Augen. »Die fünfzigtausend Kronen, die ich in der Dreckwäsche gefunden habe.«

Sie kniff die Augen zu schmalen Schlitzen zusammen, als würde die Entdeckung sie überraschen.

Nima drückte die Zigarette in einem hässlichen Metallständer aus, von dem er nicht einmal sicher war, ob es ein Aschenbecher war. »Wir wissen das alles. Dass Tami Geld von seinen alten Kontakten im Sandholmlejren erpresst hat.«

»Ich habe es aus der Wohnung mitgenommen, als wir dort waren, um Sachen für mich zu holen. Vater hat es immer an derselben Stelle in der Küche versteckt.« Sie steckte die Hände in die Taschen der etwas zu großen Hose und zog sie hoch. »Aber ich habe nicht gewagt, es mit in die Einrichtung zu nehmen. Ich wusste ja nicht, ob sie in meine Tasche gucken würden.«

»Jemand hat gestern versucht, auf dem Boot einzubrechen.«

Shirin zog ihr Handy heraus und sah auf eine Weise auf das Display, wie ältere Generationen sie als beleidigend auffassen.

»Langweile ich dich?«

»Nein.« Sie wischte, ohne ihn anzusehen. »Können wir ein paar Süßigkeiten kaufen, bevor wir weiterfahren?«

Er seufzte. »Okay.«

Sie traten in den Laden und griffen nach einer Tüte Weingummi und zwei Dosen Limonade, bezahlten und gingen zurück zum Auto. Nima startete und fuhr mit einer eiskalten Dose Faxe Kondi zwischen den Beinen auf die Autobahn. Die Kälte lenkte die Aufmerksamkeit etwas davon ab, was heute alles passiert war. Cyrus lebte, Tamis Mörder war gefasst.

Shirin öffnete ihre Dose, trank und lachte durch die Kohlensäure, die sie in die Nase bekam. Dann sah sie zu ihm hinüber und fragte: »Hast du das Geld noch?«

*

»Wie meinen Sie das? Warum sollte ich lügen?«

Cyrus sah sie mit einer Falte zwischen den Augenbrauen an.

Sie hatten den Teil der Autobahn erreicht, der an Køge und Greve vorbeiführt und auf dem fast immer dichter und ungeduldiger Verkehr herrscht. Die Schultern von Petters alter Anzugjacke waren inzwischen so weit hochgerutscht, dass man von seinem Hals kaum mehr etwas sah, und die Luft im Auto war metallisch, weil sie so oft umgewälzt wurde.

»Ich habe gesehen, wie Lars Flaschen aufgedreht, Saft eingegossen und seine Pfeife angemacht hat«, begann Liv.

»Zehn von zehn Malen hat er die linke Hand benutzt. Ich hatte auch Gelegenheit, mir seine Angeln genauer anzusehen, die alle für einen Linkshänder gemacht sind. Doch Tamis Kehle wurde von links nach rechts durchgeschnitten, von jemandem, der hinter ihm saß. Also vermutlich von einem Rechtshänder.«

Cyrus' Gesichtsausdruck war unergründlich. Die Sonne flimmerte durch das Fenster und ließ seine Augen auf dem Rücksitz rabenschwarz leuchten. Die Falte zwischen den Augenbrauen wurde tiefer.

»Ich bin Rechtshänder, und du bist das auch, soweit ich das sehe? Wir trinken mit der rechten Hand, und wir greifen mit der rechten Hand.«

Petter schielte vom Fahrersitz herüber. Es war nur ein kurzer Blick, doch die Erwartung darin ließ eine warme Welle durch sie hindurchströmen. Er verließ sich auf sie, er zählte auf sie, und aus irgendeinem Grund war das das beste Gefühl auf der Welt.

»Und da ist noch mehr, Cyrus. Die Orgelmusik, die du im Radio gehört hast, als Lars dich angeblich im Haus gefesselt hat, war von dem Gottesdienst am Sonntag, und der beginnt erst um zehn. Mehr als drei Stunden nach Tamis Tod.« Jetzt war es an ihr, die Stirn zu runzeln. »Das passt nicht zusammen.«

Cyrus schüttelte den Kopf und griff nach der Goldkette um seinen Hals. Daran hing eine kleine weiße Blüte.

»Und dann ist da der Film auf Tamis Handy. Ich weiß nicht, ob ihr vorhattet, so zu tun, als hätte euer Vater den selbst aufgenommen und als hätte er nichts mit dem Mord zu tun?«

Petter räusperte sich. Sie drehte sich um und sah ihn an. Sein müdes Profil mit den über den Kiefer hängenden Wangen und den Augen, die von zu viel Haut fast zugedeckt wurden. Er wollte, dass sie das Kreuzverhör beendete, und er war derjenige, der bestimmte, deshalb setzte sie sich mit dem Gesicht in Fahrtrichtung. Hinter ihnen tauchten die Industriegebiete der Vorstädte auf. Vierecke in Schwarz und Grau, matte und glänzende, halb leere Parkplätze und Wimpel mit künstlichen Raubvögeln, um die Möwen abzuschrecken.

Sie fuhren ein gutes Stück schweigend weiter. Hin und wieder schielte sie zu dem Jungen auf dem Rücksitz. Cyrus setzte die Mütze wieder auf. Sie wirkte wie ein Schutz. Liv musste daran denken, dass er erst siebzehn war. Noch immer ein Kind, nur im Körper eines Mannes. Sie betrachtete ihn, während sie über das verzwickte Netz aus Vorwürfen und gegenseitigen Abhängigkeiten nachdachte, das die meisten Familien zusammenzuhalten schien. Je enger, desto verletzter und rachsüchtiger die Beteiligten. In Wirklichkeit ist es für die meisten Menschen wohl am besten, alleine zu sein oder jedenfalls in höflichem Abstand zu ihren Angehörigen. Nähe bringt das Schlechteste in den Menschen hervor.

»Können wir irgendwo anhalten?«

Liv sah, dass Cyrus' Wangen die gleiche Farbe hatten wie Spachtelmasse.

»Mir ist schlecht vom Fahren.«

Petter sah nach Schildern an der Fahrbahn. »Es kommt bestimmt bald ein Rastplatz. Hältst du so lange durch?«

Cyrus brummte etwas und sah aus dem Fenster.

Liv drehte sich wieder um, sodass sie mit dem Gesicht zur Fahrbahn saß, sie verspürte eine leichte Übelkeit von dem Rückwärtsfahren. Petter fand ein loses Bonbon in dem Tassenhalter und zermalmte es zwischen den Zähnen, sodass es im Auto zu hören war.

Sie spürte, wie die Euphorie, die Kinder gefunden und den Fall gelöst zu haben, nach und nach verdampfte. Nach vierundzwanzig Stunden auf den Beinen roch sie nach Meerwasser und Schweiß. Wenn sie nach Hause kam, würde sie unter der Dusche Bon Jovi hören, als gäbe es keine Bosheit auf der Welt, kuschelige Sachen anziehen und bei einem Film ein Take-away im Bett essen.

Cyrus' Stimme war nur ein Flüstern, das fast in dem Zermalmen des Bonbons unterging. Aber nur fast. Liv legte Petter eine Hand auf den Arm, damit er leise wurde.

»Er hat sich an dem Abend auf der Insel mit teurem Whisky betrunken. Kennen Sie diese Art Menschen, denen es absolut nicht guttut, Geld in den Händen zu haben, nicht einmal einen Hunderter? So einer war mein Vater. Klang, als würde er etwas von schottischem Hochlandwhisky verstehen. Fucking Single Malt und Angels' Share und was wir uns alles an dem Feuer anhören mussten. Wir hatten ja nicht einmal mitkommen wollen!«

Liv versuchte, seinen Blick einzufangen, doch Cyrus war weit weg. Sie ließ ihn reden.

»Er hat das einfach so gesagt. *Eure Mutter hat mich verraten, sie war eine Hure.* Dann ist er sich mit dem Finger über den Hals gefahren. So.« Cyrus demonstrierte es. »Er hat geweint, aber nicht, weil er ein schlechtes Gewissen hatte. Er hat geweint, weil er sich leidgetan hat. Meine Mutter war der feinste Mensch auf der Welt, und er hat sie umgebracht.«

Er seufzte, und Liv seufzte mit ihm.

»Er habe mich mit auf die Insel genommen, um Lars eine Lektion zu erteilen, hat er gesagt, aber ich konnte ihm das ausreden. Ich habe gesagt: *Beruhig dich, Vater*, und so getan, als würde ich mit ihm Whisky trinken, bis er so betrunken war, dass ich ihn ins Zelt bringen konnte.«

Cyrus redete zu der Fensterscheibe. Er redete zu den ersten Regentropfen des Abends, die über das Glas liefen und einen Spalt in seinen Blick schnitten. Er redete sich in eine Sackgasse, wo Liv ihn nicht stoppen konnte.

»Am nächsten Morgen, als die Sonne aufging, hat er mich geweckt. Er war immer noch betrunken, stank und redete ungereimtes Zeug. Er wollte mit mir zu Lars, um ihn umzubringen. *Er hat unsere Familie zerstört*, hat er gesagt.«

Cyrus ließ die Kette los und sah sie mit einem so traurigen Blick an, dass sie ihn irgendwo hinter dem Herzen spüren konnte. Und sie sah sie. Seine Schuld.

»Cyrus, du musst nicht …«, versuchte sie es, aber er hörte nicht zu.

»Ich konnte Vater überreden, sich wieder hinzulegen, aber nur, indem ich ihm versprochen habe, dass wir es Lars später *besorgen*. Ich weiß, was es heißt, wenn Vater es jemandem besorgt, das habe ich am eigenen Leib erfahren. Dann habe ich gewartet, bis ich ihn schnarchen hörte …« Er wischte sich eine unsichtbare Träne weg und seufzte. Klang wie ein Ertrinkender.

»Ich bin zu ihm ins Zelt gegangen, er lag mit Sabber um den Mund und offener Hose da wie ein Säufer. Ich habe mich hingesetzt und seinen Kopf in meinen Schoß gehoben, wie Mutter es mit mir gemacht hat, als ich noch klein war und schlafen sollte … Neben dem Kopfkissen lag sein Fischmesser. Jemand musste ihn stoppen. Sonst würde er wieder morden. Lars, mich, Shirin. Er war nicht länger mein Vater, er war der Mörder meiner Mutter …« Cyrus schüttelte bei dem Gedanken den Kopf. »Also habe ich … ich habe das Messer aufgeklappt und ihm die Kehle durchgeschnitten.«

WOHNUNG RØNNEBÆRHUS, SLAGELSE, OKTOBER 1991

Tami hat sein eigenes Zimmer bekommen. Es misst vier Schritte in die eine Richtung und fünf in die andere und hat ein eigenes Fenster, das zu dem Weg mit den großen Bäumen hingeht. Tami hat ein Bett und einen Kleiderschrank und einen kleinen Schreibtisch, an dem er sitzen und Hausaufgaben machen kann oder Briefe an seine Mutter und Yasmin schreiben. Und ihm ist Asyl bewilligt worden.

Das Wort scheint kurz und unschuldig, trotzdem bedeutet es alles. Er bekommt Hilfe von einem Sachbearbeiter, um die fremden Worte und die undurchschaubaren Regeln zu verstehen. Unterbringungsbeauftragter. Übergangsphase. Administrative CPR-Nummer. Zuteilung zu der Kommune Slagelse. Die Hauptsache ist, dass er einen vorläufigen Pass bekommen hat, das weiß er. Herzlichen Glückwunsch, hat der Mann von der Ausländerbehörde gesagt und ihm mit feierlicher Miene den Pass überreicht. Herzlichen Glückwunsch.

Tami macht einen Spaziergang im Wald und übt das Wort, er übt alle Worte, die er in der Schule und im Haus hört. Er schmeckt die Buchstaben und zieht die Sprache weiter in den Hals zurück, dorthin, wo die Dänen ihre Worte verstecken. »Agurkesalat, Gurkensalat. Ærgerlig, ärgerlich. Røget ørred, geräucherte Forelle. Bløde håndklæder, weiche Handtücher.« Der Hals muss zusammengeschnürt sein und die Zunge weich, das fühlt sich unmöglich an. Aber er weiß, dass er es lernen wird.

In die Parallelklasse geht ein anderer Junge aus dem Iran, der die ganze Zeit Persisch mit ihm reden will, aber Tami meidet ihn und versucht, sich stattdessen den dänischen Gruppen anzuschließen. Er lernt Schlagball zu spielen, raucht hinter dem Schuppen mit den Schülern aus den Gymnasialklassen, spart für das blaue Deodorant, das die Mädchen so gut leiden können, und lacht, wenn die anderen lachen.

Seine Klassenkameraden sind mit Hausaufgaben, Partys, Musik und ihren nervigen Eltern beschäftigt. Tami braucht seine Kraft dafür, normal zu sein. Abends ist er erschöpft, schläft fast wie im Koma. Aber es fühlt sich gut und richtig an, dänisch zu werden. Er lässt den Iran ohne großen Verdruss hinter sich, schon bald vermisst er weder die Berge noch die Obstbäume, selbst die Sehnsucht nach seiner Mutter schwindet.

In dem Brief zu seinem Geburtstag schreibt sie, dass sie nicht kommen wird und dass er nicht auf sie warten soll. Sie erklärt, dass sie krank ist und die Reise nicht schafft und dass es ihr auch schwerfällt, die Großmutter und den Job und den kleinen Gemeinschaftsgarten bei ihrem Haus zurückzulassen. Aber sie freut sich, dass er in Sicherheit ist und ein neues Leben beginnen kann. Und sie vermisst ihn. Mein Gott, wie sie ihn vermisst!

Der Brief hinterlässt ein leeres Gefühl in der Brust, und er schlägt sich mit der Faust auf das Brustbein, um zu sehen, ob es sich jetzt anders anfühlt. Die Halskette mit der Aprikosenblüte ruht auf der Haut, so ist es, verlassen zu werden, denkt er. Es fühlt sich wie eine feuchte, kalte Wolke im Körper an, die sich zur Haut hin ausbreitet und sie von innen gefühllos macht.

Die Wolke ist nicht angenehm, aber er beginnt, sich an sie zu gewöhnen. Sie macht es möglich, damit zu leben, woran er nicht denken mag. Das Mädchen, das sie bei den Grenzern zurückgelassen haben. Seine Mutter. Yasmin, deren Asylantrag immer noch nicht bewilligt worden ist. Milad.

Der Gedanke an Milad ist am schwersten zu ertragen. Sein Blick. Tami ruft sich in Erinnerung, dass es ein Unfall war. Außerdem hätte Milad einfach mit dem Oberst und den anderen zusammenarbeiten können. Wie hätte Tami das stoppen sollen? Milad hat ihn zudem bestohlen, erinnert er sich und schließt die Augen, bis die Wolke den letzten Gedanken geschluckt hat.

Die Kassette mit der Aufnahme von dem Verhör ist an einem geheimen Ort versteckt, wo niemand sie finden kann. Es ist eine Art Versicherung. Vielleicht braucht er sie eines Tages, wer weiß.

Um ihn herum verfärben sich die Blätter von Grün zu Braun, von einem lebenden zu einem Winterschlafzustand, und er träumt von dem Tag, an dem der Buchenwald auch ihm etwas Besonderes bedeutet. Er träumt von Spaziergängen unter den hohen Kronen mit einem Hund mit einer langen Schnauze und mit Yasmin an seiner Seite und später dann mit zwei Kindern, einem Jungen und einem Mädchen natürlich. Er freut sich darauf, ein guter Ehemann zu sein, er freut sich darauf, Vater zu werden.

Einer seiner ehemaligen Lehrer in Qaem-Schahr hat oft zu ihm gesagt, dass er eines Tages etwas Großes ausrichten wird. Ein neues Medikament erfinden oder eine bahnbrechende Forschung leiten. Mit deinem Verstand stellt selbst der Horizont keine Begrenzung dar, mein Junge! Die Erinnerung erscheint ihm heute weit weg, wie etwas aus einem anderen Leben.

Heute hat er bescheidene Träume. Ein gutes und einfaches Leben mit einem sicheren Heim und einer Frau, die mit den Augen lächelt, wenn sie erwachen, und der es nie im Traum einfallen würde, ihn zu verlassen.

SONNTAG, 14. MAI

KAPITEL 24

Ein guter Nachtschlaf kann die meisten Gebrechen heilen, auch die seelischen. Aber er kann auch das Gegenteil bewirken. Liv hatte wie eine Tote geschlafen, erwachte am Sonntagmorgen aber trotzdem mit einem schweren Kopf und einem Körper, der schmerzte wie nach einem Boxkampf. In der Nacht hatte sie versucht, zu ihrem Großvater zu gelangen, der oben auf einer Art Schwebebahn auf sie wartete, doch kleine und große Katastrophen hatten sie immer wieder daran gehindert. Als sie endlich aufgestanden war und unter der Dusche stand, war ihre Laune katastrophal.

Sie öffnete das Gesundheitsportal auf ihrem Handy, um zu sehen, ob die Ergebnisse der Blutproben gekommen waren. Das waren sie.

Das Herz schlug ihr bis zum Hals, während sie durch die Laborergebnisse scrollte und die Werte zu Begriffen wie Erythrozyten, Kalium und Thysrotropin studierte. Die Zahlen waren schwarz, und beruhigende Fähnchen leuchteten auf, die sagten *Das Resultat ist normal*, wenn man darauf drückte. Keine Marker. Sie war nicht krank. Natürlich sollte sie das Ergebnis noch mit ihrer Ärztin durchsprechen, doch die Zahlen schienen ziemlich eindeutig: Ihr fehlte nichts. Das war natürlich eine Erleichterung, bis auf das einleuchtende Problem. Sie wusste immer noch nicht, warum sie dauernd Fieber bekam.

In dem Versuch, die schlechte Laune zu vertreiben, begann sie, einen Pfannkuchenteig aufzuschlagen, gab jedoch zu viel Mehl hinein und hatte nicht genug Milch, um ihn zu verdünnen. Der Teig wurde zu klumpigen Kuchen in der etwas zu warmen Pfanne und ungenießbar. Als sie den vierten Versuch in den Abfall werfen musste, gab sie das Projekt auf und ließ sich auf den Küchenboden gleiten, die Arme um die Knie geschlungen. Liv sah eine Träne von der Nasenspitze auf den Boden tropfen. Heute war die Bosheit der Welt zu schwer zu ertragen.

Doch wenn sie ganz ehrlich sein sollte – und warum sollte sie das nicht, zumindest sich selbst gegenüber –, nagte es genauso sehr an ihr, dass sie bei den Verhören heute nicht dabei war. Das war ihre Ermittlung, nicht offiziell, Gott bewahre, aber sie hatte die Kinder gefunden und den Fall geknackt, und jetzt stand sie am Ziel und musste brav von der Seitenlinie zusehen, wie Petter ihn abschloss und die Lorbeeren erntete.

Sie wusste nicht einmal, was er in Bezug auf Milads Mörder vorhatte. Mordfälle verjähren nicht, weil potenziell ein lebenslanges Urteil verhängt werden kann, doch in einem so alten Fall war die Beweisführung schwierig. Sie hatten die Bandaufnahme, doch die reichte nicht, um den Fall darauf aufzubauen, Ihsan war nicht mehr als ein Gemüse und Bahram Moradi im Iran.

Liv spürte, wie ihre Wangen warm wurden bei dem Gedanken, dass Bahram davonkam. Er musste der Verantwortliche für Allans Tod sein, selbst wenn die lächelnde Nasrin den Auftrag vielleicht in seiner Abwesenheit ausgeführt hatte. Was hatte der widerliche Teufel sonst noch in all den Jahren getrieben, in denen er der Welt den jovialen, Tee trinkenden Humanisten vorgespielt hatte?

Sie wischte sich die Wangen trocken, stand auf und ging ins Bad, um ihre Temperatur zu messen. Achtunddreißig sechs, nicht verwunderlich, dass es ihr schlecht ging.

Das Fieber war kein Zeichen für eine ernste Krankheit, das wusste sie jetzt, und da es keine anderen naheliegenden Erklärungen gab, musste es wohl von einem Virus herrühren. Spätfolgen oder etwas anderes, das noch nicht genügend erforscht war. Sie spülte zwei Paracetamol hinunter, während das Wort *psychosomatisch* in ihrem Hinterkopf klingelte. Krank vor verhaltenem Zorn. Doch da ließ sich Abhilfe schaffen. Bevor sie es sich anders überlegen konnte, packte sie ihren Rucksack, zog sich die Mütze tief in die Stirn und machte sich auf den Weg nach Frederiksberg.

Die Amsel sang oben in den Linden, und die breiten Straßen mit den alten Villen und hohen Bäumen lagen sonntagsstill in der Morgensonne. Eine Idylle, doch nur an der Oberfläche. Hinter den dunkelgrünen Haustüren schwelte die Verdorbenheit. Die Sonne brannte in Livs Nacken und ließ sie schneller an den Gärten mit dem blühenden Flieder vorbeigehen, bis sie bei der Dänisch-Iranischen Gesellschaft angelangt war.

Die Gardinen waren vor die Fenster der Villa gezogen, und aus dem Briefkasten lugten Werbeflyer. Wenn Bahram sich nicht im Kleiderschrank versteckte, war er wohl tatsächlich in den Iran gereist. Sie drückte die Klingel durch und wartete, aber niemand kam und machte auf.

Das passte ihr ausgezeichnet.

Sie ging durch den Garten auf die Rückseite des Hauses und kam zu einer algengrünen Terrasse mit einer morschen Glastür, auf der sie stehen und in Frieden vor den Blicken der Nachbarn arbeiten konnte. Die Hecke war hoch und dicht und von alten Bäumen mit vollen Kronen flankiert.

Liv öffnete den Rucksack und holte Schraubendreher und Dietriche heraus. Ihr Großvater hatte sie gelehrt, sich selbst zu helfen. Das bedeutete, dass sie auf kleinen Straßen hatte Auto fahren dürfen, seit sie fünfzehn war. Und das bedeutete auch, dass sie gelernt hatte, ein Schloss zu knacken, um nie Angst haben zu müssen, sich auszusperren.

Sie ging auf die Knie und machte sich an die Arbeit. Der Schweiß sammelte sich unter dem Mützenrand, ihre Hose wurde fleckig, doch nach weniger als fünf Minuten hatte sie Zugang zu Bahram Moradis Heim.

Sie drehte eine rasche Runde durchs Erdgeschoss, in dem es staubig und dunkel war, und ging nach oben in den privaten Bereich. Auch hier waren die Möbel schwer und alt und sahen teuer aus, Teppiche und Kunst waren echt. Alle elektrischen Geräte waren ausgeschaltet, der Kühlschrank in der Küche war leer und stand einen Spaltbreit offen. Bahram rechnete offenbar damit, eine Weile fort zu sein. Sie würde für ein herzliches Willkommen sorgen, wenn er zurückkam.

Unten an der Haustür löste sie die Sicherheitskette, sodass die Tür nur durch das Schnappschloss gesichert war. In der Diele gab es einen großen, mit Intarsien aus Perlmutt und Gold verzierten Holzspiegel, unter dem ein Sideboard mit Schalen und kleinen Krügen stand. Liv wühlte sie durch und fand diverse Schlüssel, die sie durchprobierte, bis sie den richtigen gefunden hatte. Sie legte ihn unter den Abtreter vor der Haustür. Dann holte sie ihren Rucksack, nahm das Handy heraus und tätigte einen Anruf.

Es meldete sich sofort jemand.

»Rotes Kreuz, Sie sprechen mit Julie. Wie kann ich helfen?«

»Hey, Julie, mein Name ist … Yasmin. Ich rufe an, weil

ich gerne das Inventar aus dem Haus meines verstorbenen Großvaters spenden möchte. Wie mache ich das?«

»Das klingt gut. Hier im Callcenter nehmen wir sonntags nur Barspenden entgegen, aber ich kann Ihnen den Link zu einem Formular schicken, das Sie ausfüllen müssen, um den Prozess in Gang zu setzen.«

»Perfekt!« Liv ging und ließ die Tür hinter sich zufallen. »Es steht alles im Haus bereit, der Schlüssel liegt unter der Matte, es dürfte ganz einfach sein. Er hatte viele schöne Möbel, und ich weiß, es wäre ganz in seinem Sinne, dass sie einer guten Sache dienen.«

»Dafür sind wir sehr dankbar. Soll ich den Link an die Nummer schicken, unter der Sie gerade anrufen?«

»Ja, danke, und einen schönen Sonntag!« Sie legte auf, während sie das Gartentor hinter sich schloss, und sah, dass Petter eine Nachricht geschickt hatte, um zu fragen, ob sie sich heute treffen konnten. Sie antwortete mit Ja, schwang den Rucksack auf den Rücken und setzte sich in Bewegung. Ihre Schritte waren leicht, das Fieber verschwunden.

*

Am Sonntagmorgen ging Nima zum Bäcker. Er sollte in die Werkstatt fahren, denn er hatte eine ganze Woche nicht gearbeitet, und die Reparaturen häuften sich. Der bordeauxrote Buick Riviera von 1963, bei dem die Ventile und die Sicherungshalter ausgewechselt werden mussten, hätte schon Mittwoch fertig sein sollen. Er sollte auch dem Immobilienmakler antworten, der sich endlich mit einem erschütternd niedrigen Preis für das Boot zurückgemeldet hatte, doch stattdessen ging er in dem milden Frühlingswetter Brötchen kaufen.

Shirin hatte auf der Gästepritsche übernachtet, und er hatte die Nacht über kein Auge zugetan vor Sorge, dass sie wieder verschwinden könnte. Die diversen Schocks der letzten Woche saßen ihm noch in den Knochen. Die Frage war, ob das so bleiben würde.

Gestern Abend hatte sie zum ersten Mal richtig geweint. Um ihre tote Mutter und ihren Vater und ihren großen Bruder, der jetzt ins Gefängnis musste.

Anschließend hatte sie sich für die ganzen Lügen entschuldigt. Für den erfundenen, Farsi sprechenden Mann, der sie aus dem Zelt gezerrt und verscheucht haben sollte, für das Video auf Tamis Telefon, das sie und Cyrus mit der X-Factor-Titelmelodie aufgenommen hatten, um die Polizei auf den alten Fall im Sandholmlejren hinzuweisen.

Schließlich war sie erschöpft eingeschlafen, und Nima hatte sie vorsichtig auf die Pritsche gelegt und eine Decke über sie gebreitet. Er hatte sie ruhig ein- und ausatmen sehen und überlegt, ob es das Beste gewesen wäre, wenn alle immer noch davon ausgingen, dass Cyrus tot war. Vielleicht hätte der Junge so eine Möglichkeit gehabt abzuhauen, nachdem die meiste Polizeiaufmerksamkeit abgeklungen war und er sich nicht länger bei Lars hätte verstecken müssen. Mit dem von Tami erpressten Geld wäre er weit gekommen, bevor die Polizei gemerkt hätte, dass er noch lebte.

Shirin schlief immer noch, als er vom Bäcker zurückkam, und er ließ sie schlafen. Wenn er allein gewesen wäre, hätte er mit Sicherheit was geraucht, um durch den Tag zu kommen, jetzt deckte er stattdessen den Tisch, setzte Kaffee auf und faltete Küchenrollenpapier zu Servietten.

Auf dem Tisch lagen Prospekte verschiedener Einrichtungen, in denen Shirin wohnen könnte. Martha hatte sie ihnen mit nach Hause gegeben, sodass sie zusammen überlegen konnten, welches Angebot Shirin am ehesten zusagte. Nima schob sie zur Seite, während ihm der Selbstekel auf die Brust drückte.

Die Kaffeemaschine fauchte, und er goss sich eine Tasse ein. Shirin entdeckte er draußen an der Reling. Er nahm ein Mandelcroissant mit zu ihr.

»Guten Morgen, ich habe gar nicht gehört, dass du aufgestanden bist. Hast du gut geschlafen?«

Sie lächelte ihn zur Antwort schief an und biss die Spitze des zuckrigen Mandelmonds ab. »Hmm, das schmeckt wie Großmutters *sohan pamir*. Mutter hat sie oft gebacken, so kleine Kuchen mit Safran und Kardamom.« Sie biss hinein und leckte sich den Mund ab. »Vermisst du das manchmal? Den Iran?«

»Jeden einzelnen Tag. Wenn man sein Heimatland verlässt, ist das, wie wenn jemand stirbt. Die Trauer verschwindet nie, man lernt nur, damit zu leben.«

Sie lächelte ihn verhalten an. »Warst du jemals wieder da?«

»Nein. Ich hatte oft Lust, vor allem jetzt, wo unsere iranischen Mitschwestern alle Hilfe brauchen, die sie bekommen können. Aber ich wage es nicht.« Nima zog das Hemd herunter und zeigte ihr die Narbe auf der Brust. Jedes Mal, wenn er sich im Spiegel sah, erinnerte er sich an den Klang des Klappmessers, als das schmutzige Messerblatt heraussprang. Die Gesichter der vier erwachsenen Männer, die ihn festgehalten hatten, waren dagegen in den barmherzigen Nebeln der Verdrängung verschwunden. »Die Flucht ist eine Brücke, die mit jedem Schritt, den man macht, hinter einem einstürzt.«

Sie sah ihn fragend an.

»Man wird gezwungen, Dinge zu tun, die einen für immer verändern ... *ich* wurde gezwungen, nicht man.«

Nima setzte zu einer Erklärung an, doch sein Hals schnürte sich im letzten Moment zusammen. Er hatte das nie jemandem erzählt, war wohl gar nicht imstande dazu. Es kam ihm wie etwas vor, das einem anderen passiert war. Das Auto, das auf die türkische Grenze zufuhr, die Plätze, von denen es zu wenige gab. Eine junge Mutter mit einem Baby, die nicht mitkam, weil er ihren Platz einnahm. Die Situation war verzweifelt, seine Schwester war klein und ihre Mutter so gebrechlich, dass er fürchtete, sie würde die Flucht nicht überleben. Also nahm er den Platz ein, ohne zu wissen, welche Konsequenzen das für die Frau und das Baby haben würde. Aber er wurde nie mehr ganz derselbe.

»Dänemark ist jetzt meine Heimat.«

Shirin blickte über das Wasser. »Meinem Vater ging es genauso.«

»Tami war fast *zu* versessen darauf, dänisch zu werden. Er hat sich selbst verbogen, um sich anzupassen, und ich glaube, es war eine Enttäuschung für ihn, dass er nie richtig akzeptiert wurde. Mit der Zeit ist das zu einer Entschuldigung geworden …«

Shirin fand ein Haargummi in der Tasche und sammelte das Haar zu einem Knoten auf dem Kopf. Die Bewegung ließ sie erwachsen aussehen, und Nima spürte ein Kneifen im Herzen. Er zündete sich eine Zigarette an. »Ich habe gewusst, dass Tami in ernsthaften Schwierigkeiten steckte. Wenn ich mehr für euch da gewesen wäre …« Er konnte den Satz nicht beenden, sein Hals wurde eng.

Sie drehte ihm das Gesicht zu, und er sah, dass ihre Augen ebenso rot waren wie seine. In dem Moment fasste er einen Entschluss. Einfach so. Es war nicht einmal schwer. »Hey, sollen wir ins Wasser springen?«

Sie blickte hinunter.

»Du brauchst keinen Badeanzug, du kannst in der Unterwäsche baden.«

»Ich kann nicht schwimmen.«

Er wollte gerade fragen, was sie meinte, als er ihren ernsten Blick sah.

»Aber ...« Er holte Luft. Merkte, wie sein Magen einen Purzelbaum schlug. »Das müssen wir ändern. Man kann nicht auf einem Boot wohnen, ohne schwimmen zu können.«

Shirin blieb mit beiden Händen auf der Reling stehen, den Blick auf den Horizont gerichtet. Ihr Gesicht verzog sich, und ihr Mund bebte.

Er zog sie an sich, und sie legte den Kopf an seine Schulter. So standen sie eng beisammen und sahen die Sonne über dem Wasser aufgehen.

*

»Du musst dich nicht zurückhalten, such dir aus, worauf du Lust hast! Du bist eingeladen!«

Petter zog die Augenbrauen hoch und sah sie über die Speisekarte hinweg an. Sie saßen an einem der goldenen Tische des Restaurants *Palægade*, weil er gehört hatte, dass es dort das beste Mittagessen der Stadt gebe, und weil er der Meinung war, dass sie sich das verdient hatten.

»Sollen wir nicht einfach das Menü nehmen?«, schlug er vor, »dann haben wir sowohl den Hering in Curry als auch das Hacksteak mit Zwiebeln. Das dürfte doch etwas sein für so eine Traditionalistin wie dich?«

Liv lächelte als Antwort, und Petter fing den Blick der Bedienung ein.

»Bier und Schnaps für mich und eine Cola mit Eis für die junge Dame. Das Ganze darf gerne kalt sein, danke, auch der Schnaps!« Er sah die junge Kellnerin auffordernd an, die Kunden gewohnt schien, die auf die Temperatur ihrer Getränke Wert legten.

Als sie außer Hörweite war, faltete Petter die Hände auf dem Tisch wie ein altmodischer Schullehrer und sah sie an. Sein Gesicht war faltig vom Schlafmangel, doch er wirkte energiegeladen, an der Grenze zum Manischen.

»Was für ein hektischer Abend und was für eine hektische Nacht. Hast du etwas geschlafen?«

Liv nickte verhalten. Sie merkte, dass sie dieses Gefühl der Benachteiligung wegschieben musste, wenn sie nicht wollte, dass das Mittagessen scheiterte.

»Hat Cyrus offiziell gestanden?«

»Glücklicherweise ja. Er hat in der Arrestzelle geschlafen und heute Morgen ein volles Geständnis abgelegt. Jetzt geben wir den Fall an die Staatsanwaltschaft, damit sie Anklage wegen Mordes erheben können, und dann müssen wir sehen, ob der Verteidiger mildernde Umstände geltend machen kann. Gewaltdrohungen, Notwehr. Ich hoffe es. Das tun wir bestimmt alle. Es ist hart, wenn so ein junger Mensch einen falschen Weg einschlägt.«

»Zu seiner Verteidigung: Er hatte auf eine kleine Schwester aufzupassen und einen Vater, der das Haushaltsgeld versoffen hat.«

Ihre Blicke trafen sich über dem Tisch. Sie mussten heute beide nicht die gute alte »kriminell als Folge einer schlechten Kindheit«-Argumentation anführen.

Die Bedienung kam mit den Getränken und schenkte einen Schnaps ein, das Glas beschlug sofort.

Petter nickte anerkennend. »Sogar mit Oberflächenspannung, danke.«

»Was ist mit der Tochter?«

Petter wartete, bis die Bedienung mit der Flasche gegangen war. »Beide Kinder halten daran fest, dass sie nichts mit dem Mord zu tun hatte, ihr einziges Vergehen ist es also, dass sie ihren Bruder gedeckt hat. Sie ist erst vierzehn, ich schätze, dass sie um eine Anklage herumkommt.«

»Und der Überfall auf sie in der Wohnung? Habt ihr herausgefunden, auf wessen Konto der geht?«

»Nein, vermutlich war das jemand von Al-Ghazaa, der geglaubt hat, Cyrus hätte ihre Drogen geklaut und dort versteckt.«

Sie sah ihn abwartend an.

»Sind die Drogen wieder aufgetaucht?«

»Die Hunde haben fünfhundert Gramm Ecstasy-Pillen und hundert Gramm Kokain in einem alten Boxsack im *Bakkens Hjerte* in Albertslund gefunden. Einiges deutet darauf hin, dass der Leiter des Jugendclubs, dieser Frederik, mit dem du gesprochen hast, als Mittelsmann fungiert hat. Nachdem er erfahren hatte, dass Cyrus verschwunden ist, hat er die Bande glauben gemacht, dass er dem Jungen die Drogen gegeben hätte.«

»Deshalb haben sie geglaubt, dass Cyrus sie gestohlen hatte.«

»Frederik muss ganz schön Muffensausen bekommen haben, als du aufgetaucht bist und Sand ins Getriebe gestreut hast. Deshalb hat er die Bande wohl informiert. Damit sie sich für dich interessieren statt für ihn.« Petter blinzelte sie an. »Jetzt hat er eine Anzeige für den Verkauf von Drogen am Hals *und* ist zum Ziel der Al-Ghazaa geworden. Sollen wir anstoßen?«

Er hob das Schnapsglas vorsichtig an die Lippen und sah sie kurz an, bevor er den Kopf in den Nacken legte und das Glas leerte.

»Und dem netten Naturpfleger, Lars Rørdam, werfen wir vor, zwei von der Polizei gesuchte Personen versteckt und die Arbeit der Polizei behindert zu haben. Ein komischer Kauz übrigens.«

»Das kannst du laut sagen.« Liv strich mit der Hand die Tischdecke glatt. »Er ist den ganzen Weg bis nach Kopenhagen gekommen, um uns zurück auf die falsche Fährte zu lenken, die die Kinder gelegt hatten. Während Cyrus in seinem Haus gesessen hat. Stell dir mal vor, so was zu machen!«

»Bereitwillig die Strafe für einen Mord auf sich zu nehmen!«

»Er muss Yasmin wirklich geliebt haben.«

»Ja, er drängt uns auch, im großen Stil nach ihrer Leiche zu suchen, damit sie ein ordentliches Begräbnis bekommt.« Er verdrehte die Augen. »Als würden wir nicht bereits die Bucht mit Netzen absuchen.«

Petter goss sich Bier nach.

Die Bedienung stellte zwei ordentliche Teller mit Hering und Ei auf den Tisch und eilte mit einem dröhnenden *Guten Appetit* weiter. Petter schnitt einen Bissen von der Größe einer halben Faust ab, stopfte ihn in den Mund und gab ein zufriedenes Grunzen von sich. Liv sah auf ihr Essen, ließ das Besteck aber liegen. Die Currymayonnaise sah nicht appetitlich aus.

»Was ist mit Milads Mördern, Samir und Bahram?«

»Jetzt wollen wir den Bogen aber nicht überspannen. Ich hoffe, gegen beide Männer einen Prozess anstrengen zu können, aber das ist ein weiter Weg. Stimmt etwas nicht, du isst gar nichts?«

»Doch, doch.« Liv griff nach dem Besteck und hielt es demonstrativ hoch. »Dann bist du wohl im Präsidium der Held des Tages?«

Petter kaute zu Ende und wischte sich den Mund mit der Stoffserviette ab, bevor er wieder die Hände auf dem Tisch faltete und sich vorbeugte. »Liv, es ist, wie es ist. Das weißt du genau. Ich würde mir auch wünschen, du wärst bei allem dabei.«

»Ich bitte dich um nichts!«

Er seufzte. »Was ist es dann?«

»Nichts.« Sie versuchte sich an einem Bissen Hering, doch er wuchs in ihrem Mund, und sie bekam ihn fast nicht hinunter. »Ich kann meine Miete nicht bezahlen, du weißt schon … das fühlt sich einfach beschissen an.«

Er runzelte die Stirn, und sie schlug die Augen nieder. Sie wusste gut, dass es unangemessen war, auf ihn sauer zu sein. Er hatte sie nicht darum gebeten, bezahlte Aufträge hintanzustellen und als unbezahlte Assistentin der Mordkommission tätig zu werden, sondern nur um ihren unmittelbaren Input zu dem Video.

»Künftig werde ich mich zurückhalten, Petter. Wenn du mich um meinen Rat bittest, bekommst du genau den.« Sie versuchte zu lächeln, aber er sah immer noch besorgt aus. »Komm, lass uns essen. Das ist lecker.«

Liv nahm den Kampf mit dem Hering wieder auf, doch Petter hielt die Augen auf seinen Teller gerichtet. Als sie die Hälfte aufgegessen hatte, war er mit seinem Essen immer noch nicht weiter. Sie legte das Besteck zur Seite und spülte mit einem Schluck Cola nach.

»Habe ich etwas Falsches gesagt?«

Er schüttelte langsam den Kopf. Sie fand, dass seine Augen feucht aussahen, doch Petter weinte nie, er war nicht der sentimentale Typ. Dann hob er den Blick und holte Luft. »Kannst du dich erinnern, wie ich dir gesagt habe, dass ich mich etwas gestresst fühle?«

»Ja, natürlich. Wir haben im *Franske Café* darüber gesprochen.«

»Ja, ich habe auch gedacht, das sei Stress, aber das ist es nicht. Der Arzt hat auf einer Untersuchung bestanden …« Petter sah sich um, als suchte er irgendwo in dem Restaurant nach einem Strohhalm oder nach einem Rettungsanker. Dann griff er nach dem Bierglas und trank gierig. »Die Antwort ist da.«

Liv rutschte das Herz in die Hose. Sie konnte konkret spüren, wie es nach unten rutschte und ein leeres Gefühl im Körper hinterließ.

»Niemand weiß das, nicht einmal Susanne. Noch nicht.« Er streckte die Finger der rechten Hand, wo der Ehering stramm um den Ringfinger saß. »Und sie sind sich auch immer noch nicht sicher. Ich muss noch mehrere Untersuchungen über mich ergehen lassen, ein MRT und was weiß ich. Aber ich habe Demenzsymptome. Mein Arzt befürchtet eine beginnende Alzheimer-Erkrankung.«

Sie wäre beinahe in Gelächter ausgebrochen. Das Gespräch war zu absurd, als dass sie es fassen konnte. Petter dement? Eine der Säulen der dänischen Ermittlungsarbeit, die Sonne, die ihren ganzen Horizont ausfüllte. Niemals!

»Ich hoffe immer noch, dass sie sich irren. Ein dementer Ermittler ist nicht viel wert.« Er lächelte schief, doch sie wusste, dass diese Feststellung ihm ins Herz schnitt. Für Petter war der Job alles, das hatten sie gemeinsam.

Er nahm ihre Hand und hielt sie zwischen seinen. »Aber der Arzt war nicht sehr optimistisch.«

Liv war trotz des Fiebers kalt.

»Petter, ich weiß nicht, was ich sagen soll. Es tut mir so leid.« Ihre Gefühle, es sollte zum Teufel noch mal nicht um ihre Gefühle gehen! »Was brauchst du? Kann ich etwas tun?«

»Ja, Liv«, sagte er und drückte ihre Hand. »Ich glaube ernsthaft, dass ich deine Hilfe brauche, um damit zurechtzukommen.«

Sie sah in seine traurigen Augen und in das toughe, faltige Gesicht, das sie so gut kannte. Er war ihr Fels. Aber jetzt war er es, der sie brauchte. Und sie wusste, dass sie das konnte. Sie wusste, für ihn würde sie auf glühenden Kohlen bis ans Ende der Welt gehen.